백성

백성

16

제4부 | 사람 탈 짐승 탈

김동민 대하소설

문이당

차례

제4부 | 사람 탈 짐승 탈

삼정중 오복점

유서 깊은 그 남방 고을에 이루 말로써는 표현할 수 없는 참으로 엄청난 파문이 일기 시작했다.

그곳 토박이들은 도대체 어떻게 이런 일이 가능할 수 있었을까 하고, 눈앞에 들이닥친 그 정황을 노서히 현실로 받아들이지 못하는 모습들이었다. 지금까지 맡아왔던 흙냄새가 아니고 이제까지 보아왔던 하늘빛도 아니었다.

그것은 돌개바람과도 유사한 것이었다. 게다가 하나가 아니라 두 개의 돌개바람. 그렇다. 돌 개 바 람.

그러나 그것은 갑자기 불어 닥친 바람이 아니었다. 단지 하루하루 살아내기가 너무나도 빠듯하고 힘겨운 그네들이 모르고 있었을 따름이었다. 그러니까 그것은 꽤 오래전부터 대단히 은밀하게 진행되어온 물밑작업의 결과라고 할 수 있었다. 따라서 그만큼 그것은 가증스럽고 음흉하고 치밀한 성질의 것이었으며, 결국 위험하고 두렵기 이를 데 없는 회오리바람이라는 말과도 상통하는 것이었다.

그 고장에서 가장 번화한 곳 중의 하나인 대안리 거리. 어느 날 난데

없이 그곳에 내걸린 간판, '삼정중三井中 오복점五福店'.

합자合資한 사람들 이름자에서 따온 상호였다. 그런데 그 상호가 여간 예사롭지 않았다. 조선인 이름을 딴 상호가 아니었던 것이다.

바로 일본인 이름에서 따온 상호였다. 조선 땅에 느닷없이 그따위 생경한 이름이라니. 그것도 당시 조선인들이 여러 이국인 중에서 가장 좋지 못한 감정을 품고 있는 대상이었다.

그렇다면? 그 이름의 장본인들은 누구인가?

다름 아니라 무라마치와 무라니시 형제 그리고 또 다른 일본인 강중江中 형제였다. 일찍이 조선 장사꾼 임배봉과 국제거래를 하고 있던 장인 사토가 죽자마자 사업 독립을 선언하고 나선 무라마치의 야심에 찬 첫 작품인 것이다.

그것은 지난날 언젠가 비화가 나루터집에 온 일본인들을 보고서 나루터집 식구들 앞에서 예언했던 그대로였다.

다가오는 왜나막신.

그 왜나막신이 조선 남방 고을을 '쿵쿵' 울리며 다가왔다. 동업자인 강중 형제는 대구에서 잡화상을 하던 자들이었다. 무라마치가 무라니시에게 들먹였던 그 일본인들이었다.

삼정중 오복점이 한양에서 천 리나 떨어진 그 고을을 집어삼키기 위해 탐욕에 찬 시커먼 아가리를 벌리기 시작한 것이다.

오복五福, 다시 말해, 수壽·부富·강녕康寧·유호덕攸好德·고종명考終命, 그 다섯 가지 복이 아니라, 그 수효만큼의 화禍를 불러들이기 위한 일본인들 상점이었다. 그것이 새끼를 치면 다섯 개에서 오십, 오백, 더 나아가 오천, 오만 개로 불어나서 조선인들 숨통을 끊어 놓을 것이었다.

한편, 또 하나의 돌개바람이 있었다. 그 고을 최초의 전문건설업체 '죽원공사'.

8

그런데 문제는, 그 회사를 조선 땅에 설립한 자들 역시 일본인 공사업자라는 범상치 않은 사실이었다. 중심인물은 죽원웅차였다.

죽원웅차, 그자가 누구인가? 바로 그 고을로 진출하기 위한 하나의 교두보로 삼으려고 맹쭐에게 슬쩍 접근한 바 있는 그 토목공사업자였다. 호주 선교사 달렌과도 끈이 맺어져 있는 일본인이다. 달렌이 여학교인 사립정숙학교에 이어 장차 그 고을에 건립하려고 계획을 짜고 있는 병원의 공사업자인 것이다.

그뿐이랴. 나중에는 그 고을의 시가지 구획정리사업과 상하수도 설치, 경찰서 신축, 나불천 개수는 물론이고, 그 고을에서 꽤 떨어져 있는 어떤 군郡의 철근 교각에 대한 설계며 건설까지도 독점하게 될 괴물 같은 합자회사다.

그리고 성 북동쪽에 있는 저 대사지. 해랑이 옥진이었을 때 점박이 형제에게 당해 완전히 운명을 바꾸도록 한 비밀의 연못. 비화 가슴 속에서 영원히 저수와 분노의 세찬 물살로 흔들리고 있는 핏빛 연못.

바로 그 대사지 매립공사까지 도맡아서 하게 될 일본인 회사의 태동이었던 것이다. 좀 더 훗날의 일이지만, 대사지를 메워 길로 만들게 된 그 사건으로 인해 그곳 사람들 모두가 격앙했지만, 비화나 해랑의 심경은 아무도 몰랐다.

그리하여 장차 '삼정중 오복점'과 '죽원공사'의 그 고을 진출이 불러올 엄청난 재앙에 대해 아는 이는 거의 없었다.

삼정중 오복점 창업자. 배봉이 가마를 타고 가다가 정말 우연하게도 길거리에서 두 번이나 발견하고 강한 의혹과 경계심을 품었던 무라마치. 그자가 이곳에 나타났던 사유를 비로소 알게 된 배봉의 충격은 실로 엄청났다.

더군다나 직물백화를 주된 업종으로 하는 오복점이라니. 그때까지 그 고을에 있던 여느 포목상이나 직물상, 잡화상 등속과는 비교가 되지 않을 정도로 엄청나게 큰 규모에다가 다양한 품목들. 무적의 거인이 나타났다고 해야 할 것이다.

"인자 우리 동업직물은 폭삭 망하거로 돼삣다."

두 자식 내외를 앞에 앉혀 놓고 배봉은 솥뚜껑 같은 주먹으로 가슴을 쳤다. 여간 흥분하고 허탈한 모습이 아니었다.

"아부지."

"우리가 마, 망하거로."

점박이 형제는 그저 아버지 눈치를 보며 서로의 얼굴을 힐끔힐끔 쳐다볼 따름이었다. 움직이는 눈동자를 따라 눈 밑의 크고 검은 점들도 이동하는 듯했다. 배봉이 그런 판이니 억호와 만호로서는 더욱 속수무책일 것이다.

"무라마친지 벼락망친지 하는 그 왜눔이 대체 전생에 우리하고 무신 큰 웬수가 그리키나 마이 졌다꼬."

배봉은 사랑채 우물천장이 무너져 내려라 '푸푸' 한숨을 내쉬기만 했다. 방이나 마루의 천장을 평평하게 만드는 시설인 반자를 '井' 여럿을 모은 것처럼 소란을 맞추어 짜고, 그 구멍마다 네모진 개판蓋板 조각을 얹은 소란 반자로 한 그 천장은, 내방객의 감탄을 사는 천장이었다.

"이리키나 넓어터진 조선팔도 땅 다 놔놓고 해필이모 우리 지역에 말이다."

한없이 무라마치를 욕하고 저주하던 배봉, 고개만 방바닥에 닿도록 수그리고 있는 애꿎은 자식들을 향해 냅다 고함을 질러대기 시작했다. 그 소리가 어떻게나 큰지 고래등을 방불케 하는 그의 사랑채가 뿌리째 흔들릴 만하였다.

"야, 이눔들아! 주디가 붙었나, 너것들도 머라꼬 이약 좀 해봐라, 으잉?"

소금 친 미꾸라지가 따로 없었다.

"이 일이 오데 애비한테만 해당되고, 너것들은 아모 상관도 없는 것가?"

그런데 배봉의 그 말이 막 떨어진 직후였다. 해랑이 얼핏 듣기에도 얼토당토않은, 사람 복장 터지게 만드는 이런 말을 하였다.

"예, 아버님. 상관이 없는 기 맞심니더."

그 순간, 배봉은 물론이거니와 점박이 형제와 상녀 또한 깜짝 놀란 눈빛으로 해랑을 보며 온몸이 굳어 보였다.

"머? 머라?"

배봉은 당장 눈알이 허옇게 뒤집혀 보였다. 남강변 모래톱에 밀려 나온 죽은 물고기 눈알을 연상케 했다. 지금은 아들이고 며느리고 손자고 간에 아예 눈에 보이는 게 없는 그였다. 오직 돈과 양반, 그 두 가지만을 지상 최대 목표로 삼고 살아온 인간이었다.

"사, 사, 상관이 없다꼬?"

수전증 환자처럼 부들부들 떨리는 손을 들어 해랑의 눈앞에 들이대고 삿대질이라도 할 품새였다.

"니, 니, 함 더 마, 말해 봐라!"

"……."

하지만 해랑은 말을 하기는 고사하고 무표정하기만 했으며, 배봉은 즉각 구부舅婦 관계를 단절해버리고 말 사람 같았다.

"내가 몬 들었다 고마!"

듣지 못한 게 아니었다. 오히려 반대였다. 너무나 똑똑히 들었기에 하는 소리였다. 불같은 성질이 솟구치니 당장 며느리 가슴을 걷어차고 머리채라도 확 낚아채지 않을까 우려될 지경이었다. 그 기세가 참으로 감사납고 무서워 모두가 숨을 죽였다.

한데도 해랑은 그야말로 왼쪽 눈썹 하나도 까딱하지 않았다. 무슨 작심이라도 했는지 도리어 그 소리에 살을 붙여 더 세세히 고했다.

"저희들만 아이고 아버님하고도 상관이 없심니더."

급기야 배봉 얼굴은 사람 얼굴이 아니었다.

"그, 그래도, 요, 요?"

다음에 나올 말은 무엇이겠는가? '년'이다. 그런 줄 뻔히 알면서도 해랑은 목소리도 변하지 않았다.

"우리 동업직물하고는 아모 상관이 없다 아입니꺼?"

거북 등짝 무늬가 화려하면서도 예스러운 방문도 놀랐는지 저 혼자 흔들렸다가 잠잠해졌다.

"허! 허!"

하도 억장이 막힌 나머지 그저 그 소리만 가쁘게 해대는 배봉이었다. 억호와 만호 그리고 상녀도 하나같이 넋이 빠진 채 해랑의 얼굴만 무연히 바라보았다. 꼼짝없이 집안이 망하게 돼버렸는데 아무 상관이 없다니?

"여보! 시방 그 말이 무신 소리요? 당신 증신이 있소, 없소? 아, 대관절 무신 생각으로 그런 말을 벌로 하요?"

한참 만에 당황할 대로 당황한 억호가 배봉의 안색을 보면서 해랑에게 말했다. 아무리 헤아려 봐도 도무지 말도 되지 않는 소리였다. 불난 집에 부채질하는 것도 유분수였다.

그때까지 멍해 있던 만호와 상녀도 잔뜩 화가 치미는 눈길로 해랑을 노려보았다. 시아버지가 항상 오냐오냐해주니 제 혼자 잘나서 분수도 모르고 막 날뛰는 것이다. 저러다 나중에는 자식들더러 할배수염 잡아 빼라 하겠다.

'역시 천한 기생질 했던 년은 우짤 수가 없는갑다. 조 대갈빼이는 오데 멋으로 달리 있는 기가?'

만호가 그런 생각을 하고 있을 때, 상녀 머릿속에서 아우성치는 소리였다.

'저런 기 근동에서 알아주는 대갓집인 우리 집안에 들와 있다쿠는 사실부텀 억장이 무너져삘 일 아이것나.'

그런데 배봉은 그게 아니었다. 그 역시 해랑의 그 말을 처음 들었을 때는 거기 다른 사람들과 똑같은 반응을 드러내었다. 하지만 얼마 안 가 그는 해랑으로부터 무언가를 알아내려는 빛을 엿보였다. 한동안 해랑을 탐색하는 눈으로 보고 있더니 대단히 조심스럽게 말을 던졌다.

"쪼꼼 더 알아묵거로 이약해 봐라, 우째서 우리하고는 상관이 없다쿠는 긴고."

모든 시선이 한층 해랑에게 쏠렸다. 한데 이번에는 말문마저 막힐 판이었다. 해랑은 입가에 가벼운 미소까지 띠어 보이는 게 아닌가.

끝내 만호 입에서 맹수가 으르렁거리는 소리가 나왔다. 요절을 내어도 성에 차지 않을 짓거리였다. 우리 가문이 금방 무너질 형국인데 어떻게 웃음이 나올 수 있단 말인가? 아무래도 충격이 너무 커서 광녀가 돼버린 것일까?

어쨌거나 사람 환장할 그 웃음을 계속 머금은 얼굴로 해랑은 천천히 입을 열었는데 그 또한 예상 밖의 이야기였다.

"지가 그 상점에 가보고 왔심니더."

그러더니만 누가 무어라 할 틈도 주지 않고 곧바로 덧붙였다.

"물론 지 신분은 모리거로 해갖고예."

배봉과 억호가 거의 동시에 물었다.

"그 상점에 가보고 왔다꼬?"

해랑 얼굴에서 웃음기는 사라졌지만 느리게 대답하는 품은 여전히 천하태평이었다.

"예."

만호와 상녀가 얼굴을 마주 보았다. 언제나 해랑에게 선수를 빼앗기곤 하는 그들은, 이번에는 또 무엇일까 하고 몹시 못마땅하고 긴장하는 기색이었다.

"삼정중 오복점에 가봤다, 그 말이제?"

한 번 더 확인하는 배봉의 표정이 남강 살얼음 녹듯 조금씩 풀리고 있었다.

"예, 아버님."

해랑의 코스모스 같은 고개는 남편보다 시아버지 쪽으로 좀 더 다소곳이 숙어져 있었다. 비둘기도 어미가 앉은 가지에서 셋째 가지 아래 앉는다는데, 며느리가 시아버지에게 어찌 예의를 지키지 않겠느냐는 말을 곧잘 하는 해랑이었다.

"와 거 갔다 왔는데?"

억호가 바람피운 아내를 닦달하듯 했다.

"왜눔들 머 볼라꼬?"

얼마 전에 새로 들여놓은 고가의 도자기들이 어쩐지 위태위태해 보였다. 중국산과 일본산이었다. 중국 도자기는 크고 화려했고, 일본 도자기는 작고 아기자기해 보였다. 앞으로는 구라파산도 구입할 작정이었다.

"아, 니는 가마이 있어 봐라."

배봉이 손을 내저어 아들을 말린 후에 해랑에게 말했다.

"그래 머를 알아온 긴고 그거부팀 이약해 봐라, 며눌악아."

배봉이 등지고 앉아 있는 북쪽 벽면에 세워진 열두 폭 병풍도 이쪽으로 몸을 기울이는 양상이었다. 금실로 자수를 놓은 그것은, 배봉이 자기 사랑방을 꾸미고 있는 갖가지 장식품 중에서도 첫손가락에 꼽는 애장품으로, 부르는 게 값이라고 할 정도였다. 꽁지수염 반능출에게 구입한 춘화는 벌써 그전 목사 손에 넘어가 버리고 지금은 가지고 있지 않았다.

"역시나 아버님은 다리시거마예."

해랑은 참으로 존경스럽다는 낯빛을 지으며 자못 감탄하는 어투가 되었다. 다른 사람들 귀에는 무슨 선문답으로 들렸다.

"흐음!"

배봉 손이 절로 많지도 않은 턱수염으로 갔다. 머리털이 빠지기 시작하면 턱의 털도 덩달아 줄어드는 게 아닌가 싶었다.

"지가 거 가갖고 머를 알아냈는고 하모예."

그러잖아도 이야기를 하려고 하는데, 억호가 의기양양하게 독촉했다.

"아즉 짐(김)도 안 난 밥 고만 뜸들이고, 퍼뜩 말씀드리라 고마."

해랑이 재취가 아니었다면 그러지 않았을지도 모르지만, 언제나 어딘가 켕기는 구석이 있는지 억호는 남들 앞에서, 심지어 가족들 앞에서조차 그런 모습을 보였다.

"알았어예."

일단 남편 체면을 세워준 다음, 해랑은 숨을 몰아쉬고 나서 말을 이어갔다.

"거서 팔라꼬 내논 제품들은 안 있심니꺼."

저마다 귀를 기울이고 있는 가운데, 배봉이 오줌 마려운 사람 모양으로 굴었다.

"제, 제품? 하, 하모. 제, 제품들……."

해랑은 마음이 심각한 상태에 이르면 그런 현상을 보이듯 지금도 눈동자가 고정된 얼굴이었다.

"예, 아버님."

"그, 그래, 우, 우떻던데?"

해랑은 잔뜩 긴장한 탓에 자꾸 말더듬이처럼 하는 배봉의 얼굴을 보며 역시 천천히 입을 열었다.

"모돌띠리 말도 몬 하거로 엄청시리 비싼 것들이었어예."

배봉은 최면술에 걸리기라도 한 것인지 이번에도 해랑 말을 되뇌었다.

"비싼 것들, 비싼 것들."

해랑은 최고급 가구들로 가득한 그 안을 둘러보며 비교라도 하자는 투였다.

"예, 상구 고급 아인 기 없는 기라예. 에나 어마어마했어예."

듣고 있던 점박이 형제가 한 소리씩 하였다.

"그, 그리키나 비싼 거를?"

"그 왜눔들이 그리 큰 밑천을 한거석 가진 것들이라모 우짜노."

배봉이 자식들을 향해 또다시 호통쳤다. 얼굴이 온통 붉으락푸르락하고 턱이 덜덜 떨렸다.

"시끄럽다 고마! 주디 좀 몬 다물것나? 맷돌 갖고 와서 그냥 싹 갈아삐?"

그의 기갈은 영구히 사그라지지 않을 기미를 비쳤다.

"예, 알것……."

"아부지도……."

명색 한 가정의 가장으로서 아내들이 지켜보는 앞에서 아버지로부터 입에 담지도 못할 호된 꾸지람을 듣는 점박이 형제는, 저마다 움찔하며 창피스럽다는 빛을 감추지 못했다. 자식들에게는 아버지가 가지고 있는 돈보다도 더 무섭고 두려운 것은 없을 것이다.

그런 자식들을 아무 말 없이 째려보고 난 후, 배봉은 다시 해랑에게 살찐 고개를 돌렸다. 그러고는 지금까지보다 한층 중앙집중식 얼굴이 되면서 말했다.

"내사 암만캐도 이해가 안 된다 아인가베."

"그러시지예?"

해랑은 병 주고 약 주는 여자처럼 행세했다. 며느리인 주제에 집안 남자들을 자기 손안에 넣고 쥐락펴락하려는 인상마저 풍겼다. 그것도 본처가 아니라 후처로서, 나는 죽었소, 하고 납작 바닥에 엎드려 있어도 뭐할 텐데 말이다.

"악아."

시아버지가 무릎걸음으로 며느리에게 다가앉았다. 그러더니 갑자기 담배를 피우고 싶은지 서안 가까이 놓여 있는 곰방대와 재떨이를 보고 나서 말했다.

"왜놈들 상점이 그리키나 대단한 거를 직접 봤담서, 우째서 우리하고는 상관이 없다쿠는고, 그 이유를 함 말해 봐라."

그러자 해랑은 더없이 또렷한 어조로 답하기 시작했다.

"시방 우리 조선은 과거 그 어느 때보담도 에려븐 시기라쿠는 거는, 에린 아아들도 잘 알 깁니더."

"에려븐 시기라. 맞다, 에려븐 시기 맞다."

그렇게 맞장구를 쳐주며 배봉은 하나하나 따지고 들어가는 식이었다.

"그래서? 에려버서 우떻다는 긴데?"

"시방 나라 밖에서는 늑대 겉은 왜놈들하고 떼놈들, 그라고 서양 오랑캐들이 서로 먼첨 우리나라를 집어삼킬라꼬 눈깔이 뻘겋고예."

어쩐지 오싹해지는지 상녀가 몸을 떨었다. 해랑은 마른침을 삼키고 나서 말했다.

"또 나라 안은 나라 안대로 온 탐관오리들이 마구재비 설치쌌는 바람에, 백성들 살기가 에나 장난이 아이다 아입니꺼?"

그곳 사랑방이 조선팔도 천지로 바뀌어 가고 있는 환각마저 일었다.

"아, 각중애 나라 이약은 와?"

하다가 억호는 그를 쏘아보는 아버지의 사납고 신경질적인 눈초리를 깨닫고는 퍼뜩 입을 다물어버렸다.

"……."

만호와 상녀 역시 황당하긴 마찬가지였다. 지금 크나큰 위기에 당면한 우리 집안 이야기를 하자는데, 뜬금없이 나라니 백성이니 막 늘어놓는 해랑이 그저 어이없어 보일 뿐이었다. 그렇지만 공연히 무슨 소릴 꺼냈다간 또 배봉에게 야단맞을까 봐 찍소리도 하지 못하고 끙끙거리기만 하는 꼬락서니들이 가관이었다.

"그래서?"

똑같은 말로 배봉이 해랑을 재촉했다.

"무신 말씀인고 하모예."

해랑은 무슨 보물 보따리 풀어놓듯 다소 득의양양해 보이기까지 하였다.

"모도가 찢어지거로 가난한 행핀인데 말입니더."

거기 있는 지나치게 값비싼 물건들이 겸연쩍은 낯빛들로 변하는 느낌이었다.

"그리키나 비싼 물건들을 살 돈이 오데 있것어예, 우리 고을 사람들한테예."

"살 돈."

그 말을 들은 점박이 형제와 상녀는 선뜻 이해가 되지 않는지 눈만 멀뚱거렸다. 어찌 보면 울상을 짓는 표정이었다.

그러나 배봉은 그렇지 않았다. 홀연 그는 한 손으로는 모자라는지 두 손으로 자기 무릎을 탁, 치면서 큰소리로 웃어 젖히기 시작했다.

"하하핫! 하하핫! 으하하핫!"

억호와 만호가 깜짝 놀라 소리를 질렀다.

"아, 아부지?"

"각중애 와 그랍니꺼, 예에?"

그래도 턱이 빠져 달아나게 미치광이처럼 한참을 더 웃고 나서 정색을 한 배봉이 일갈을 터뜨렸다.

"이 빙신 겉은 것들아!"

고슴도치도 제 새끼들은 귀여워한다는데 이건 아니어도 너무 아니었다.

"예?"

"비, 빙신?"

점박이 형제는 바보 형제 같아 보였다. 자식은 부모 입에 달려 있다는 말은 허언이 아닌 게 분명했다.

"허, 그래도 무신 뜻인고 모리것나?"

"……."

모르면 입을 다무는 게 상책이란 그 정도는 그들 형제도 터득한 모양이었다.

"밥이 삶았은께 '아야!' 소리 안 하제. 쯧쯧."

그런 핀잔을 준 후에 배봉은 두 눈 가득 감격스러워하는 빛은 물론, 존경의 빛까지 내비친 얼굴로 해랑에게 말했다.

"며눌악아! 에나 훌륭타, 에나 훌륭타. 니가 남자로 태어났으모 장원 급제 해갖고 머리에 어사화를 꽂고 가매 타고 장안거리를 돌아댕길 끼다."

그는 상녀 쪽을 힐끗 보면서 이런 소리도 했다.

"우찌 니 겉은 사람이 우리 집안 며누리가 됐는고, 이거는 순전히 우리 조상님들 음덕이 아이고서는 도저히 불가능한 일인 기라."

상녀 입이, 그 고을 사람들이 삐침 잘 타는 이를 두고 비유하는 말로 쓰이는 저 '뒤벼리 모퉁이'까지 돌아가고 있었다.

"참, 아버님도."

해랑이 무척 부끄러워하는 표정을 지었다. 하지만 그녀는 벌써 시아버지에게서 그런 칭찬을 받으리라는 것을 알고 있었다는 눈치였다.

"하모, 하모."

배봉은 상체 전체를 끄덕거렸다.

"니 말맹캐 우리하고는 상관이 없을 수도 있다 아이가."

그런데 이건 또 무슨 요량일까? 배봉의 그 말에 대한 해랑의 응대가 더할 수 없이 엉뚱스럽고 기묘했다. 어떤 면에서는 김을 팍 새게 만드는 소리이기도 하였다.

"아입니더, 아버님."

"으잉?"

"아이라예, 아버님."

"……."

이번에는 배봉이 바보 같은 얼굴을 했다. 그곳 넓은 사랑방을 떡하니 차지하고 앉아 있는 고가의 오동나무 장이 '삐걱' 하고 아귀가 잘 맞지 않는 소리를 내는 것 같았다. 배봉은 금세 꼬부장한 눈이 되었다.

"아이라?"

"상관이 없을 수도 있지만도, 있을 수도 있심니더."

"이, 있을 수도?"

"예, 아버님."

"그, 그거는 또 무신 수, 수리끼 겉은 소리고?"

둥글넓적한 배봉 낯바대기가 또다시 중앙집중식이 되었다. 만호가 숯

불을 연상시킬 만큼 벌겋게 달아오른 얼굴로 소리쳤다.

"행수! 시방 아아들 데꼬 장난치는 기요?"

"……."

시동생이 말해도 형수가 아무런 대꾸가 없자, 만호는 입술을 보기 흉할 정도로 일그러뜨리며 노골적으로 빈정거렸다.

"아부지가 맏며누리라꼬 장 옹야옹야 해주신께, 고마 눈에 비이는 기 없는가베? 오데서 벌로 그런 말을 내뱉는 기고?"

방 안 분위기가 크게 달라지고 있었다.

"여보?"

억호도 약간은 만호와 비슷한 기분이 들었다. 그렇지만 동생이 제 아내에게 그러니 그의 입에서는 자연히 아내를 역성드는 소리가 나왔다.

"은실이 애비야, 니 그기 행수한테 할 소리가?"

만호가 반말 투로 대들었다.

"와요?"

억호는 당장 주먹을 휘두를 태세로 따졌다.

"옹야옹야? 눈에 비이는 기 없다꼬오?"

형이 그러면 꼭 사과까지는 아니더라도 묵묵히 있기만 해도 될 텐데 아니었다. 만호는 도리어 독사처럼 고개를 빳빳이 치켜들었다.

"아, 사실이 그렇다 아이요?"

"머?"

아버지가 어떻게 할 틈도 없이 아들들은 형제지간 의義를 끊을 분위기였다.

"내가 무담시 없는 말 지이냈소?"

"안 지이내모?"

둘 중 누구도 기를 꺾으려 들지 않았다. 금방이라도 '툭' 소리를 내면서 끊어질 것 같은 팽팽한 기운이 두 사람 사이에 흘렀다.

"하, 요 쌔끼가?"

"쌔끼? 시방 눌로 보고 쌔끼라 쿠노?"

"쿠노오?"

"그라모 머라 쿠꼬, 쌔끼가?"

"니 방금 내 보고 쌔끼라 캤나?"

"인자 귓구녕도 꽉꽉 맥힛는가베?"

사랑방 가득 살기마저 감돌기 시작했다. 벽면에 걸린 액자들이 와르르 방바닥으로 굴러 내리기 직전이었다.

"허어!"

기가 찬 배봉은 입만 쩍 벌렸다. 억호가 씩씩대며 을러대었다.

"니 행수한테 하는 그 행오지 몬 뜯어곤치것나?"

그러자 이번에는 상녀가 가만히 있지 못했다.

"해도 해도, 에나 너모한께 그라지예."

억호는 칼을 막다가 창을 맞은 사람 꼴이 돼버렸다.

"너모해요?"

시아주버니 말끝을 딱딱 받았다.

"너모하지예."

억호는 구원병을 요청하는 눈으로 해랑을 한 번 보고 나서 윽박질렀다.

"이기 우째서 너모한다쿠는 기요?"

시간이 바로 가는지 거꾸로 가는지 모르겠다. 상녀는 만호를 눈으로 가리켰다.

"우리 저 양반이 머 틀린 소리 했어예?"

남자가 말로는 여자 못 당한다고, 억호는 즉각 대꾸할 말을 찾지 못한 채 입속으로 뇌까렸다.

22

"우리 양반, 눈깔 빠지것다."

그쯤 되면 이제 해랑이 나올 순서가 됐는데 해랑은 입도 벙긋하지 않는다. 상녀는 왜 그냥 있냐고 시비를 걸려는지 해랑을 노골적으로 노려보며 지껄였다.

"내 보기는 요만큼도 안 그렇거마는. 구구절절 싹 다 맞는데 무신 난린고?"

억호 화살이 완전히 상녀에게 방향을 바꾸었다.

"재수 씨! 내가 맹색이 아주버님인데 그리 벌로 이약해도 되는 기요?"

아버지도 이 말에는 충분히 수긍하겠지, 생각하는 억호에게 제수가 끝장 보잔 듯이 나왔다.

"대접받을 짓을 해야 대접받제. 내도 인자는 할 이약은 해 감시로 살끼거마는."

그 집안에 먼저 들어온 사람은 그녀인데, 시아버지라는 사람은 항상 나중에 늘어온 해랑만 삼싸고도는 네 내해, 지금까지 칙칙 누적되었던 감정이 한꺼번에 폭발하는 건지도 몰랐다.

억호는 제 성에 받쳐 전신을 부들부들 떨었다.

"머요? 대접받을 짓을 해야?"

상녀는 어둠 속에서 길을 가다 오물을 밟고 구시렁거리듯 하였다.

"흥! 소접도 몬 받을 사람들이, 대접은 받고 싶어갖고."

마침내 수챗구멍 같은 억호 입에서 욕설이 튀어나왔다.

"니기미!"

일순, 그 소리가 떨어지기만을 기다리고 있었던 만호 입이 작동하였다.

"니가 니기미모, 내는 지기미다!"

가관도 이런 가관이 또 있을 수 없었다. 근심 걱정에 둘러싸여 있던 방 안 공기가 걷잡을 수 없이 살벌해지기 시작했다.

"모도 고만들 안 두 끼가?"

막판에 배봉이 나섰다.

"암만캐도 우리 집구석이 망해뻘랑갑다, 망해뻘랑갑서!"

그러고 보니 배봉도 어언간 많이 죽었다. 예전이었으면 아예 말이 필요 없었다. 자리를 박차고 일어나 아들이고 며느리고 가릴 것 없이 복장을 걷어찼을 것이다. 하지만 지금은 그냥 앉은 채 입으로만 화를 삭였다.

"어른 있는 앞에서 지들 하고 싶은 소리 마구재비 톡톡 내뱉는 이거는 대체 우떤 호로자슥들 나라 풍속이고, 엉?"

여하튼 배봉의 꾸지람에 공기는 조금 가라앉는 것으로 보였다. 하지만 겉으로만 그렇게 보였을 뿐이지, 억호와 만호 부부는 배봉 모르게 계속 서로를 노려보았다.

아랫물이 윗물을 논하다

그런 가운데 해랑은 철저히 제삼지대에 있었다.

얼핏 집안싸움을 시켜놓고 그것을 즐기려는 게 아닐까 싶었다. 따지고 보면 형제간 다툼의 불길을 지핀 사람이 그녀였다.

어쨌거나 자식들이 약간 조용해지자 배봉은 다시 묵묵히 혜랑을 바라보았다. 아까 했던 말에 관해 좀 더 상세히 설명해 보라는 무언의 독촉이었다. 억호와 만호 부부 눈 또한 해랑 입에 가 있었다. 대체 상관이 있다는 것이냐, 상관이 없다는 것이냐?

언제나 발그스름한 해랑 얼굴에서 핏기가 싹 가시고 다듬잇돌처럼 무겁고 딱딱한 기운이 묻어나고 있었다. 여간 심각한 표정이 아니었다. 완전히 사람이 바뀐 해랑은 배봉에게 다짐부터 받았다.

"아버님, 시방부텀 지가 우떤 말씀을 올리도, 절대로 화를 내지 않으시것다는 약조를 해주실 수 있것심니꺼?"

"약조?"

그러면서 해랑 얼굴을 찬찬히 뜯어보고 있던 배봉이 선선히 응낙했다.

"알것다, 악아. 내 약조하것다. 아이다, 약조했다."

현재 그의 마음은 오로지 하나로 치닫고 있었다. 무라마치 등의 일본인들이 만든 상점으로부터 동업직물을 보호하는 것이다. 정신 똑바로 차리지 않으면 하루아침에 '파산'이라는 직격탄을 맞아 오늘날까지 쌓아 온 모든 것이 산산조각이 나버릴 수도 있다.

"지가 맨 첨에 말씀드린 거매이로예."

"그래서?"

해랑은 무척이나 말을 아끼고 있었다. 그새 휑하니 지나가 버린 시간은 전혀 아깝지 않은 모습이었다.

"왜눔들이 채린 저 상점은 상구 값비싼 물품들만 팔기 땜에, 가난한 조선 사람들은 별로 그거를 살 엄두도 몬 낼 깁니더."

"그 소리는 아까 전에 들었고. 그래서?"

배봉은 아랫사람들 앞에서 체통 없이 혀로 입술을 축여가며 그다음 말을 기다렸다. 해랑 목소리에 열기가 돋기 시작했다.

"우리는 그 왜눔들하고 정면으로 싸울라쿠지는 말고예."

그 말을 듣고 있던 모두는, 그건 비겁하고 못난 짓인데? 하고 거부감을 품는 빛으로 바뀌었다.

"그 대신에 우리 동업직물 비단을 살 만한 사람들을 단골로 잘 관리하는 깁니더."

배봉은 언뜻 단골로 다니는 수정리 기생집을 떠올렸다.

"단골로?"

"예."

"우찌?"

"그런 식으로 할라모 안 있심니꺼."

해랑의 눈동자가 또 딱 멎었다. 심각할 때 나타나는 그녀만의 버릇이 벌써 여러 차례나 되풀이되고 있었다.

"시방꺼지 우리가 해온 기존의 모든 갱영방식들 안 있심니꺼, 그것을 이참에 모돌띠리 뜯어곤치야 되고예."

"우찌 뜯어곤치야 되는데?"

배봉은 경영방식이든 무엇이든 며느리가 시키는 대로 할 사람 같아 보였다. 그는 심지어 이런 소리까지 하였다.

"장사만 잘된다모 내 몸띠도 몬 뜯어곤치까이?"

해랑이 다소 창백해진 얼굴로 한숨을 내쉬었다.

"솔직히 시방꺼정 우리는 손님들을 무시해왔지예."

정곡을 찌르는 지적이 아닐 수 없었다.

"그, 그거는 마, 맞다."

배봉은 뭉툭한 손가락으로 이마를 긁으며 머쓱한 표정을 지었다. 해랑은 꼭 지난날 나루터집에 특별세무조사를 나왔던 관리들 같았다.

"우리 고을에 동업직물 비단매이로 품질 좋은 비단을 팔 수 있는 다린 직물짐이 흔 개도 없디쿠는 지만심에, 살라모 사고 안 살라모 사지 마라, 쥐약 장수들 하는 거맹캐 배 쑥 내밀고 배짱 장사를 해온 기 사실 아입니꺼?"

약간 장황한 이야기였지만 듣고 있을 수밖에 없었다. 배봉은 얼굴뿐만 아니라 목덜미 부위까지 벌게졌다. 붉은 돼지를 방불케 했다. 기실 며느리 하는 말이 단 하나도 틀린 소리는 아니었다. 그렇긴 할지라도 사람 면전에 대고 그런 사실을 얘기하니 기분은 좋을 리가 없었다.

'안 좋지만도 우짜것노.'

조금 전에 무슨 말을 해도 절대로 화를 내지 않겠다는 약조를 이미 한 끝이니 꾹꾹 눌러 참을 도리밖에 없었다. 무엇보다 이건 동업직물 사활이 걸린 일이었다. 더욱이 이어지는 해랑 이야기는 배봉에게 어른 말 잘 듣는 아이처럼 고분고분해질 수밖에 없게 만들었다.

"첨부텀 다시 시작한다쿠는 각오로, 모든 거를 싹 다 안 바꾸모 안 됩니더."

"다시 시작."

행여 발걸음 소리라도 들릴세라 조심조심 사랑채 마당을 지나가는 비복들 기척이 나는가 싶더니 이내 사라졌다.

"그거만이 우리 집안이 살아남을 수 있는 유일한 길입니더, 아버님."

여느 때 같으면 마당 가 나무에서 울어댈 새들이 이날따라 한 마리도 날아들지 않았는지 사랑채 주위는 절간을 떠올리게 할 정도로 고요했다.

"주변을 함 보시소. 개미나 포리 겉은 미물들도 안 죽을라꼬 참 올매나 열심히 기다니고 날라댕깁니꺼?"

아랫물이 윗물의 맑고 흐림을 논하고 있는 본새였다.

"사람 사는 거는 더 에렵고 심들어서……."

"……."

그때쯤에는 점박이 형제와 상녀도 저마다 퍽 심각한 얼굴을 한 채 잠자코 듣고만 있었다. 사업이 쫄딱 망해버리고 콩가루 집구석이 되면, 지지고 볶고 할 것도 없다는 것을 그들도 모르지는 않을 터였다.

"우짜모 도로 잘됐는가도 모립니더."

갈수록 해랑의 말은 설득력을 얻어가고 있었다. 아무튼, 고집불통 배봉가 사람들을 휘어잡고 있는 그녀에게서 저 '강옥진'의 모습은 찾을 수가 없었다.

"위기가 기회라쿠는 말이 있다 아입니꺼? 기회도 잘몬하모 도로 위기가 돼뻐리는 수도 있것지만도예."

일전에 배봉이 거금을 주고 구입한, 금분에 담긴 희귀한 난초 이파리도 잘 알아들었다는 건지 파르르 몸을 흔들어 보이는 성싶었다.

"요분 위기를 잘만 이용하모예, 우리 동업직물은 시방보담도 상구 더 크거로 성장할 수 있다꼬 봅니더."

해랑이 숨을 고르느라 잠시 말을 멈춘 사이에 배봉이 자신 없는 목소리로 물었다.

"그기 가능하까?"

해랑이 야무진 입술을 깨물며 자신 있게 대답했다.

"가능합니더, 아버님."

배봉은 찬비 맞은 비루먹은 강아지같이 옹색한 낯빛으로, 차분히 말했다.

"그리만 된다모, 된다모."

억호 뇌리에 새벼리 숲에서 해랑을 처음 만났던 그날이 되살아났다.

"특히 우리한테는 똑똑한 동업이하고 재업이가 있심니더."

그러고 나서 해랑은 상녀 쪽을 슬쩍 바라보며 이렇게 덧붙였다.

"은실이도 있고예."

"……"

그 말을 들은 만호와 상녀가 적잖게 놀라는 얼굴을 했다. 해랑이 여기서 그런 소리까지 하리라고는 전혀 예상치 못했다는 기색이었다.

"은실이도 말이제?"

배봉이 대단히 흡족한 얼굴로 말했다.

"과연 맏며누리답다 아이가! 아암, 그래야제, 그래야제."

"맏며누리답다."

그렇게 되뇌는 억호 입귀가 쭉 찢어졌다. 얼굴의 점도 춤을 출 것 같았다.

"아요, 너거들도 안 모리제?"

시아버지의 며느리 자랑이 실개천 능수버들 늘어지듯 늘어졌다.

"우엣사람이 저리 넓은 아량을 갖고 밑엣사람들을 대하는 집안치고,

머가 잘몬되는 벱은 없는 기라. 요런 거 조런 거 모돌띠리 잘된다 아인
가베?"

약간 펴지려고 하던 만호와 상녀 낯짝이 또다시 찡그려지고 말았다.
나이도 어린 게 손윗사람이라고 제 딴에는 마음이 넓은 것마냥 하는 그
행사가 가소롭기도 하고 부아가 치밀기도 하는 모양이었다.

그때 해랑이 굉장히 해득하기 어려운 한문이나 추상화를 떠올리게 하
는 난삽한 표정으로 배봉에게 말했다.

"그란데 아버님, 무라마치라쿠는 왜눔 말입니더."

그러자 배봉은 듣지 말아야 할 사람 이름을 들어 가슴이 뜨끔해지는
모습이었다.

"무라마치?"

해랑의 눈동자에 비수가 뿜어내는 것만큼이나 시퍼런 빛살이 꽂혀 있
었다.

"예, 만내보신께 우떤 인간이던고예?"

"고눔이?"

배봉 안색이 매우 어두워졌다. 말에도 좀 질린 기운이 서렸다.

"그냥 보통 눔이 아이다."

일본으로 떠내려가 버린 아깝기 그지없는 나전귀갑문좌경이 그의 눈
앞에 어른거렸다.

"같은 왜눔이지만 그래도 죽은 사토는 쪼매 낫았다."

해랑은 뭔가를 깊이 짚어보는 기색이었다.

"우찌예?"

배봉은 놓친 물고기가 커 보인다는 심정으로 대답했다.

"인간적인 면도 쪼꼼은 가짓고, 상도商道도 아조 없기는 안 해 비잇
다."

해랑이 마음에 새겨놓을 필요가 있다는 어조로 곱씹었다.

"그런께 무라마치는 인간적인 면도 없고 상도도 없는 인간이다, 그런 으미거마예."

배봉이 심한 추위 타듯 부르르 몸서리를 쳐 보였다.

"그눔 눈깔이 안 있나, 에나 더럽거로 생기뭇거마는. 니도 보모 소름이 쫙쫙 끼칠 끼다."

지금 자기 앞에 앉아 있는 자식들 눈도 그 고을 사람들에게 좋지 못한 인상을 주는 사실은 잊고 있는 배봉이었다.

"예에."

어쨌거나 시아버지 같은 사람이 그렇게까지 느낄 정도였다. 직접 겪어보지는 않았지만, 그자는 여간 상대하기가 버겁지 않은 인간이 틀림없다고 해랑은 나름대로 판단을 내렸다.

"운젠가 동업이도 데꼬 갔던 부산포에서 안 있나."

배봉 그 말에 억호 표정은 대번에 밝아지고 반호 얼굴은 시무룩해졌다. 같은 부모 밑의 소금장수와 우산장수 형제들이 따로 없었다. 비가 와도 걱정, 안 와도 걱정이었다.

"그날 말이다, 내가 그눔하고 사토하고 그리 만낸 그 자리에서 그냥 휙 지내가는 소리로 들은 이약인데 말이다."

배봉은 실눈을 한층 가느다랗게 뜨며 기억을 더듬는 얼굴로 말을 계속했다.

"그눔 검도 실력이 일본에서도 최고로 알아준다꼬 막 자랑해쌌더마는."

그러자 눈만 붙었을 적부터 싸움이라고 하면 말 그대로 한쪽 바지 두 다리 끼고 나오는 억호가 한마디 했다.

"왜눔들이 칼을 잘 쓴다쿠는 이약은 하매 들었지만도, 그눔 검도 실력이 그 정도라쿤께 기분이 벨로 안 좋거마예."

해랑의 눈앞에 일본도에 의해 찢겨 나가는 비단이 나타나 보였다.

"니들도 그렇제?"

배봉 물음에 억호는 앉은 자리에서 몸을 움직이며 말했다.

"예, 앞으로 서로 싸울 수도 있을 낀데……."

만호가 끝까지 듣지도 않고 그 큰 덩치를 흔들며 말했다.

"그깟 쪽바리눔들, 한주먹에 턱쪼가리를 날리삐리모 되지, 머가 겁나서 그리쌌소? 성이 무서버모 내가 해치삘 낀께 아모 걱정 마소."

배봉이 고개를 내저으며 타이르는 투로 말했다.

"아이다, 그거는 동업이 애비 말이 맞다."

"예?"

퍽 못마땅해하는 빛을 짓는 만호였다.

"맨손 갖고 무기를 상대하는 거는, 내가 더 머라 안 싸도 알 거 아이가."

배봉 말을 고정된 눈동자로 묵묵히 듣고 있던 해랑이 물었다.

"그라모 택견하고 대적하모 우떻는데예?"

"택견?"

그들 부자 셋이 한꺼번에 반문했다. 해랑은 꼭 알아야겠다는 기색이 역력했다.

"예, 택견예."

억호가 의아한 얼굴을 했다.

"각중애 택견은 와?"

해랑의 낯빛이 여러 색깔 비단만큼이나 다양한 빛을 띠었다.

"지도 우연하거로 알기 된 긴데예, 나루터집 얼이하고 준서가 같이 택견을 배우고 있다 아입니꺼."

"아, 고것들이요?"

만호가 관심을 보였다. 자못 공격적인 어투로 물었다.

"누한테 배운다 쿠는데요?"

배봉과 억호도 귀를 기울이는 눈치였다.

"그기 말입니더."

해랑은 적잖게 심기가 불편한지 얼굴을 크게 찌푸렸다. 그러고는 흡사 저주를 퍼붓는 것처럼 하였다.

"와 이전에 상촌나루터서 뱃사공질 오래 하던 꼽추 영감 안 있어예? 달본가 하는 그 영감태이……."

해랑이 말을 끝내기도 전에 억호가 몹시 흥분한 모습으로 반문했다.

"그 꼽추 영감?"

"예, 맞아예."

해랑은 억호에 비하면 훨씬 차분한 어조였다.

"내 시방 생각해도 문통이 팍 터질라군다."

억호는 얼굴에 난 점을 주먹으로 쓱쓱 문질렀다.

"그 영감탕구 덩더리에 난 고눔의 혹을 똥장군 마개 뽑듯기 싹 뽑아 갖고 남강 물에 팍 던지삐리야 했는데……."

사랑채 마당에 참새들이 날아들어 쩍쩍거리는 소리가 들렸다. 갈수록 매나 수리 등속의 맹금은 숫자가 줄고 작은 새들만 많이 번식하고 있다는 얘기가 나돌고 있었다.

"그 영감이라모 내도 본 적이 있다."

억호 말을 듣고 있던 배봉도 기분이 상하는지 목청을 높였다.

"비화 고년이 하는 국밥집 앞에서 봤제."

거기까지 말하던 배봉이 문득 궁금증이 생기는지 해랑에게 물었다.

"고 꽉 때리쥑일 영감태이하고 나루터집 새끼들이 택견하는 거 하고,

무신 연관이 있는 기고?"

점박이 형제도 궁금하다는 표정을 지었다. 해랑은 무척 같잖다고 느끼는지 입술을 삐죽거렸다.

"그 영감태이 큰아들이 있어예. 이름이 원채라던가 그랬어예."

모두의 입에서 동시에 놀란 소리가 터져 나왔다.

"워언채애?"

해랑 눈빛이 꿩이나 다람쥐, 닭 같은 먹잇감을 포식하기 위해 잔뜩 노리고 있는 살쾡이 그것같이 매서워졌다.

"모도 알고 계시지예?"

목소리에도 자못 경계하고 가증스러워하는 기운이 담겼다.

"와 안 있심니꺼. 동학농민군도 하고, 항일으뱅 활동도 핸 그 사람 말입니더."

배봉의 길지도 않은 턱수염이 부르르 떨렸다. 얼핏 가짜로 갖다 붙인 수염 같았다.

"그거 모리는 사람이 오데 있노?"

허공 어딘가를 쏘아보는 그의 눈빛이 황달에 걸린 사람처럼 샛노랬다.

"내 운젠가 오데서 들은께네, 그전에는 저 코재이 미국 군인들하고 싸운 적도 있다 쿠데? 그라다가 포로가 돼삐기도 했다더마."

억호의 안면 근육이 씰룩거리자 오른쪽 눈 밑에 박힌 검은 점이 움직이고 있었다.

"그눔이 굉장한 눔이라꼬, 온 고을에 소문이 자자하다 아입니꺼?"

얼이 이름도 나왔다.

"얼이라쿠는 눔이 그눔하고 딱 붙어댕김서, 크기 눈부신 전투를 했다 글 쿠고예."

점박이 형제뿐만 아니라 배봉도 흔들리는 모습을 보였다.

"고것들이!"

해랑이 식구들을 안정시키기 위해 낮은 목소리로 천천히 일러주었다.

"바로 그 원채한테서 얼이하고 준서가 택견을 배우고 있는 기라예."

무엇에 놀랐는지 참새들이 한꺼번에 우르르 공중으로 날아오르는 기척이 들렸다. 이른 새벽에 시끄럽게 울어 사람 잠을 깨우기도 하는 놈들이었다.

"또 그거뿐이 아이고예, 여러 곳에서 똑똑한 인재들이 우우 몰리든다 쿠는 낙육재 학상들 중에도 함께 배우는 사람이 상당수 있고예."

너나없이 불편하고 경악하는 얼굴을 했다.

"그, 그눔한테?"

"비화 자슥 준서도 같이 말이가?"

"낙육재 학상들꺼정……."

그러다가 만호가 문득 기억났는지 이랬다.

"아, 그라고 본께 운젠가 읍내징터에시예, 우떤 택견 고수 하나가 거게 장바닥에서 노는 무뢰배들을 상대로 싸우는 거를 본 적이 있심니더."

참새들이 사라진 곳에서 이번에는 까마귀 울음소리가 났다.

"무뢰배들을 상대로?"

이번에도 가장 큰 관심을 드러내 보이는 사람이 억호였다. 만호는 그게 꼭 자신의 무용담인 양 자랑스럽게 늘어놓았다.

"야아, 에나 쥑이주데예."

억호가 자리를 고쳐 앉았다.

"그 정도더나?"

"하모요."

오랜만에 형제가 의기투합하는 모습을 보였다.

"말도 마이소."

"우쨌는데?"

"지 혼자서 열 맹도 더 넘는 무뢰배들을 순식간에 팍 꺼꾸러뜨리는데, 사람이 아인 거 겉데예, 사람이."

해랑이 감탄하는 얼굴로 끼어들었다.

"그리 대단한 무술이던가예, 택견이?"

억호는 다소 기분이 상하는 모양새였다.

"암만 글싸도 칼한테는 우찌 당할 낀데?"

어쩌다가 살아나는 형제간 우애를 다시 망가지게 하는 만호 말에 가시가 돋쳤다.

"시방 성은 왜눔들 편을 드는 기요, 머시요?"

억호 또한 욱하는 성깔이 도졌다.

"누가 왜눔들 편을 든다 쿠나?"

이래저래 신경이 날카로울 대로 날카로워져 있는 그들이었다.

"그기 그 말 아이요?"

삐딱한 만호 말에 억호는 시비 거는 무뢰배처럼 굴었다.

"그기 와 그 말인데?"

금방 또 둘 사이가 틀어졌다. 배봉이 중재자로 나섰다.

"무기를 든 자는 일단 손에서 무기를 놓치삐모 그걸로 끝장이제."

"지 말이 맞지예?"

만호는 아버지가 제 쪽에 서는 게 좋아 금방 입이 헤벌어졌다. 그런데 이어지는 배봉 말이 또 달랐다.

"하지만도 그리 되기 전에는 누가 머라 캐도 맨손보담은 안 유리하까이?"

억호가 빼앗겼던 고지를 탈환한 듯 의기양양해졌다. 형제가 똑같이 너무나 유아적이었다. 해랑은 물론이고 상녀도 한심한지 한숨 소리를 내었다.

"그 봐라. 내 말이 맞는다 아이가?"

억호 말에 만호 상판이 찌그러진 양철 모양으로 일그러졌다. 그러고는 아버지에게 말하려는 눈치를 보이자 상녀가 손가락으로 얼른 그의 옆구리를 쿡 찔렀다.

"우리 식구끼리 이랄 끼 아입니더."

해랑이 단호한 표정을 지으며 말했다.

"검도든 택견이든 간에, 우리한테는 다 안 좋은 것들입니더. 모돌띠리 적으로 봐야 안 합니꺼?"

참새들을 쫓은 것은 그놈이기라도 하듯, 사랑채 지붕 위에서 나는 까마귀 소리가 어쩐지 의기양양하게 느껴졌다.

"하모."

"그거야……."

해랑의 그 말에는 선부 수긍하는 눈치였다.

"그러이 우리도 앉아서 당할 때꺼정 무작정 기다리고 있을 기 아이고예. 무예가 뛰어난 사뱅들을 더 모아야 될 꺼 겉심니더."

해랑의 제의에 배봉이 기운을 되찾은 모습으로 큰소리쳤다.

"하모, 머이 머이 해싸도 돈이 최고로 심이 세제."

사병私兵을 더 모을 돈은 충분히 가지고 있었다.

"돈만 있으모 그까짓 검도든 택견이든 겁낼 꺼 한 개도 없다 고마."

그는 식솔들에게 용기를 실어주려는 의도로 덧붙였다.

"관우, 장비 겉은 장사들을 떼거리로 모다놓으모 누가 당할 낀데?"

억호가 이제 막 깨달은 양 말했다.

"그라고 본께 갤국에는 돈이네예."

사람들 머리 위에 떡 올라앉아 있는 까마귀도 그렇다는 듯 한층 소리를 높이고 있었다.

"하모, 돈인 기라."

돌고 돌아 또다시 돈이었다.

"검도하고 택견은 내중 문제고, 우선에 더 급한 거는, 저 삼정중 오복점을 우짜모 이길 낀고 하는 거 아이것어예, 아부지?"

"니 그 말 한분 딱 잘했다."

배봉과 만호가 공감하는 얼굴로 마주 보았다. 그것을 본 억호는 적잖게 으스대는 품새로 말했다.

"우쨌든지 간에 우리 동업이 옴마가 최곱니더. 우리는 생각도 몬 했는데 운제 하매 그 왜눔들 상점에 가갖고 그런 거도 알아오고 말입니더."

상녀가 샐쭉한 얼굴을 했다. 배봉이 그런 둘째 며느리에게 말했다.

"은실이 옴마도 은실이 함 잘 키워 봐라. 비화 고년매이로."

"……."

그 순간, 해랑 눈이 배봉 얼굴을 향했다. 배봉은 해랑의 시선을 모른 척 시치미를 뚝 떼고 계속 말했다.

"솔직히 비화 고년이 그냥 보통 년이가. 사내로 태어났으모 조선팔도를 들었다가 놨다가 할 년이제."

조금 상기되었던 해랑 얼굴에서 핏기가 다시 사라졌다. 속에 능구렁이 수백 수천 마리가 들어앉은 배봉이 느닷없이 그따위 소리를 늘어놓는 속셈이 무엇인가를 가만히 짚어보는 눈치였다.

"고년 자슥새끼 준서라쿠는 고 빡보도, 지 에미 닮아갖고 그리 똑소리 난담서?"

상녀가 해랑을 힐끔힐끔 보며 맞장구를 쳤다.

"예, 아버님. 온 동네방네 소문이 쫘악 퍼짓데예."

억호와 만호가 서로 경쟁하듯 동시에 입을 열었다.

"우리 동업이하고 재업이도 똑똑합니더!"

"우리 은실이도예!"

그러나 해랑은 아무 말 없이 고개만 깊숙이 숙일 뿐이었다. 백설처럼 하얀 이마가 손을 갖다 대기도 무서울 만큼 차가운 얼음장을 방불케 했다. 그녀 몸에서 서릿발이 뿜어져 나오는 것 같았다.

바람 속의 꽃 사태

오광대 본거지에 은신하고 있는 효원.

그녀의 운명을 뒤바꿔놓을 사태가 바야흐로 벌어지려 하고 있었다. 물론 그것은 얼이의 삶에도 막대한 영향을 끼칠 일이었다. 아니다. 단지 그들에게만 해당되는 것이 아니었다. 그야말로 거국적擧國的인 대사건이 아닐 수 없었다.

그것은 조선팔도를 발칵 뒤집어놓기에 충분했다. 더 나아가 한·중·일이 중추를 이루는 동아시아의 근현대사에도 크나큰 획을 긋게 되었다.

한양에서 천 리나 동떨어져 있는 남방 고을 백성들이야 그 전말을 세세히 알아낼 길이 없었지만, 그 사건이 벌어지기까지에는 실로 무수한 사연들이 깊은 뿌리를 내리고 있었다. 그 내력은 너무나 복잡다단한 것이어서 누구도 쉬 짚어낼 수 없을 터였다.

대한제국의 국외 중립 선언. 그것은 여러 외세로부터 조선 백성을 보호하기 위한 고종의 어려운 결단이 아닐 수 없었다. 국왕으로서 위기에 빠진 나라를 지키려는 마지막 카드를 꺼내든 셈이었다. 조금 더 구체적으로 이야기하자면, 저 러일전쟁이 일어날 조짐을 미리 알아챈 우리 조정이 선수先手를 쳤다고 해야 할 것이다.

그러나 미국과 영국의 지지를 받아가면서 마침내 아라사와 전쟁을 일으킨 일본은, 전쟁 발발 보름 만에 대한제국에 심히 강한 압력을 가해오게 된다. 바로 일본군이 조선에서 필요한 지역을 사용할 수 있도록 해달라는 무례하기 이를 데 없는 억누름이었다. 남의 나라 영토를 자기들 안방처럼 들락거리겠다는 도둑놈 심보였다. 아니, 날강도도 그런 날강도는 다시없을 것이었다.

"시방 전황戰況이 왜놈들한테 유리한 쪽으로 돌아가고 있다쿠는 기라."

"……."

"에나 기도 안 차제. 말을 몬 하것다, 말을. 공룡 겉은 거대한 대륙이 쥐매이로 쪼꼬만 섬한테 몬 이기다이."

"……."

조언직이 한양에서 불어와 김호한과 술자리에서 풀어놓은 이야기였다. 호한은 묵묵히 듣고만 있는 일방적인 대화였다.

"문제다, 문제. 문제가 있으면 답도 있다고 했지만, 이번은 아닌 것 같다."

낙육고등학교 젊은 유생들에게 권학이 들려주는 말이었다.

"러일전쟁에서 승리할 공산이 보이니, 왜놈들이 우리 조정에 무슨 협약인가 강요해오고 있다는 소식이 들리고 있으니 말이다."

권학이 동문수학한 한양 벗에게서 전해 들은 그 협약이야말로, 역사가 일컫기로는 소위 '제1차한일협약'인 것이었다.

주막과 학교에서부터 지금 조선이 당면한 시국에 대한 가지가지 이야기들이 퍼져 나오고 있었다. 그것은 시간이 갈수록 줄기를 뻗고 가지를 쳤다.

"일 났다, 친구야. 왜눔들이 안 있나, 우리 조정의 재정과 외교 부서에 저것들이 추천한 고문을 초빙해라꼬 연방 압력을 넣고 있다 안 쿠나."

"잘 들어라, 너희들. 일본이 추천한 고문顧問들이 우리 대한제국 행정 업무를 자문하는 데만 그치지 않고, 실권을 갖고 내정 간섭을 해온다는 것이야."

언직 말을 들은 호한이나 권학 말을 들은 유생들, 그리고 이 땅의 모든 조선인들이 그저 속수무책 애간장만 바짝바짝 태울 뿐 어찌할 바를 모르고 있는 사이에, 일본의 검은 손아귀는 대한제국의 멱살을 움켜쥐고 있었다.

효원과 얼이의 인생에 커다란 변화가 일어나기 시작한 것은, 마침내 일본이 전쟁에서 승리한 직후에 이른바 '을사조약'이라고 불리는 저 '제2차한일협약'을 강제로 체결하고서였다.

우리 외교권을 빼앗고 통감부를 설치한 것이다. 그리고 그와 거의 비슷한 시기에 효원이 소속되어 있는 그 고을 교방, 아니 조선팔도의 모든 교방들이 일제히 문을 닫고 역사의 뒤안길로 사라지게 되었다.

그날 얼이는 언제나처럼 잠시 강가에 바람 쐬러 나간 재영 대신 가게 계산대 앞에 앉아 있었는데, 문득 마당 가 평상에서 이런 소리가 들려왔다.

"교방이 없어져삐모 인자부텀 관기들은 우찌 되는 기고?"

'머?'

그곳의 손님들 대화를 무심코 듣고 있던 얼이는, 어느 한순간 찬물을 확 뒤집어쓴 듯 정신이 번쩍 들었다. 교방이 없어진다…….

대체 저게 무슨 소리인가? 교방이 없어지다니.

처음에 얼이는 내가 잘못 들었는가 했었다. 밤이고 낮이고 효원 생각에 빠져 있다 보니 이제는 저런 환청까지 들리는가 보다 했다. 차라리 가는 귀가 먹어버리는 게 더 낫겠다 싶었다. 그런데 다시 흘러나오는 소리는 그게 아니었다.

"연희를 담당하는 관기들도 모돌띠리 사라져삐는 기지, 우찌 되기는 머시 우찌 돼? 안 그렇것나?"

앞서 물었던 컬컬한 목소리가 다시 나왔다.

"여하튼 나라에서 관리하던 교방이 문을 닫으모, 그 아까븐 기녀들 춤하고 노래는 고마 썩어야 될 끼니, 에나 아깝고 섭섭커마는."

그러자 나중에 말했던 유별나게 높은 음성이 뒤를 이었다.

"관기들이사 있거나 없거나 우리 겉은 서민들한테는 무신 소용이고? 아모것도 배낄 끼 없제. 아, 입은 쭉 찢어져도 말은 바로 해라꼬, 안 그렇나?"

이번에는 여자같이 가느다란 목소리가 끼어들었다.

"그래노 관기세노가 없어신나문께 넴이 쪼내 그릫거마."

얼이는 뒤통수가 띵해지면서 낯이 화끈거리고 심장이 쿵쿵거렸다.

'관기제도가 없어진다.'

머릿속이 온통 하얗게 비면서 한순간 어떠한 생각도 할 수가 없었다. 결코, 잘못 들은 게 아니었다.

"저……."

언제 계산대에서 일어났는지 얼이는 자신도 모르게 그쪽 평상 앞으로 다가가며 기어드는 소리로 물었다.

"교방이 없어지모 관기들도 모도 교방에서 나오것지예?"

얼이 물음에 높은 음성이 대답했다.

"하모요, 절이 없는데 중이 우찌 거 있을 수 있것소. 이거는 마, 그거하고 가리방상한 이치가 아이것소."

얼이는 자신이 나설 자리가 아니라는 걸 뻔히 알면서도 입은 남의 입처럼 계속해서 묻고 있었다.

"그라모 앞으로 관기들은 우뗳게 살아가야 되꼬예?"

"관기들이?"

그러자 평상에 앉아 있는 세 남자 시선이 한꺼번에 얼이 얼굴을 향했다. 관기에 대해 왜 그렇게 관심이 많은 거지? 하는 뜨악한 표정들이었다. 그러다가 컬컬한 목소리가 다소 장난기 섞인 말을 하였다.

"가마이 본께 아즉 총각이라서 기녀들한테 관심이 높은 모냥이거마는."

얼이는 아주 당황하고 말았다.

"예? 아, 아입니더, 그거는!"

하지만 그는 다 안다는 표정으로 한술 더 떴다.

"내가 이쁜 기생 하나 소개시키줄 낀께, 함 따라가볼라요?"

높은 음성도 옆에서 거들었다.

"총각이 얼골도 잘생기고 몸집도 에나 장난이 아인께, 기생들이 보모 쫄쫄 따라붙을 꺼 겉거마는. 하하하."

그러자 목청 가느다란 손님이 얼굴 빨개진 얼이를 슬쩍 훔쳐보더니 술벗들을 나무랐다. 목소리도 여자 같고 마음씨도 여자처럼 여린 사람이었다.

"아, 여 나루터집매이로 이리 거창한 가게를 운영하는 사람이 오데 기생 살 돈이 없어서 그라까이?"

그리고 나서 이번에는 얼이더러 조심스럽게 물었다.

"해나 총각이 관기하고 무신 관계가 있는 거는 아이요?"

얼이는 그때 마침 대추나무에서 이쪽으로 날아오고 있는, 전신이 검고 긴 털이 빽빽하게 나 있는 먹뒝벌의 침에 쏘인 듯 그만 가슴이 크게 뜨끔해지고 말았다.

"아, 아입니더. 관계는 무신?"

높은 목소리가 말했다.

"에이, 아인 기 아인 거 겉거마는. 얼골이 고마 벌게지는 거 본께네."

얼이는 손사래까지 쳤다.

"아이라캐도예? 아입니더!"

그 큰소리에 다른 평상 손님들도 일제히 이쪽을 바라보았다. 얼이는 자신도 모르게 자라목이 되었다.

"아이라쿠는데……."

컬컬한 음성이 맨 먼저 불을 지핀 책임이라도 지려는지 일행들을 타일렀다.

"자, 자, 고마하이시더. 와 순진한 총각을 자꾸 놀릴라쿠요? 저 총각 이 성이 나모 에나 무서블 거 겉거마는."

그러고 나서 그는 일깨워주듯 얼이에게 이런 말을 던졌다.

"이거는 마 내 생각인데, 우쨌든 관기들도 목에 풀칠은 해야 된께네, 이리저리 살 길을 모색 안 하것소."

얼이는 낭패를 한 번 당했으면서도 자신도 모르게 또 묻고 말았다. 효원과 상관이 있는 일에는 어떤 대책도 없는 사람으로 비쳤다.

"그런께 앞으로는 관기들이 나라 간섭을 하나도 안 받고, 지들이 하고 싶은 대로 함시로 살아갈 수 있다, 그런 뜻이지예?"

높은 목소리가 정색을 한 얼굴로 대답했다.

"당연하다 아이요. 나라에서 멕여 살리지도 몬함서 관기들한테 우뜨게 간섭할 끼요. 안 그런가베?"

제법 문자를 끌어와 쓸 줄도 알았다.

"묵기는 파발擺撥이 묵고 뛰기는 역마가 뛴다꼬, 애쓴 사람이 보수를 받지 몬하고 다린 사람이 받으모 안 되제."

다른 두 사내도 고개를 주억거렸다.

"하모요. 최종적으로 놓고 볼 때는 자유의 몸이 된 거 아이것소."

"그라모 도로 잘된 기네요?"

높은 목소리가 가벼운 기침을 한 후에 말했다.

"그기사 시간이 쪼꼼 더 지내봐야 안 알것소."

이제는 붙들고 물어봤자 그들에게서 더 얻어들을 것이 없겠다고 판단
한 얼이가 막 돌아서려는데 가녀린 목소리가 발목을 잡았다.

"내 보기에는 안 있소. 배운 도독질이라꼬, 기녀들이 다린 일을 새로
시작하기는 쪼매 에려블 끼고, 그래 자기들 재능을 그대로 지키감시로,
또 개성시킬라꼬, 머신가 새로븐 단체를 안 맨들까 싶거마는."

얼이가 야릇한 기분을 느끼고 있는데 이번에는 컬컬한 목소리였다.

"그 이약도 한참 일리가 있거마는. 자고로 송충이는 솔잎을 묵어야
제, 딴 이파리를 우찌 묵것소?"

높은 목소리가 거창한 착상이라도 한 것처럼 한층 목청을 돋우었다.
그 바람에 평상이 들썩거릴 지경이었다.

"기생조합 겉은 거를 맨들랑가도 모리지요."

그 말에 일행들은 하나같이 호기심이 동하는 얼굴로 바뀌었다.

"머요? 기생조합요?"

"내가 무신 조합, 무신 조합 소리는 마이 들어봤어도 그런 조합은 첨
이거마는."

기생조합, 기생조합…….

그 말이 이상하게 얼이 가슴 한복판에 와 박혔다.

'우짜모 그랄 수도 있제.'

얼이는 다시 그들과 더 이야기를 나누고 싶었다. 그렇지만 입에서 무

슨 위험한 소리까지 튀어나올지 몰라 그만 등을 돌렸다. 그만큼 흥분되어 있는 상태였다.

'아, 효원이가 이 일을 알기 되모 올매나 좋아하까.'

무엇보다도 어서 효원에게 달려가 이 기쁜 소식을 알려주고 싶었다. 이제 자유의 몸이 되었으며, 더 이상 숨어 지내지 않아도 되게 되었다. 교방 자체가 없어지게 되었으니, 기적妓籍에 무슨 전과 기록이 남아 있더라도 아무 걱정할 필요가 없어졌다. 이제 우리는 마음 놓고 만날 수 있다고 말하고 싶었다.

"아, 예. 올맨고 하모……."

계산대에서 잠시 정신이 거의 반쯤은 다 달아난 상태로 손님들 밥값 계산을 하던 얼이는, 강바람을 쐬고 돌아온 재영에게 그 자리를 맡기고 얼른 안채로 들어갔다. 당장 외출복으로 갈아입고 효원이 있는 오광대 합숙소로 씽 달려갈 작정이었다. 그런데 옷을 바꿔 입다가 생각하니 그 기쁜 중에도 갑자기 심징이 막막해짐을 느꼈다.

'그라모 효원이를 그 집에서 데불고 나와야 안 하나. 죽은 최종완이 시체를 매장한 우물 땜에 그리 무서버하는 집에서 말이제.'

거기까지는 좋았다. 그냥 좋다는 정도가 아니었다. 그야말로 팔짝 뛰면 머리가 하늘에 닿을 것이다. 한데 문제는, 그다음이었다.

'그란데?'

죽비로 내리치듯 머리를 후려치는 소리가 있었다.

'오데 가 있거로 해야 하는 기고?'

얼이는 무너지듯이 그대로 방바닥에 철버덕 주저앉고 말았다. 효원이 새로 가 있을 만한 마땅한 곳이 떠오르지 않았다.

'그렇다꼬 무작정 우리 집에 와 있거로 할 수도 없다 아이가?'

한참 앉아 새겨볼수록 답답하고 암담하기만 했다. 먹지 못할 풀이 오월에 겨우 나온다고, 되지도 못한 주제에 어정거리는 자신이 혐오스럽기까지 하였다.

'우리는 비록 동침은 했지만도, 모리는 넘들이 보기에는 같은 자리에 앉기도 머한 처녀 총각 아인가베.'

기쁨도 잠시였다. 또 다른 벽이 앞을 가로막고 있다. 세상사 첩첩산중이라더니. 그러면 포기하지 말고 돌아서라도 가라고 배웠는데…….

'그래도 어머이 말고는…….'

어머니에게 죽기로 매달려볼밖에. 하지만 그렇게 한다고 해서 이 문제가 완전히 해결될 것도 아니었다. 예상치도 못한 복병들이 많았다.

'아인 기라. 어머이사 그렇다 치고, 다린 식구들이 우찌 생각하것노 그 말이다. 상식적인 선에서 헤아리 봐도 아이다.'

얼이는 그사이에 몇 차례나 외출복으로 갈아입었다가 다시 벗었다가를 반복했는지 모른다. 그러던 얼이는 어느 순간부터 그만 두 눈에서 평평 눈물을 쏟아내기 시작했다. 이 넓은 세상에서 참새같이 조그만 효원이 몸 하나 건사할 곳을 마련해줄 수 없었다.

'이 시상에서 내만치 몬난 눔이 또 오데 있으꼬?'

온 세상이 무능한 놈이라고 비웃으며 손가락질을 하고 있었다.

'죽자. 콱 죽어삐자. 이 빙신아, 니 살아서 머하것노.'

혹시 집안 식구들에게 들킬세라 한동안 혼자 그렇게 자조하고 소리 죽여 가며 울다가 어느 순간 별안간 얼이는 뚝 울음을 그쳤다. 두 눈에서 번쩍, 빛이 났다. 방바닥에 팽개쳐놓았던 외출복을 집어 들고는 허겁지겁 갈아입었다.

마치 지난날 저 상평 남강 변에서 원채와 함께 일본군을 상대로 의병 활동을 펼칠 때처럼 기운차고 민첩한 동작이었다. 사실 그 당시는 어쭙 잖은 감상 따윈 하나의 사치에 지나지 않았었다.

그런데 지금도 기억나는 게 하나 있었다. 전투태세를 갖추고 있을 때였는데, 강가에 서 있는 어떤 나무 위로 무엇인가를 입에 문 때까치란 놈이 날아들더니만 그것을 나뭇가지에 꿰어놓고 있는 것이었다.

"저늠은 잡은 먹잇감을 저리 해놓는 습성이 있다 아인가베."

아주 긴장한 속에서도 잠시 그 광경을 올려다보고 있는 그에게 원채가 일러준 말이었다. 그 순간 얼이 머리를 '쿵' 때리는 소리가 있었다. 무슨 수를 쓰더라도 절대 저 비참한 먹잇감처럼은 되지 말자.

'그 전투에서도 살아남은 내가 아이가. 일단은 죽이 되든지 밥이 되든지 함 부닥쳐봐야 하는 기라. 밥도 죽도 안 된다 쿠더라도 우짤 수가 없는 기고.'

얼이는 식구들 눈을 피해가며 살짝 집에서 빠져나왔다. 완전 전투를 치르는 기분이었다.

'후우, 안 들킷다.'

집 밖으로 나오자마자 우선 숨부터 한 번 크게 내쉬었다. 주방에 있는 우정 댁이나 비화, 평상에 음식을 나르는 원아, 계산대에서 때마침 나가려는 손님들 밥값을 계산하는 재영, 주방 아주머니들, 그 누구도 미처 알아차리지 못했다.

"헉헉, 헉헉."

얼이는 옥봉리와 수정리 어름에 자리하고 있는 오광대 합숙소까지 어떻게 달려갔는지 모른다. 아마도 거의 무의식적인 상태에서 습관적으로 움직였던 게 아닌가 싶었다. 거긴 상촌나루터와 결코 가까운 거리가 아니었다. 그렇긴 하지만 얼이는 그야말로 바람같이 그곳에 당도한 것이다.

"효원!"

"얼이 되련님?"

효원은 반가운 중에도 깜짝 놀라는 얼굴이 되었다. 이렇게 갑자기 얼이 도령이 올 줄은 몰랐다. 더군다나 지금은 밤이 아니었다. 이제 곧 어둠이 깔릴 시각이긴 하지만 아직도 빛살이 이른 봄 언덕에 있는 잔설처럼 남아 있었다.

"효원! 인자 효, 효원은……."

두 팔로 효원을 끌어안은 채 얼이는 제대로 말을 잇지 못했다. 효원은 얼이 얼굴을 올려다보며 떨리는 목소리로 물었다.

"와예, 되련님? 무, 무신 일이 이, 있어예?"

효원은 더없이 행복에 겨운 모습이면서도 굉장히 불안한 목소리로 물었다. 얼이는 효원 몸도 따라 움직일 만큼 제 몸을 크게 흔들었다.

"그, 그기 아이고……."

그러자 뭔가 엄청난 일이 일어났다는 직감에 말없이 자신을 쳐다보는 효원에게 얼이는 가슴 벅차오르는 소리로 말했다.

"인자 효, 효원이 더 숨어 지낼 피, 필요가 없어진 기요."

효원은 방금 내가 무슨 말을 들었느냐는 표정이었다.

"예에?"

얼이는 먼산바라기처럼 어딘가 먼 곳을 쳐다보는 눈빛으로 말했다.

"숨어 지낼 필요가……."

"되련님?"

그러잖아도 크고 둥근 효원의 눈이 그야말로 화등잔이 되었다. 얼이는 끝내 울음을 터뜨렸다. 사람은 크게 복받치는 감정을 그렇게 표출할 수밖에 없는 건지도 모른다.

"잠깐만예, 되련님."

손으로 얼이 몸을 밀어내며 효원이 급히 물었다.

"시방 그 말씸은?"

얼이는 효원의 상체를 감고 있던 팔을 풀었다. 그러고는 한 번 더 가쁜 숨을 몰아쉬고 나서 떨리는 목소리로 알려주었다.

"교방이 없어진다쿠는 소문이오."

"예? 교방이 우떻다꼬예?"

"효원이 있던 우리 고을 교방이 사라진다 안 쿠요."

효원이 최종완의 침범이 있고 난 뒤 새로 달아 붙인 문고리 달린 방문이 저 혼자 덜컹거렸다가 도로 잠잠해졌다. 집도 생명이 있다더니, 그 말이 맞는 모양이었다.

"아, 되련님!"

비로소 효원도 그 말귀는 알아들은 듯했다. 그러나 효원은 더더욱 믿기 어려운 기색이었다.

"그기 뭔 말씀이라예? 교방이 사라진다이?"

얼이 음성이 조금은 더 또렷해졌다.

"관기제도가 없어진다, 그 말이오."

"……."

"그래도 몬 알아듣것소?"

"그, 그기 진짜라예?"

"진짜요."

같은 질문과 대답이 반복되었다.

"에나 관기제도가 없어져예?"

"에나요."

얼이가 다시 효원을 부둥켜안았다.

"에나 진짜요. 시방 밖에는 그런 소문이 쫙 퍼짓소."

"그랄 수가?"

"인자 효원은 자유의 몸이 된 기요, 자유의 몸."

문득, 방문의 문풍지가 파르르 떨렸다. 추운 한겨울밤 찬바람에 시달리는 것과는 사뭇 달라 보였다.

효원은 그저 넋이 다 빠져나간 여자로 비쳤다. 이 세상이 그대로 있는 한 영원히 존재하리라 믿었던 교방이……. 결코, 달아날 수 없는 그녀 마음의 감옥으로 자리 잡고 있는 교방이었다.

얼이가 자기 상체를 바싹 끌어당겨 볼을 비벼대도 효원은 우두커니 그대로 있기만 했다. 목각인형을 떠올리게 했다.

"머라꼬 말을 해보시오. 안 믿기요, 효원?"

그 사실을 현실로 확인함으로써 기쁨과 감격을 맛보려는 얼이 물음에도 효원은 대답이 없었다. 집 근처를 지나가고 있는 아이들이 제멋대로 내지르는 큰소리가 다른 세상에서 들려오는 것 같았다.

"하지만도 이거는 사실인 기요."

"사실."

그가 겪어야만 했던 그 숱한 낮과 밤의 외로움이 고스란히 묻어나는 음색이었다. 뒤돌아보면 가시덤불 속을 맨몸으로 뒹굴던 고통과 회한의 세월이었다.

"인자 우리는 서로 안 떨어져 있어도 된다 아이요."

그런데도 효원은 한번 만들어지면 변화가 있을 수 없는 오광대 탈같이 여전히 멍한 얼굴 그대로 혼자 중얼거리기만 하였다.

"교방, 교방이……."

이번에는 신들린 무녀 같아 보였다. 그녀의 고통은 얼이보다도 한층 심했다. 만약 원채가 없었다면 지금 어떻게 되어 있을지 상상조차 싫었다.

"안 믿기도 괘안소. 인자 교방이 없어졌으이, 아모도 효원을 잡으로 안 댕길 끼요."

얼이는 세상 모든 근심 걱정을 다 내려놓은 사람으로 보였다.

"낼로 잡으로 안 댕긴다…….."

그러던 효원이 홀연 정신이 났는지 이렇게 물었다.

"그라모예? 다린 관기들은 모도 우찌 된다는 긴데예?"

"그거는 잘 모리것고, 하여튼 다 뿔뿔이 안 흩어지것소."

"다 흩어진다꼬예?"

"내 생각에는 그렇소."

"다 흩어지모, 흩어지모…….."

"흩어지고 안 흩어지고 간에…….."

얼이가 떼쓰는 아이처럼 굴었다.

"시방 그기 중요한 기 아이요, 효원."

효원이 눈을 한 번 감았다가 떴다. 얼이 눈은 어쩔 도리 없이 또 최종완의 사체가 있던 방바닥을 보았다. 그의 머리를 내리쳤던 몽둥이도 어른거렸다. 인간의 기억이란 참으로 끈질긴 요물이었다. 그린 뭉기기 또 없었다.

"효원은 여서 이리 안 숨어 지내도 된다쿠는 기 중요하다 아이요."

얼이는 지금 당장 그 방에서 나가자는 품새였다. 마침내 효원도 얼이 몸을 감싸 안았다.

"되련님!"

"효원!"

젊고 푸른 산맥이 요동치고 싱싱한 파도가 넘실거렸다.

민자 무늬 벽지로 바른 벽이 모든 것을 수용해줄 수 있을 것 같았다. 아이들 소리가 사라진 사위는 태초의 공간을 닮았다.

"아, 우리 두 사람 영원히…….."

효원은 말끝을 잇지 못했다. 그래도 아무 상관없었다. 더 무슨 말이 필요하랴. 그 순간만은 중앙황제장군 최종완에 대한 악몽도 거짓말처럼 물러갔다. 그렇게도 사람 마음이 평온하고 안정될 수 없었다.

쫓기는 자의 불안과 초조. 그것은 직접 당해보지 않은 사람은 결코 알지 못한다. 어두운 구석구석 무섭게 노려보는 칼날 같은 눈들이 있다. 사방팔방에서 접근해오는 섬뜩한 그림자가 있다. 서서히, 아주 서서히 숨통을 죄어오는 검은 손아귀와 숨을 쉬지 못하게 만드는 독기 서린 입김.

그 모든 것들로부터 풀려났다고 느꼈을 때의 그 안도감. 창공을 마음껏 날아다니는 새의 해방감. 한껏 기지개를 켜는 봄꽃의 환희였다.

연인들은 뜨거운 몸짓으로 최종완의 핏자국을 지워냈다. 창호지를 훤하게 비추던 서러운 달빛과 문틈을 파고들던 차가운 바람. 어디에선가 밤중 내내 들려오던 수리부엉이 울음과, 검은 장막을 걷고 새날이 밝아오면 어김없이 새벽 공기를 뒤흔들던 두부장수의 종소리며…….

우주의 대충돌보다도 강한 기가 발산되고 있다. 언제부터인가 마음에 묻어나고 있는 그 모든 아린 소리의 껍질을 한 꺼풀씩 벗겨버리듯…….

이윽고 사막을 떠올리게 하는 깊고 짙은 정적이 찾아왔다. 그새 어둠이 세상을 깡그리 점령해버렸다. 그러나 이제 외로움과 무섬증을 느끼게 하는 어둠은 아니다. 포근한 이부자리인 양 풍성한 어둠의 자락이다.

"시방 우리는 오데 있는 기까예?"

효원이 밑도 끝도 없이 그렇게 물었다.

"우리가 오데?"

얼이는 잠시 멍했지만 이내 그 말뜻을 알아차렸다.

"핸실 속에 안 있소."

얼이가 효원 속에 있고, 효원이 얼이 속에 있다.

"지는 우리가 따로 떨어져 있을 때도 믿었지예. 되련님과 지는 시방 이 순간 겉은 시간 속에 살고 있다고."

"떨어져 있을 때도 그랬다고요. 이기 설마 꿈은 아이것지요?"

효원은 처음 말을 배우는 아이 같았다.

"꿈, 꿈, 꿈……."

그러면서 천장을 올려다보는 자세로 자리에 반듯이 누워 있던 효원은 어느 순간 갑자기 몸부림을 치기 시작했다.

"인자 그런 말씀은 고만하시예!"

두 손으로 허공을 움켜쥐는 듯한, 아니면 손에서 빠져나가려는 무엇을 놓치지 않으려고 안간힘을 다하는 것 같은 동작과 함께 말했다.

"각중애 눈을 떴을 때 이기 꿈이라쿠는 상상만 해도 미치삐릴 기라예!"

"미치삐리……."

"꿈은 눈만 뜨모 사라져삐는 무지개 아인가예?"

역시 방바닥에 등을 대고 누운 얼이가 고개만 효원 쪽으로 돌리며 말했나.

"그렇소, 꿈이 아이요. 꿈이어서는 안 되는 기요."

"핸실이어야만……."

누가 더 억지를 부리는지 모르겠다. 했던 소리를 또 하고, 했던 소리를 또 했다. 그때 그렇다는 것을 보증해주려는지 그 집 가까운 어디선가 개 짖는 소리와 아이들 소리가 났다. 그 소리는 그 방안을 한 바퀴 맴돌다가 다시 바깥으로 빠져나가는 성싶었다.

"그라고예, 되련님."

효원의 고개도 얼이를 향했다.

"가마이 생각해본께, 당분간은 여게 이집에 그대로 있는 기 좋것어예."

얼이는 방금 내가 무슨 말을 들었는가 하는 빛이었다.

"여 그대로 있는 기 좋것다 캤소?"

"예, 되련님."

얼이가 무척 의외라는 얼굴로 물었다.

"이집은 에나 신물이 안 나요?"

변변한 세간이나 장식품 하나 없이 휑뎅그렁한 그곳 방을 둘러보며 계속 물었다.

"쪼꼼도 더 있기 싫을 낀데?"

"그거는……."

효원이 입가에 쓸쓸한 웃음을 베물었다. 낙엽 한 장을 입에 물고 있지 않나 싶었다.

"신물이 나도 우째예? 있기 싫어도 우째예?"

소쩍새가 내는 피맺힌 울음보다도 더 슬픈 소리로 말했다.

"갈 데가 없는데……."

효원의 말은 얼이 가슴에 공허한 메아리가 되어 울려 퍼졌다. 웃음에 백만 년, 울음에 천만 년. 그렇게 살아가는 메아리라고 믿는 얼이였다.

효원이 그리울 때면 혼자 산 위로 올라가서 수없이 효원의 이름을 부르곤 했었다. 그러면 효원이 보내주는 응답인 양 다시 돌아오던 그의 목소리였다.

"죄송해예, 되련님. 씰데없는 말을 하는 기 아인데 고마 해삤어예."

얼이 얼굴에 소슬한 가을바람과 유사한 기운이 스쳐 갔다.

"아이요, 맞소."

효원은 얼이 눈길을 피했다.

"맞는다 쿠더라도 해서는 안 되는 거였어예."

하지만 얼이는 피해갈 수 없는 일이란 것을 잘 안다는 표정을 지었다.

"그기 핸재 우리가 처해 있는 부정할 수 없는 핸실인 기오."

"부정할 수 없는 핸실."

효원이 울먹이기 시작했다. 그러자 얼이가 홀연 절교 선언을 내리듯 매정하리만치 벽을 향해 싹 돌아누웠다. 효원 눈에 벌판보다 넓어 보이는 그의 등판이 들어왔다.

"되련님."

얼이 등판이 흔들리고 있다. 양쪽 어깨가 들썩거렸다. 효원 눈에는 세상이, 우주가 요동치는 것으로 비쳤다. 그 속에는 바람에 속절없이 나부끼는 나뭇가지 끝의 잎사귀가 돼 있는 효원 자신도 보였다.

효원은 얼이 쪽으로 돌아누우며 팔을 뻗었다. 하지만 천지가 진동해도 꿈쩍도 하지 않을 것 같던 우람한 얼이 몸은 더 세차게 흔들렸다. 효원은 천장이 내려오고 사방 벽이 다가와서 그들이 그 속에 끼이고 있는 아뜩함에 한없이 허우적거려야 했다.

"미안하요, 효원."

모로 돌아누운 채 얼이가 흐느꼈다. 그의 말 한마디 한마디에 눈물방울이 매달려 있었다.

"당신 작은 몸띠이 하나 있을 곳도 몬 마련해주는 내가……."

효원이 끝까지 듣지도 않고 몹시 화난 투로 말했다.

"얼이 되련님! 지가 원하는 거는……."

얼이도 효원 말을 끊었다.

"더 이상 말 안 해도 무신 뜻인지 내 다 아요. 다 알지만도……."

효원은 다시 얼이 말을 잘랐다.

"아시모……."

잠시 침묵이 흘렀다.

"하지만도 그거는 아이요."

얼이는 그 자세로 완강하게 고개를 내저었다.

"내가, 이 얼이란 눔이 참말로 이기적인 인간인 기요."

"이기적인 쪽은 도로 지라예."

"지발 낼로 더 비참하거로 맨들지 마소!"

"그기 아이……."

그들이 살해하여 폐정에 매장했던 최종완의 혼령이 그의 몸에 들어간 것처럼 평소 얼이 목소리가 아니었다.

"내사 인간도 아이요. 금수만도 몬하요."

그는 손으로 피멍이 들 정도로 가슴을 마구 쳐가면서 말했다.

"오즉 지 하나밖에 생각 안 하는……."

"되련님!"

급기야 효원이 버럭 소리치며 벌떡 일어나 앉았다. 하지만 머리가 꿀렁꿀렁하면서 속이 몹시 메슥거리고 엄청난 어지럼증에 그냥 쓰러지려고 하였다. 그녀는 간신히 손바닥을 뜨거운 이마에 짚으며 말했다.

"함 일어나보시예, 되련님."

"……."

그래도 얼이는 여전히 그냥 누워 있기만 했다. 그런 얼이 등에 효원의 말이 화살이 되어 날아가 꽂혔다. 촉에 독이 묻어 있는 화살이었다.

"원채 아자씨가 잘 아시는 기라예."

얼이 몸이 움찔했다. 효원은 아무런 억양도 담겨 있지 않은 목소리였다.

"이 효원이 선택할 길은 오광대패가 되는 거밖에 없다쿠는 거를."

잠시 멈췄던 얼이 몸이 또다시 와들와들 떨리기 시작했다.

"물론 여자 광대가 안 흔하다쿠는 거는 압니더."

입에 시퍼런 칼을 무는 비장한 소리가 이어졌다.

"하지만도 얼이 되련님하고 안 헤어지고 같이 살 수만 있다모……."

얼이 몸이 떨림을 멎었다.

"지는 그보담도 백배 천배 심들고 에려븐 싯도 할 각오가 돼 있어예."

개 짖는 소리와 아이들이 내지르는 소리가 사라진 지는 오래였다. 세상에 한 번 생겨난 것은 영원히 소멸하지 않는다던데, 그 소리들은 이제 어느 곳에서 울리고 있을까? 교방 관기들이 하던 그 이야기를 떠올리며 효원이 말했다.

"그리 지내다가 교방에 함께 있던 관기들을 찾아볼랍니더."

"관기들을 말이오?"

"예, 그래예."

"머 땜새?"

아까부터 미동도 하지 않고 있는 방문은 세상과 그들을 격리하기도 하고 소통시키기도 하는 유일한 '지상의 문'이었다.

"지 생각에는……."

효원은 그 까닭도 얘기했다.

"우리들의 춤과 노래 솜씨를 갖고 살아갈 수 있는, 그런 무신 일인가가 시상에는 반다시 있을 기라고 봐예."

"춤과 노래……."

"없으모 맨들어야지예."

"살아갈 수 있는 일."

얼이가 느꺼운 목소리로 말하면서 부스스 일어나 앉았다. 우람한 체구는 어지간한 산을 떠올리게 했지만, 눈은 좁은 방구석 어딘가를 향했다. 효원은 우리가 탈출구를 찾으려면 좀 더 넓은 곳을 바라보아야 하지 않을까 생각하였다.

"살아갈 수 있어예."

얼이는 일찍이 그토록 간절하게 들리는 말은 들은 기억이 없었다. 앞으로도 그럴 것이다.

"죽지는 안 해예."

계속 침묵을 지키는 얼이에게 효원이 타이르듯 했다.

"오광대 패가 되든, 관기를 했던 이력을 바탕삼아 다린 머신가가 되든, 설마 살아가지는 몬하까예?"

잠자코 듣고만 있던 얼이가 힘겹게 입을 열었다.

"내한테 교방이 없어진다쿠는 거를 알리준 사람들도, 방금 효원이 말한 그런 가리방상한 이약을 하기는 했소."

효원이 자못 놀라는 눈빛을 했다.

"그랬어예?"

얼이는 시무룩한 얼굴로 말했다.

"그랬소."

효원이 눈을 반짝였다. 이제까지와는 달리 그래도 생기가 좀 보이는 그녀였다.

"머라꼬 하던데예?"

캄캄한 깊은 동굴 속에서 한 줄기 빛을 찾으려고 안간힘을 다하는 여자가 거기 있었다. 얼이는 들은 그대로를 상세히 들려주었다.

"기녀들이 재능을 그대로 지키고, 또 개승시킬라꼬, 우떤 새로븐 단체를 맹글랑가도 모린다꼬……."

효원이 끝까지 듣지도 않고 새로운 기운을 얻은 양 밝은 목소리로 말했다. 얼이가 처음 만났던 날의 그 모습으로 되돌아가 있었다.

"그리쿠지예? 보이소, 넘들도 그리 안 쿱니꺼. 그러이 된 기라예."

돌덩이처럼 굳어 있던 얼이 낯빛도 조금은 퍼지기 시작했다.

"그리쿰서로 기생조합 겉은 거도 이약하……."

일순, 효원이 얼이 말끝을 가로채며 큰소리를 질렀다.

"기생조합예?"

이번에는 그 방에 하나밖에 없는 작은 창문이 덜컹, 하는 듯했다.

"아, 기생조합!"

"……."

효원은 금세 얼이에게 달려들 모습을 보였다.

"그런 말도 했어예?"

"그, 그렇소."

"기생조합, 기생조합……."

효원은 세상에서 최고로 듣기 좋은 꽃 노래를 들은 사람의 얼굴로 바뀌었다. 얼이는 그만 어리둥절한 표정이 되었다.

"각중애 와 그라는 기요?"

그러나 효원은 얼이 무릎이라도 잡아 흔들 것같이 하며 더욱 목소리를 높였다.

"됐어예! 됐어예!"

"머가?"

"바로 그거라예! 기생조합."

얼이 눈에 효원이 높은 벼랑 끝에 서 있는 여자로 보였다. 그녀가 벼랑에서 굴러 내리면 밑에서 받아줄 사람은 나밖에 없다는 자기암시를 하면서 효원을 불렀다.

"효원."

"더 들어보이소. 어차피 나라에서 교방을 없애모, 관기들은 오데로 가것어예?"

"그, 그거는……."

얼이로서는 답변할 재간이 없는 물음이었다. 하지만 효원은 더 물어볼 것도 없다는 투였다.

"갈 데는 한군데밖에 안 없어예?"

그런데 다음에 나오는 말이 얼이 마음에 너무나 들지 않는 소리였다.

"사내들 술시중이나 드는…….'

당연히 마지막까지 듣지 못했다.

"그런 이약은 하지 마소."

얼이는 손으로 효원의 입이라도 틀어막고 싶어 하는 빛이었다. 한데도 효원은 하고 싶은 이야기가 넘치는 모양이었다.

"이왕지사 그리할라모 기실라쿠지 말고 도로 내놓고 하는 기 좋다고 봅니더."

그녀 성품을 그대로 드러내 보이는 순간이었다.

"비겁 안 하고 떳떳하거로."

"아, 효원."

얼이는 효원이 지금 당장이라도 사내들 술 시중드는 기방이나 주막으로 달려갈 것 같아 불안하기까지 하였다. 효원 정도의 미모라면 기방 어미나 주막 주인은 갖은 발싸심을 해가며 그녀를 잡아 앉히려 난리일 것이다.

"더 들어보이소."

그런데 효원은 그 기생조합이란 것에만 온통 마음을 빼앗기고 있는 눈치였다.

"조합이 생기모 기녀들 권익도 훨씬 보호될 깁니더."

방바닥은 미적지근했지만 효원의 음성은 활활 불타오르고 있었다.

"또 시상 사람들이 기녀를 보는 눈도 달라질 기라예. 그뿐이 아이고…….'

얼이는 난생처음 대하는 사람처럼 효원을 바라보기만 하였다. 그녀는 나중에는 이런 소리도 했다.

"기녀라꼬 벌로 몬 대한께, 지가 싫으모 사내를 안 받아들이도 되고, 거다가 또 없는 줄 압니꺼."

얼이는 말 그대로 감긴 실타래 풀리듯이 히는 효원의 입만 멀거니 응시했다. 솔직히 지금 무슨 이야기를 하려는지 퍼뜩 납득이 되지 않았다. 내놓고 사내들 술 시중을 든다고 했다가, 사내를 받아들이지 않아도 된다고 했다가…….

'스스로 혼란스러븐 기까? 자꾸 저라다가는 오데꺼지 갈랑가 모리컷다.'

하지만 효원은 갈수록 흥분한 모습을 보였다. 앞에서 지켜보기 아슬아슬할 정도로 자신감마저 차 있었다.

"그 일, 기생조합 맹그는 일에, 이 효원이 젤 앞장설 깁니더."

"인자 그 이약은 고만하소."

하지만 효원은 막무가내였다. 하긴 해랑조차도 휘휘 혀를 내두른 고집이긴 하였다.

"더 들어보이소. 기생 조합원이 되모 교방에 있을 때보담도 좋아질랑가도 몰라예. 같은 기녀들끼리 모인 단첸께네예."

얼이가 조심스럽게 물었다.

"그라모 오광대는 고만둘라쿠는 기요?"

효원이 가느다란 고개를 자신 있게 흔들었다.

"아이라예."

얼이는 더 헷갈렸다.

"그라모?"

"함 들어보이소."

효원의 장래 계획은 들어볼수록 거창했다.

"오광대도 놀고 기생조합에도 들가고, 그리할 기라예."

"그기 가능하것소?"

"가능하지예."

"우찌?"

"시방 오광대 사람들 함 보이소."

"오광대 사람들?"

"하모예. 모도 생업을 갖고 있음서 놀음판도 안 팰치예. 물론 광대짓만 함서 살아가는 광대패들도 쌔삣지만도예."

사위는 갈수록 한층 조용해지고 있었다. 그래서 세상에는 그들밖에 없는 느낌마저 들었다.

"그런께네 전문 광대패도 있고, 안 그런 쪽도 있고……."

그제야 얼이 안색이 조금 밝아졌다. 그는 이런 말도 내비쳤다.

"그라모 내도 장사함서 놀음판도 같이 놀라요."

"하모예, 되련님. 인자 다 잘됐어예."

"아, 우리 앞에도 희망이 나타날랑가?"

"나타나지예. 와 안 나타나예?"

둘이 동시에 말했다.

"희망!"

청춘들은 서로의 얼굴을 마주 보면서 세상에 없는 환한 웃음을 지었다. 이제 모든 고통과 갈등은 끝났다. 지옥의 시간은 사라지고 천국의 시간을 살아갈 일만 남았다. 가난한 집 제사 돌아오듯, 치르기 힘든 일이 그렇게도 자주 닥치더니만.

그러나 새로이 태어난 기분이 되어 가슴 벅차 있는 두 사람은 전혀 알지 못했다. 찬연한 무지갯빛 꿈에 깊이 젖은 나머지 그때 방문 밖에 누가 와 있는가를. 하긴 다른 누구라 할지라도 눈치채지 못했을 것이다. 그만큼 은밀한 행동이었다.

언제부터 검은 그림자는 꼼짝달싹하지 않고 서서 방에서 흘러나오는 대화를 모조리 엿듣고 있었다. 온몸을 잔뜩 옹크리고 있는 탓에 그 정체 불명의 물체는 얼핏 작은 고양이 같아 보였다. 그러고 보니 남자가 아니었다. 여자였다. 비록 어둠에 싸여 자세히 볼 수는 없었지만 남자라고 말하기에는 체구가 너무나 왜소했다.

그림자는 그곳에서 떠날 줄 몰랐다. 안에서 이제는 더 아무 소리도 새 나오지 않고 있었다. 한데도 무언가를 좀 더 알아내려고 귀를 곤두세우고 있는 그 여자 얼굴에 가득 서려 있는 것은 분명히 독기였다. 기이하고 야릇한 빛이 감도는 두 눈에 번득이는 것은 어김없는 살기였다.

안에서는 밝음이 하얀 꽃송이같이 휘날리고 있을 즈음에, 밖에서는 어둠이 검은 눈발처럼 내려오고 있었다.

일본인 토목기술자

다미가 성의 북문인 공북문拱北門 안으로 들어섰다.

그녀는 호주장로회 소속 달렌 선교사가 조선인 기독교도인 김애성과 더불어 아주 열심히 선교 활동을 펼치고 있는 그 초가집을 향해 곧바로 걸음을 옮겨놓았다. 바로 예배처소와 임시사택으로 쓰고 있는 곳이었다.

'달렌 선교사와 김애성 교인의 이약이 맞으까?'

예배 보는 집이 가까워질수록 다미 머릿속은 그 끝을 알 수 없는 미로인 양 복잡해졌다. 반드시 풀어야 할 숙제를 풀지 못한 채 무작정 미루어놓은 것처럼 마음이 무겁고 개운하지 못한 기분에서 헤어나기 어려웠다. 호주인들의 여자학교 때문에 더욱 자유롭지 못한 것도 사실이었다.

"그기 안 있나……."

아버지 백범구의 침통한 말이 계속 그녀의 귓전을 울렸다.

"다린 거는 그 사람들하고 머 벨로 다툴 끼 없는데, 우리 고을을 그런 눈으로 본다쿠는 거에 대해서는 쪼매 그렇거마."

그러고 나서 그는 심각한 얼굴로 딸에게 물었다.

"니 생각은 우떻노? 애비한테 기시지 말고 함 말해 봐라."

66

다미 입에서는 자신 없는 대답이 나왔다.

"잘 모리것어예, 아부지."

범구는 그럴 줄 알았다는 얼굴이었다.

"하기사 에린 니가 우찌 판단할 수 있것노. 어른인 내도 그렇는데."

"죄송해예."

그러나 아버지가 비록 말은 그렇게 해도, 다미가 지켜보기에 당신은 이미 확고한 판단을 내리고 있는 것 같았다. 달렌과 김애성 그 사람들과는 달랐다. 어쩌면 아버지는 설령 실상이 그렇다손 치더라도 그것을 인정하고 싶지는 않은 게 아닐까 하는 느낌도 약간 들었다. 하여튼 달갑잖은 일이었다.

"우리 고을 사람들한테는 자존심이 크기 상할 소리 아이가."

범구는 좋게 보려고 해도 아무래도 예감이 나쁜지 음성이 퍽 무거웠다.

"안 그래도 이전부텀 짜다라 배타적이라꼬 알려져 있는 이 고장인 기라."

팔은 안으로 굽는 법이라고, 김애성도 달렌 선교사가 그런 말을 할 때는 안색이 다소간 어두워지는 것을 다미는 보았다.

"이 고장은 음란하기가 고린도성이며, 만연한 우상숭배로 보면 아덴성입니다."

다미는 달렌 선교사의 그 말을 속으로 되뇌어보았다.

'고린도성, 아덴성.'

그녀로서는 고린도성과 아덴성이란 것에 관해 아는 게 전혀 없었다. 무엇보다 그건 난생처음 접하는 소리였다. 그리하여 그저 좋지 못한 곳을 이야기하는 것으로, 짐작 정도만 할 뿐이었다. 특히 아버지 범구의 표정이 보기 민망할 만큼 극심하게 일그러지고 있었다.

"우리 조선은 나름대로 독특한 문화와 풍토를 지니고 있는지라……."

김애성은 시종 범구와 다미 부녀의 눈치를 살피며 그렇게 얼버무렸다. 그렇지만 달렌 선교사의 신념과 의지는 그 고을 성곽만큼이나 굳건해 보였다. 그는 끝까지 자기 의견을 꺾지 않았다.

"사악함과 음란함이 판치고 있는 이 고을을 응당 우리의 성지로 만들어야 합니다. 그러기 위해서 선교 활동 외에도 의료 증진과 학교 교육에도 힘을 써야 하고요."

"……."

김애성은 더는 다른 소리를 꺼내지 못했다. 범구는 연방 헛기침이었다. 그러거나 말거나 달렌 선교사는 제 할 말만 잇따라 늘어놓고 있었다.

"현실이 아무리 힘들고 어려워도 우리는 하나님의 뜻을……."

범구는 달렌 선교사는 보지 않고 김애성 쪽만 보면서 혼잣말을 하였다.

"고을 백성의 뜻도 중요해서……."

이런저런 상념들에 사로잡혀 걷다 보니 다미는 어느새 예배 보는 집까지 당도했다. 달렌 선교사와 김애성이 그 고을에 오자마자 구입한 초가였다. 비 신도들 가운데는 그런 사실에도 무척 못마땅해하는 이들이 있다고 들었다. 서양 귀신이 죽치고 앉아 있을 공간이 생겼다는 것이다.

달렌 선교사는 부인 시콜리와 함께 또 어디 선교 활동을 나갔는지 보이지 않고 김애성 혼자만 있었다. 그는 성경을 보는 중이었다. 다미는 종교상 신앙의 최고 법전이 되는 책들에 생각이 미쳤다. 기독교의 신구약 성서, 불교의 팔만대장경, 유교의 사서오경, 화교의 코란…….

그게 다미가 알고 있는 종교 지식의 전부였다. 김애성은 다미를 보자 얼굴 가득 반가운 빛을 띠며 물었다.

"어서 와요, 다미 처녀. 오늘은 친구들 다 어디 두고 혼자 왔지?"

"예, 그기……."

다미는 간단히 답하고 나서 그곳 벽면에 높직이 걸려 있는 예수상을 올려다보았다. 그 눈빛이 단순하지 못했다. 그녀의 몸도 적잖게 흔들려 보였다. 예수상이라든지 십자가를 볼 때면 언제나 그렇듯 또 불상이 생각났다.

그녀가 아주 어릴 적에, 그러니까 할머니 염 부인이 돌아가시기 한참 전에, 할머니 손에 이끌려 몇 번인가 따라갔던 절집이었다. 당시 대웅전에 모셔져 있는 부처님이 왜 그렇게 무서워 보였는지 모른다. 할머니는 부처님을 보자 오히려 몸도 마음도 무척이나 편안해하시는 것 같은 모습이었다. 아직 철모르는 다미는 할머니가 꼭 천국에 와 있는 듯하다는 생각까지 했던 성싶다.

'우짜모!'

그런데 머리를 빡빡 민 탓에 새하얗다 못해 푸르기까지 해 보이는 스님들 머리통은 동글동글하고 작아 보였다. 아니, 어쩐지 너무 불쌍해 보였다는 게 더 들어맞는 표현이었다. 실상과는 거리가 먼, 어린아이의 철없고 그릇된 눈이 빚어낸 현상이었는지 몰랐다.

어쨌든 간에 그뿐만이 아니었다. 두 손을 가슴 앞쪽에 모으고 주지 스님에게 절을 하는 할머니 모습도 어쩐지 낯설기만 하였다. 가루는 칠수록 고와지고 말은 할수록 거칠어진다고, 말 많음을 경계하던 스님이었다.

그러나 할머니가 비어사라는 절집에 있는 큰 고목에 목을 매달아 자살할 줄은 정말 몰랐다. 참으로 있을 수 없는, 결코 있어서는 안 될 일이 벌어진 것이다. 절에만 가시면 그렇게 안온해 보였던 당신이 아니었던가? 그 아픈 기억 끝에 다미는 문득 이런 생각이 들었다.

'아, 그래서 할무이는 절에 가서 죽으실라꼬 했는갑다.'

하지만 그런 생각은 오래가지 못했다. 폭풍우 휘몰아치는 캄캄한 길을 밟으며 유령처럼 다가오는 한 인간이 있었다.

임배봉. 근동 일등 가는 비단업체인 동업직물 최고 경영자.

'내가 잘한 기까, 못한 기까?'

다미는 비화에게 상세한 내막은 묻지 못했다. 아니다. 물을 수가 없었다. 말 그대로 모순투성이였다. 오히려 비화가 세세한 사연을 들려줄까 봐 가슴을 졸였다. 그러면 먼저 이야기해 달라고 떼쓰듯 부탁한 자기가 그만 자리에서 일어나고 말리라는 불안과 초조에 휩싸였다. 그것은 다미 자신보다도 할머니에게 더 연결되어 있는 성질의 것이었다.

그런데 비화는 듣던 그대로 사려 깊은 여인이었다. 다미 자존심을 최대한 허물지 않으면서도 들려주어야 할 것은 모두 들려주었다. 존경스러움을 뛰어넘어서 무섭고 겁이 난다, 그렇게 느껴질 지경이었다. 무섬증과 두려움을 품게 만드는 종류도 여러 가지인 성싶었다.

할머니와 임배봉과의 악연에 관해 알기 전에도 다미는 임배봉에 대해 듣고 있었다. 지금 그 고을에 사는 웬만한 사람이라면 모르는 이가 없는 일이었다. 오죽했으면 동네 개가 '컹컹' 짖는 그 소리를 놓고, '배봉이 이눔, 배봉이 이눔' 하는 것이라 빗대는 이들까지 나올 정도였다. 개가 나무랄 정도라니 더 말해 뭣하랴.

'우찌 된 집이?'

그의 총애를 받던 종년 언네가 재취인 운산녀 질투심의 희생물이 되어 아랫도리가 훼손되었다는 괴담은 실로 소름 끼쳤다. 설마 그렇게까지 되었겠느냐고 불신했지만, 다미는 같은 여자로서 운산녀에 대한 감정 못지않게 배봉에 대한 반감과 증오심이 컸다.

"무슨 생각을 그렇게 하는 거지, 다미 처녀?"

갑자기 들려오는 그 소리에 다미는 화들짝 놀라고 말았다. 스스로 돌아봐도 너무나 어이없는 노릇이 아닐 수 없었다. 야소교(예수교) 예배처소에 와서 사찰을 떠올리고 또 원수를 생각하고 있었다.

'내가 이리하모 안 되는데.'

다미는 김애성 모르게 고개를 흔들었다. 달렌 선교사가 늘 하는 말이 귀를 울리고 있었다.

– 원수를 사랑하라.

그때 김애성의 목소리가 다시 들려왔다.

"아무래도 예배 보는 장소가 너무 협소한 탓인지도 모르겠구먼."

"예?"

다미는 그게 무슨 뜻인지 몰라 눈을 크게 뜨고 그를 바라보았다. 그러자 김애성은 독실한 신자 특유의 그윽한 눈길로 그 안을 둘러보며 이렇게 말했다.

"우선 다급한 대로 이 집을 구입하기는 했는데, 예배 보는 공간을 새로 마련해야만 할 것 같아."

"아, 예에."

그것은 그녀가 지난번에 벗들과 거기 있을 때 달렌 신교사와 김애성이 걱정스럽고 심각한 얼굴로 나누던 이야기였다. 예배처소가 이렇게 비좁아 신자들이 오지 않을 수도 있으니 더 넓은 집을 얻어 나가야 하지 않겠느냐고 했었다.

그때 다미는 꼭 그렇게 보지는 않는다고 얘기하고 싶었지만 참았다. 피부색이 서로 다르듯이 사고방식이나 사물을 대하는 관점에도 많은 차이가 난다는 사실을 이미 깨치고 있었다. 그리고 외국인인 달렌 선교사보다는 아무래도 같은 민족인 김애성과 서로 말이 좀 더 잘 통할 것 같기도 하여, 나중에 달렌 선교사가 없는 자리에서 그와 대화를 나눠보기로 작정했다.

그런데 이제는 김애성도 달렌 선교사와 똑같은 의지와 신념을 지니고 있다는 게 밝혀졌다. 그것은 그의 말을 통해 보다 또렷해졌다.

"저 성 밖 대안리 2동에다가 여덟 칸쯤 되는 초가집을 건립하여 예배당으로 사용했으면 어떨까 싶구먼."

"여덟 칸 초가집예?"

다미 반문에 그는 고개를 끄덕였다.

"그렇지. 그쯤은 돼야 하지 않을까?"

"예."

초가삼간의 세 배 가까운, 다미가 속으로 그런 계산을 해보고 있는데 이런 소리도 나왔다.

"가시나무에 가시가 난다고……."

한 번 보기 시작하면 하도 장시간 성경책을 보아온 탓에 약간 가성근시가 있다고 들은 김애성은 눈을 가느스름하게 떴다.

"달렌 선교사도 마찬가지 생각이지."

호랑이도 제 말 하면 온다더니, 달렌 선교사가 부인 시콜리와 나란히 돌아온 건 그때였다.

"오우, 다미 처녀!"

"언제 왔지?"

반갑게 인사하는 그들 부부는 다 같이 언제나처럼 혈색이 아주 좋아 보였다. 본래 피부 빛깔이 그렇기도 하지만 모든 것을 하나님에게 맡긴다더니, 그래서 그런가 싶기도 한 다미였다. 좀 심한 말로 '가을 중 싸대듯' 분주히 다니는 그들이었다.

그리고 단지 그들 부부뿐만이 아니었다. 야소교를 믿어볼 작정을 하고 따라온 그 고을 백성이 셋이나 되었다. 남자 둘, 여자 하나였다.

'아! 저 사람들은?'

그런데 얼핏 그들 행색을 본 다미는 내색은 하지 않았지만 내심 더없이 놀라지 않을 수 없었다. 그들은 한눈에 봐도 천민들임이 틀림없었다.

"이분들은?"

다미만큼은 아니지만 김애성도 약간은 충격을 받은 기색이었다. 그렇지만 언제나 만인은 하나님 앞에 평등하다는 말을 입에 달고 있는 달렌 부부 눈에는 똑같은 조선 사람으로 보이는 모양이었다. 다미와 김애성이 생각하는 그런 것은 그들 마음 어느 구석에도 전혀 없어 보였다.

"자, 서로 인사들 하세요. 이쪽은……."

시콜리 부인이 낭랑한 목소리로 서로를 소개했다. 그들의 행동거지와 말투로 미루어 볼 때 다미 짐작대로 천민 신분이었다.

"앞으로 잘 부탁드립니다."

"우리 겉은 사람들이 이런 데 와도 괘안은가 모리것어예."

두 명의 남자가 눈치를 살피는 빛으로 하는 말이었다. 흑갈색 피부가 논밭에서 많이 볼 수 있는 가슴 검은 도요새를 떠올리게 하는 사람들이었다.

"무슨 말씀입니까?"

김애성이 여자같이 부드러운 손으로 사내들의 거친 손을 덥석 잡으며 기도하는 목소리로 말했다.

"하나님께서는 누구든지 반갑게 맞이해 주십니다. 우리 주님께서는 늘 길 잃은 한 마리 어린 양을 위해……."

대략 마흔 살 가까이 돼 보이는 아낙은 그 자리가 서먹서먹하고 부끄러운지 내내 얼굴만 붉혔다.

"아주머이."

다미가 그녀에게 말해주었다.

"잘 오싯어예. 지도 여 온 지 올매 안 돼예."

사내들 시선이 다미 얼굴을 향했다.

"아, 이리 고븐 처녀도!"

그러면서 아낙은 금세 힘이 나는지 이런 말도 했다.

"그라모 요 담에는 우리 딸을 데꼬 와도 되것네?"

김애성이 얼굴 가득 웃음을 띠며 말했다.

"따님도 꼭 하나님을 만나 뵐 수 있도록 하십시오. 허허."

"하이고! 고, 고맙네예."

수줍지만 밝게 웃어 보이는 아낙의 이빨은 믿어지지 않을 만큼 희고도 가지런했다. 어쩌면 피부가 검은 탓에 그런 느낌을 더 자아내는지도 모르겠다.

"그뿐만이 아닙니다, 아주머니."

달렌 선교사 입에서는 한층 아낙을 감격케 하는 소리가 나왔다.

"성 밖에 새 예배당이 서면 거기에 여학교도 세울 계획이니, 따님은 그 학교에서 공부도 할 수 있을 것입니다."

"예에? 우, 우리 딸이 고, 공부를예?"

아낙이 눈을 끔벅거리며 도저히 믿어지지 않는다는 표정을 지었다.

"허어, 그 참."

"시상에 이런 곳이……."

사내들도 매우 경악하는 빛이었다. 어찌 놀라지 않을 수 있겠는가? 남자들도 하기 힘든 공부를 여자에게도 시켜준다니.

"조금도 신기한 일이 아닙니다. 그건 당연한 일이지요. 하나님의 집이니까요."

다시 김애성이 말했고, 달렌 선교사가 거기에 덧붙였다.

"우리 예배당에 나오는 신자들의 따님들이면 누구나 입학시키려고 합니다. 그러니 댁에 돌아가시면 이웃분에게도 널리 알려주시기 바랍니다."

세 사람은 저마다 귀를 의심하는 모습이었다.

"아, 모도 다!"

"우찌 그랄 수가?"

"사람들이 이런 사실을 알기 되모……."

한참이나 입을 다물지 못하는 그들에게 달렌 선교사가 상세히 설명했다.

"물론 성경 공부를 하겠지만, 그 밖에도 조선어와 한문, 지리, 역사, 산술, 습자 등도 배우게 될 것입니다."

사내들은 서로 얼굴만 마주 보고 있고, 아낙이 큰마음 먹은 얼굴로 물었다.

"저, 해나 바느질은 안 갈카주는가예? 집안일을 잘하는 여자라쿠모 바느질도 잘해야 안 합니꺼?"

그러자 시콜리 부인이 남편보다 먼저 대답했다.

"맞아요, 당연히 침봉도 배워야지요."

"우-싸모!"

아낙은 간을 빼먹고 등쳐먹는 세상에서 하나님을 만난 여자와도 같았다. 그만큼 지금까지 살아온 그녀의 삶이 힘들고 어려웠다는 증거이다.

"우리가 죽은 다음에 들어갈 그곳은……."

"하나님은 어디에나 계심으로 인하여……."

달렌 선교사와 김애성이 새로 들어온 신자들에게 이런저런 이야기를 들려주는 것을 잠깐 지켜보고 있던 다미는 인사를 하고 거기서 나왔다. 호주 사람이 우리 고을을 보는 다른 시각에 관한 이야기를 진지하게 토론해보고 싶어서 찾아갔지만, 다음 기회로 미룰 수밖에 없었다.

'아, 저게는!'

중안리를 지나던 다미는 대사지 위쪽으로 눈이 갔다.

낙육고등학교가 있는 곳이다. 과거 토포영으로 사용되다가 폐쇄된 관

청 건물에 들어선 낙육고등학교다. 경남 지역 최고의 학당으로, 도내 각
지방 여러 향교에서 배출된 똑똑한 청년 유생들이 대거 몰려드는 곳으
로 알고 있다.

그게 언제였던가? 몇 해 전 고종 황제가 우리나라 국호를 '대한제국'
으로 선포한 후, 그때까지 낙육재로 불리던 그 학당은, 민족자주화와 근
대교육을 꽃피우기 위해 관립학교로 개편되면서, 교명校名도 낙육재에
서 낙육고등학교로 바꾸었다. 그만큼 그 학교에 대한 기대와 관심도 높
고 커졌다. 자기 집안에 그 학교에 다니는 학생이 있으면 가문의 영광으
로 생각했다.

그 낙육고등학교와 곧 개교할 여자학교인 정숙학교를 견주어보며 천
천히 걷고 있던 다미는, 어느 순간 자신도 모르게 두 눈을 크게 떴다. 낙
육고등학교에서 대사지 쪽으로 통하는 길목에 젊은 총각들이 보였던 것
이다.

그들은 서로 무어라고 큰소리를 주고받으면서 대사지 이편에 서 있는
다미 쪽을 향해 걸어오고 있었다. 서둘러 몸을 돌려 다른 샛길로 빠져나
가려던 다미는 흠칫, 발걸음을 멈추고 말았다. 청년 유생들로 보이는 그
들 가운데서 낯익은 얼굴이 얼핏 비쳤다.

'아, 나루터집의……'

바로 준서와 얼이였다. 비화를 만나러 간 상촌나루터에서는 몇 차례
얼굴을 마주친 적이 있지만 다른 곳에서 만나기는 이번이 처음이었다.
그전엔 나루터집에서 두어 번, 흰 바위 쪽에서 한 번, 그게 전부였다.

"어?"

"아!"

그때쯤 그들도 다미를 발견한 모양이었다. 얼이가 준서에게 얼른 무
슨 소리인가를 하는 것 같았다. 그러자 이만큼 멀리서 봐도 준서 낯빛이

여간 빨개지는 게 아니었다. 별안간 약간 비틀거리는 것처럼도 보였다.

"……."

다른 유생들 눈에도 다미 모습이 보였는지 너나없이 입을 다물고 그녀를 바라보았다. 눈송이처럼 뽀얗고 예쁜 얼굴인 데다 사슴을 방불케 하는 늘씬한 몸매는 남자들 눈길을 잡아끌 만했다. 교방 관기 출신인 해랑이나 효원과는 또 다른 그윽한 기품과 청순한 아름다움이 그녀로부터 배어 나오고 있었다.

얼이가 잽싼 걸음걸이로 다미를 향해서 걸어왔다. 비화가 나루터집 식구들에게는 비밀로 해두었기 때문에 얼이는 다미의 나루터집 방문 목적을 전혀 모르고 있었다. 얼이뿐만 아니라 심지어 남편 재영과 성 밖에 사는 부모, 준서에게도 감추고 있는 일이었다.

그것은 비화가 영원토록 비밀로 덮어두고자 하는 두 가지 중의 하나였다. 그리고 나머지 하나는 해랑과 점박이 형제 사이에 얽혀 있는 대사지 비밀이었다.

"여서 또 만나네예. 그동안 잘 지냈심니꺼?"

얼이가 먼저 굵직한 목소리로 인사말을 건넸다. 연지곤지 바른 듯이 불그레한 다미 양쪽 볼에 예쁜 보조개가 파였다. 그녀는 고개를 약간 숙여 보이며 말했다.

"예, 반갑네예. 공부를 마치싯는가베예?"

그러자 얼이는 이리로 다가오고 있는 일행들 속에 섞여서 쭈뼛쭈뼛 걷고 있는 준서를 눈짓으로 가리키며 말했다.

"예, 준서하고 같이예."

다미가 금방 또 입을 열었다.

"아, 그래예? 지 오라버니들도 먼데 있는 한양으로 유학을 안 가고 낙육고등핵조에 댕길까 하싯는데……."

얼이는 새로운 사실에 놀라고 아쉽다는 목소리로 말했다.

"그랬심니꺼? 함께 공부했으모 더 좋았을 낀데."

다미가 맑은 미소를 지었다.

"그래도 낙육고등핵조 이약을 마이 하시예."

그사이에 그들 바로 앞에까지 온 유생들은 둘이 어떤 사인가 하고, 호기심이 가득 담긴 눈으로 얼이와 다미를 번갈아 바라보았다. 그런데 얼핏 다미보다 얼이가 더 당혹스러운 표정이 되고 있었다.

"얼이 니……."

서봉우 도목수 아들 문대가 남달리 두툼한 입술을 얼이 귀에 바짝 갖다 대고 아주 작은 소리로 말했다. 갈치가 갈치 꼬리 문다고, 친한 사이에 서로 모함이라도 하는 모양새였다.

"해나 양다리 걸치는 거는 아이것제?"

"그기 무신?"

"일편단심은 여자들한테만 해당되는 긴가?"

"머?"

그 순간, 얼이 얼굴이 대번에 확 붉어졌다. 오래전 상촌나루터 흰 바위에서 겪었던 일이 되살아났다.

'더럽기 기억력도 좋거마.'

권학이 운영하고 있는 서당에서 동문수학하던 당시, 문대와 남열, 철국 등과 함께 흰 바위에 놀러 갔다가 마침 그곳에 온 효원을 벗들에게 들킨 적이 있었다. 그러자 문대는 얼이와 효원의 관계를 어느 정도 간파한 눈치였다.

그러나 지금은 그게 아니라는 것을 알기에 문대는 그런 농담을 던졌다. 문대는 또 알고 있었다. 얼이가 그런 야비하고 분별없는 짓을 저지르는 벗이 아니라는 것이다. 무엇보다도 얼이와 다미 두 사람은 나이 차이가 컸다. 문대의 부리부리한 눈이 준서를 향했다. 둘이 사귀려고 한다면 준서 쪽이라야 마땅했다. 썩 잘 어울릴 것 같기도 하였다.

그때다. 다미가 준서를 보면서 이렇게 말을 붙였다.

"오랜만이네예. 공부 참 잘하신다고 들었어예."

"예? 예······."

준서는 그만 몸 둘 바를 몰라 했다. 문대가 목수 아들답게 크고 투박한 손바닥으로 준서 등짝을 소리 나게 '탁' 치며 말했다.

"오늘 준서 니가 크기 한턱 쓰야것다. 저런 미인한테서 그런 소리 듣고도 가마이 있으모, 그거는 마 사내대장부가 아이제."

"······."

준서는 입도 마음도 얼어붙은 사람 같았다. 하지만 얼굴은 불같이 타올랐다.

대사지 위를 막 지나온 바람에 다미의 검고 윤기 도는 귀밑머리가 가볍게 날렸다. 그와 농시에 드러나 보이는 밤스러운 귓불이 백옥으로 빚은 듯 눈부셨다.

'히히힝!'

흙다리인 대사교 위를 건너고 있던 말이 무엇에 놀랐는지 갑자기 앞발을 치켜들며 울었다. 덩치 큰 삽사리 한 마리가 사람들과 가마를 앞질러 대사교 위를 신나게 달려가고 있었다.

대사교 아래로 출렁거리는 물 위에, 대사교 위에 있는 사람들과 가마, 말, 개 등과 대칭을 이루어내는 그림자가 일렁이고 있었다. 피어 있든 졌든 언제나 연꽃 향기를 머금고 있는 듯한 대사지였다.

"준서야."

얼이가 다미 눈치를 봐가면서 손가락 끝을 들어 준서 옆구리를 살짝 건드렸다. 너무나 당황하여 금방 울음이라도 터뜨릴 것처럼 하는 준서 얼굴이 다미 눈에 들어왔다.

'어머이를 안 닮고 아부지를 닮았는갑다. 남자가 우찌 저렇노?'

그 고을 사람들 사이에 여걸로 널리 알려진 비화 얼굴이 다미 눈앞을 잠깐 스치고 지나갔다. 그러자 또다시 그녀 가슴 한복판을 예리한 칼로 도려내듯이 아프게 다가오는 할머니 염 부인의 죽음이었다.

다미는 그 쓰라린 고통의 기억을 빨리 떨치고 준서의 당혹감도 덜어 줄 겸, 그녀가 평소 낙육고등학교에 대해 알고 있는 내용을 끄집어냈다.

"낙육재가 낙육고등핵조로 이름이 배뀌기 된 해가, 아마 고종 황제께서 우리나라 국호를 '대한'으로, 연호를 '광무'로 곤치신 그해지예?"

한데 준서는 여전히 말더듬이가 돼버렸는지 기껏 이렇게 말했다.

"예? 예……. 그, 그거는…….."

그걸 본 얼이가 얼른 놀란 듯 감탄한 듯 말했다.

"아, 그거를 우찌 압니꺼?"

고개를 숙여 다미에게 감사 인사라도 하는 모습을 보였다.

"이거 에나 고맙네예. 우리 핵조를 그리 잘 알고 계시다이."

다미는 살며시 웃고 나서 말했다.

"실은예, 쪼꼼 전에도 말씀드릿지만도 한양에 공부하로 가 계신 오라버니들한테서 들은 기랍니더. 그거 말고도 지한테 갈카주신 기 더 있지만도예."

그 말을 들은 준서 눈이 빛났다. 아직 누구에게도 발설한 적은 없지만, 언젠가는 나도 한양 유학 그리고 외국 유학까지 가야지, 하고 꿈꿔 오는 그였다.

"잠깐 들어봐도 알것심니더."

문대가 다미에게 말했다.

"오라버님들이 모도 훌륭하신 분들인갑네예."

다른 유생들도 나만 빠질세라 덩달아 끼어들었다.

"맞는 이약입니더."

"에나 대단하시거마예."

다미가 길고 하얀 고개를 내저었다.

"아이라예. 낙육고등핵조 댕기시는 분들이 더 그렇지예."

문대와 다미가 말을 주고받는 것을 지켜보는 얼이 얼굴에 못마땅하다는 빛이 보였다. 일단 자기가 먼저 다미와 대화를 연 다음 준서가 다미와 이야기할 기회를 주려고 했는데 문대가 가로챘다고 여겼던 것이다.

'준서 이 빙신 겉은 기, 와 퍼뜩 안 나서갖고 일을 망칠라쿠노.'

어쨌거나 그런 상황이 되자 다른 유생들이 왁자지껄하게 떠들어대기 시작했다.

"그래도 우리는 한양 유학생이 더 부럽다 아입니꺼?"

"오라버니들이 여동상을 상구 좋아하시지예?"

"운제 집으로 내리오시모 한문 만내거로 해주이소!"

"눌로 만내? 만내고 싶은 사람은 따로 있을 낀데?"

"아, 똑 그리 폭로시키야 멤이 좋을랑가베?"

다미는 이번에는 그냥 아무 말 없이 씨익 웃기만 했지만 언젠가 오라버니들에게서 전해 들었던 이야기가 생생하게 떠올랐다.

그해 10월 12일, 새벽같이 비가 내려 한양은 꽤 차가운 기운이 감돌고 있었다고 했다. 그렇지만 집집마다 문간에는 태극기가 내걸렸으며, 한양 사람들은 하나같이 온통 마음이 들떴다. 바로 고종 황제가 즉위하는 날이었다.

저 장엄한 3층 원구단에 행차한 고종 황제는, 하늘에 제사하고 황제가 됨을 고하는 즉위식을 성대하게 치렀다. 그러고는 그다음 날, 대한제국의 출범을 선포함으로써 나라 안팎에 우리가 자주독립국임을 온 천하에 알렸다.

그러나 다미는 오라버니들로부터 간접적으로 들은 이런 이야기는 누구 앞에서도 끄집어낼 수가 없었다. 황제 즉위식에 관해 몇몇 소위 개화 인사라고 하는 자들은, 재정을 낭비하는 것보다는 국정 개혁이 보다 중요하고 시급하다고 주장했으며, 또 일부 유생들은 망령되이 스스로를 높이는 행위라고 반대했다는 사실이었다.

"인자 고마 가볼랍니더. 공부 열심히들 하시이소. 그짝 분들 모도가 우리 대한제국의 큰 빛이고 희망들이 아이심니꺼."

다미가 작별인사 겸해서 그런 말을 하였다. 아무리 그녀가 앞으로 여학교를 다니려 하고 야소교를 믿는 이른바 '신여성'이라고는 하지만, 그래도 대사교 위를 지나다니는 무수한 행인들이며 대사지 구경을 나온 남녀노소의 시선을 의식하지 않을 수가 없었다. 어느 것이 더 바람직한지 따지기에 앞서, 아직은 달렌 선교사가 설교하는 남녀동등보다도 남녀칠세부동석이 훨씬 더 몸에 익숙한 젊은이들이었다.

"그라모……."

"예, 잘 가시이소."

그런데 그렇게 헤어지는 인사들을 나누고 서로가 막 돌아서기 직전이었다. 준서가 홀연 다미를 보고 다급한 목소리로 물었다.

"핵조에는 운제쯤 댕길 수 있심니꺼?"

"예?"

다미가 약간 놀란 표정을 지었다.

'준서가…….'

얼이와 문대를 비롯한 젊은 유생들은 의외라는 눈으로 준서를 바라보았다. 그때까지와는 전혀 다른 태도였다. 평소 남들보다 발동이 다소 늦게 걸리는 측면이 있지만, 그건 어디까지나 유독 신중하고 철저한 그의 성격에서 기인한 것이라고 보는 벗들이었다.

한데 준서는 행여 하지 못하고 헤어지면 나중에 크게 후회할 사람처럼 그 말만을 얼른 묻고는 또다시 낯을 붉히고 있었다. 어쩌면 공연히 말을 걸었다고 내심 후회하는지도 모른다. 그대로 헤어질 걸 하는 그의 모습은 아직 피지 못한 갈꽃을 연상시켰다.

"아, 그거예?"

하지만 다미는 이내 좀 더 환한 웃음을 지어 보였다. 목소리도 한결 명랑해졌다. 아무리 어색한 분위기라도 부드럽게 풀어낼 수 있는 여자가 그곳에 있었다.

"인자 올매 안 있으모 댕길 기라예."

그리고 나서는 마치 그들 모두가 물은 듯 준서 벗들을 둘러보며 말했다.

"지 벗들은 그날이 째이 오기만 목을 빼서 기다리고 있어예."

"예."

준서는 그 말밖에는 더 하지 못했다. 그조차도 겨우 한 낌새가 엿보였다.

"음."

그런 준서를 가만히 훔쳐보는 얼이 표정이 단순하지 못했다. 누가 뭐래도 준서는 빡보였다. 준서나 다미나 모두 한창 감수성 예민할 때가 아닌가 말이다. 특히 이성에 대한 막연한 동경이나 감정이 거의 막무가내라고 할 정도로 가장 짙고 강할 시기였다.

"해나 더 알고 싶으신 거 있어예?"

다미가 자연스러움이 묻어나는 목소리로 물었다. 역시 그녀가 준서보다 당찼다.

"아, 아입니더."

준서는 이번에도 가까스로 대답했다.

"······."

잠자코 그런 준서를 바라보는 다미 낯빛도 조금 변하고 있었다. 하지만 그녀는 곧장 심상한 얼굴로 돌아갔다.

"그라모 지는 이만 갑니더."

"살피 가이소."

얼이가 모두를 대신해 말했다. 다미는 아주 경쾌한 걸음걸이로 사뿐사뿐 걸어갔다. 누구 눈에도 맵시 고운 몸놀림이었다. 젊은 유생들 가운데서 저만큼 멀어져 가고 있는 그녀 모습을 바라보지 않고 있는 사람은 준서 하나뿐이었다.

'준서가 우짜다가?'

얼이 가슴팍이 예리한 끌로 파듯 쓰리고 아파져 왔다. 안됐다는 심경에 울고 싶었다. 다른 일 같으면 준서를 위해 무슨 짓이라도 다 해주겠지만 이건 아니었다. 남녀 사이에 관한 거였다. 당사자들 마음이 중요했다. 누가 무얼 어떻게 하겠는가? 청실과 홍실로 부부의 인연을 맺어준다는 월하노인이라면 또 모르겠다.

'준서가 다미를 저리 멤에 두고 있을 줄은 몰랐다 아이가.'

얼이는 더없이 막막했다. 겨울날 보는 대사지만큼 전신이 얼어붙는 기분이었다. 절대로 알아서는 안 될 비밀을 본의 아니게 엿보고 만 형세였다.

'비화 누야는 이런 사실을 알고 있을까? 하기사 알아도 우짤 수 없것제.'

그러나 먹장구름처럼 피어오르던 얼이의 상심은 거기서 탁 끊어져야 했다. 지금 그따위 어쭙잖은 감상에 젖어 들고 있을 때가 아니었다.

'헉! 저, 저놈은?'

얼이는 심장이 뚝 멎는 느낌이었다. 이제 막 다미가 사라진 쪽에서 불쑥 나타난 것은 천만뜻밖에도 맹쭐이란 놈이었다. 아직은 밝은 길거리에서 유령과도 같이 모습을 드러낸 맹쭐이었다.

운산녀와 함께 배봉 모르게 저 '조선목재'를 운영하고 있는 민치목이었다. 만취한 몰락양반 소긍복을 남강 물속으로 밀어 넣어 죽인 살인마 민치목. 바로 그의 아들 맹쭐. 그들 부자는 다 같이 얼이 자신을 죽이려고 했었다. 달보 영감과 손 서방이 아니었다면 벌써 이 세상에 없을 그였다.

'하기사 내나 니눔 중에서 하나가 없어지모 모리까, 둘 다 살아 있는 한 시방매이로 또 오데서 안 만내까이?'

아무튼 그 뒤 상촌나루터에서 서로 피를 철철 흘려가며 싸웠던 그 맹쭐이 누군가와 함께 모습을 드러냈다. 지금도 그렇지만 놈은 혼자 있는 경우가 드물었다. 어렸을 적에는 꼬리 살살 흔드는 강아지마냥 점박이 형제 꽁무니를 쫄쫄 따리디녔고, 장성한 후에는 공사판에서 마일을 하는 인부들과 어울렸다.

'그거는 그렇는데, 그보담도……'

그런데 얼이가 더 큰 충격을 받은 것은 맹쭐 일행이 누구라는 사실을 알고서였다. 바로 왜놈, 왜놈이었던 것이다. 나이는 맹쭐보다도 약간 더 위로 보였는데, 눈썹이 새카맣고 피부도 까무잡잡한 일본인이었다. 첫인상이 살쾡이 흡사하다고나 해야 할까?

'저눔이 우찌 쪽바리하고?'

얼마 전부터 그 고을에서 자주는 아니지만 드물게나마 일본인들을 만나는 일은 어렵지 않았다. 얼이가 맨 처음 본 일본 사람은 중앙통 대안리에 '삼정중 오복점'을 차린 무라마치와 무라니시 형제였다. 언젠가 나루터집을 찾아들기도 했었다. 특히 형인 무라마치는 일본 최고의 섬노 고수라고 들었다. 동생 무라니시 또한 일본 무예 가라테 명수라고 했다. 물론 그자들은 아니었다. 하지만 고뿔도 남을 안 줄 것 같은 맹쫄이 왜놈과 함께 있었다.

그런데 맹쫄은 옆에서 나란히 걸어가고 있는 일본인과의 이야기에만 빠져 미처 얼이를 발견하지 못했다. 일본말이 무척 서툰 그가, 역시 조선말에 익숙하지 못한 일본인과 서로 대화를 나누자니, 손짓이며 발짓에서 표정에 이르기까지 그야말로 온갖 대화 수단을 총동원해야 했으므로, 거기에만 온통 신경을 쏟느라고 다른 사람이 눈에 비치지 않았을 것이다.

이윽고 맹쫄과 일본인은 유생들 곁을 그대로 지나쳤다. 얼이 마음은 태풍이 아슬아슬하게 비껴간 것과 유사하였다. 만약 정면으로 강타했다면 어느 한쪽은 치명적인 결과를 감수하지 않으면 안 될 위험천만한 순간이었다.

한데 그들이 저만큼 걸어갔을 때였다. 문대가 말없이 그러나 강한 악력으로 얼이 팔을 콱 잡았다.

"……."

영문을 모르는 얼이가 약간 놀라는 얼굴로 문대를 바라보았다. 그러자 문대는 매우 낮은 목소리로 얼이 귀에만 들리게 말했다.

"저 왜늠 안 있나, 내는 눈고 안다."

왠지 모르게 물굽이가 모퉁이를 감아 도는 느낌을 주는 소리였다. 얼이는 깜짝 놀라 물었다.

"우, 우찌 아노?"

문대는 점차 멀어져 가는 일본인을 노려보면서 이빨 가는 소리로 말했다. 그놈을 그대로 곱게 보내는 것에 부아가 치민다는 기색이 역력했다.

"울 아부지한테서 들었다."

얼이 눈도 행여 놓칠세라 바삐 그자 뒤를 쫓아갔다. 그러고는 또 묻는 소리가 공기 속에 급박감을 자아내었다.

"누, 눈데?"

문대는 저주와 악담을 퍼붓듯 하였다.

"토목기술자 죽원웅차라쿠는 눔이다."

얼이는 더한층 경악했다.

"토, 토목기술자?"

"하모."

짧게 답하고 나서 문대가 이번에도 작은 소리로 물었다.

"우리 고을에 들어와 있는 호주선교회에서 무신 뱅원인가를 세울라 쿤다는 소문은 종산도 들었제?"

"아, 그 소문……."

얼이는 문대가 불러주는 '종산宗山'이라는 자신의 자字가 그날따라 어찐지 생경하다는 기분과 함께 고개를 끄떡였다. 그 말을 듣고 그 병원이란 것이 우리 의원이나 약방과는 어떻게 다를까 궁금했었다.

문대가 입술을 질끈 깨물며 말했다.

"그 뱅원 공사를 바로 저 왜눔한테 맡기기로 했다 안 쿠나."

"머라꼬?"

얼이는 입을 쩍 벌렸다.

"그, 그런께, 코재이들하고 쪽바리들이 같이 말가?"

그새 맹쭐과 죽원웅차는 행인들 속에 섞여 눈여겨보지 않으면 발견하기 어려웠다. 그쪽으로부터 불어오는 바람 끝에는 앞날에 대한 예고라도 하려는지 비릿한 피 냄새가 풍기는 듯했다.

"하모, 코재이들하고 쪽바리들."

억지로 분을 삭이고 있는 문대 안색이 붉으락푸르락했다. 그럴 내 보니 영락없이 그의 별명인 '범대'였다.

"그랄 수가?"

얼이는 마치 벼락 맞은 나무처럼 우두커니 선 채로 이제 겨우 보일 정도로 멀리 가버린 그들을 바라보았다. 멀찍이서 보니 조선 사람인지 일본 사람인지 제대로 구별이 되지 않았다. 이러다간 이 나라가 조선인지 일본인지 그것조차도 알지 못하게 될 날이 오지 않을까 싶었다. 그것도 막연한 기우가 아니라 아주 구체적이고 현실적인 무게를 싣고서였다.

'으, 무서븐 일인 기라.'

얼이는 강한 전율을 느꼈다. 바라보이는 모든 것들이 그전과는 너무 달라진 모양새여서 우리가 다른 곳으로 쫓겨 와 있는 것이 아닌가 하는 의구심마저 들 지경이었다.

'상상도 몬 할 일이 생기고 안 있나.'

문대 아버지 서봉우 도목수 이야기라면 거의 정확할 것이다. 그는 오래전부터 이 고을 사람들이 신용도라든지 실력, 그리고 장인정신 등 모든 면에서 최고봉으로 쳐주는 도목수가 아닌가? 고을의 중요하고 큰 공사는 거의 도맡다시피 했다.

'도목수라쿠는 기 오데 별로 붙이는 이름이까?'

그런데 일본인에게 그 일을 빼앗기게 된 것이다. 비록 내국인이 아니고 외국인이 하려는 공사라고는 하지만 그래도 서 목수의 충격은 매우 클 수밖에 없을 것이다. 어떤 점에서는 자존심까지 걸려 있는 문제였다.

하지만 무엇보다도 이 고을 백성들을 분노케 하는 것은, 남의 나라에 무단으로 들어와 정작 그곳에서 조상 대대로 살아온 땅 주인들은 다 제쳐두고서, 외국인인 자기들끼리 밤 놓고 대추 놓고 하겠다는 그 화적패 심보일 것이다.

"우찌 그런 일이?"

"그런께 말이다. 에나 성이 나서 살지를 몬하것다."

"그런 이약은 하지 마라. 이랄수록 우리는 더 살아야 하는 기다."

"이리 살다가 무신 끝을 보기 될랑가 모리것다."

"그래도 끝을 봐야 하제."

"다 잘 될 끼라 보지만도, 자신이 없어질 때도 있는 기라."

"내사 무작정하고 잘 될 끼라 본다 고마."

그런 소리를 주고받으면서 얼이와 문대가 다시 바라보았을 때 맹쭐과 죽원웅차는 이미 눈앞에서 사라지고 없었다.

황포돛배와 양무호

"우리 고을 남강도 장난이 아이기는 하지만도, 니 함 봐라."

"예, 아부지."

"한강은 에나 겁난다 아이가."

"그렇네예."

"강인가 바단가 잘 모리것거마."

"진짜 크고 넓어서 무섭심니더."

"역시나 조선 최고의 땅을 적시는 강인 기라."

"예."

꼽추 달보 영감은 기운에 부치지도 않은지 아들 원채를 상대로 잠시도 쉴 새 없이 입을 열었다. 일종의 감정 도착증에 걸려 있는 것 같은 아버지를 무연히 바라보고 있는 원채 눈시울이 놀 빛처럼 붉었다. 마음의 대지 위로도 낙조가 드리워지고 있었다.

'울 아부지가 상구 마이 늙으싯구마.'

지금 그들 부자가 와 있는 한양의 젖줄인 한강 바람은 무척 드셌다. 허옇다 못해 푸른 기운마저 감도는 달보 영감 백발은 미치광이 머리칼

같이 제멋대로 흩날렸다. 마치 그의 힘으로는 더 이상 어쩔 수가 없는 운명을 눈앞에서 보여주는 듯했다.

'인자 아부지가 살아 계실 날이 올매 안 남았는갑다.'

원채는 또다시 그런 안타깝고 쓸쓸한 기분에 젖어 들었다. 이런 생각이 자꾸 들면 안 되는데, 하고 고개를 연달아 내젓는데도 그러했다. 그것은 아버지가 거동조차 불편한 몸으로 천 리나 떨어진 한양의 한강을 꼭 보고 싶다고, 철부지 아이 모양으로 생떼를 쓰기 시작한 날부터 원채 머릿속을 채워온 슬프고 아픈 감정이었다.

"아부지, 한양이라쿠는 데가 오데 고개 하나만 넘으모 되는 이웃마을인 줄 압니꺼? 몸이 성한 사람도 거꺼지 갈라모 보통 쉰 일이 아입니더."

원채가 여러 번 말렸지만 그럴수록 달보 영감은 한층 더 고집을 피웠다. 그건 사생결단에 가까운 것이었다.

"이 인정머리 하나도 없는 눔아, 이 애비 마즈막 소원이라꼬 내가 몇 분을 이약하는데도 안 들어줄 끼가?"

"인정머리하고 이거하고는 아모 상관도 없는 깁니더."

"와 없어? 죽은 사람 소원도 들어준다 글쿠는데 산 사람 마즈막 소원을, 엉?"

"지발 그런 말씀 고마하이소. 마즈막은 무신 마즈막예?"

원채는 살아오면서 지금까지 한 번도 아버지에게 그러지 않던 화까지 내보였다. 그 심정이야 칼로 후벼 파듯이 아팠지만 그래도 어떻게든 막아보려고 안간힘을 다했다.

"오데 당장 지구 종말이 온답니꺼?"

"그기사……."

하다 안 되니 달보 영감은 애원하듯 밀했다.

"막말로 인자 내가 살아봤자 올매나 더 살것노?"

원채는 또 눈에 밟히는 아버지 등짝 혹을 억지로 외면하였다.

"아부지가 그거를 우찌 아시예?"

"와 몰라?"

달보 영감은, 한평생을 두고서 결코 내려놓을 수 없는 고통과 회한의 등짐, 혹을 추스르듯 하면서 말했다.

"니도 함 늙어 봐라, 저절로 다 알거로 된다 고마. 그래 눈에 흙 들가기 전에 꼭 한분 보고 싶다쿠는 긴데, 자슥이 돼갖고."

한다는 소리가 하나같이 불길하여, 한양에 다녀오면 그 길로 세상을 뜰 것처럼 이상할 정도로 느낌이 좋지 않았다.

"그라모 쪼꼼 더 가까븐 데로 가이시더, 아부지."

원채로서는 어쨌든 한양으로의 길을 피하고 싶었다.

"잘몬하모 한양꺼지 다 몬 가서 불상사가 생길 수도 있는 기라예, 예?"

끌어다가 쓸 수 있는 소리는 모두 다 써보았지만, 별 소용이 없었다.

"생기기는 머시 생기? 불상사고 물상사고 안 생긴다. 불상사가 생기모 물 갖고 탁 끄모 되고, 물상사? 내 벨맹(별명)이 물개 아이가, 물개. 물은 한 개도 안 겁난다 고마!"

늙은이 고집이 담쟁이덩굴이나 땅 가시보다도 끈질겼다. 주고받는 말도 길어졌다.

"저희 자슥들 보고, 감출 줄은 모리고 훔칠 줄만 아는, 그런께네 한 개만 알고 두 개는 모리는 사람이 되모 안 된다꼬, 장마당 말씀하싯다 아입니꺼."

화도 내보고 사정도 해보고 무심한 척도 지어보고 하였다.

"그러이 아부지, 지발하고예."

"지발이고 괭이발이고!"

급기야 달보 영감은 벌떡 자리를 박차고 일어섰다. 뒷간도 간신히 다녀오는 그 노구 속 어디에 그런 기운이 들어 있었는지 원채는 눈앞에서 지켜보면서도 믿을 수가 없었다.

"조오타!"

아버지 그 말에 원채는, 아, 그럼 한양 길은 포기하신다는 뜻인가 싶어 반가운 목소리로 얼른 이랬다.

"잘 생각하싯…….."

그러는데 달보 영감은 불기운과 물기운이 함께 서려 있는 목소리로 외쳤다.

"내가 저 남강에 팍 빠지죽어삘란다!"

한평생 나룻배를 저어온 강 이야기다. 그쯤 되면 이제는 어쩔 수가 없다.

"부모 말도 안 듣는 자슥을 보고 우찌 살것노? 허, 떼호로사슥이나, 떼호로자슥!"

원채가 이제는 만류하기에도 지쳐버린 나머지 가만히 있는데, 달보 영감 이야기는 극으로 치달았다.

"인자 앞으로는 낼로 보고 아부지라꼬 부리지도 마라! 내는 니 겉은 아들 눔 논 적이 없다 안 쿠나?"

"아부지!"

"할망구야, 내 죽으모 초상칠 생각일랑 말고 그냥 강에 휙 던지서 물괴기 밥이 되거로 해삐라. 안 그라모 송장이라도 벌떡 일나갖고……."

그러자 옆에서 한참 동안 부자지간 실랑이를 조마조마한 눈으로 지켜보던 언청이 할멈이, 그 소리를 듣고는 더 이상 그대로 있을 수 없었던지 달보 영감 몸을 붙들어 돌려 앉히며 원채에게 하소연했다.

"애비야! 암만캐도 안 되것다. 벨수 없는 기라. 우짜것노? 그러이 우리 저 양반 소원대로 해드리자 고마, 응? 에나 이리쌌다가는 하로도 더 몬 사실 꺼 겉다 아이가?"

그러고 나니 또 남편이 원망스러운지 이번에는 악담 같은 소리도 하였다.

"자기가 그리키 고집을 피운 긴께, 가다가 질바닥에서 죽어 엎어져도 눌로 원망은 몬 할 끼다."

"어머이!"

원채는 당장 울음을 터뜨리려는 얼굴로 언청이 할멈을 불렀다. 하지만 언청이 할멈은 이미 포기했다는 빛이었다.

"저 양반 고집 모리나?"

"그래도……."

듬성듬성 나 있는 이빨 사이로 약간 새는 말이 나왔다.

"안다 아이가?"

오랫동안 가슴에 꼭꼭 맺혀 있었던 말인 양 울먹이는 목소리였다.

"내 이날 이때꺼정 살아옴서, 단 한 분도 니 아부지한테 이긴 역사가 없었더라."

부모님의 역사. 그 말이 이상하게 원채 마음을 허우룩하게 했다.

"어머이."

언청이 할멈의 늙은 두 눈에 뿌연 물기운이 서렸다.

"그라고 난주 돌아가시고 나모, 와 생전에 그리키나 보고 싶어 해쌌던 한강 기경 한분 안 시키드릿이꼬? 하고 멤에 꼭 안 끼이것나. 그라이 에미 이약대로 하자, 원채야."

결국, 그렇게 하여 나서게 된, 정말 말도 많고 탈도 많았던 그들 부자의 한양 길이었다. 그리하여 원채는 부닥치는 대로 부닥쳐보기로 마음을 다잡고 행장을 차렸다.

그런데 사람이 한번 무엇인가 하겠다고 마음먹으면 불가사의한 힘이 솟아나는 법일까? 달보 영감은 원채보다도 오히려 더 팽팽하게 잘 걸었다. 심지어 아들이 좀 쉬었다 가자고 했다. 한양까지 오는 도중에 숱하게 들렀던 밥집이나 주막에서도 그는 자식보다 더 왕성한 식욕을 보였다.

그러나 그게 원채 마음을 한층 어둡게 만들었다. 아버지가 이 세상에서의 마지막 기력을 모두 쏟아버리고 있다는 불길한 예감 때문이었다. 그러지 않고서야 어찌 그렇게 노약한 몸으로 그런 일이 가능하겠는가 말이다.

"이 애비가 상촌나루터서 첨으로 노를 잡기 시작했던 거는 안 있나."

달보 영감은 그곳까지 오면서 이미 수십 번도 더 했던 소리를 또 꺼내고 있었다. 그가 처음으로 노를 잡은 숫자만 해도 수십 번이 넘는다는 그 소리 끝에 하는 말이었다.

"바로 시방 한강에 떠 있는 저 황포돛배 땜이었던 기다."

달보 영감의 갈고리 같은 손가락이 누런빛의 돛을 매달고 있는 배를 가리켰다. 한강 물결을 따라 이리저리 흔들리고 있는 그것이 원채 눈에는 아버지만의 전설 속에 나오는 배가 되어 다가왔다. 아버지만의 전설의 배였다.

"그 갱강상인京江商人이 아이었다모, 내는 하매 수십 년 전에 한강 물속 물괴기 밥이 돼삐릿을 끼거마."

그 경강상인 이야기도 어린 시절부터 수백, 수천 번은 들어왔던 원채였다. 그래 이 세상 모든 상인은 전부 경강상인인 줄로 알았던 때도 있었다.

"참말로 그 당시만 해도 웃통 벗고 호래이한테 뎀빌 심이 있었제."

달보 영감이 아직 머리를 길게 땋아 늘인 떠꺼머리총각이었던 시기였다. 난생처음 한양에 왔다가 그 기념으로 한강에서 황포돛배를 탄 적이 있었다. 그날 얼마나 신바람이 크게 솟았던지 제정신이 나갔다. 태생적으로, 바람기나 화냥기처럼 속에 맺혀 있다가 밖으로 발산되는 달뜬 기운, 이른바 '끼'가 많았던 그는, 주위에서 말리고 꾸짖는데도 땅 위에서와 마찬가지로 하고 싶은 대로 몸을 놀렸다. 그러자 같은 배에 타고 있던 사람들 속에서 이런 소리도 나왔다.

"잘못 보면 영락없는 불구잔 줄 알겠네."

그 당시 그는 진짜 꼽추가 아니고 등에 무엇을 집어넣어 마치 곱사등이같이 장난을 치는 가짜 꼽추인 줄로 안 이들도 있었다. 정말 몸이 그런 사람이라면 어떻게 남의 이목을 전혀 개의치 않고 그런 행동을 할 수 있겠냐고 보았다. 그는 그렇게 모든 면에서 떳떳했고 거침없이 살아왔다.

그렇지만 그날은 그러던 중 그만 탈이 났다. 뱃전에서 쭈르르 미끄러지는 바람에 강 속에 거꾸로 처박히고 말았다. 지금이야 '거미'니 '물개'니 하는 별명까지 달 정도로 뛰어난 헤엄 솜씨를 가졌지만, 그 무렵에는 말 그대로 '빈 병'이었던 달보였다.

"우푸, 우푸."

그의 짧은 생애는 거기까지인가 싶었다. 아마도 그때만큼 물을 많이 먹은 적은 없었다. 나중에 농담 삼아 하는 소리지만, 그 물이 모조리 혹 안으로 들어가는 바람에 안 죽고 살았다. 공기가 들어가 풍선이 되어 물 위에 붕 떠 있을 수가 있었기 때문이었다.

사실로 말하자면, 어떤 경강상인 하나가 물에 뛰어들어 그의 목숨을 구해주었다. 당시 한강을 무대로 활동하고 있던 의협심 뛰어난 상인이라고 했다.

"시방 와서 돌아보모 에나 우습도 안 한 일이지만도, 그 옛날에는 내가 우떤 생각을 했는고 아나?"

달보 영감은 지리산에 들어가서 도를 깨친 도사와 다르지 않아 보였다.

"우떤 생각을 하싯는데예?"

원채 물음에 대한 달보 영감 답변이 어리석을 정도로 서글펐다.

"일단 강에 빠지서 한 분 죽었다가 강에서 도로 살아난 목심인께, 내 목심이 붙어 있는 날꺼지는 강에서 살자, 마 그런 맴을 묵었던 기라."

"아부지."

원채는 가슴 가득 엄청난 강물이 밀려드는 느낌에 허우적거리지 않을 수 없었다. 그는 아버지 말을 되뇌어보았다.

"강에서 살자…….'

땅이 아닌 물에서 살아가야 할 사람의 운명은 그다지 행복하지 않을 것이다. 어떻게 보면 전혀 근거 없는 그런 허술한 선입견을 가지고 있었다. 그 이유를 콕 꼬집어 내어 말할 수는 없었지만, 그런 기분만은 확실했다.

물론 달보 영감이 비록 말은 내비치지 않았지만, 그것만이 전부는 아니었다. 기실 꼽추 몸으로 험한 세상을 살아가기가 어려웠던 것도, 그가 한평생을 뱃사공으로 살아갈 결심을 내리게 만든 또 하나의 큰 요인이었다. 게다가 그의 나룻배를 항상 단골로 타고 다녔던 처녀 하나가 있었으니, 그녀가 바로 지금의 아내 언청이 할멈이었다. 그렇게 보면 강이야말로 그들에게는 부부의 인연을 맺어준다고 알려진 월하노인이었다.

그 후 강에서 살다 보니 헤엄 실력은 저절로 쑥쑥 늘어났고, 그 실력으로 자기처럼 익사 직전에 있던 사람들을 건져 살리는 것이 더없는 기쁨이요, 다시없는 보람으로 여겨졌다. 강에만 나오면 살맛이 있었으며, 그것이 다른 사람도 더 살게 해주는 원동력이었다.

"나루터집 얼이 총각도 아부지가 살리주싯담서예?"

원채가 그렇게 물었을 때 달보 영감은 아들 눈앞에 대고 열 손가락을 쫙 펴더니만 여러 차례나 흔들어 보였다. 얼이뿐만 아니라 내 이 두 손으로 소생시킨 생명이 수십 개도 더 넘는다는 표시였다.

원채 눈에는 못이 박힌 아버지 손가락 하나하나가 그 숫자만큼의 노 같아 보였다. 강물은 흘러도 돌은 구르지 않는다는, 양반들이 곧잘 쓰는 그 말도 전혀 어색하지 않게 구사하는 아버지가 자랑스러웠다.

'내 생각이 짧았는갑다.'

어쨌거나 어린아이마냥 좋아하는 아버지를 지켜보면서 원채는 한양에 오길 참 잘했다는 생각이 들었다. 저렇게 기뻐하시고 저렇게 즐거워하실 줄은 정말 몰랐다. 아니, 기뻐하고 즐거워한다기보다도 한평생 영원토록 잊지 못할 추억을 다시 더듬어 보는 감회에 젖는 모습이었다.

"아들아, 에나 보기 좋다, 그자?"

"예, 그렇네예, 아부지."

황포돛배가 둥둥 떠 있는 한강은 한 폭의 그림을 떠올리게 할 만큼 정겹고 아름다웠다. 그 풍경을 한동안 가만히 바라보고 있자니 남강에 띄워져 있는 나룻배 생각이 났다. 상촌나루터를 오가던 아버지의 분신 그 자체인 나룻배였다. 어쩌면 아버지는 다시 또 태어나도 뱃사공이 되고 싶을지 모른다는 기분이 들기도 하였다. 사람이 아닌 다른 것으로 환생해야 한다면 저 나룻배를 택할 것이다.

"그란데 쪼매 요상타?"

그때 문득 들려오는 아버지 말에 원채는 줄곧 황포돛배에 던지고 있던 눈길을 돌렸다.

"와예, 아부지?"

하지만 얼른 대답은 하지 않고, 달보 영감은 계속해서 길고 넓은 강 위를 이리저리 둘러보더니, 혼잣말하면서 몹시 섭섭하다는 표정을 지우지 못했다.

"이전하고는 다린 거 매이다."

"각중애 와 그라시는데예, 아부지? 머가 잘몬된 기 있어예?"

원채는 가슴이 철렁했다. 조금 전까지도 그렇게 밝고 웃음 가득하던 아버지 얼굴을 홀연 검은 구름장 같은 그림자가 덮고 있었다.

"아이다! 이거는 아인 기라!"

어느 순간부터 달보 영감이 별안간 끝없이 무엇인가를 부정하는 투로 그렇게 소리 지르기 시작했다. 어찌 들으면 그것은 통곡이나 절규에 가까웠다.

"아부지?"

원채 눈에는 남강에 뛰어들겠다고 하던 그 아버지로 돌아간 달보 영감이 너무나 불안해 보였다. 혹시라도 한강에 뛰어들려고 오자고 하신 것은 아닌가 하는 방정맞고 불길한 생각까지 들었다. 참 어이없는 망상인 줄 알면서도 그때 분위기가 그랬다.

'역시 어게 인 올라겐 내 첨 생각이……'

그런데 원채 상념은 거기서 끊어져야 했다. 강가에 서 있던 사람들이 강 하류 쪽을 일제히 바라보면서 이렇게 고함쳤다.

"온다! 온다! 양무호다, 양무호!"

"야아, 저것 좀 봐라아!"

"어쩌면!"

원채와 달보 영감은 놀라 그쪽으로 고개를 돌렸다. 그러고는 어마어마한 배 한 척을 보았다. 멀리서 봐도 거기 있는 황포돛배와는 비교도 할 수 없는 거대한 배였다. 황포돛배를 작은 잎사귀 하나로 보이게 할 정도였다.

'아, 저게 배 맞는 것가?'

양무호揚武號.

그것은 원채가 세상에 태어나서 처음으로 본, 증기력으로 추진, 운행하는 저 증기선이었다. 그러니 그런 의문이 생긴 것도 결코 무리가 아니었다.

"저, 저?"

단지 원채뿐만이 아니었다. 달보 영감은 더 심했다. 그 또한 무슨 괴물이나 귀신을 보고 경악하는 얼굴이었다. 원채 생각에, 지금 그곳에 있는 모든 조선인이 전부 그럴 듯싶었다.

그런데 반드시 그런 것만도 아닌 모양이었다. 물론 극소수의 사람들이겠지만. 원채 귀에 한양 사람들이 주고받는 소리들이 또 들려왔다.

"우리가 왜 이래야 하지?"

"무슨 소리야?"

"저 양무호는 말이지, 우리나라에서 일본으로부터 수입한 배지만, 왜놈 상인들이 저런 증기선을 화물선으로 이용한 후로, 우리 황포돛배가 거의 사라져 가고 있다는 게 참으로 아쉽고 화가 난다고."

"아, 난 또. 그러게 말일세. 우리가 어릴 때만 하더라도 저 한강에 정말 얼마나 많은 황포돛배가 오르내리고 있었느냐 말이야."

"그랬었지. 한데, 이제는 고작 몇 척밖에 볼 수가 없으니 너무 안타까워."

듣고 있던 원채는 자신도 모르게 속으로 말했다.

'아, 그래서?'

그는 비로소 조금 전에 아버지가 예전과는 다르다고 통탄 비슷하게 한 그 말뜻을 깨달았다. 아버지는 뇌리에 떠꺼머리총각 시절의 한강 모습을 그렸을 것이다. 지금 한양 사람들이 이야기하고 있는 그대로 수많은 황포돛배가 점점이 떠 있던……

그런데 원채가 아버지에게 어디 가서 목이나 축이자고 말하려 할 때였다. 또다시 이런 소리가 원채 귀를 사로잡았다. 가는 귀가 약간 먹기는 해도 아직은 그런대로 소리를 알아듣는 달보 영감도 그 대화에 귀를 기울이는 눈치였다.

"어쨌든 지금 저 양무호를 보니까 말이야, 고종 황제께옵서 아버지 흥선 대원군의 꿈을 대신 이루어주셨으니, 효자 노릇은 톡톡히 하신 셈이군."

"그러게. 참, 그러고 보니 대원군도 고생깨나 하셨다는 생각이 드네그려."

말총 갓을 쓰고 중치막을 잘 차려입은 점잖은 선비 차림새의 두 사내 대화는 계속 이어졌다. 모두 나이들은 좀 먹은 목소리였다.

"아직도 기억나는군. 대원군이 서양 열강의 이양선에 맞설 방법을 찾느라 전국 곳곳에 글을 써 붙였던 일이 있었지 않았나."

"아, 바로 병인양요 때 일 말이군. 맞네. 당시 불란스군이 타고 온 이양선 때문에 우리 조정에서 근 애를 먹었다는 얘긴 니도 들었지."

그때 다른 사람 하나가 그들 대화에 끼어들었다.

"그래서 만든 배가 바로 저 학우선鶴羽船이었지 않습니까요. 학의 깃털로 배를 만들면 포탄을 맞아도 구멍이 뚫리지 아니한다는 말을 듣고 만든 배 말입니다요."

앞서 이야기를 나누던 사내들이 갑자기 끼어든 자를 힐끗 바라다보았다. 원채 눈도 새로 나타난 사람을 향했다.

그는 얼핏 양반 신분은 아닌 것 같고 아마도 중인계급이 아닐까 싶었다. 하기야 요즘은 양반이고 중인이고 상민이고 명확히 가릴 것도 없는 그야말로 뒤죽박죽 세상이 돼버렸다. 심지어 천민들도 목소리를 내기 시작하고 있는 판이었다. 어쩌면 제대로 돼가는 건지도 모른다.

"실은 말인뎁쇼."

중인계급으로 보이는 그 사십 대 남자가 습관인지 몰라도 혀로 입술을 축이며 또 말했다.

"그 학우선 진수식進水式을 가지던 날, 저도 망원정에 갔었습지요."

선비풍 사내들 중에서 키가 장대를 방불케 하는 사람이 놀란 목소리로 물었다.

"아, 거기가 그날 그곳에 갔었다고 했소? 저 망원정에요?"

예순 살가량 돼 보이는 그는 신기한 무엇을 보듯 중인 사내에게서 시선을 거두지 못했다. 그러자 중인 사내는 자기 말이 거짓이 아니라는 것을 확인시켜 주려는지 좀 더 또렷한 어조로 이야기했다.

"학을 잡아 깃털을 바치라는 흥선군의 명을 받은 전국 사냥꾼들이 가져온 깃털을……."

그는 마른침을 꿀꺽 삼키고 나서 말을 이었다.

"그 뭡니까, 아교, 아교로 붙여 만든 학우선은 겉보기에는 대단했습지요."

키가 작고 얼굴이 동그란 다른 선비도 물었다.

"그 배가 강으로 나가자마자 물이 새어 금방 가라앉고 말았다던데 정말 그랬소?"

중인 사내가 고개를 끄덕끄덕하면서 대답했다.

"그 광경을 지켜본 흥선 대원군께서 크게 실망하여, 손바닥에 얼굴을 파묻고 한참 동안 고개를 들지 않으시는 것도 이 두 눈으로 보았습지요."

선비풍 사내들이 공감한다는 얼굴로 말했다.

"듣는 우리가 다 힘이 빠지니 그럴밖에."

"침몰하고 있는 배는 상상만 해도 끔찍하군."

그들이 이야기하고 있는 동안 양무호는 사람들 코앞에까지 당도했다.

바로 앞에서 보니 그것은 지금 그것이 떠 있는 강보다도 더 크고 넓어 보일 형국이었다. 모두 그 대단한 위용에 하나같이 기가 죽고 경악하는 기색들이었다.

그런데 원채가 깜짝 놀라 아버지 팔을 급히 붙든 것은 그다음 순간이었다. 달보 영감이 즉시 양무호가 있는 한강으로 뛰어들려는 모습을 보였기 때문이었다.

"아부지! 각중애 와 그라심니꺼, 예?"

원채는 행여 주위 사람들이 눈치라도 챌까 봐 한껏 소리를 낮추어 물었다. 그러자 달보 영감은 가쁜 숨을 몰아쉬며 이렇게 말했다.

"얄라궂은 저런 배 땜새 황포돛배가 모돌띠리 밀리나뻿다 안 쿠더나?"

달보 영감은 아들에게 잡힌 팔을 빼내려고 애썼다.

"니도 방금 들었다 아이가?"

그래도 원채가 팔을 그대로 삽고 있사 나그쳤다.

"이거 몬 놓것나?"

"암만 그렇다꼬 이라모 안 되지예."

원채는 자꾸만 높아지려는 목소리를 억지로 죽여 말했다.

"아부지가 저 배를 우짜실 수 있심니꺼?"

계속 잡고 있다간 틀어질 것 같아 팔을 풀어주며 물었다.

"안 그래예?"

"그, 그기사……."

달보 영감은 그만 기세가 꺾이는 모습이었다. 예전이라면 어림 반 푼 어치도 없는 일이었다.

"여게가 한양이 아이고 상촌나루터만 돼도 내가 그냥 몬 있다."

이제 행동은 포기하고 입으로만 무슨 저주 퍼붓듯 했다.

"내 목심을 구해주었던 그 갱강상인도, 왜눔들이 몰고 온 저런 배들한테 밀리갖고 몰락 안 했것나 말이다."

"아부지?"

원채는 들을수록 어이가 없었다. 은근히 걱정도 되었다.

"아부지, 지발하고 증신 좀 채리시소."

달보 영감 얼굴에 버짐처럼 퍼져 있는 검버섯이 원채 마음을 걷잡을 수 없을 만큼 어둡게 하였다. 그래서 사람들은 그것을 '저승꽃'이라고 하는가?

"그분이 그때꺼정 살아 계싯것어예? 시간상으로 볼 적에 그거는 아입니더."

아버지 얼굴에 자꾸만 어른거리는 죽음의 그림자를 떨치려고 노력하는 원채 음성은 숫제 울음에 가까웠다.

"와 몬 살아?"

달보 영감은 노망기 있는 늙은이가 억지 부리는 양상이었다. 인상을 찡그리니 주름살이 한강 물결보다 더 많아 보일 지경이었다. 세월이 준 훈장치고는 너무 가혹했다.

"함 생각해보이소, 아부지."

원채는 한숨을 내쉬고 나서 말했다.

"아부지 목심을 구해주던 그 당시, 하매 쉰 살도 넘은 것 걸다고 하시놓고는."

원래 한강이란 곳이 그런지, 아니면 어쩌다가 그날만 그런지, 그때 한강에는 물새가 잘 보이지 않았다. 어쩌면 그 미물들도 황포돛배를 밀어낸 양무호가 보기 싫어 다른 곳으로 날아가 버렸는지도 알 수 없다는 생각을 해보는 원채는 심란하기 그지없었다. 새나 사람이나 생명이 붙어 있을 때 이야기지 숨이 끊어지고 나면 다를 게 뭐가 있을까?

아들 말에 달보 영감은 아무런 대꾸 없이 팔을 뒤로 돌려 등만 긁었다. 듣고 보니 맞는 소리라고 생각되는 모양이었다. 일본 상인들이 그네들 증기선을 화물선으로 이용하기 훨씬 이전에 고인이 되었을 것이다.

"그라모 그거는 마, 그렇다 치고……."

그러나 그럼에도 불구하고 달보 영감은 여전히 솟는 화를 도저히 삭이지 못하겠는 빛이었다. 원채는 그런 아버지가 충분히 이해는 되었다. 한평생 조선 나룻배 하나에 의존해 살아온 당신이었다. 일본 배에 밀려 조선 배인 황포돛배가 자취를 감추게 될 날이 별로 멀지 않았다는 사실이 그로서는 차마 견디기 힘들 것이다.

더욱이 이제 힘이 부치는 바람에 상촌나루터 터줏대감 자리에서도 물러난 그이기에 치솟는 감회는 더한지도 모른다. 마른 논에 호미나 꼬챙이로 땅을 파면서 강모를 심듯, 노질 한 번에도 자신의 모든 힘과 꿈을 걸었던 그였다.

아버지와 연관된 그런 감성은 또다시 들려오는 나른 목소리들에 의해 뒤로 물러섰다. 이번에도 고향 사투리는 아니었다.

"나는 그 학우선은 한 번도 보지 못했지만, 미국 상선 제너럴셔먼호라던가 하는 배의 기관을 이용해 만든 철갑선 진수식은 구경했지요."

"아, 미국 배를 어떻게 구했기에?"

강물도 쓰면 준다고 하는데, 일본 배와 미국 배가 마구 뜨면 이 나라 물 위에는 아무 공간도 없을 거라고 자조해보는 원채 귀에 다시 들리는 말이 있었다.

"그 배의 잔해가 대동강에 그냥 버려져 있었다고 하더이다. 그래서 흥선 대원군이 그것을 알고……."

중인계급으로 여겨지는 그 사십 대 사내는 분별없이 타인들 대화 속으로 곧잘 끼어들기를 좋아하는 성미인 성싶었다. 그는 이번에도 너무

무례하다 싶을 정도로 그들에게 물었다.

"그래, 그 배는 잘 나가던가요?"

턱이 각진 사내가 어림없다는 투로 대답했다.

"잘 나가기는요?"

"그러면요?"

중인계급 사내처럼 원채도 귀도 그쪽을 향해 열렸다. 한때 미국 군인들과 싸운 그였던지라 미국 배라니까 자신도 모르게 더 관심을 가지게 되었다.

"얼핏 한참을 나아간 것 같은데 말이지요."

거기서 각진 턱은 어이없다는 웃음을 픽 터뜨렸다.

"나중에 보니 겨우……."

중인계급이 원채도 궁금한 것을 물었다.

"이번에는 왜 실패했는뎁쇼?"

답변이 허무했다.

"석탄이 없어서 숯을 연료로 사용했기 때문이라나? 뭐 그러더라고요. 숯이라니? 허, 내 원 참."

그때 얼굴을 찡그린 채 듣고 있던 달보 영감이 원채에게 불쑥 말했다.

"고마 가자."

그러고 나서 그는 먼저 발을 옮겨놓기 시작했다. 원채도 얼른 아버지 뒤를 따랐다. 사실 자신도 더 이상 듣고 싶은 기분이 아니었다.

부자는 한동안 아무 말 없이 길게 이어진 강줄기를 따라서 계속 걸어갔다. 한강은 과연 한양의 젖줄답게 큰 강이었다. 남한강과 북한강의 두 대류大流가 있고 저 황해로 흘러 들어가는 강이다.

"지나치거로 미미해갖고 아모 효과도 없는 거를 빗대서 '한강에 돌던 지기'라 글쿠디이, 여 와서 본께 그 말이 딱 실감나는 기라. 안 그렇나?"

잠시 후 나온 달보 영감 그 말에 원채는 덧붙였다.

"우떤 데 물이 상구 마이 괴서 고마 물바다가 돼삐릿을 적에 '한강이다' 그런 이약도 안 하던가예, 아부지."

"그리싸도 강은 강이것제. 강새이 똥은 똥이 아인가 머."

한강을 옆구리에 끼고 걸음을 옮기며 주고받는 부자간 대화는 그 끝 간 데를 알 수 없는 한강을 닮아 끊어질 줄 몰랐다.

"저 물을 따라 바다로 가고 싶거마."

"바다 끝에는 또 머가 있으까예?"

"산? 아이모, 하늘?"

"예? 참, 아부지도."

"아이다, 니 옴마가 있을 끼다."

"옴마 생각이 나시는가베예."

그런가 하면, 그때 두 사람은 저 남녘 고향에 있는 남강 가를 걷고 있는 느낌을 받기도 했다. 그래서 아래로 더 쭉 내려가면 닉동깅이 나다날 것 같았다.

처량하게 외따로 떨어진 신세를 이를 때 쓰는 말인 '낙동강 오리알'에 나오는 그 낙동강이다. 다소의 차이는 있어도 강이라는 본질은 똑같은 강인데 왜 그런 비유를 쓰나? 아버지 말처럼 강아지 똥도 똥은 똥인데 말이다.

'아조 이전부텀 전해오는 말이, 사람이 안돼 비이모 안 좋다쿠던데.'

원채 눈에, 옆에서 휘적휘적 걸어가고 있는 아버지 등짝의 혹이 이날따라 더 애잔하고 슬퍼 보였다. 어쩌면 항상 '저주와 탄식의 혹'으로 치부하는 저 혹을 볼 수 있는 시간도 얼마 남지 않았는지도 모른다.

한강에서 황포돛배가 사라져 가고 있다는 사실과 아버지 수명이 얼마 남지 않았다는 것, 그 떨치기 힘든 두 가지 인식이 원채 마음을 종잡을 수 없이 어둡고 무겁게 몰아갔다.

그러던 어느 순간이었다. 원채가 갑자기 그 자리에 우뚝 멈춰 섰다. 그러곤 품에서 무언가를 꺼내 달보 영감에게 보이며 물었다.

"아부지는 아즉 이런 돈 기경 몬 하싯지예?"

아직도 강줄기를 벗어나지 못한 지점이었다. 그들의 아내이자 어머니인 언청이 할멈이 있는 곳과는 여전히 거리가 너무나 멀었다. 눈에서 벗어나면 마음에서도 벗어나고, 몸이 멀어지면 생각도 멀어진다는 말은 그릇된 거였다.

"무신 기경?"

그렇게 반문하면서 달보 영감도 걸음을 멈추었다. 이제는 모든 것들이 아슴푸레한 옛날인 양 희미하게 보이는 그는, 두 눈을 잔뜩 찡그려가면서 아들 손에 들려 있는 것을 바라보았다. 무슨 종이나 천이 아닐까 싶었다.

'갈수록 눈에 헛거미가 안 잽히나. 모리는 누가 보모 똑 굶어갖고 기운이 싹 다 빠지삔 사람매이로. 허, 참 내.'

갈수록 눈이 어두워진다는 아버지의 그 말이 떠올라 원채는 콧등이 찌르르 했다. 그러자 손에 들고 있는 그 귀한 것을 당장이라도 흘러가는 한강 물 위로 휙 던져버리고 싶다는 강한 유혹에 흔들렸다. 그건 일종의 자포자기라고 생각하면서도 마음을 추스르기가 좀체 쉽지 않았다.

"시방 니 손에 들고 있는 그기 머꼬?"

"머 겉심니꺼?"

고향에서 천 리나 떨어진 낯선 타지에 와서 뜬금없는 수수께끼라도 하는 듯한 부자였다. 하지만 그 모습들이 눈물겹도록 정다워 보였다.

"글씨다."

"함 알아맞히보이소."

원채는 순간적이지만 갑자기 짓궂게 놀고 싶은 충동에 빠져들었다. 아버지와 내가 둘 다 어린아이로 돌아가서 아무 근심걱정 없이 장난질이라도 치면 지금 그 같은 침울한 감정에서 벗어날 수 있을 것 같았다.

"가마이 있거라. 종이가, 천이가?"

달보 영감은 고개를 빼어 아들이 들고 있는 것을 유심히 보면서 물었다. 그러자 혹도 더 불끈 솟아나는 것 같아 보였다.

"이거는예, 아부지."

원채는 그것을 팔랑팔랑 흔들어 보이며 말했다.

"돈이라예, 돈."

"도온?"

달보 영감은 멍청한 표정을 지었다. 원채 눈에는 순진함으로 비쳤다.

"돈이라꼬?"

"예."

"무신 돈이 그린 돈이 디 있노?"

"에나 이상하지예?"

"하모."

"지도 그렇심니더."

"진짜로 돈이가?"

"그라모 가짜 돈도 있심니꺼?"

"니 가짜 돈 한 분도 몬 본 기가?"

"그거는…… 에이, 지가 고마 졌심니더. 하하."

"이눔아, 그라모 애비한테 이길라 캤더나?"

깃발을 나부끼는 개선장군처럼 허옇게 센 머리칼을 강바람에 날리며 달보 영감이 신기하다는 목소리로 말했다.

"우쨌든 내 머리에 털 나고 나서 그런 돈은 첨 본다."

"그라실 깁니더, 아부지."

원채는 손에 든 것을 제 눈에 좀 더 가까이 갖다 대고 들여다보면서
말했다.

"이거는 우리나라 돈이 아이거든예."

달보 영감은 더욱 놀라는 기색이었다.

"그라모?"

원채는 잠시 망설이고 주저하다가 일러주었다.

"일본 제일은행에서 맨든 십 원짜리 지패 아입니꺼."

달보 영감은 들어서는 안 될 소리를 들은 사람 같았다.

"이, 일본 은행?"

원채도 심드렁한 어조로 말했다.

"예, 일본 제일은행예."

안개인 양 뽀얗게 이는 잔물결이 있음에도 불구하고 한강은 대단히
푸르고 깊어 보였다. 달보 영감이 또 물었다.

"지패?"

"예, 종이돈예."

그렇게 말하는 원채 표정이 여전히 크게 마뜩찮아 하는 것처럼 비쳤다.

"왜눔들 돈이다, 그런 말입니더."

그러자 달보 영감은 엿가락 늘어뜨리듯 말을 길게 늘어뜨렸다. 뭔가
못마땅할 때 곧잘 하는 말버릇이 다시 발동하고 있었다.

"왜애누움드을 도온?"

"예, 아부지도 더 자세히 함 보실랍니꺼?"

지금 그곳에서는 황포돛배가 한 척도 보이지 않았다. 곳곳에서 사람
들은 보였지만 아까 양무호가 있던 곳에 비하면 한산한 편이었다.

"내가?"

달보 영감은 어려운 과제를 떠맡은 사람을 떠올리게 하였다.

"자예(여기요)."

원채는 아버지에게 그것을 내밀었다. 달보 영감 음성이 전쟁터에 나가는 군인처럼 결연한 기운을 띠었다.

"오데 함 보자."

바람이 원채 손에 들린 지폐를 펄럭거리게 했다.

"그리 잘났다꼬 깡쫑거리고 설치대는 왜눔들이 맨든 돈이 우찌 생깃는고……."

달보 영감은 아들 손에서 낚아채 가듯이 그 일본 지폐를 받아들고는 고개를 숙인 채 한참 들여다보기 시작했다. 원채 눈도 지남철같이 그것에 쏠렸다.

"우습거로 생깃지예?"

"더럽거로 생깃다."

지폐 중잉에 쓰어 있는 '拾圓'이린 굵은 글씨체기 맨 먼지 눈에 들어오고, 뒤를 이어 그 글자 오른쪽으로 둥근 원 속에 인쇄가 되어 있는 어떤 인물 상반신이 보였다. 그리고 '株式會社 第一銀行'이란 한자와, 꼭 별 두 개를 포개놓은 것 같은 청색 무늬도 있었다. 지폐 테두리는 아기자기한 무늬로 장식하여 저들 나름대로는 제법 가치나 품위가 있어 보이게 만들었다. 하지만 그 무늬는 어쩐지 조잡해 보였다.

"그런께 이기 왜눔들 돈이다, 그 말이제?"

달보 영감은 아주 하찮은 물건 다루듯 손가락 끝에 그것을 매달고 달랑달랑해 보이면서 또 물었다.

"그라모 요기 새기져 있는 이 인간도 왜눔이것네?"

원채가 시무룩한 얼굴로 대답했다.

"예, 아부지."

달보 영감은 애꿎은 아들더러 따지거나 꾸짖는 어조였다.

"눈데? 이기 누라쿠는데?"

원채는 어릴 적에 아주 드물게 아버지에게 야단맞던 그런 심정이 되었다.

"지도 넘한테 들어서 안 긴데예, 그 돈을 맨든 은행 총재랍니더."

달보 영감이 멀뚱한 낯빛을 지었다.

"총재?"

"예."

개 꼬락서니 미워서 낙지 사고 싶은 사람처럼 하였다.

"총재라쿠는 기 머신데? 총하고 무신 상관이 있는 긴가?"

바람은 갈수록 더 심해지는지 한강 물살이 거세지고 있었다. 그것은 높이 치솟다가 곤두박질치는 기세로 내려앉곤 하였다. 거대한 생명체였다.

"지도 잘은 모리것고예."

원채 목소리는 자신이 없었다.

"아마 은행에서 젤 높은 자를 그리 부리는 기 아인가 싶거마예."

달보 영감도 콧방귀를 뀌었다.

"흥, 지까짓 기 높아봤자 우리하고 무신 상관 있노, 안 그런 것가?"

원채는 엄지를 치켜들어 보였다.

"역시 울 아부지 이겁니더."

그런데 사람은 나이 먹을수록 아이가 돼간다더니, 말은 그러면서도 달보 영감은 호기심 많은 아이처럼 굴었다. 아마 오래전부터 꼭 와 보고 싶었던 고장에서의 여행이 그를 그렇게 몰아가고 있는지도 모르겠다.

"그거는 그란데, 은행은 또 머하는 덴고?"

불어오는 강바람에 달보 영감 손끝에 들린 지폐가 이제 나를 그만 놓아 달라고 몸을 흔드는 모양으로 비쳤다.

"그 종이돈을 맨든 곳이라 쿤께, 머 돈 맹그는 그런 데 아이까예?"

원채 말에 달보 영감은 그만 몹시 부러워하는 눈빛이 되었다.

"그라모 에나 좋은 데 아이가?"

"좋은 데예?"

원채는 어쩐지 아버지 그 말이 싫어졌다.

하지만 달보 영감은 지폐를 쥔 오른손으로 왼손바닥을 세게 내리치는 시늉을 하며 말했다.

"하모, 안 좋고? 이리 쾅쾅 찍어내기만 하모 돈벼락을 맞을 낀께네."

"찍어내기만 하모……."

원채도 그 말에 대해서는 무어라 딱 부러지게 얘기할 수가 없었다. 얼핏 아버지 말을 들으니 그럴싸했다. 그래도 제 하고 싶은 대로 쾅쾅 찍어낼 수야 없겠지. 만약 그게 가능하다면, 그것이야말로 도깨비방망이가 아니고 무엇이겠는가.

원채는 뜬금없이 온 세상이 도깨비 세상으로 비치기 시작했다. 지금 그의 눈앞에 보이는 사람들도 다 뿔 없는 도깨비로 보였다. 달보 영감도 잠시 감각이 없어 보였다. 하기야 그들이 어찌 알겠는가? 이미 오래전부터 음흉하기 그지없는 일제가 조선을 경제적으로 지배할 목적을 가지고 부산포에 일본 제일은행 지점을 설치했다.

어디 그뿐이랴. 더욱이 그 일본 은행은 일반 은행 업무 외에도 조선 정부의 세관 업무를 위탁받아 관리하고, 심지어 청일전쟁과 러일전쟁 때는 군자금까지 관리했다는 사실을 아는 사람이 몇이나 될까. 실로 가증스럽고 경계하지 않으면 안 될 무서운 은행이었다.

그리고 더더욱 모를 것이다. 언젠가 동업직물 임배봉이 하판도 목사에게 부산포에 일본 제일은행 지점이 만들어진다는 정보를 듣고 놀라워

했다.

"우쨌거나 돈에서 꾸렁내(구린내)가 나는 거 겉다 아이가."

그러면서 달보 영감이 코를 벌름거렸다. 원채가 씁쓸한 표정을 지었다. 달보 영감은 조롱하는 웃음을 지어 보이며 또 고집스러운 늙은이 행세로 나왔다.

"통시 내미가 딱 맞다."

"아부지."

원채 눈앞에 벽에 똥칠을 하고 있는 어떤 꼽추 영감 모습이 어른거렸다. 원채는 그 참담하고 절망적인 환영을 떨쳐버리기 위해 머리를 흔들었다.

"왜눔들 내미다."

그렇게 곱씹으며 달보 영감은 금방이라도 지폐를 한강에 휙 던져버릴 몸짓을 했다. 그 동작이 원채 눈에는 그냥 단순한 장난으로 보이지 않고 진지하고 심각한 행동으로 비쳐들었다. 옆을 지나가고 있던 젊은 남녀가 달보 영감 손끝에 들린 지폐를 힐끔힐끔 보면서 고개를 갸우뚱거렸다.

그러자 원채 또한 어렵사리 손에 넣은 귀한 돈이지만 아까와 마찬가지로 다시 한번 버리고 싶다는 반발심에 사로잡혔다. 그 은행이 불법으로 은행권을 발행하여 정부와 상인 등이 반대운동을 펼친다는 소문까지 들은 원채였다. 그렇지만 일제의 손아귀에서 벗어날 힘이 우리에게 없다는 아픈 자각이 숨통을 틀어막아 버리는 기분이었다.

그때다. 강바람이 그야말로 극심한 폭풍우처럼 세차지기 시작했다. 달보 영감 손끝에 들린 지폐를 탈취하여 강물에 던져버리려는 심보마저 느껴졌다. 그러면 그 일본 지폐는 바다로 흘러 들어가 대한해협을 지나 섬나라 일본 땅에 가 닿을 것이다.

황소가 끄는 자동차

한강을 벗어났다.

딱히 꼭 가야 할 정해진 곳도 없었다. 한양 거리를 구경하면서 이리저리 발길 닿는 대로 거닐던 그들 부자는 한 곳에서 걸음을 멈추었다.

저만큼 선로 위에 전차 한 대가 서 있는데, 낳은 사람들이 떠들썩한 소리를 내면서 거기 오르기도 하고 내리기도 하는 광경이 보였다. 원채는 늦봄에 갈대밭에서 시끄럽게 울어대는 개개비 무리를 보는 감정에 젖었다.

"쇠당나귀가 저기 있군 그래."

"쇠당나귀라. 하여튼, 이름 한번 잘 붙이는 게 사람들이야."

원채는 행인들이 전차를 '쇠당나귀'라고 하면서 서로 나누는 소리를 들었다. 그리고 보니 황포돛배만 밀려나는 게 아니라 당나귀도 밀려나는 세상이라는 생각에 마음이 어두워졌다.

"눈 감기 전에 벨것도 다 기경한다 아이가. 요래서 사람은 태어나모 서울로 보내라쿠는 말이 생깃는갑다."

난생 전차라는 것을 처음 보는 달보 영감은 여간 신기하지 않은 모양이었다. 하긴 몇 번 본 적이 있는 원채도 똑같았다. 궤도나 공중에 가설한 전선으로부터 전력을 받아 궤도 위를 달리는 그런 차량을 꿈에라도 상상해보았을까.

"에나 그렇지예?"

원채는 이왕 나선 길이니 아버지 비위를 맞추기 위해 온 신경을 썼다. 모든 것은 마음에 달려 있다고, 그렇게 하면 아버지 건강이 좀 나아질 것이다.

"이런 식으로 발달하모 바다 밑으로 길도 뚫을 수 있을지 모립니더."

"하모, 하모."

한껏 기분이 좋아져서 그런 말을 연발하던 달보 영감 눈빛이 문득 뿌옇게 변했다. 그의 입에서는 이런 소리가 아주 조그맣게 흘러나왔다.

"할마이도 같이 왔으모 좋았을 낀데."

전차에 시선을 고정시킨 채 말했다.

"내가 잘몬했다."

"……."

원채 가슴이 예리한 날에 찔린 듯했다. 비록 장애를 가진 부모였지만 세상 어떤 부부들보다도 서로를 아끼고 위할 줄 알았다. 어머니는 아버지 잔등의 혹을, 아버지는 어머니의 째보 입술을 가장 좋다고 하였다.

원채가 들어볼 때 그것은 자조나 비애에서 머무는 게 결코 아니었다. 배우자의 아픔과 한을 깊이 감싸 보다 높은 부부애로 이끌어 올린 애정의 징표와도 맞닿은 것이었다.

'암만 효자 자슥이라 캐도 모질고 악독한 지애비나 지에미보담 몬하다더이, 그 이약이 딱 들어맞는갑다.'

원채는 심한 부끄러움과 회한에 부대꼈다. 과연 내가 맏이로서의 구실을 제대로 한 적이 단 한 번이라도 있었던가 하고 뒤돌아보니 더욱 그랬다. 전쟁터에서 미군의 포로가 되는 등 위험하고 좋지 못한 곳으로만 떠돌면서 오히려 걱정만 끼쳐드린 천하 불효자식이 그였다. 그는 크게 뉘우치는 심경으로 생각했다.

'내는 어머이 생각꺼지는 안 했제.'

그때 달보 영감이 억지로라도 심란하고 울적한 심사를 떨쳐버리려는지 거기 넓은 한양 거리가 울리도록 큰 소리로 얘기했다.

"예전에는 황포돛배가 좋았지만도, 시방은 전차가 더 좋다 고마!"

원채도 잘됐다 싶어 얼른 한마디 거들었다.

"양무호보담도 상구 더 멋있다 아입니꺼?"

말은 그랬지만 혹시라도 내가 서양 것에 대한 열등의식이나 자격지심을 품고 있는 것은 아닐까 회의하고 있는 원채였다.

"하모, 맞다, 맞다!"

달보 영감은 곧바로 펄쩍펄쩍 뛸 태세를 보였다. 허위나 과장만은 아니었다. 그건 보면 볼수록 굉장한 교통수단이 아닐 수 없었다. 혹시 신이 날개를 달아준 게 아닌가 여겨질 지경이었다. 개미 금탑 모으듯 제아무리 부지런하게 조금씩 모아도 개인은 못 가질 전차였다.

그런데 부자가 잠시 말을 멈추고 정신없이 전차를 바라보고 서 있을 때였다. 어디선가 문득 이런 소리가 그들 쪽으로 날아들었다.

"저, 저, 여, 영감님! 저…… 아, 아이 시, 심니꺼?"

"……."

그들은 놀라 소리 나는 곳을 향해 반사적으로 고개를 돌렸다. 거기에는 대한제국 최고의 도시라는 명성이 무색하지 않게 큰길을 배경으로 한눈에도 천민으로 보이는 웬 사내 하나가 서 있었다.

처음에 그들은 그 사내가 다른 누군가에게 말을 걸었을 것으로 생각했다. 한양 땅에서 그들을 알 사람은 없었던 것이다. 한데 사내는 이쪽 신분을 보다 분명하게 확인했는지 한층 반갑고 놀랍다는 얼굴로 또다시 이렇게 물어왔다.

"저, 달보 영감님 저, 맞으시지예? 저, 상촌나루터에서 저, 배를 저으싯던……."

두 사람은 자신도 모르게 서로의 얼굴을 한 번 보고 나서 다시 그 사내에게로 눈을 돌렸다. 비록 그들과 똑같이 경상도 말씨를 쓰고는 있었지만 아무리 봐도 모르는 사람이었다. 한데도 달보 영감 이름과 그가 뱃사공 했던 사실까지 알고 있었다.

"당신은 눕니꺼?"

원채가 잔뜩 경계하는 눈빛으로 물었다. 그의 몸은 어느새 택견의 방어 자세를 취하고 있었다. 그것은 무의식적으로 나온 행동이었다. 무예의 고수가 아니면 아무나 그렇게 할 수가 없을 것이다. 무쇠라도 베어버릴 듯한 날카로운 안광으로 좀 더 사내를 뚫어지게 쏘아보았다.

"당신이 눈데 우리 아부지를?"

그러자 사내는 그 자신도 참 믿을 수 없다는 얼굴인 채 여전히 크게 더듬거리는 말투로 대답했다.

"저, 영감님은 저, 지 생맹의 저, 은인이시다 아입니꺼? 저, 여서 만내 뵐 줄은 저, 에나 몰랐심더."

하지만 원채는 한층 더 미심쩍다는 표정을 풀지 못했다. 여기 이곳이 어딘가. 바로 두 눈 빤히 뜨고 코 베인다는 한양이었다. 더욱이 외세가 들어와 설치는 통에 인심은 더없이 험하고 사회 질서는 갈수록 엉망이었다. 반갑다고 하는 사람을 경계하지 않으면 안 될 세상이라고 생각하니 원채는 개살구 먹은 뒷맛처럼 씁쓸하고 떠름했다.

"생맹의 은인?"

그런데 원채와는 달리 달보 영감은 기억을 되살려내기 위해 애쓰는

모습이었다. 나더러 자기 생명을 구해준 은인이라고? 그렇지만 아무것
도 떠오르는 게 없었다. 달보 영감은 이물질이 들어간 것처럼 두 눈만
끔벅끔벅하였다.

"저, 그, 그렇심니더."

그런 부자를 본 정체불명의 사내는 별안간 조급증이 이는 모양이었
다. 당황하거나 급해지면 습관적으로 나오는 '저'라는 말을 더욱 남발하
기 시작했다.

"저, 저, 지가 저, 양반 자식들한테 저, 저, 맞아 저, 주, 죽을 저, 뻔했
을 때, 저, 저, 영감님이 저, 지를……."

사내가 거기까지 더듬거렸을 때였다.

"양반 자식들?"

그러던 달보 영감이 느닷없이 높은 소리로 물었다. 바로 옆에서 어기
적어기적 거위걸음으로 걸어가고 있던, 윗눈시울이 축 처진 웬 뚱뚱한
남자기 눈을 치뜨고 바라볼 정도였다.

"그, 그라모 그날 그 백정이?"

그렇지만 맨 마지막에 하는 '백정'이란 소리는 너무나도 미약하여 다
른 사람 귀에는 거의 들리지 않을 터였다. 그러나 사내는 곧장 알아들었
는지 그만 두 눈에 눈물마저 글썽이는 것이었다.

"저, 저, 마, 맞심니더. 저, 지가 저, 저, 그 백……."

달보 영감은 사내 손이라도 덥석 잡을 것처럼 했다.

"허, 그렇거마는! 인자사 알것다 아인가베. 에나 반갑거마는!"

사내 눈에서 굵은 눈물방울이 뚝뚝 떨어져 낡고 때 긴 흰 저고리 앞섶
을 적셨다.

"여, 영감님."

달보 영감 음성에도 눌기가 번졌났다.

"이런 데서 또 만낼 줄이야."

사내가 울먹이는 소리로 안부를 물었다.

"우, 우찌 지, 지내싯는지?"

그건 우연치고는 참으로 큰 우연이 아닐 수 없었다. 어떤 신적인 손이 딱 끼워 맞추지 않고서야 어떻게 좁은 고장도 아닌 그 넓은 한양 땅에서 마주칠 수 있을까?

백정 방상각. 사내는 바로 백정 방상각이었다.

그날 평안리 타작마당에서 한바탕 벌어진 오광대 놀음판을 구경하러 왔다가, 좁고 어두운 골목 안에서 못된 양반 자식들에게 거의 죽음 직전에 다다를 정도로 심한 몰매를 맞던 백정이었다. 놀음판에서 빠져나왔던 해랑이 먼저 그 현장을 발견하고 달보 영감에게 급히 알려 위기를 모면케 해주었던 방상각이었다.

그 후 방상각은 자기 생명을 구해준 사람들이 해랑과 달보 영감이라는 사실을 어찌어찌 알고 찾아가서 감사의 뜻을 전하려고 했지만, 아직까지 만나지 못하고 있었다. 해랑은 구중궁궐은 저리로 가라 하는 동업 직물 대갓집 안방에 늘 들어앉아 있었고, 달보 영감은 힘이 부쳐 노를 놓고 상촌나루터를 떠났기 때문이었다.

그런 방상각 머릿속에는 지금도 생생한 그림으로 찍혀 있었다. 서장대에서 예기치 않은 나루터집 비화를 만나 해랑을 만날 수 있게 해 달라고 부탁하던 중, 뜻하지 않은 임배봉의 출현으로 하마터면 불귀의 객이 될 뻔했던 아슬아슬하고 무서운 기억이었다. 결국, 배봉이 부리는 종 하나가 그만 거기 절벽에서 나불천으로 추락하여 목숨을 잃는 불상사가 터졌었다.

"저, 지 이름은 저, 방상각이라 쿱니더."

그는 부끄러움을 타는 얼굴로 말했다.

"방 상 각."

달보 영감이 기억해두려는지 딱딱 끊어가며 되뇌었다.

"예, 영감님."

방상각의 말끝에는 또다시 눈물방울이 매달렸다. 여자도 아닌 남자가 그렇게까지 눈물이 많다는 것은 그의 삶이 얼마나 피폐하고 고달픈가를 여실히 입증해주는 증거가 아닐까 싶었다. 하긴 그의 행색 하나만 보더라도 이미 알 수 있는 일이긴 했다. 그때 거기가 한양이라는 게 약간 다른 기분으로 다가오게 한 점도 없잖아 있었다.

"그란데 한양에는 무신 일로?"

달보 영감은 그게 대단히 궁금했다. 원채도 마찬가지였다. 경상도 남방 고을에 사는 백정이 무려 천 리나 떨어진 한양 땅에 와 있다는 사실이 어쩐지 여간 심상치가 않았다. 아무리 요즘 세상은 눈에 보이지 않을 정도로 빠르게 변화되고 있다고는 하지만 그건 저의 불가능에 가까운 일이 아닐 수 없었다.

'요 먼데꺼지 올 수도, 올 이유도 없을 낀데⋯⋯.'

그런데 방상각은 달보 영감이 묻는 말에는 대답하지 않고 거친 손가락으로 전차를 가리키며 이렇게 말했다.

"저, 저 전차를 저, 함 보시이소, 영감님. 증말 저, 더러븐 시상 아입니꺼?"

"전차가 와?"

달보 영감이 고개를 갸우뚱하며 또 물었다.

"전차가 우쨰서 더러븐 시상이라 쿠는데?"

원채도 까닭을 알 수 없어 그의 얼굴을 멍하니 바라보았다.

"와 저, 쏙 저래야 저, 하는데예?"

방상각이 전차를 향해 총구처럼 겨냥하고 있던 손을 내리며 힘없이, 그러나 잔뜩 화가 돋친 어투로 계속 말했다.

"저, 양반이 타는 칸하고 저, 상민이 타는 칸하고가, 저, 따로따로 노, 노놔져 저, 있다 아입니꺼."

"그런 기가?"

달보 영감은 눈앞에 빤히 보면서도 그것까지는 미처 몰랐다는 얼굴로 원채를 바라보았다. 원채는 잠자코 고개만 끄덕였다. 그런 사실을 모두 알고 있었다.

그러나 솔직히 말해서, 원채 자신은 별다른 감흥이 없었다기보다도, 아침에 해가 뜨고 저녁에 달이 뜨듯이, 그저 그렇게 지극히 당연한 것으로 받아들였다. 이 나라에서 양반과 상민을 차별화시키고 있는 게 어디 전차뿐이겠는가.

'안됐지만도 새삼시럽거로⋯⋯.'

모든 것들이 그러했다. 그러고 보면 그런 사회제도는 평민 신분인 원채 자신보다도 천민 신분인 방상각에게는 훨씬 더 심각하고 고통스럽고 분통이 터질 것이었다. 예전에 비하면 신분제도가 많이 무너져 가는 추세이긴 하지만, 그래도 아주 형편없는 모순과 부조리는 아직도 여전히 사회 전반에 깊숙이 뿌리를 박고 있는 실정이었다. 하지만 그것은 농사꾼이 물갈이에서는 두 거웃이 한 두둑, 마른갈이나 밭에서는 네 거웃이 한 두둑임을 알고 있는 것만큼이나 일상화돼 있는 거였다.

지금도 전차의 양반 칸에 앉아 있는 사람들과 상민 칸에 앉아 있거나 서 있는 사람들 모습은 더할 수 없이 큰 대조를 이루어 보였다. 특히 상민 칸에 서 있는 아이는 전차를 타는 게 신이 나는지 약간 익살스러운 웃음을 띠고 있었지만, 제대로 손질하지 못한 부스스한 머리칼이며 때

낀 초라한 의복은 왠지 모르게 그를 주눅 들어 보이게 하였다. 아이들까지도 자유스럽지 못한 높고 큰 신분의 벽이었다.

전차를 타고 있는 이들을 바라보면서 자못 의분을 느끼고 있는 원채 귀에 방상각 목소리가 들려왔다.

"저, 해나 저, 박성춘이라쿠는 백정에 대해 저, 들어보싯어예?"

그것은 달보 영감보다도 원채 자신을 향해 던지는 물음이 아닌가 싶었다. 원채는 고개를 가로저으며 대답했다.

"몬 들어봤심니더."

방상각이 실망인지 체념인지 모를 침통한 어조로 말했다.

"저, 하기사 백정을 저, 우찌 아시것심니꺼. 저, 높은 배실하는 양반도 아이고, 저, 돈이 째삔 부자도 저, 아이고……."

원채는 문득 호기심에 사로잡혔다.

"그 사람이 우떤 사람이기에?"

방상각이 이곳 한양에 온 것은 박성춘이라는 그 백정 때문일지도 모른다는 생각이 얼핏 뇌리를 스쳤다. 특히 방상각은 박성춘에 관해서 들려주고 싶어 하는 기색이 아주 역력해 보였다.

"저, 박성춘 저, 그 사람은……."

바로 그때 전차가 서서히 움직이기 시작하면서 크게 내지르는 소음 속에 방상각의 말은 그대로 파묻혀버렸다. 그 바람에 방상각은 어쩔 도리 없이 입을 다물었지만, 그 시끄러운 소리가 가라앉을 때까지 기다리는 길지 않은 순간에도 무척 안달 나 하는 모습이었다.

'알 수 없는 일이거마는.'

도대체 박성춘이란 그 백정이 누구기에 저러는 것일까? 조선 땅을 통틀어 가장 천대받는 신분이 백정 아닌가. 그런 자를 말하면서 저런 모습이라니. 그런 인식이 든 원채는 홀언 온몸에 찬 기운이 확 끼쳐드는 느낌이었다.

'그렇다모 여게는 머신가 있다.'

원채는 한층 강한 궁금증이 일었다. 뭔가 심상치 않은 사건이 벌어지려 한다는 동물적인 직감이 다가왔다. 예전에 미군이나 일본군과의 전투에서도 그와 비슷한 감정에 휩싸인 기억이 남아 있었다.

"저, 그런께네……."

이윽고 전차가 멀어지면서 소음이 가시자마자 방상각이 다시 서둘러 입을 열었다. 자꾸 더듬거리는 어눌한 언어 습관 탓에 의사 전달이 쉽지 않았다.

"저, 몇 해 전에 저, 독립협횐가 하는 데서 저, 중심이 돼갖고 연, 저, 무신 저, 과, 관민공동회가 저, 있었지예."

일순, 독립협회라는 말이 가슴을 찔러오면서 원채는 자신도 모르게 취조하듯 되물었다.

"관민공동회?"

그러자 방상각이 이번에는 그들이 만난 후 처음으로 잘 알아듣게 대답했다.

"예, 관민공동회."

다른 것을 말할 땐 더듬거렸지만 박성춘과 관민공동회라는 말은 믿기지 않을 만큼 아주 또렷하게 하는 그였다. 원채는 자신도 모르게 점점 목청이 높아지고 있었다.

"관민공동회, 그기 머십니꺼?"

어쩐지 지난날 고향 땅을 발칵 뒤집어놓았던 농민군이나 천주학이 자꾸만 머리에 되살아났던 것이다. 방상각은 갈수록 흥분된 빛을 감추지 못했다.

"저, 대, 대단한 기, 기지예."

언제부터인가 달보 영감은 듣기만 하고 대화는 주로 원채와 방상각이 이끌어 가고 있었다. 지금까지 살아오면서 거칠고 험한 세상에 몸을 던지고 숱한 경험을 해온 원채에게도 퍽 생소한 이야기였다. 한평생 남방 고을 나루터에서 그저 노 하나만 저으며 살아온 연로한 달보 영감에게는 모두가 이해되지 않을 소리일 것이다.

그뿐만이 아니었다. 조선 천민들 가운데서도 최하위로 치는 백정 신분인 방상각 입에서 저런 소리들이 나온다는 것부터가 당최 믿어지지 않을 일이었다. 그렇지만 어떤 경로를 통해서인지는 모르겠으나 방상각은 실로 놀라운 경험을 겪은 것만은 틀림이 없어 보였다. 그의 입에서는 이런 경악할 말까지 나왔던 것이다.

"저, 정부의 저, 노, 높은 관리들도 차, 참석한 자리에서, 저, 백정 신분인 저, 박성춘이 저, 연설을 저, 했다 아입니꺼."

원채는 말 그대로 전차에 받힌 사람 모습이 되었다.

"머라꼬요?"

방상각은 스스로의 격한 감정을 억누르지 못하겠는 목소리였다.

"저, 그란께 모도 저, 저……."

전차 소리의 여운이 사라진 지는 오래되었지만 아직도 귀가 먹먹한 원채였다.

"대관절 뭔 이약이고?"

원채는 알아들을 수 없는 일본말이나 중국말을 듣고 있는 착각에 빠졌다. 백정이 정부 고위 관리들도 참석한 자리에서 연설을 했다니? 연설은 고사하고 어찌 그런 자리에 감히 나갈 수나 있겠는가 말이다.

그러나 사실인 모양이었다. 하기야 그들 부자를 붙들고 거짓말을 해서 특별히 얻을 것도 없을 터였다. 그뿐만 아니라 더더욱 놀랍게도 방상각 그 자신노 그 현상에 있었다는 이야기까지 흘러나왔다.

"저, 지는 그날 저, 그 자리에서 저, 박성춘이 하는 저, 저, 연설을 듣고 저, 저, 가슴이 고마……."

방상각은 그 기억만 떠올려도 또 가슴이 막혀오는지 말을 제대로 이어가지 못했다. 그런 가운데 그들 옆을 오가는 수많은 한양 사람들은 도무지 무엇이 그리도 바쁜지 이쪽에는 눈길 한번 제대로 주지 않았다.

"……."

말없는 달보 영감은 여전히 방상각의 말뜻을 조금도 알아듣지 못한 상태였고, 원채 또한 여우나 거리 귀신에게 홀린 기분이 되어 장승 모양으로 서 있었다.

방상각, 그는 지난날 서장대 벼랑에서 만난 비화에게 이런 소리까지 한 사람이라는 것을 원채나 달보 영감이 어찌 상상이나 하겠는가?

─백정들도 사람답게 살 수 있는 날을 이 방상각이 꼭 만들겠다.

그 당시 비화가 받았던 충격만큼이나 지금 원채나 달보 영감 역시 정신을 차리지 못하고 있었다. 잠시 후 원채는 혼미한 의식 상태에서 물었다.

"우떤 연설을 했는데 그리쌌소?"

길게 드러누운 전차 선로는 햇빛을 받은 뱀의 몸통처럼 반짝이고 있었다.

"저, 마, 말도 마, 마이소."

태양 빛을 정면으로 받고 있는 방상각 얼굴이 훤히 드러나 보였다. 꾀죄죄한 행색에 비해 얼굴은 꽤 잘생긴 편이었고, 특히 거짓말같이 두 눈이 맑았다. 그는 햇빛에 눈이 부신지 얼굴을 약간 찡그리고 있었는데, 그게 오히려 그를 큰 고뇌와 결단에 차 있는 사려 깊은 사람으로 보이게 하였다.

'시방 내 눈이 우찌 된 기까?'

원채는 생각하면 생각할수록 참으로 어이없고 눈앞의 현실을 받아들이기 어려웠다. 아무리 지금은 개화된 세상이라고 하더라도 백정에게서 이런 느낌을 받다니. 아니 할 말로, 백정이라고 하면 소의 가죽이 떠오르고 피 냄새가 먼저 났었다.

'그렇다꼬 넘보담도 내가 백정을 무시하는 거는 아이지만도.'

조만간 양반이니 상놈이니 하는 그 구분 자체가 완전히 사라질 것이라고 믿는 사람도 많은 세상이긴 했다. 임배봉같이 온 천하가 다 아는 천민이 돈 좀 있다고 떡하니 양반 행세를 하고 있어도 누구 하나 입을 달싹하는 사람이 없었다. 아니었다. 오히려 금력과 권력을 나날이 쌓아가는 그에게 잘 보이려고 알랑방귀를 뀌는 이들이, 날마다 배봉 집 문턱이 닳도록 들락거린다는 사실은 더 이상 귀를 잡아끌 화젯거리도 못 되었다.

"후~우."

방상각은 선 채로 잠시 숨을 고르는 눈치였다. 그러너니 그의 까칠한 입술 사이로 크게 떨리는 말이 새 나왔다.

"저, 박성춘은 당당했심니더. 저, 에나 다, 당당했심니더."

저 멀리서 전차 한 대가 또 오고 있었다. 사람들 사이에 술렁거림이 일면서 모두 바쁘게 움직일 채비를 갖추고 있는 게 눈에 띄었다.

"내는 저, 그리 다, 당당한 사람은 저, 아즉 보, 본 적이 저, 없심니더."

도무지 갈피를 잡을 수 없는 원채 마음은 제멋대로 뒤엉킨 검불덤불 그 자체였다.

"저, 그는 자, 자신을 갈카서 저, 대, 대한제국에서 가장 저, 천하고 또 저, 배운 거도 없는 저, 사람이라꼬 그, 글 캤심니더."

"……."

한양 하늘은 왠지 텅텅 비어 있다는 느낌을 던져주고 있었다. 시골에서 흔히 볼 수 있는 새들이 날지 않아서 그런가 보다고 원채는 받아들였다. 그러다가 또 금방 그걸 부정했다. 그 때문만은 아닐 것이었다. 그처럼 모든 게 뒤죽박죽인 상태에서 그는 한 백정의 바닥을 모르는 이야기를 듣고 있었다.

"하, 하지만도 저, 추, 충군애국의 뜻은 저, 대강 알고 있다쿰시로 저, 나라를 이롭거로 하고 저, 백성을 팬안커로 할라모 저, 관민이 멤을 저, 합치야 된다꼬 저, 글캤심니더."

방상각 몸속에는 다른 혼이 들어 있고 원채는 홀린 사람이 되어 있었다. 임금께 충성을 다하고 나라를 사랑한다. 매우 불가해한 정황에 내던져진 채 원채는 입으로 중얼거렸다.

"충군애국, 충군애국……."

해가 잠시 구름장에 가리어진 탓에 방상각 얼굴에서 빛살은 사라졌다. 그와 동시에 그의 거친 피부는 좀 더 검어 보였다. 그때 막 불어온 바람이 제대로 손질을 하지 못한 그의 헝클어진 머리카락을 한층 어지러이 날리게 했다.

"저, 박성춘은 또 저, 차일遮日에 비, 비유해갖고 저, 이런 말을 했심니더."

그의 이야기는 또 물고 또 물고 하여 그 가닥의 끝이 없었다. 원채는 해가 있을 만한 위치를 올려다보며 또 되뇌었다.

"차일."

전차는 아주 천천히 정지했다. 저만큼 서 있는 가로수들과 묘한 조화를 이루었다.

"저, 한 개의 장대로 저, 받치모 저, 튼튼하지 몬하지만 저, 많은 장대로 받치모 저, 상구 튼튼하다꼬 저, 했심니더."

그런데 거기까지 말하던 방상각은 갑자기 한쪽 발을 치켜들었다. 그러고는 원채와 달보 영감이 놀라 바라보는 가운데, 그는 아까 그 전차가 사라진 방향을 겨누어서 매우 세게 걷어차는 흉내를 내면서 언성까지 높였다.

"그란데 저, 저, 아즉도 시상은 저, 크기 배낀 기 저, 없심니더."

그는 세상을 향해 소처럼 뿔을 곤두세워 들이박고 싶어 하는 사람 같아 보였다.

"저, 같은 하, 한 전차를 타는데도 저, 양반하고 상민이 저, 다린 칸에 저, 타, 타야 하는 거 저, 하나만 봐도 저, 그거를 저, 알 수 있다 아입니꺼?"

원채 눈에 아버지가 주위를 두리번거리는 모습이 들어왔다. 혹시 누가 그 소리를 들을까 염려하는 모양이었다. 아니면 오랫동안 서 있느라 다리가 아파 어디 앉을 데가 없는가 하고 찾아보는 게 아닌가 싶기도 했다. 원채는 이제 방상각을 보내고 근처 밥집이라도 찾아 들어가야겠다고 작정했다.

'배도 고푸시고 마이 피곤하실 기다.'

하지만 방상각은 계속해서 사람을 붙들고 이야기를 하고 싶은 눈치였다. 그만큼 혼자만 가슴에 담아두기에는 너무나 감격스럽고 벅찬 듯싶었다. 원채는 그를 이해할 수 있었다. 그가 태어나서 지금까지 받아온 천대와 설움은 산을 쌓고 바다를 메워도 남을 것이다.

그때 사방을 이리저리 둘러보고 있던 달보 영감이 손가락으로 어느 한 곳을 가리키며 고함을 질렀다.

"아범아! 저, 저거 좀 봐라, 저거!"

원채와 방상각의 눈이 동시에 그쪽으로 당겨졌다.

"어?"

"저, 저!"

그곳에는 실로 보기 힘든 광경 하나가 펼쳐져 있었다. 아무리 여기가 한양이라지만 별천지도 아닌데 저런 기묘한 일이 벌어지다니. 그들은 입을 벌린 채 넋을 놓고 멀거니 바라보았다.

잘 보기 드문 웬 자동차 한 대가 지나가고 있었다. 그런데 그 모습이 야릇하기 그지없었다. 스스로의 힘으로 굴러가는 게 아니었다.

자동차, 그 이름대로라면 자력으로 움직이는 차여야 마땅했다. 하지만 그런 게 아니었다. 아이들이 굵은 철사토막이나 막대기로 밀어 굴리는 굴렁쇠가 그 자동차 위로 겹쳐 보였다.

'사람이 안 타고 있는 빈차도 아인데…….'

그 차에 사람이 없는 것도 아니었다. 운전석을 보니 그곳에는 분명히 운전사가 앉아 있었다. 한데 참 이상했다. 꼭 기계의 일부분인 양 어떠한 몸놀림도 없어 보였다. 그는 마치 저 사월 초파일에 절집에서 행하는 무언극無言劇에서 본, 줄에 매달린 망석중이처럼 그저 끌려가고 있었다.

옳았다. 끌려간다는 말이 정확했다. 차와 사람이 하나같이 끌려가고 있었다. 그러면 대체 무엇이 그 크고 무거운 자동차와 사람을 한꺼번에 끌어가고 있다는 것인가?

황소, 정녕 놀랍게도 그것은 황소였다! 참으로 희한하고 한심하고 우스운 장면이 아닐 수 없었다. 바로 황소에게 끌려가는 자동차였다. 흰옷을 입은 마부 한 사람이 황소를 끌고 있었다. 아니다. 자동차를 끌고 있었다.

"소가 차보담도 상구 낫다 고마."

달보 영감이 불쑥 내뱉은 말이었다. 그 소리에 마침 가까이서 그 장면을 지켜보고 있던 한양 사람들이 일제히 폭소를 터뜨렸다.

"하하하."

"호호호."

그것은 여느 때와는 사뭇 색다른 웃음이었다. 그 속에는 여러 가지 의미가 들어 있었다. 무엇보다 서양에서 들어온 자동차보다도 수천 년 동안 이 나라 백성들과 함께하며 가장 가깝게 지냈던 소, 그 짐승을 향한 애정과 기대감이 더 크고 깊은 데서 그 연유를 찾을 수도 있었다.

그뿐만이 아닐 것이다. 서양 문물의 표상이기도 한 저 자동차를 대한 제국의 황소가 끌고 간다는 사실에서 잃어버렸던 자존심을 되찾는 기분 일 수도 있었다. 더 나아가 실로 오랜만에 조선인의 힘과 희망을 보았는 지도 모른다.

무서운 소리를 제멋대로 질러대며 달리는 서양 괴물이었다. 맞았다. 그 자동차라는 게 이 나라 백성들 눈에는 그렇게 보였다. 놀라움과 두려 움 그리고 열등감을 동시에 맛보게 하는 서양 괴물이었다. 사람이고 집 이고 논밭이고 간에 닥치는 대로 들이박고 짓밟아버릴 것만 같은 서양 괴물이었다.

그 서양 괴물을 착해빠진 우리 황소가 척 끌고 가고 있으니 그 얼마나 통쾌한 노릇인가? 그것을 만든 저 서양인들 크고 높은 콧대가 빈대떡처 럼 납작해질 것이다. 또한, 그렇게 보아서 그런지는 모르겠으나, 허름한 의복을 아무렇게나 껴입은 늙은 마부는 무척이나 의기양양한 모습이었 고, 제복을 한껏 멋있게 차려입은 젊은 운전사는 창피한지 잔뜩 웅크려 있는 모습이었다.

"함 봐라! 동네 사람들아, 함 봐라!"

문득, 달보 영감이 팔짝팔짝 뛰는 동작을 하면서 막 고함쳤다. 그러 자 그의 등짝에 솟아 있는 혹도 덩달아 뛰는 것 같아 보였다.

"아, 아부지!"

더없이 당황한 원채가 말리기 위해 다급하게 달보 영감을 불렀지만,

그는 한층 소리 높여 외쳤다.

"차는 고장이 나싸도, 소는 고장이 안 난다 아이가!"

달보 영감 그 말에 또 한양 사람들이 와그르르 웃었다. 어떤 사람은 허리춤을 쥐고, 또 어떤 사람은 목을 잡고 캑캑거리며 난리였다. 그들에게는 촌구석에서 온 듯한 늙은이가 한 그 말 내용도 우습거니와, 너무나 낯선 경상도 말 또한 우스꽝스럽고 신기했는지도 모르겠다. 그들이 앞다퉈 물었다.

"영감님, 어디서 오셨어요?"

"뭐는 고장이 나도, 뭐는 고장이 안 난다고요?"

원채가 방상각에게 굉장히 수상한 느낌을 접한 것은 바로 그런 와중에서였다. 그는 자동차와 황소를 번갈아 가며 유심히 바라보고 있었는데, 그 표정이 가히 무어라고 표현할 수 없을 정도로 복잡하고 미묘했다. 그러던 중 그의 이런 혼잣말에 원채는 홀연 깨달을 수 있었다.

"내가 저, 소 잡는 백정으로 살아온 날이 저, 올매나 되는고……."

그 독백이야말로 일찍이 누구도 볼 수 없었던 부조리극의 한 장면을 연출하고 있는 것과 진배없었다.

'소 잡는 백정.'

그 말을 곱씹는 원채는 더할 나위 없이 가슴이 찡해왔다. 백정, 하면 당장 떠오르는 게 무엇인가? 조금 전에도 그런 생각을 했지만 소였다. 그것도 백정 칼을 맞고 피를 흘리며 가죽이 벗기고 죽어가는 소…….

그럴 것이다. 그가 그 광경을 보고 느끼는 강도는 다른 사람들과는 판이할 수밖에 없을 것이다. 역시 그의 입에서는 이런 소리가 나오고 있었다.

"앞으로는 저, 절대로 저, 소 잡는 일은 저, 안 하고 싶거마."

급기야 그 소리는 흐느낌으로 이어졌다.

"흐……."

원채는 기습처럼 덤벼드는 현기증에 머리가 아찔했다. 정신을 차리려고 눈을 크게 뜨고 사방을 둘러보았다.

황소걸음, 그렇다. 그 황소걸음으로 걸어가는 자동차는 무척이나 느릿느릿 멀어져 가고 있었다. 길가 가로수들도 그 형편없는 몰골의 자동차를 몹시 한심하다는 눈으로 무연히 바라보고 있는 형용이었다. 한양이나 시골이나 아이들은 똑같은 모양이었다.

"우!"

"와!"

그곳 아이들 또한 무어라고 큰소리를 질러가며 황소가 끄는 자동차 뒤를 쫄쫄 따라가고 있었다. 그것을 한참 동안 묵묵히 바라보고 있던 방상각이 달보 영감에게 검게 그을린 얼굴을 돌리며 말했다.

"저, 오데 가서 저, 약주 한잔 저, 드실랍니꺼? 괘안으시모 저, 지가 대접헤드, 드리고 저, 싶어서예."

원채가 우리 아버지는 요즘 술을 입에도 대지 못한다는 이야기를 하려는데 달보 영감이 먼저 입을 열었다.

"하모, 좋제. 일단 가자꼬, 누가 사든지."

"예."

달보 영감이 선선히 응낙하자 방상각은 굉장히 기쁜 모양이었다. 하긴 그렇게 많은 말들을 쏟아냈으니 그도 목이 탈 만했다.

"아부지, 술은……."

원채가 제지하려는데 달보 영감은 주변을 둘러보며 능청을 떨었다.

"한양에 와 본께 시상이 에나 한거석 배뀌는 기 바로 느끼지네?"

그 말을 들은 방상각이 저만큼 지나가는 여자들을 보며 맞장구쳤다.

"마, 맞심니더. 저, 여자늘 옷도 저, 함 보시소. 저, 인사는 얼굴을 가

리는 저, 장옷하고 쓰, 쓰개치마도 저, 이전매이로 짜다라 저, 안 비인
다 아입니꺼."

달보 영감 목소리가 감회에 젖었다.

"오데 여자들만 그런 것가? 남자들도 안 그런가베."

방상각은 초라한 제 입성을 내려다보며 소원을 비는 듯한 목소리로
물었다.

"저, 인자는 입은 옷 갖고 저, 그 사람 신분을 알아내는 거는 저, 안
되것지예?"

그 소리 잘 나왔다는 표정으로 달보 영감이 대답했다.

"하모. 모돌띠리 두루마기를 입었으이, 누가 양반이고 누가 상민인고
하나도 분간이 안 되는 기라."

그러더니 이내 덧붙었다.

"안 되는 기 정상이고."

원채 보기에도 적지 않은 변화가 감지되었다. 아직은 여전히 흰옷을
입은 사람들이 가장 많기는 해도, 흰옷 사이사이에 붉은색, 푸른색, 노
란색, 녹색, 보라색 등등 갖가지 색깔의 옷들도 종종 눈에 띄었다. 그래
서 한양 거리는 움직이는 꽃밭을 연상케 하였다.

그랬다. 좋든 싫든 간에 '백의민족'이란 말이 갈수록 퇴색되고 있었
다. 어떤 불란스 여행가는, 조선인들은 흰옷을 즐겨 입는다고 하면서,
서울 거리는 어디를 가거나 이러한 밝은 흰색 옷으로 축제 같은 분위기
를 느끼게 하며, 조선인들도 이 점을 너무도 잘 알고 있다고 했다.

그건 맞는 이야기였다. 기실 그 당시 조선인들은 심지어 이국땅에 가
서도 흰옷을 입었다. 조선인들이 발행한 어떤 책자에서도, 블라디보스토
크의 중국인들의 칙칙하고 짧은 조끼, 러시아인들의 투박한 외투, 그 사

이에서 조선인의 흰옷은 유달리 발랄하게 눈에 띈다고 적어놓고 있다.

그때 달보 영감이 문득 또 새로운 사실을 하나 더 발견했는지 턱짓으로 어느 한 곳을 가리키며 목청을 돋우었다.

"저 집 좀 봐라, 저 집! 집 우에 또 집이 있다 아이가?"

집 위의 집, 바로 이층집이었다. 과연 달보 영감이 가리키는 곳에는 그들이 살고 있는 남방 고을에서는 찾아볼 수 없는 높은 집들이 우뚝우뚝 서 있었다. 특히 집이 집을 지고 있는 게 참으로 신기했다. 그러면 밑에 사는 사람은 위에 사는 사람의 발아래서 밥도 먹고 잠도 자고 하는 것이다.

"저, 저런 집도 저, 그렇지만도예."

그러나 방상각은 그건 아무것도 아니라는 투로 이렇게 말했다.

"저, 명동성당하고 저, 정동교회는 저, 안 가보싯지예?"

그곳에는 이미 남방 고을 섭천 백정은 없었다. 명동이란 말과 정동이란 말을 기의 한양 말씨로 소리 내는 방상각은 절반은 한양 사람으로 비쳤다. 그 변신은 그저 단순히 놀랍다는 그 정도로는 너무나 부족할 터였다.

"서양식 저, 종교 건물이 저, 에나 희한하데예."

"종교……."

방상각의 그 말을 듣자 달보 영감과 원채 뇌리에 고향 예배당 건물이 떠올랐다. 외국인 선교사들이 들어와 밤낮 열심히 전도를 하지만, 아직은 그 건물이란 게 기존의 초가집을 빌려 사용하는 정도에 그치고 있는 실정이었다.

"또 저, 여 한양에 있는 저, 왜눔들이 모이갖고 사는 데 저, 말입니더."

그 두 번째 전차가 승객을 싣고 줄발한 후로 다른 전자는 아직 그곳에

도착하지 않고 있었다. 혹시 무슨 사고가 나서 연착할 수도 있지만 어쩌면 전차 수가 아직은 많이 부족한 탓인지도 모르겠다. 하여튼 한양에서 그들이 알 수 있는 것은 별반 없다고 해도 틀린 말은 아니었다.

"저, 거 가모 저, 일본식 건물도 저, 있다 아입니꺼."

일본식 건물이라는 방상각 말에 달보 영감이 크게 우려된다는 낯빛을 했다.

"허, 요 모냥 요 꼴로 나가다가는, 온 조선 천지가 다린 나라 사람들하고 집하고로 꽉 차삐것다."

그러더니 걱정과 함께 화도 나는지 또 말했다.

"조상 무덤도 배뀌것고. 우짜노?"

원채도 그렇다고 생각하고 있는데, 방상각 입에서 약간 다른 소리가 나왔다.

"저, 우리나라 사람들도 저, 딴 나라에 저, 나가고 안 있심니꺼."

"우리나라 사람이 딴 나라에?"

부자의 눈이 마주쳤다. 그 그림이 얼른 머릿속에 그려지지 않기는 마찬가지였다. 하지만 방상각은 그 정도는 벌써 만성慢性이 됐다는 심상한 어투였다.

"예, 영감님."

달보 영감은 상촌나루터 나무들에 비하면 왠지 좀 싱싱해 보이지 않는 길가의 나무들을 보고 나서 물었다.

"그거는 또 무신 수리지끼 겉은 소리고, 으잉?"

뜨악한 눈길로 원채를 보았다.

"아, 지 나라 지 부모 행재 다 놔놓고 오데로 간다꼬?"

그렇게 반문하는 달보 영감에게 방상각이 알려주었다.

"예, 저, 이민移民인가 저, 머신가 해갖고 저, 넘 나라에 가서 저, 살

수 있거로 저, 나라에서 저, 허가해준다 저, 글 안 쿱니꺼.”

달보 영감은 이번에도 전차나 자동차에 떠받힌 사람 같았다.

“머라꼬? 이, 이민?”

원채도 낯설게 들리는 그 말에 궁금증이 솟았다.

“예, 영감님.”

방상각이 이를 드러내며 씨익 웃었다. 거칠고 검은 피부와는 다르게 희고 가지런한 이를 가지고 있었다. 그의 새로운 면모를 보이는 모습이었다.

“이민, 그거는 또 머신데?”

달보 영감 목소리가 하도 컸던 탓인지 근처를 지나가던 사내들이 약간 성가셔하고 꺼리는 눈빛으로 바라보았다. 그 반면 여자들은 동동걸음으로 얼른 옆을 지나쳐 가고 있었다.

‘백정이 모리는 기 없다 아이가?’

원채는 다시 한번 백정 신분인 빙싱각에 대해 강헌 의문이 부쩍 들면서 경계하는 마음이 또 생겼다. 우리가 방심했구나 싶었다.

‘조심해야것다. 우짠지 상구 이험한 인물 걸기도 안 하나.’

어쨌거나 그들 부자는 멍하니 선 채 그의 말을 들었다.

“저, 그래, 가, 갖고예.”

“허!”

하여튼 세상은, 이민? 이민이란 것도 생겼다니. 조상 대대로 살아온 땅을 떠나 남의 나라에 가서 산다는 것은 상상도 하지 못했던 일이었다. 그러면 대체 조상 성묘는 누가 어떻게 하고, 일가친척의 대소사는 어떻게 하는가?

그런 것들을 캐묻고 싶은 마음을 억누르며, 원채가 당신은 어떻게 그런 사실을 잘 알고 있느냐고 물어보려는데, 방상각 입에서 먼저 그 대답이 나왔다.

"사실은예, 저, 지도예, 저, 할 수만 있으모예, 저, 딴 나라에 가갖고 저, 살고 싶은 저, 멤이 있었거든예."

그 말이 떨어지기 무섭게 원채보다 달보 영감이 앞서 입을 열었다.

"와? 우째서 그런 멤이 있었는데?"

그것은 아무래도 힐난이나 질책으로 들렸다. 그렇지만 방상각은 도리어 조국을 상대로 그렇게 하고 싶은 심정인 듯했다.

"솔직히 저, 조선이라쿠는 이 나라는 저, 지 겉은 저, 저, 백정들이 살 나라가 저, 아이지 않심니꺼?"

그의 말은 그만큼의 비수가 되어 튀어나오는 느낌을 주었다. 살짝 그 날에 닿기만 해도 살이 베이고 피가 번져 나올 위험천만한 성질의 것이었다.

"그, 그거는……."

달보 영감은 그만 말을 얼버무렸고 원채 또한 가슴 밑바닥이 서늘해졌다. 사실 양반이 되지 못하고 평민으로 살아온 그 자신도 가끔 조국이 원망스러워질 때가 없잖아 있었다. 양반들은 누리는 게 너무나 많았다. 살아서도 그렇고 죽어서도 그랬다. 동반과 서반, 그 둘을 빼고 나면 나머지는 전부 아무것도 아니었다.

"저, 지가 쪼꼼 아는 저, 우떤 사람 하나가 저, 이민을 갔지예."

게다가 이어지는 방상각의 말은 너무나도 생경한 이야기여서 예사롭지 않은 여러 곳을 전전했던 원채조차 머리통이 지끈거릴 지경이었다.

"누가 머를 우쨌다꼬?"

손으로 자기 머리를 두드리며 달보 영감이 물었다. 꽤 오랫동안 길 위에 서 있은 탓인지 다리가 저려 오던 그는 이제 머리까지 저리는 느낌이었다.

"아는 사람이 이민을?"

원채 귀에도 그 말이 방상각 자신이 이민을 간다는 소리로 와닿았다. 그런데 신기함을 넘어 경악할 이야기가 잇따랐다. 대체 그가 백정이 맞는가 의아스러웠다.

"저, 하와이라쿠는 곳인데⋯⋯."

그의 말이 끝을 맺기도 전에 달보 영감과 원채가 동시에 반문했다.

"하와이?"

"아, 예."

방상각이 고개를 크게 끄덕이며 말을 이었는데, 지난번 비화와 만났을 때보다도 더 '저'라는 말을 많이 섞고 있었다. 그만큼 더 흥분하고 있다는 증거였다. 그사이에 그는 무슨 일들을 겪었던 것일까?

"저, 거는 사탕, 사탕수수밭이라쿠는 저, 그런 밭이 있는데, 저, 거서 일할 저, 사람을 구한다쿠는 저, 모집 광고를 저, 보고 갔지예."

그들 부자 마음에 이제 한상은 그다지 각별한 고장도 아닌 성싶었다. 그보다 몇 곱절로 신기한 신천지가 눈앞에 나타나 보였다. 하와이, 사탕수수밭⋯⋯.

"머시?"

"아, 그런!"

원채와 달보 영감은 다리가 아픈 것도 시장한 것도 죄다 잊고 방상각 얘기에 바짝 귀를 기울였다. 이제는 주위를 오가는 무수한 행인들도, 광대패 놀이마당같이 널찍하게 뻗어 나간 길거리도, 놀라운 건물들도 더이상 눈에 들어오지를 않았다. 방상각의 이야기는 갈수록 새로워 나중에는 신비스럽기까지 하였다.

"그란데 저, 그 사람이 저, 사진을 보내왔다데예."

이번에도 부자가 똑같이 되뇌었다.

"사진?"

실물의 모양을 그대로 그려내는 그 놀라운 발명품은 언제 어디서 누구에게 들어도 경이 그 자체였다.

"예. 저, 그라고예, 저, 그 사진을 보고 저, 자기한테 저, 시집올 처녀를 저, 구한다꼬 말입니더."

그 이야기를 할 때 방상각은 홍조 띤 얼굴이 되었다.

"시집올 처녀?"

그들로서는 난생처음 듣는 이야기였지만 그게 이른바 저 '사진결혼'이란 거였다. 서로 멀리 떨어져 있는 남녀가 사진으로 선을 보고 하는 결혼이었다.

"그런께네 그짝도 하와인가 하는 데 이민인가 가갖고, 사탕수수밭인가 하는 데서 일하고 싶은가베요?"

원채가 물었다. 그런데 뜻밖에도 방상각은 고개를 내저었다.

"저, 첨에는 그랄 생각으로 저, 이리저리 알아봤지예."

원채는 탁한 피부로 인해 더 맑아 보이는 그의 눈을 응시하였다.

"그란데?"

달보 영감의 시선은 방상각의 입에 가 있었다.

"저, 지가 한양에 저, 자조 온 거도, 저, 그 목적 땜이었고예."

방상각은 숨을 몰아쉰 다음 말했다.

"저, 하지만도 안 가기로 저, 멤묵었심더."

그로서는 대단히 어렵고 힘든 결정을 내렸다는 빛이 완연해 보였다. 어떻게 보면 아쉬움이 좀 남아 있는 기색이기도 하였다.

"각중애 와 멤이 배꼇는고?"

이번에는 달보 영감이 물었다.

"저, 그거는……."

일순, 더없이 선량해 보이기만 하던 그의 얼굴이 완전 다른 사람 얼굴로 바뀌었다. 두 주먹을 불끈 쥐어 보이는 그의 몸에서는 한정 없이 위험한 기운이 뿜어져 나왔다. 피가 배어 나올 정도로 입술을 꾹 깨물었다.

그의 두 눈에 서려 있는 것은 분명히 보기에도 섬뜩한 시퍼런 살기였다. 모든 게 차별화되어 있는 세상을 향한 분노와 증오에 사로잡혀 살아온 백정이라는 유전적인 본능은 속일 수가 없는 법인가 보았다.

저 극한 전쟁터에서 생사를 넘나들던 대범한 원채도 가슴이 덜컹거렸다.

'아, 저 얼굴은!'

특히 그 순간의 방상각의 얼굴, 그것은 바로 '백정의 얼굴'이었다. 조선 천민 중에서도 가장 사람 취급을 받지 못하며 살아 있어도 죽어 있는 것으로 지내야 했던 한과 저주와 분노의 화신이었다.

"서, 함 들어보실랍니꺼?"

그의 입에서는 흡사 시비 걸듯 하는 소리가 나왔다.

"저, 사탕수수밭에서 저, 일을 하는데 말입니더. 저, 거 감독한테서 저, 채찍꺼지 저, 맞아감서 심들거로 저, 노동을 한다 안 쿱니꺼?"

달보 영감이 귀를 의심하는 빛으로 물었다.

"아, 사람한테 채찍질꺼정 한다꼬?"

"예."

방상각의 눈빛이 샛노랬다. 얼핏 어둠 속에서 무엇인가를 노려보는 고양이 눈알을 방불케 하였다. 달보 영감은 한창때의 기상과 의분이 되살아나는 모습을 보였다.

"허어, 우떤 나란고 그 나라 사람들 눈에는 우리 인간이 소하고 말매이로 비이는가베? 채찍질꺼지 하거로?"

방상각은 거기 한양 땅바닥이 깡그리 꺼져 내려앉게 한숨을 폭 내쉬었다.

"모리모 저, 몰라도 저, 그런 사실을 아는데, 저, 우찌 거 가것심니꺼?"

달보 영감이 손뼉이라도 칠 것처럼 하였다.

"하모! 하모! 에나 잘 생각했는 기라!"

하지만 방상각의 안색은 더할 나위 없이 어두워졌다. 험한 산이 탁 트이지 못하고 궂은 기운이 돌듯, 궁한 사람의 얼굴에 나타난 언짢은 기색이 그대로 드러났다.

"옛말에, 저, 까마구도 고향 까마구가 저, 반갑다꼬 안 했심니꺼."

정말 한양 새들은 사람들에게 쫓겨 모조리 어디론가 날아가 버린 것이 아닌가 싶을 정도로 보기 드물다는 생각이 드는 원채였다.

"암만 저, 심이 들어도 저, 내 나라 내 땅에서 저, 사는 기 저, 더 낫다, 저, 그리 이약해주는 저, 사, 사람도 있고예."

달보 영감이 그의 말에 후렴을 쳤다.

"맞다! 맞제! 농사일은 머슴한테 물어야 한다꼬, 모리는 일은 우쨌든 잘 아는 사람에게 물어감시로 살아야제."

노 잡던 그 손으로 방상각의 등짝이라도 두드려줄 것같이 하였다.

"사람이 까마구보담 몬하모 안 된다 아인가베?"

방상각은 마치 불교 종파의 하나인 진언종의 수행자가 수행할 때 손가락 끝을 이리저리 맞붙이듯 하며 말했다.

"저, 그래갖고 저, 지는……."

달보 영감은 그의 이야기에 흠뻑 빠져든 모습이었다.

"그래갖고? 더, 더 이약해 봐라꼬."

방상각은 원채가 약간 신경이 쓰이는지 탐색하는 눈으로 원채를 보면서 말했다.

"예, 영감님. 지는, 저, 요분 참에……."

그러나 방상각은 지난날 비화에게 털어놓았던 이런 소리는 끝까지 내비치지 않고 있었다. 백정들도 인간답게 살 수 있는 그날을 위해 이 한 몸 희생할 각오가 돼 있다고.

어쩌면 그것은 그곳 한양의 이층집이나 사탕수수밭의 하와이 이민보다도 훨씬 더 이 나라 대한제국을 크게 바꿀 사건이 될지도 몰랐다.

미망인 미찌꼬

요코하마 항구.

원래 가옥이 겨우 백여 채 정도밖에 없는 아주 작은 어촌이었던 곳이지만 지금은 일본 최대의 무역항으로 발돋움하고 있는 고장이다.

부두와 창고, 세관 등이 줄을 지어 서 있고, 신문이며 경마, 공원, 양식, 맥주 등등 아주 다양한 서양식 문화가 바로 그 창구를 통해서 속속 들어오고 있다. 하늘과 바다가 서로 그 넓음과 푸름을 경쟁이라도 펼치는 형국이다.

임배봉과 점박이 형제 그리고 동업이 대한제국과 일본을 오가는 여객선에서 막 내렸을 때, 사토의 미망인 미찌꼬는 그 항구에 미리 와서 기다리고 있었다.

"어서들 오세요. 제가 사토의 아내 미찌꼬예요. 반가워요."

전통적인 일본 여자 머리 모양을 한 그녀 머리 위로 바닷새들이 날고 있는 게 인상적으로 비쳤다. 그것은 하늘과 바다를 잇는 선을 긋고 있는 느낌을 주었다. 사람은 첫인상이 중요한 법인데, 미찌꼬라는 여자는 나중에 또 떠올릴 때면 언제나 바닷새와 함께일 거라는 생각을 안겼다.

"아, 사토 사장님의 부인?"

배봉은 내심 크게 놀라고 당황하지 않을 수 없었다. 죽은 사토를 염두에 두면 그의 아내는 촌티 나는 늙수그레한 할멈일 거라고 지레짐작했었다. 사토의 갑작스러운 사망 소식을 접하는 순간 왠지 그런 기분이 들었던 것이다.

'이거 첨부텀 한방 맞은 거 겉거마.'

그런데 직접 만나보니 그게 아니었다. 철저히 그의 예상을 뒤엎었다. 높은 경각심을 실은 긴장감부터 불러일으켰다. 심지어 고을 목사들에게 들었던, 두 나라에 관련이 있는 죄인은 국경에서 목을 벤다는, 그런 이야기까지도 되살아났다.

'각중애 허개이 생각은 와 나노?'

지금 거긴 국경도 아니고 그들은 죄인이 아니라고 치부해도 자꾸 목이 서늘해지는 게, 혹 일본에 잘못 온 건 아닌가 하는 의구심을 지우지 못하게 했다.

'증신 단디 채리지 않으모 큰일 나것다.'

배봉이 식솔들을 거느리고 조선을 떠나올 때 막연히 짐작했던 것보다도 그녀는 훨씬 더 젊었을 뿐 아니라 미망인답지 않게 무척 활기에 찬 모습이었다. 그래서 비록 여자임에도 불구하고 버거운 상대라는 강박감을 쉽사리 떨쳐낼 수 없었다. 그것은 처음 밟는 낯선 이국땅에서 보통 사람들이 품게 되는 경각심과 두려움을 한층 뛰어넘는 성질의 것이었다.

'조선 땅에 비화가 있다모, 일본 땅에는 미찌꼬 저 여자가 있는 긴가?'

하필이면 이렇게 중요한 자리에 재수 옴 붙은 비화 고것이 떠오를 게 뭐냐며 속으로 막 씨부렁거리던 배봉은, 고개를 절레절레 흔들며 저주하는 심정으로 또 생각하였다.

'여성천하 말이다, 여성전하.'

그랬다. 배봉이 미찌꼬를 처음 보는 순간부터 예사롭지 않은 느낌에 빠져든 그 이면에는 비화가 있었다. 비록 입으로는 잔뜩 깔보고 욕설을 퍼붓는 비화였지만, 솔직히 배봉은 비화에 대한 경계심에서 결코 자유로울 수 없었다. 고을 사람들에게 이른바 '김 장군'이라고 불리는 김호한보다도 그의 딸 비화가 더 버거운 상대라는 사실을 시인하고 싶지 않은 그였다.

'기분 나뿌거로만 받아들일 끼 아이고, 우떤 으미에서는 도로 잘된 기라.'

그는 그렇게 생각을 고친 후 가슴이 불룩해지도록 낯선 이국의 공기를 들이켜면서 의지를 굳혔다.

'저 여자를 비화 고년이라꼬 봄시롱 대처해 나가야것다.'

호한뿐만 아니라 그의 선친인 김생강도 동시에 떠올렸다.

'그라모 멤도 상구 더 야물어질 끼고.'

집터 다지듯 그렇게 마음을 다져가며 배봉은 보지 않는 척 그 여자를 훔쳐보았다. 아주 뛰어난 미인은 아니지만 꽤 예쁘장한 얼굴이었고, 몸매 또한 나이가 무색할 정도로 잘 관리한 면이 엿보였다. 거기에다 사업가 아내라는 이름과도 잘 어울리게 사교술도 굉장히 뛰어난 듯싶었다.

그런 부분에서는 또 맏며느리 해랑과 나란히 세울 만하지 않을까 여겨졌다. 해랑을 생각하니 비화를 생각했을 때와는 극과 극의 감정이 되었다. 어쨌거나 서로 간단한 인사 끝에 그녀는 대화의 실마리를 이런 물음으로 풀었다.

"나전귀갑문좌경이라고 했던가요?"

"예?"

그 경대 이야기부터 나오리라고는 전혀 예상치 못한 배봉이었다. 자칫하면 신랑 가는 데 곁다리로 따라가듯, 주도권을 저 여자에게 빼앗기지 않을까 염려되었다.

'음, 거울에 비치는 꽃과 물에 비치는 달이라.'

역시 목사들에게서 귀동냥한 그 말을 속으로 중얼거리며, 혹시 미찌꼬는 미묘한 취미를 지닌 여자가 아닐까 가늠해보기도 하는 그였다. 앞으로는 일본 남자뿐만 아니라 일본 여자에 대해서도 좀 더 잘 알아야겠다는 결심도 곁들였다.

'그랄라모 일본 기생도 가차이할 필요가 있것다.'

제 버릇 개 못 준다고, 그 중요하고 신경이 쓰이는 와중에도 그런 형편없는 궁리를 하는 배봉이었다.

"전에 임 사장님께서 우리 그이에게 선물하신 그 경대는 지금도 아주 소중하게 보관하고 있어요. 어쩜 그렇게 귀한 것을 주셨나요?"

그렇게 말하면서 미찌꼬는 귀티 나는 얼굴에 요염한 미소까지 지어 보였다. 배봉은 그녀 모습에서 순간적으로 언네가 떠올라 입맛이 썼다.

'아, 나진귀집문좌갱!'

배봉과 미찌꼬의 대화를 듣고 있던 동업의 머릿속에 곧장 그 경대가 소상하게 그려졌다. 참으로 아까운 것이 아닐 수 없었다. 언젠가는 반드시 내가 다시 찾아오리라 혼자 굳게 다짐했던 물건이었다. 우선 다행히 파손되었거나 분실하지 않고 그대로 잘 가지고 있다는 말에 안도감부터 느꼈다.

'잠깐 일본인들한테 맽기논 기라꼬 보모 되는 기라.'

그러나 그것을 직접 본 적이 없는 억호와 만호는 별다른 감각들이 없어 보였다. 그들은 오로지 난생처음 와보는 거기 일본 풍물과 미찌꼬에 대한 관심에만 쏠려 있었다. 그곳 공기부터가 새로운지 연방 코를 벌름거리기도 하고, 한바탕 싸움판을 벌이려는 건달패 모양으로 손등을 들어 각자의 눈 밑에 박힌 검고 큰 점을 쓱쓱 문질러대기도 했다.

배봉이 둥글넓적한 중앙집중식 얼굴 가득히 아주 과장되게 안됐다는 빛을 드러내 보이며 말했다.

"그보담도 부군께서 불이(불의)의 사고를 당하시갖고 각중애 그리 시상을 뜨신 데 대해, 증말 머라꼬 위로의 말씀을 드리야 될랑고 모리것심 니더."

미찌꼬는 고개를 들어 구름 몇 조각이 작은 흰 배 모양으로 둥둥 떠 있는 하늘을 가만히 올려다보았다.

"사람 목숨이란 게 그런 것인 줄 예전에는 몰랐었죠."

그렇게 상대방 조위弔慰의 말을 받아들이는 미찌꼬 입가에 텅 빈 겨울 바다를 떠올리게 하는 쓸쓸한 미소가 묻어났다. 그러자 대단히 은성殷盛해 보이는 항구와는 극히 대조적인 분위기가 그녀에게서 풍겼다. 변신에도 능한 여자였다. 그것은 어떤 관점에서 신뢰감이 그만큼 떨어질 수도 있다는 이야기가 되겠다.

"고마워요. 지인들 위로가 제게는 그 무엇보다도 크나큰 힘이 되고 있답니다."

그녀는 일본 여자 특유의 몸짓인 양 보는 사람이 너무 민망할 정도로 깊숙이 고개 숙여 보이고 나서 또 말했다.

"그 사람 본래 수명이 그것밖에 되지 않는다고 생각하고 있어요."

선박들이 점점이 떠 있는 수평선 저 멀리 눈길을 한 번 보내고 나서 말했다.

"그리고 솔직히 말씀드려서 그렇게 받아들이지 않으면 단 하루도 살아갈 수가 없기도 하고요."

"……."

"그러고 보면 저도 참 이기적인 여자죠?"

듣고 있던 억호가 그 큰 덩치에 전혀 어울리지 않게 호들갑스럽다고 여겨질 만큼 감탄조로 물었다.

"아, 우찌 우리 조선말을 그리 잘하시는지예?"

미찌꼬가 거기 눈앞에 보이는 잔잔한 바닷물만큼이나 나직한 목소리로 대답했다.

"우리 그이에게서 조금 배웠어요."

상대방 기운을 빠지게 할 정도로 착 가라앉은 음색이었다. 그녀가 미망인이라는 선입견 탓인지 이번에는 짝 잃은 철새 울음소리를 닮았다.

"쪼꼼 배운 거는 아입니더."

배봉과 만호 입에서 동시에 그런 말이 나오자 미찌꼬는 엷은 미소와 함께 살짝 고개를 내저었다.

"그렇지만 아직은 한참 모자라죠."

그러고 나서 비록 여자지만 포부가 크다는 것을 강조해 보이려는 심산인지 이런 말도 했다.

"그래 앞으로 너 배울 작징이고요."

억호는 사토가 남에게 가르칠 수 있을 정도의 높은 조선말 실력을 갖추고 있었다는 것은 미처 몰랐다는 투로 말했다.

"부군께서는 증말 훌륭하신 분이싯네예."

"감사해요."

말을 짧게 할 경우와 길게 할 경우를 잘 구별할 줄 아는 그녀는 또 새로운 사실 하나도 알려주었다.

"그이는 우리 손주들에게도 종종 조선말을 가르쳐주시기도 했죠."

억호가 필요 이상의 감탄조로 말했다.

"손주분들한테도!"

그곳에 정박시켜놓은 많은 선박이며 해안가에 앉아 있는 갈매기 무리들을 바라보고 있던 만호가 알 수 없다는 얼굴로 물었다.

"와 그랬는고 그 이유를 아심니꺼?"

미찌꼬는 미끈하게 잘 지어진 세관 건물이 있는 쪽으로 시선을 돌리며 말했다.

"예, 대강은 알고 있어요."

이국인들끼리 처음 만나는 자리에서부터 의외로 이야기가 길어지고 있었다. 그것도 사업 쪽이 아니라 엉뚱한 다른 화제 쪽이었다. 그만큼 서로가 큰 경계와 긴장을 하고 있다는 증거일 수도 있었다.

맞았다. 싱거운 것을 '고드름 장아찌 같다'고 하듯이, 모두가 바로 말하지 않고 빗대서 이야기하고 있는 것이라고 동업은 생각했다. 그리고 성공한 사업가가 되기 위해서는 또 다른 사업 기술이 얼마든지 더 있을 거라는 자각도 일었다.

"이건 어디까지나 제 짐작이지만요."

미찌꼬 음성에 향수 비슷한 기운이 서렸다.

"직접 말씀은 하시지 않았지만 지금 와서 돌이켜 보면, 아마도 그 사람, 조선 땅에 가서 살려고 하셨던 게 아닌가 싶어요."

저마다 소스라치는 표정으로 변했다. 배봉과 점박이 형제 입에서는 놀란 바닷새가 내는 것 같은 소리가 나왔다.

"예에? 조, 조선 땅에예?"

"조국을 버리고 말입니꺼?"

"우짜모 그런 생각을!"

사토가 조선에 대해 비상한 관심이 있다는 것은 어느 정도 헤아리고 있었지만, 식솔들을 거느리고 조선에 이주할 계획까지 세우고 있었을 줄은 정말 몰랐다. 그렇다면 그가 조선말을 정말 열심히 배웠을 것은 자명한 일이었고, 따라서 그의 아내 미찌꼬가 저 정도로 조선말에 능통한 것은 극히 당연한 노릇이었다.

'그자가 그런 꿍꿍이속을 갖고 있었다이?'

배봉은 일본인들이 허리춤에 차고 다니는 이른바 '닛뽄도'에서 풍기는 냉기와도 흡사한 기운이 등골을 쫙 훑고 지나가는 느낌이었다. 어쩌면 사토는 배봉 자신이 단순히 알고 있었던 것보다 훨씬 원대한 꿈과 이상을 품고 있었는지도 모른다.

'왜늠들이 무서븐 늠이기는 무서븐 늠들이거마는. 아모것도 모리는 섬나라 오랑캐라꼬 벌로 봤다가는 큰 낭패 당할 끼다.'

무엇을 쌓아두는 창고인지는 모르지만, 부둣가에 세워져 있는 큰 은색 창고 위로, 몸집에 비해 머리가 지나치게 조그만 잿빛 바닷새 몇 마리가 천천히 선회하고 있었다.

"우선 저희 집으로 모실까 하는데 어떠세요?"

죽은 사람 이야기가 흘러나오는 바람에 잠시 적잖게 서먹서먹했던 분위기가 지나간 후에, 미찌꼬가 이마 위로 흘러내린 머리칼 몇 올을 가만가만 손으로 쓸어 올리며 그렇게 물었다.

"조, 좋지예."

배봉이 엉겁결에 얼른 대답했다. 계절과는 상관없이 겨드랑이에서 유난히 땀이 많이 나는 체질인 그 부위는 벌써 젖어 있었다. 그는 특유의 아부성 섞인 목소리로 말했다.

"영광 아입니꺼?"

그건 전혀 뜻밖이었다. 고급 일식집으로 데리고 갈 줄 알았지 자기 집, 그것도 남편이 죽고 없는 집으로 가자고 할 줄은 몰랐다. 제짝이 아니면서 자물쇠에 맞는 열쇠, 그런 것을 가지고 있는 여자 같다. 그중 한참 나이 적은 동업도 무척 의외라고 생각하며 이런 의문이 생겼다.

'그기 머까? 우리를 자기 집으로 데꼬 갈라쿠는 데는 무신 이유가 있을 낀네.'

그곳 요코하마 항구에는 대충 보아도 무슨 서양식 고급 음식점들이 여러 군데 자리 잡고 있었다. 손님 접대라면 저런 곳으로 가도 될 텐데 싶었다.

"실은……."

미찌꼬는 무서울 만큼 눈치가 빨랐다. 곧이어 이렇게 말했다.

"보여드리고 싶은 게 있어서요."

억호가 퍽 궁금하다는 얼굴로 더듬거렸다.

"아, 비이드리고, 아, 아니, 비이주고 싶은 기 있다꼬예?"

미찌꼬는 말없이 고개만 끄덕였다.

"그기 머?"

만호도 그게 무엇인지 물어보려는데 배봉이 미찌꼬 몰래 뭉툭한 손가락을 들어 만호 등짝을 쿡 찔렀다.

"저거는 또 머신고?"

그러자 만호는 그런 혼잣말 비슷한 말을 하면서 퍼뜩 고개를 이곳저곳으로 휘휘 돌리며 그곳 부두며 세관 건물이며 상점 등을 구경하는 것처럼 했다.

"임 사장님 손자분이 참 잘생기셨네요. 의젓하시기도 하고요."

미찌꼬는 자기 손주를 대하듯 온후한 낯빛으로 동업을 보면서 말을 이었다.

"우리 그이가 임 사장님 손자분이 훌륭하다고 말씀하시더니, 오늘 직접 만나보니까 정말 그렇군요. 부러워요."

"……."

동업이 얼굴을 붉히고 있는데 억호가 딴에는 인사치레로 나왔다.

"그리 봐주시이 에나 감사합니더. 아즉도 상구 마이 모지라는 자슥눔입니더. 앞으로 잘 부탁드립니더."

"호호호."

미찌꼬가 감수성이 높은 소녀 시절로 되돌아간 듯 손으로 입을 가려가면서 한참이나 웃었다. 그런 그녀에게서는 또다시 미망인의 슬픔이라든지 고통 따윈 찾을 수가 없었다. 아까 남편의 죽음을 말할 때는 풍악으로 치자면 슬프고 처절한 계면조 같던 목소리가 이번에는 경쾌한 새소리처럼 나오고 있었다. 동업은 굉장히 혼란스러웠다.

'탈을 몇 개는 둘러쓴 거 매이다. 저 여자의 진짜 모습은 우떤 기꼬?'

미찌꼬의 그 웃음소리는 때마침 들려오는 기선의 기적소리와 어울려 이국의 허공으로 퍼져나갔다. 하지만 모든 긴장감과 서먹함을 일시에 날려버리는 역할을 하는 것 같은 그 웃음 다음에 나오는 그녀 음성은 지극히 사무적이어서 또 다른 변모를 보였다.

"아니에요. 부탁은 이쪽에서 드려야지요. 자, 그럼 가보실까요?"

그녀는 날렵하게 몸을 돌려세우며 그게 타국에서 온 손님들에 대한 예의라고 보고 있는시 또 말했다. 원래 밀수가 많은 여지인지 아닌지 아직은 제대로 간파하기가 쉽지 않았다.

"멀리서 오랫동안 배를 타고 오시느라고 굉장히 피곤들 하실 텐데, 어쩌다 보니 시간이 너무 많이 지체되었군요."

동업은 어른들 일에 나서는 게 아님을 잘 알고 있기에 그냥 잠자코 있고 배봉은 고개만 끄덕이는데, 점박이 형제는 이번에도 둘이 경쟁하는 목청으로 입을 열었다.

"괘안심니더!"

미찌꼬가 거기까지 직접 운전해온 자동차는 일제인지라 그들로서는 무슨 차인지 전혀 모르겠지만, 한눈에도 여간 고급스러워 보이는 승용차가 아니었다. 윤기가 감도는 검은 도색을 한 외양부터가 무척이나 값비싸 보였고, 초록빛 푹신한 좌석은 안방 보료에 앉은 느낌마저 수었다.

"아, 우짜모 운전을 그리 잘하십니꺼?"

"에나!"

점박이 형제는 남의 차 안에 앉아서도 그냥 얌전히 있지 못하고 계속 입방아들을 찧었다. 사실이 그러긴 했다. 나이 들어가는 여자였지만 미찌꼬는 운전 실력도 보통이 아니었다. 자가운전을 하면서도 더없이 여유가 흘러넘쳐 보이기도 하였다. 어쩌면 이쪽 사람들에게 과시해 보일 양으로 짐짓 그렇게 꾸밀 수도 있었다.

사업가 아내로서의 자질을 빠짐없이 갖추고 있는 여자임은 틀림없었다. 해랑에 버금갈 정도라고나 할까? 아니, 사업 연륜 등에 비춰볼 때 어떤 면에서는 해랑보다 더 앞서 있는 것 같기도 하였다. 세월이 좀 더 흐르면 몰라도 아직까지는 그럴 성싶었다.

"너거들 인자 입 고만 다물고 바깥 갱치나 기경해라."

미찌꼬 옆자리, 그러니까 조수석에 앉은 배봉이 자못 민망했던지 뒷좌석 쪽으로 고개를 돌리며 거기 양쪽 차창 가에 앉아 있는 자식들에게 말했다.

"예, 아부지. 에나 놀래서 자빠지것심니더!"

"일본이 운제 이리 발전했으까예?"

"쯧쯧."

자기들에게 그렇게 말한 의도를 제대로 짚어내지 못한 점박이 형제더러 배봉이 소리 나게 혀를 찼다.

'어른들이 돼갖고 일본 사람꺼정 있는 데서 저기 무신?'

뒷좌석 가운데 자리에 앉은 동업도 아버지와 작은아버지가 지나치다는 생각을 지울 수 없었다. 새어머니 해랑 생각을 했다.

'어머이가 오싯으모 저리는 안 하실 기다.'

아마 미찌꼬라는 일본 여자를 의식해서 더 과장되게 그러는 것이 아

154

닌가 싶기도 했지만, 자존심이 적잖게 상할 노릇이었다. 어쨌거나 그들은 이제 아버지 말을 좇아 차창 밖으로 스쳐 지나가는 이국 풍경을 내다보기 바빴다.

'일본이 요런 나란 줄 몰랐다 아이가.'

'후우. 저 차들하고 집들하고 한거석 댕기는 사람들 함 봐라.'

'우짜모 우리 조선보담도 더 발전한 큰 나라인 거 겉다.'

배봉과 억호, 만호가 처음 일본을 대하는 감상이 그러했다. 지금까지 '왜놈'이니 '섬나라 오랑캐'니 '원숭이 새끼들'이니 하면서, 그저 손가락질하고 깔보기만 했던 게 경솔한 짓이 아니었을까 그렇게 여겨지기도 하는 것이다.

그런데 동업 머릿속에 떠오르는 것은 어떤 술잔이었다. 술이 어느 한도에 미치면 새어 나가도록 옆에 구멍 하나가 나 있는 잔이다. 과음을 막기 위한 그 잔처럼 일본이란 나라는 경계하고 절제하는 습성이 배어 있는 것 같았다.

실로 예상하지 못한 일이 생긴 것은 얼마 후였다. 그것은 그들이 탄 차가 얼핏 관광지로 여겨지는 곳의 도로를 막 지나가고 있을 때 벌어진 일이었다. 차창에 이마를 갖다 붙인 채 바깥쪽에 만들어져 있는 인도人道를 내다보고 있던 억호가 무엇인가에 몹시 놀랐는지 이런 고함을 내지른 것이다.

"어? 어? 저, 저거는?"

배봉을 비롯한 이쪽 식구들은 무슨 일인가 하고 깜짝 놀라 억호를 바라보았다. 미찌꼬 또한 룸미러를 통해 억호를 힐끗 쳐다보고 있었다.

"각중애 와 그라요, 성?"

동업을 사이에 두고 억호와 반대편에 앉아 있는 만호가 고개를 틀어 익호를 긴니다보며 물었다. 그리자 억호는 차가 방금 막 지니쳐 온 곳으로 얼굴을 돌려 차 뒷면 유리창으로 저 밖을 내다보면서 또 큰소리로 급하게 물었다.

"모, 몬 봤나?"

이번에는 배봉과 만호가 한꺼번에 입을 열었다.

"머 말고?"

"거 머가 있었소?"

동업은 그때 아버지 시선이 가고 있다고 짐작되는 지점을 말없이 돌아보았다. 하지만 특별히 눈에 띌 만한 건 없었다. 거기 인도 위에는 그들이 그곳까지 오면서 차창을 통해 많이 보았던 일본인들과 똑같은 일본인들이 걸어가고 있을 뿐이었다. 굳이 다른 점을 들어보라면 딴 곳에 비해서 거기는 오래된 나무들이 좀 더 많이 심겨 있다는 사실이었다.

그러나 억호는 꼭 유령이라도 본 사람 같은 낯빛을 지우지 못했다. 게다가 그 큰 몸까지 부르르 떨어대는 품이 아직도 여간 큰 충격을 받은 기색이 아니었다.

"해나 내가? 아이라, 분맹했는데?"

"아부지, 방금 머를 보싯는데 그라시예?"

동업이 조심스럽게 물었다. 하지만 그 순간까지만 해도 동업은 물론 그들 아무도 억호에게서 그런 대답이 나올 줄은 몰랐다.

"와, 왕눈이, 왕눈이를 봤는 기라!"

일순, 미찌꼬를 제외한 세 사람 입에서 하나같이 경악하는 소리가 튀어나왔다.

"머라꼬?"

"와, 왕눈이요?"

"눌로 보싯다꼬예?"

그러자 한순간 그들이 타고 있는 차가 전복되는 것 같은 분위기가 되었다. 그건 귀신을 보았다는 것보다 더했으면 더했지 결코 덜한 쪽은 아니었다. 세상에, 왕눈이를 보았다니!

"도, 동업 애비야! 니 시, 시방?"

배봉은 아들 정신이 어떻게 돼버렸지 않았나 하고 매우 혼겁한 얼굴로 물었다.

"괘, 괘안나? 괘안은 기제?"

만호도 동업의 몸 건너로 팔을 뻗어 억호 무릎을 잡아 흔들며 말했다.

"성! 성! 즈, 증신 채리소, 증신!"

동업 또한 그만 울먹이는 목소리가 되었다.

"아부지."

미찌꼬는 이쪽 사람들이 하는 언동을 보고 의혹에 찬 표정이었다. 그렇지만 그게 예의라고 여기는지 아무것도 모르는 척 잠자코 차만 몰았다.

"애비아."

고국에 있을 때는 죽일 놈 살릴 놈 하던 아들이지만, 타국으로 오니 부모 마음에 그래도 제일 신경 쓰이는 사람이 맏이인 억호인 모양이었다. 배봉 말에는 자식을 위하는 정이 절절이 묻어나고 있었다.

"암만캐도 너모 먼 길을 온다꼬 마이 피곤한갑다. 그러이 눈 감고 푹 쉬어라. 아이다, 다 도착하모 깨울 낀께 그때꺼정 잠이나 자라, 잠."

하지만 억호는 눈을 감기는커녕 되레 크게 뜬 눈을 반짝이며 혼자 중얼거렸다.

"왕눈이, 왕눈이가 맞는데, 틀림없는데."

급기야 만호가 지금 그들이 앉아 있는 자리가 어떤 곳이라는 것을 잊었는지 그 특유의 못된 성깔을 부리기 시작했다.

"말 겉은 소리 좀 하소, 말 겉은 소리!"

옆에 앉은 동업의 귀가 먹먹해질 만큼 언성을 높였다.

"진짜로 왕눈이를 봤다모 내 손에 장을 찌지것소, 장을!"

배봉도 억호에게 이제 제발 그런 헛소리는 하지 말라고 했다.

"시상에는 가리방상하거로 생긴 사람도 짜다라 있는 벱이제. 니가 본 사람도 우연커로 그랬을 끼거마는. 왕눈이매이로 눈이 상구 큰 그런 사람 말이다."

억호는 더 이상 딴말을 하지 못했다. 그 대신 농악무에서 벙거지에 달린 상모를 돌리는 사람처럼 고개를 흔들며 입속으로만 되뇌었다.

"아인데, 왕눈인데, 왕눈이가…….."

그 모습을 보고 있던 동업이 조심스럽게 말했다.

"재팔이 그 사람이 우찌 여게 와 있것심니꺼? 할아부지하고 작은아부지 말씀맹캐 아부지가 착각하신 깁니더. 그라이 인자 그 생각은 고마하시모 좋것심니더."

"니도 안다 아이가?"

왕눈에 관해 억호가 장황하게 늘어놓는 소리가 이러했다.

"왕눈이 재팔이가 하매 여러 해 전에 고마 행방불맹이 돼삐린 거 말이다. 온 동리에 쫙 소문이 나갖고 그거 모리는 사람이 없다 아인가베. 오죽하모 비단밖에 모리시는 니 할아부지도 알고 계시까이? 우쨌든 안 죽었으모 그리카나 오랫동안 안 나타날 리가 없는데, 시방도 왕눈이 부모하고 동상 상팔이가 올매나 찾아 헤매고 있다더노?"

그 말에는 배봉과 만호도 고개를 끄덕였다. 억호 말이 이어졌다.

"내가 잘몬 봤을 수도 있것제. 하지만도 안 죽고 여게 일본에 와서 살고 있으모 왕눈이 가족들 입장에서는 에나 잘된 거 아이까이. 운젠가는 서로 만낼 수도 있을 끼께네."

그때 지금까지 어떤 말도 하지 않고 차만 운전하고 있던 미찌꼬가 처음으로 천천히 입을 열었다.

"제가 이런 말씀을 드리기는 좀 주제넘지만, 저 나름대로 수십 년 동안 세상 살다 보니 사람이 이해하기 어려운 일도 종종 일어나더군요."

그러자 그녀 옆자리에 앉아 있던 배봉이 곤혹스러운 얼굴로 물었다.

"그라모 부인께서는 우리 동업이 애비가 봤던 사람이 재팔이 그 사람일 수도 있다쿠는 말씀입니꺼?"

미찌꼬가 가늘게 웃으며 대답했다.

"아뇨. 제 생각에도 그럴 가능성은 거의 없다고 보여요. 하지만 그랬으면 하는 바람에서 드린 말씀이랍니다. 잘들 아시는 바대로 저는 왕눈이, 아니 재팔이라는 그 사람을 전혀 모르지만요."

"저, 이거는……."

만호가 무어라 하려는데 억호가 먼저 변명하듯 말했다.

"가마이 생각해보이, 왕눈이는 아이고 왕눈이하고 가리방상하거로 생긴 사람이었넌 서 섧십니더."

배봉과 만호가 서로 얼굴을 마주 보며 말을 주고받았다.

'그라모 그렇제! 무담시 잘몬 봐 가지고 소란을 벌리쌌기는?'

'참말로 새이는 몬 믿것십니더, 아부지.'

그때 동업이 아버지를 변호하는 어조로 이렇게 물었다.

"아부지, 해나 재팔이 그 사람하고 가리방상하거로 생긴 사람이 누하고 같이 있던고 그 기억은 안 나십니꺼?"

그 말을 들은 억호가 잠시 떠올려보는 빛이더니 이렇게 대답했다.

"글씨, 잘은 모리것는데 우떤 젊은 여자하고 서로 무신 이약을 함서 걸어가고 있었던 기 아인가 그리 시푸다."

그 말이 끝나기 바쁘게 좋은 꼬투리를 잡았다는 듯 만호가 즉각 말했다.

"그거 보소 고마. 그런데 그기 우찌 왕눈이라요? 지 혼자 있다 캐도 머할 낀데."

억호가 벌컥 화를 냈다.

"왕눈이가 아이라꼬 내가 방금 내 입으로 인정 안 했다가?"

만호는 더 성난 목소리로 지어냈다.

"그기 인정핸 사람이 비일 행사요?"

배봉이 남의 나라에 와서까지 서로 못 잡아먹어 으르렁거리는 자식들을 은근히 나무라는 투로 타일렀다.

"인자 됐다. 됐은께 시방부텀 그 이약은 누라도 더 끄집어 내지 마라. 알것제?"

그게 휴전, 아니 종전 선포가 되었다. 그때부터 차 안은 한참 동안 침묵이 가로놓였다. 공기 흐름도 멈춘 분위기였다.

세상은 참으로 불가사의하고 불가해한 곳이었다. 그들은 천번 만번 환생하더라도 결코 알지 못할 것이다. 억호가 본 그 사람은 왕눈 재팔이가 맞았으며, 그와 함께 서로 이야기를 나누며 걸어가고 있던 젊은 여자가 쓰나코였다. 아무튼, 한순간의 일이라 할지라도 어떻게 그 시각에, 그 장소에, 그들이 다 같이 있을 수가 있었을까.

얼마나 더 달렸는지 모르겠다.

이윽고 차는 한눈에도 부자 동네로 보이는 곳에 닿았다. 조선의 대갓집같이 집터가 넓어 보이진 않아도 어딘가 부유한 냄새가 물씬 풍기는 가옥들이 쭉 줄지어 자리 잡고 있었다. 그렇지만 전체적으로는 어딘지 무척 갑갑하고 왜소하다는 인상을 심어 주었다. 아이들이 가지고 노는 장난감 집을 떠올리게도 하였다.

'왜눔들 집이라서 그런 기까? 인종도 작고, 집도 작고, 싹 다 작다.'

배봉은 짧고 굵은 목을 최대한 빼어 그곳을 내다보면서 이런 조소도 해보았다.

'잘은 모리것지만도, 멤도 콧구녕겉이 좁을 끼거마는.'

그의 머릿속에 이마가 지나치게 좁았던 죽은 사토가 되살아났다. 눈매가 날카롭고 하관이 쪽 빠진 무라마치 얼굴도 동시에 떠올랐다. 배봉은 속으로 뿌드득 이빨을 갈았다.

'두고 봐라, 이누움! 천하의 이 임배봉이가 먼첨 터잡고 있는 곳을 감히 넘기봐?'

일본에 오니 죽은 사토보다 살아 조선에 와 있는 무라마치가 한층 더 배봉 마음을 많이 차지했다. 죽은 자는 말도 없고 상대할 필요도 없는 것이다.

'시라쿠는 초는 안 시고 마개부텀 신다쿠디이, 니가 시건방지거로 내한테 도전장을 던짓것다? 폭삭 망하거로 해삘 끼다, 무라마치 이눔아.'

그때 만호, 동업과 나란히 뒷좌석에 동승한 억호가 앞쪽 조수석에 자리한 배봉의 몸을 건드리는 바람에 배봉은 번쩍 정신이 들어 뒤를 돌아보았다.

"아부지, 시방 무신 생각을 그리키 깊이 하고 계시는 깁니꺼?"

억호는 낮은 소리로 그렇게 말하며 미찌꼬 몰래 배봉을 향해 눈을 찡긋했다. 우리 마음 단단히 먹자는 표시였다. 배봉 판단에, 고욤 일흔이 감 하나만 못하다고, 그래도 큰아들 놈이 제일 쓸 만하구나 싶었다.

배봉은 잡념을 떨치기 위해 머리통을 흔든 후 다시 주위를 둘러보려는데 차가 멈추었다. 미찌꼬가 배봉에게 고개를 돌려 다 왔다는 눈짓을 해 보였다. 뒷좌석에서 억호와 만호가 차에서 내리려고 하는 기척이 전해졌다.

'미 벨거 아이거마.'

첫인상이 그랬다. 마당은 그다지 넓은 편이 아니었다. 아니, 예상했던 것에 비하면 너무 좁았다. 그래도 왜송도 심었고 자그마한 정원석도 몇 개 눈에 띄었다. 조선 산에서 흔히 볼 수 있는 제비꽃 비슷하게 생긴 꽃도 보였다. 뜰에 깔린 잔디는 깔끔하게 다듬어진 상태였다. 정원은 사토의 취향대로 꾸며놓았던 건지 미찌꼬의 취향대로 새로 꾸민 건지는 모르겠다.

"자, 이리로 오세요."

"아, 예."

미찌꼬가 친절하게 안내하는 대로, 일본인들이 선호하는 아기자기한 무늬들이 제법 운치 있어 보이는 현관문을 열고 안으로 들어섰다. 미찌꼬는 인사치레인 듯 말했다.

"많이 누추합니다."

점박이 형제가 이번에도 경쟁하는 목소리로 말했다.

"아, 아입니더!"

"집이 상구 좋네예?"

실내는 전형적인 일본식 다다미방 구조였다. 먼저 눈에 띄는 게 진열장 안에 놓여 있는 일본 도자기들이었다. 그것은 고려청자나 조선백자와 비교하면 은은한 맛도 없고 약간 조잡해 보였다. 다소 현란한 색채도 그렇고, 너무 복잡한 무늬도 그랬다. 어떤 점에서는 배봉의 사랑방에 있는 장식품들과 엇비슷했다.

"히나오리! 우리 귀하신 손님들이 드실 것 좀 내와요."

미찌꼬는 히나오리라는 하녀를 시켜 차를 내오게 했다. 눈매가 좀 가늘게 찢어지고 빼빼 마른 그 젊은 하녀는, 난데없이 들이닥친 조선인들이 신기한 모양이었지만, 다른 한편으로는 눈치를 살피며 경계하는 빛도 숨기지 못했다.

"잠깐만 실례하겠어요."

미찌꼬는 배봉 일행을 거실에 두고 혼자 저쪽 약간 안으로 꺾어 들어간 방으로 들어갔다. 만호가 자기에게 무슨 말인가를 끄집어내려는 걸 배봉이 얼른 눈으로 막았다. 그러자 그 자리에는 필요 이상의 긴장감과 어색함이 고였다. 간간이 마른침 삼키는 소리와 얕은 기침 소리가 고요함을 더했다. 조선의 가정집에서는 흔하게 들을 수 있는 개나 닭, 거위 소리도 들리지 않았다. 일본인들 집 전체가 그런지 이 집만 가축을 기르지 않는지 그건 알 수가 없었다.

미찌꼬가 들어간 방문은 금방 열리지 않았다. 대체 안에서 무엇을 하는 걸까? 궁금했다. 어쩐지 비밀에 싸인 여자라는 느낌이 또다시 덤벼들었다. 그냥 겉보기에는 상냥하고 간이라도 빼줄 것처럼 하지만 실제로는 더없이 계산적이고 냉정한 면이 꼭 감춰져 있는 게 아닌가 싶기도 했다. 궁금증은 곧 경각심으로 바뀌었다. 비록 저쪽은 여자 둘뿐이고 이쪽은 사내가 넷이나 되지만 여긴 남의 나라 남의 집인 것이다.

동업은 말없이 영리해 보이는 두 눈을 반짝이면서 실내를 열심히 둘러보았다. 혹시라도 그전에 할아버지가 사토에게 주었던 그 나전귀갑문좌경이 거기 어딘가에 있지 않을까 해서였다. 하지만 그 경대는 아무 곳에서도 보이지 않았다. 실망한 동업 마음이 적잖게 허전했다. 하긴 미찌꼬 방에 있을 공산이 컸다. 그녀의 소유물일 테니까.

"많이들 기다리시게 해서 죄송해요."

잠시 후 미찌꼬가 방문을 소리 없이 열고 거실에 다시 모습을 드러냈다. 진공 속에서 그림자가 움직이듯이 동작 하나하나가 너무나 미세하고 조용했다. 그래서 꼭 유령이 나타나는 것 같았다. 모두의 눈이 일제히 그녀에게 꽂혔다.

그녀의 두 손에는 무슨 표구 세품 같은 것이 단단히 들려 있었다. 그것은 그다지 무거워 보이지는 않았지만, 꽤 크고 넓적한 물품이었다.

'저기 머꼬?'

그러나 그 순간까지도 그들 누구도 전혀 예상하지 못했다. 그것이 자기들의 고국인 조선 땅에서 건너온 것이란 사실은. 아니, 그뿐만이 아니라 일반 조선 백성들도 구해 보기가 쉽지 않은 것이었다.

"대체 이, 이기?"

배봉은 그것과 미찌꼬 얼굴을 번갈아 바라보면서 도저히 믿기지 않는다는 빛을 거두지 못했다.

"놀라셨지요?"

미찌꼬가 말했다. 이번에는 가정적인 음색이 묻어나는 목소리였다.

"……."

선뜻 입을 열지 못하는 그들에게 미찌꼬는 자기도 비슷한 심정이라고 했다.

"저도 그이가 이런 것을 가져오시리라곤 생각지 못했어요."

일본 여자 목소리는 또다시 달라져서 그 나이에 걸맞지 않게 약간 간드러지게 들렸다. 그것은 천성적으로 그렇지 일부러 그런 식으로 지어내는 것 같지는 않았다. 어떻게 들으면 기방에서 은퇴한 조선 퇴기가 내는 듯한 목소리였다.

"하지만 제 말씀을 더 들어보시면 이해가 되실 거예요."

미찌꼬는 거실 바닥에 내려놓은 남편의 귀중한 그 유품을 손바닥으로 가만히 쓸며 말을 이어갔다.

"그인 신문사를 만들 꿈을 꾸었죠."

배봉이 놀라 물었다.

"시, 신문사예?"

그 소리는 거실 창문에 부딪혀 실내 바닥으로 흩어져 내렸다.

"예."

미찌꼬 답변이 짧았다. 얼굴에 감회의 빛이 서렸다.

"그라모 이기 바로 그⋯⋯."

확인하듯 묻는 배봉에게 미찌꼬가 천천히 고개를 끄덕이며 이번에도 간단하게 대답했다.

"예, 그래요."

"허!"

배봉이 입을 쩍 벌렸고 미찌꼬는 한 번 더 각인시켜 주었다.

"신문이에요."

점박이 형제가 동시에 되뇌었다.

"시, 신문?"

이번에도 미찌꼬 대답은 단 한마디였는데, 그건 기선을 잡은 쪽의 여유로 다가왔다.

"예."

동업의 맑은 눈이 또 빛났다. 그는 할아버지나 아버지 형제들과는 다르게 더없이 침착한 모습을 유지하고 있었다.

'아, 그런께 이기 바로?'

서원에 다니면서 스승들에게 이제까지 말로만 들어왔던 신문이었다. 앞으로 이 세상은 커다란 흰 종이에 글자를 빼곡하게 찍은 그 신문이란 것이 좌지우지하게 될지도 모른다는 이야기도 들었다.

"새 신新, 들을 문聞, 한자로 그렇게 쓰는 신문이제. 그런께네 말하자모 그거는 새로 듣는다, 그런 뜻인 기라."

스승의 그 말도 대한해협을 건너와 귀에 들리는 듯했다.

"우떤 신문들인고 함 보고 싶어예. 그래도 괘안을까예?"

그때까지 어른들이 주고받는 얘기만 들을 뿐 내내 입을 꼭 다물고 있던 동업이 미찌꼬를 향해 처음으로 꺼낸 말이었다.

"아, 괜찮고말고."

미찌꼬는 빙그레 웃으며 그것을 동업 앞으로 밀어주었다.

"보고 싶은 대로 천천히 봐요."

"고맙심니더."

동업은 고개를 숙여 그것을 자세히 들여다보기 시작했다. 같은 종이지만 서책과는 좀 다른 냄새가 배여 있는 성싶었다. 맨 앞에 있는 신문에는 '漢城旬報'라는 아주 굵고 검은 한자 글씨체가 세로줄로 찍혀 있고, 그 바로 아래로는 '統理衙門 博文局'이라는 글씨체도 보였다.

"어, 흐음!"

배봉이 그만 난감한 빛을 띠더니 헛기침을 했다. 그는, 글자 앞에서 홀연 눈앞이 캄캄해질 수밖에 없었다.

"……."

그런가 하면, 갑자기 침묵하는 점박이 형제 얼굴이 선약이라도 있은 사람들처럼 붉어졌다. 그러자 약간 이상하다는 느낌이 들었는지 미찌꼬가 고개를 갸웃하며 그들 부자를 유심히 바라보았다.

아예 서당 문턱도 넘어보지 못한 배봉은 더 말할 것도 없고, 억지로 서당에 다닌 억호나 만호도 서책이라면 완전 송충이 보듯 하여 솔직히 까막눈에 가까웠다. 아버지가 그렇게 공부해라, 공부해라, 입이 다 닳도록 시켜도 듣지 않았던 게 지금에 와서야 크게 후회될 형제였다. 하여튼 우리글도 제대로 알지 못하는 주제에 그 어려운 한자를 읽는다는 것은 애당초 불가능한 일이었다.

'동업아.'

그들은 여기 이 자리에서 믿을 사람이라고는 오로지 너 하나뿐이라는 암시인 양 동업 얼굴만 슬쩍슬쩍 바라보았다. 미찌꼬 시선도 덩달아 동업을 향했다. 고추보다 후추가 더 맵다고, 식구들 가운데서 제일 작아도 매우 야무지게 생긴 동업의 입이 천천히 열리면서 이런 소리가 흘러나왔다. 마치 암호를 푸는 것 같았다.

"한성순보, 통리아문 박문국……."

'후~우.'

동업이 읽어주는 소리를 들으면서 배봉 부자는 내심 안도의 한숨부터 크게 몰아쉬었다. 그런 연후에 그 '한성순보'라는 것을 들여다보았다. 하지만 그들은 모두 이내 슬그머니 고개를 돌려버렸다. 전면이 온통 한자 투성이였던 것이다.

'더럽거로 에렵거마.'

'저거를 읽을 사람이 올매나 되것노?'

그랬다. 조선 최초의 신문인 한성순보. 그 당시 조선 정부의 관보官報라고 할 수 있는, 박문국에서 발행한 그 신문은 순 한문으로 된 신문이었디.

"그이는 돌아가시기 얼마 전에 말이죠."

미찌꼬가 그 신문만큼이나 생경한 소리를 꺼내기 시작했다.

"조선 개화파들은 그 신문을 통해 개화정책의 취지를 설명하고, 우선 국내 정세에 대해 소개하면서……."

생전의 남편 말을 되살리자 미망인은 가슴이 저리는지 목소리가 떨리고 작아졌다.

"소위 부국강병을 위한 방도를 제시했다고, 그이께서 생전에 제게 말씀을 해주시더군요."

"부국……."

배봉 부자는 서로 얼굴만 마주 보았다. 그것은 일본말보다 더 난해할 판이었다. 뭘 위한 뭘를 뭐 어쨌다고?

어쨌거나 이런 이야기를 할 때는 그녀 음성에 한층 더 애절한 기운이 묻어났다.

"그이도 그 귀한 신문을 구할 수 있었다는 것에 무척이나 흥분하고 계셨지요."

사토는 아마 생전에 수석壽石에도 큰 취미가 있었던 모양이었다. 그곳 장식대 위에는 잔모래가 담긴 푸른 수반에 얹힌 산수경석과, 나무를 깎아 만든 갈색 좌대에 놓인 사람 얼굴 형상의 인물석 등이 보였다.

'똑 사토하고 가리방상하거로 생깃네?'

동업 눈에 크기도 실제 사람 얼굴만 한 그 인물석이 지난날 부산포에서 만났던 사토와 너무나 빼닮아 있었다. 어쩌면 '자화상'이라는 석명石名을 붙여놓은 수석인지도 모르겠다.

'일본 사람들도 돌을 좋아하는갑다.'

동업은 수석이란 것에 대해 거의 아는 바가 없었다. 그런데 언젠가 그의 아버지가 수석광인 동무 집으로 놀러 갔을 때였다. 동문수학하는 다른 벗들도 함께 갔었는데, 그날 그 집에서 동무의 아버지가 평소 퍽 애지중지하는 수석들을 구경할 기회가 있었다. 그리하여 자기 아버지에게서 수석에 관해 배운 그 동무를 통해서 조금 귀동냥은 했던 동업이었다.

"그이 말씀이, 신문은……."

미찌꼬는 시종 그 신문이란 것에 관해 이런저런 얘기들을 들려주고 있었다. 하지만 배봉이나 점박이 형제 귀에는 미찌꼬의 다른 말들은 제대로 들어오지 못하고, 그저 죽은 사토가 그 신문을 구해 무척 좋아했다는 소리만 전해졌다.

그러나 동업은 그렇지 않았다. 아, 이 신문을 통해 우리나라 개화파 사람들이 그런 일을 했구나! 싶어 가슴이 마냥 두근거렸다. 호기심과 모험심에 사로잡히는 한창 나인지라 그런지는 모르겠지만 동업은 어쩐지

'개화'라고 하는 그 말이 그냥 마음에 들었다. 그 말속에는 케케묵고 좋지 못한 것들을 모조리 내몰아버리고 뭔가 새롭고 눈부신 것들을 가져다줄 기운이 듬뿍 담겨 있는 성싶었다.

'이런 기 신문이구마.'

또한, 신문을 읽으니 개화파 사람들을 만나 직접 이야기를 듣고 있는 느낌이었다. 그와 동시에, 아, 그래서 앞으로의 세상은 신문이 좌지우지할 수도 있다는 그런 말이었구나! 하고 새삼 깨닫기도 하였다.

한편 미찌꼬도, 열흘 만에 한 번씩 발행되던 그 한성순보가 이른바 저 갑신정변 이후 발행이 중단되었다가 그 뒤에 '한성주보'로 재간되었다는, 역시 죽은 남편에게서 들었던 이야기를 그대로 전해줄 때는 사뭇 흔들리는 음성이었다.

'허!'

배봉이 미찌꼬 모르게 자식들에게 혀를 내둘러 보였다. 아마 일본인들이 놀랍기도 히고 같잖기도 히다는 그런 표시일 것이다. 어떻게 그런 사실까지 알고 있느냐는 것이다. 도대체 남의 나라에 대해 그렇게 소상히 알고 있는 그 저의가 무엇이냐는 것이다.

그런데 경악할 일은 그 정도에서 그친 게 아니었다. 미찌꼬가 아직은 꽤 부드럽고 고와 보이는 손가락을 들어 두 번째로 짚어 보이는 신문은 더 놀라운 신문이 아닐 수 없었다.

"서재필이 조선 정부 지원을 받아 조선글과 영문으로 발행한 독립신문이에요."

"도, 도, 독립신문?"

"영문이라모?"

모두가 입을 다물지 못했다. 동업 역시 가슴이 '쿵' 하는 소리를 내고 머리가 아찔했다. 오늘날까지 자신이 살아온 세상과는 전혀 다른 새로운 세계 속으로 들어서고 있는 묘한 감정에 사로잡혔다.

저 〈독립협회〉라는 것이 만들어져 독립신문인가 하는 것을 찍어낸다는 그 소리는, 남방 고을에 사는 그들도 바람결에 얼핏 들었다. 하지만 영문까지 있는 그 신문을 직접 보게 될 줄이야. 그것도 남의 나라 일본 땅에서.

"그리고 이 신문은 말예요."

그러면서 미찌꼬가 세 번째로 보여주는 신문은 '皇城新聞'이라는 한자 제호題號 위쪽에, 깃대에 매단 태극기 두 개를 교차해 세워놓은 그림이 박혀 있었다.

"어? 이거는 우리글도 있고 한자도 있네?"

배봉이 무식함을 감추고 아는체하려는 심산인지 필요 이상의 높은 목소리로 그렇게 말했다. 그러자 점박이 형제도 비슷한 심정인 듯 각자 한마디씩 했다.

"그렇네예, 아부지. 이리 섞어놓은께 더 무게도 있어 비이고 좋네예."

"우리글보담은 한자가 더 고상해 비인다 아입니꺼?"

동업은 자신도 모르게 미찌꼬를 바라보았다. 아니나 다를까, 그녀 얼굴에는 분명히 약간 경멸하는 빛이 언뜻 떠올랐다 사라졌다. 동업은 순간적이지만 황성신문 태극기가 일본 국기인 일장기日章旗로 변하는 환영에 소스라쳤다.

'와 이런 기분이 드는 기까? 저 여자는 혼자고 우리는 여럿인데 말이다.'

동업은 시간이 흐를수록 자꾸만 그 자리가 불편하고 초조해졌다. 자기들로서는 상상도 할 수 없는 것들을 보여주며, 이야기하는 일본 여자가 도무지 사람 같지 않았다.

'무서븐 여자다. 일본 여자들은 다 저런 기까? 그거는 아일 기다.'

여간해선 제 속내를 바깥으로 드러내지 않는 여자라는 생각을 했다. 그러고 보면 죽은 친어머니 분녀보다도 새어머니 해랑 쪽에 더 가까운 여자였다. 아직도 분녀가 제 친모인 줄로만 알고 있는 동업이었다.

'돌아가실 때꺼정 그리키나 아파하시더이.'

동업은 떠오르는 친어머니 모습을 뇌리에서 내몰기 위해 미찌꼬에게 물었다.

"순 조선글로만 된 신문은 없어예?"

그러자 점박이 형제에게는 업신여기는 것 같은 빛을 보였던 미찌꼬가 약간 놀라는 표정을 지었다. 아직 어린 게 대단하구나! 하는 눈치였다. 그녀는 억지웃음을 만들어 보이며 말했다.

"그다음 신문을 봐요, 그런 신문이니까."

"아, 예."

과연 다음 것은 조선글로만 돼 있었다. 그저 범상하게 보아오던 조선글이 지금 거기서는 새다른 느낌으로 다가왔다. 동업이 입으로 중얼거렸다.

"뎨국신문."

그것은 제호부터가 '뎨국신문'이었다. 미찌꼬가 이번에도 남편에게서 전해 들었던 얘기라며 들려주었다.

"그 신문은 읽기 쉬운 조선글로만 돼 있어, 조선의 일반 서민층과 부녀자들 독자도 제법 된다고 했어요."

"예."

동업은 등골이 송연했다. 사토라는 인물은 이윤만 남기려는 단순한 장사꾼이 아니었다는 직감이 들었다. 뭔가 크게 노리는 것이 있지 않고서야?

'죽은 사토하고 미씨꼬라쿠는 서를 일본인 부부는 우리 대한제국에

대해 오데꺼지 알고 있는 기가?'

외로이 자는 방의 쓸쓸한 등잔 같은 것.

동업이 일본행 배를 탈 때까지도 미망인 일본 여자에 대한 머릿속 그림이었다. 그런데 막상 만나고 있는 그 여자는 전혀 그게 아니었다. 동업은 미찌꼬를 곁눈질로 훔쳐보았다.

'시방꺼정 철저히 조사를 해오고 있었던 기 확실타.'

그때 억호와 만호가 함께 그 신문에 고개를 쿡 처박고서 더듬거리는 말투나마 읽어가기 시작했다.

"대 황제 폐하의 당당……."

"대 한국 백성에게……."

미찌꼬도 그 신문 내용까지는 상세히 모르는지, 그게 아니라면 잘 알고 있었지만, 지금은 잊어버려 그러는지 몰라도, 귀를 세워 점박이 형제가 읽는 소리를 가만히 듣고 있었다. 동업은 그녀에게서 겉으로는 조용한 것 같으면서도 실제로는 매우 역동적인 일본 민족성을 엿볼 수 있었다. 잔잔해 보이는 호수의 수심 깊은 곳에서 물보라가 세차게 몰아치고 있는 양상이었다.

'우짜모 내가 잘몬 보는 것일 수도 있것지만도, 하여튼 조심 우에 또 조심을 안 하모 안 될 민족인 기라.'

아버지와 작은아버지뿐만 아니라 할아버지까지도 요물 같은 일본 여자에게 혼을 앗기고 있는 것을 지켜보면서 동업은 혼자 속으로 스스로를 단속시켰다.

'저들과 하는 장사도 그렇지만도, 다린 것도 모도 말이제.'

그러나 일본인인 미찌꼬는 물론이고 조선인인 배봉 식솔들도 알 수 없었다. 그 신문은 그로부터 얼마 있지 않아 폐간廢刊될 때까지 일제 탄압으로 수차례에 걸쳐 정간停刊 되었다. 하지만 그런 심한 수난과 고초를 겪었음에도 조선 민중 계몽과 자주독립 의식을 드높이는 데 노력하였다.

그랬다. 그 신문은 극심한 경영난으로 말미암아 휴간休刊 직전에까지 가기도 했지만, 다행히 나라 안팎의 뜻있는 유지들의 도움을 받아 계속해서 간행될 수 있었다. 명줄이 질긴 신문이었다. 극기克己하기 위해 수도자가 제 몸을 때리는 채찍 같은 것이었다.

어쨌거나 사토가 그의 생전에 가장 아끼던 유품이라며, 미찌꼬가 배봉 식솔에게 보여준 신문은 네 가지였다.

"만약 그이께서 오랫동안 살아 계실 수 있었다면, 분명히 신문사를 경영하셨을 거예요. 일본 내에서든 조선 땅에서든……."

거기서 미찌꼬는 더 말을 이어가지 못했다. 그녀 눈가에 이슬방울이 맺히고 있었다. 이제 잔주름이 조금씩 가기 시작하는 탓인지는 몰라도 그 모습을 보는 동업 가슴이 좀 짠하고 아렸다. 다른 것은 잘 모르겠지만 가족에 대한 정은 있는 여자였다.

그러나 배봉과 점박이 형제는 그런 감정에 앞서 당황하는 기색이 더 강해 보였다. 하지만 미찌꼬 눈에서 눈물은 곧장 말랐으며, 그녀는 좀 전과는 전혀 어울리지 않게 미소 머금은 얼굴이 되면서 비로소 본론을 끄집어내기 시작했다.

'또 표정이 배뀟네? 저 여자 정체를 에나 알 수 없다 아이가.'

동업은 또다시 혼란스러웠다. 저 여자 몸속에는 혹시 여러 명의 미찌꼬가 들어 있는 게 아닐까 싶었다. 어쨌든 그녀는 배봉에게서 들었던 소식을 확인하는 어조로 물었다.

"제 사위 무라마치가 자기 동생과 함께 임 사장님 고향에 백화점을 차렸다고요?"

그런데 그 이야기에 비해 밀두가 너무나 심상하고 남남하여 늘는 사람들이 오히려 당혹스러울 지경이었다. 그 이야기를 하면서 땅을 치고 통곡이라도 하든가, 아니면 입에 담지도 못할 욕설과 저주를 퍼부을 것이라고 짐작했다.

'암만캐도 각중애 서방이 죽어삐린 충객 땜에 저리할 끼라. 하기사 사람이 죽어삣는데 돈이고 사업이고 오데 하나라도 눈에 들오것나.'

배봉은 마음속으로는 그렇게 짚어보면서도 입은 이런 말을 내뱉고 있었다.

"올매나 원통하고 억울하심니꺼? 장인이 돌아가신 지 올매나 됐다꼬 말입니더."

"예……."

곡식의 까끄라기가 목구멍에 걸려버린 사람이 내는 것 같은 소리였다.

"우리 조선에 이런 이약이 있기는 하지예. 이 시상의 사우자슥은 모돌띠리 도독늠이다, 그런……."

미찌꼬는 별다른 대꾸가 없었고, 히나오리라는 하녀가 부엌에서 나와 현관 가까이 붙어 있는 작은 방으로 들어가는 게 보였다. 그 하녀는 오랫동안 그 집에서 생활해 왔는지 그 모든 행동이 아주 자연스럽게 비쳤다.

"지가 드릴라꼬 하는 말씀의 요지는 이렇심니더."

배봉 혼자 다시 말했다. 흡사 독백을 하고 있는 광대 같은 인상이었다.

"사람들이 사는 데는 이리로 가나 저리로 가나 모도 가리방상한께네, 조선이나 일본이나 똑겉지 않것심니꺼? 그라이 억울하고 화가 나신다 쿠더라도……."

미찌꼬가 배봉 말을 잘랐다.

"저는 사위를 원망하지는 않아요."

"예?"

배봉뿐만 아니라 점박이 형제도 의외란 듯 눈만 끔벅거렸다. 동업도 그 진위를 알기 위해 그녀 얼굴을 찬찬히 살펴보았다.

"어차피 제 친자식은 아니거든요."

미찌꼬가 해명하듯 한 말이었다. 그런데 그 소리를 들은 억호 표정이 싹 달라지는 것을 본 사람은 거기 아무도 없었다.

'친자슥이 아이다.'

억호 눈은 얼른 동업을 훔쳐보았다. 장성한 그의 몸 위로 업둥이로 들어왔던 그 당시의 핏덩이였던 모습이 겹쳐 보였다. 동업이 그 사실을 알게 되면 어떤 일이 벌어지게 될지 상상만 해도 숨이 턱 막혔다. 어쩌면 모든 게 끝장이 날지도 모른다.

'아, 내가 와 이라노? 시방 오데꺼지 와갖고?'

억호는 자신을 나무랐다. 그의 집안에서 동업이 업둥이였다는 사실을 알고 있는 사람은 아무도 없었다. 분녀는 이미 이 세상 사람이 아니고, 그 외에 유일하게 그것을 알고 있는 종년 설단은 지금까지 그 비밀을 잘 지켜 나가고 있다. 가쾌못 안쪽 동네에서 떡돌과 사는 설단은, 지 칫 양자로 준 제 친자식 재업에게 무슨 해가 미칠까 봐 그 사실을 섣불리 발설하지는 못할 것이다.

'해랑이한테꺼지도 기시고 있다 아이가.'

그런 생각을 하는 억호 귀에 미찌꼬의 이런 말이 들려왔다.

"제가 진정으로 가슴 아픈 것은 말이에요."

모두 귀를 쫑긋 세우고 있었다. 사토를 닮은 인물석은 고개를 돌려버리는 듯했다. 죽은 그의 혼이 그 돌에 달라붙어 있는지도 모를 일이었다.

"이런 소리는 입에 올리기도 싫지만, 하게 되는군요."

미찌꼬는 다다미방이 꺼져 내려앉을 만큼 긴 한숨을 내쉰 후에 말을 이었다.

"세 딸 때문이에요."

"딸 땜에?"

누군가가 반문했다. 미찌꼬는 혼잣말같이 말했다.

"제 뱃속에 열 달이나 들어 있었던 그 자식이, 어떻게 어미인 저를 그런 식으로 속일 수가 있는지 모르겠어요."

그러자 억호가 제 딴에는 위로를 해준답시고 얼른 입을 열었다.

"그런께 말입니더. 쪼꼼 아까 전에 저희 아버님도 말씀하싯지만도, 우리 조선에는 이런 소리도 있심니더. 딸은 출가외인이다."

"출가외인."

미찌꼬는 그 의미를 아는지 모르는지 나지막한 소리로 억호 말을 되뇌었다. 억호는 몹시 신경질 난다는 어투였다.

"그래서 딸이 친정집에 왔다가 도로 시갓집으로 돌아갈 적에는 말입니더, 몸 안에 머를 훔치가는고 잘 봐야 한다 안 쿱니꺼?"

그 말끝에 그는 만호를 슬쩍 보면서 쓸데없는 이런 소리도 장황하게 늘어놓았다.

"그래갖고 옛날부텀 우리 조상들은 딸보담도 아들을 상구 더 좋아해 쌌는지도 모리지예. 특히나 딸은 쎄빠지거로 키아봤자 시집 가삐리모 고만이고 말입니더."

만호 낯바대기가 너무나도 형편없이 팍 일그러졌다. 그는 거기가 일본이 아니고 또 일본 여자 앞만 아니라면 억호와 한판 엉겨 붙을 사람같이 보였다. 그러잖아도 시답잖은 형은 아들이 둘이나 되고, 그는 달랑 은실이 고년 하나밖에 없어 천불이 나는 판국인데, 그런 소리를 들으니 머리털이 몽땅 빠져나갈 정도로 열이 뻗쳤던 것이다.

'시방 아부지가 쪼꼼 심하시다 아이가.'

그 눈치를 챈 동업이 가슴을 졸이고 있는데, 미찌꼬가 문득 배봉에게 물었다.

"혹시 제 딸도 본 적이 있으신가요?"

"예? 따님을예?"

배봉이 그게 무슨 소리냔 듯 되묻자 미찌꼬가 다시 말했다.

"그애도 임 사장님 사시는 고을에 간 일이 있는가 해서 여쭤보는 거예요."

"아, 예. 지는 또 무신 말씀이라꼬?"

배봉이 뭉툭한 손가락으로 흰 머리털이 많은 뒤통수를 긁적이며 대답했다.

"우리는 아즉꺼정 본 적이 없심더. 따님 얼골은 모리지만, 지가 아랫것들 시키서 몰래 알아본 바에 으하모, 사우가 운영하는 점포에 여자는 없었다꼬 하데예."

미찌꼬가 고개를 끄덕였다.

"하긴 사위도 제 장인을 닮아서 여자가 사업에 나서는 것을 아주 싫어하는 그런 성격이긴 해요."

그녀는 다행이라고 여기는 눈치였다.

"아니, 그 정도가 아니라 부정 탄다며 금기시할 정도였으니까요."

미찌꼬 말끝에는 조선 무당이 내는 것과 비슷한 소리가 매달려 있었다. 그렇지만 동네 굿을 맡아 하던 희자 어머니와 미찌꼬는 너무나 다른 모습이었다.

"아, 그렇다모?"

그곳 거실 창문을 통해 정원을 내다보고 있던 만호가 제 딴에는 대단히 심각한 표정으로 미찌꼬에게 물었다.

"해나, 해나 말입니더. 따님은 남핀이 그런 일을 하고 있다쿠는 사실을 잘 모리고 있는 거는 아이까예?"

미찌꼬가 탐색하는 눈빛으로 되물었나.

"그게 무슨 말씀인가요? 제 딸아이가 잘 모르고 있다니?"

그녀 눈은 만호의 왼쪽 눈 밑에 박혀 있는 검고 큰 점 부위에 가 있었다. 그러자 배봉이 만호보다 앞서 대답했다.

"기실 수도 있다, 그런께네 속쿨 수도 있다, 그런 뜻이지예."

그 말을 듣자 미찌꼬 얼굴이 약간 찡그려졌다. 동업이 서둘러 입을 열었다.

"할아부지, 그거는 아일 깁니더. 가족들 사이에 우찌 그라것심니꺼?"

그때 억호가 입에 가져갔던 찻잔을 '탁' 소리 나게 내려놓으며 갑자기 끼어들었다. 순간, 인물석이 놀라 이쪽을 바라보는 것 같았다. 그에 반하여 산수경석은 변함이 없는 자연 그대로의 모습을 지키고 있는 듯했다.

"아이기는 머시 아이라? 그랄 수도 있는 기제."

억호의 그 말은 인물석과 산수경석을 깡그리 부숴버릴 만큼 강하게 나왔다. 동업이 놀라 억호를 바라보았다.

"아부지?"

억호 눈빛이 굉장히 감사나워 보였다. 금방이라도 그곳 거실에 있는 도자기를 집어 들어 바닥에 내동댕이칠 기세였다. 그러자 동업은 물론이고 배봉이나 만호도 그 영문을 몰라 모두 눈만 멀뚱멀뚱했다.

미찌꼬는 남의 집안과 관련된 일이니 타인이 간섭할 수 없다고 여기는지 가만히 있었다.

"동업이 니 이거를 잘 알아야 하는 기다."

억호가 거기 수석만큼이나 딱딱하게 굳은 얼굴로 동업에게 말했다.

"자고로 사업, 사업이라쿠는 거는 안 있나, 때에 따라서는 머 부자 사이고, 성하고 동상 사이고, 머 지랄이고 모돌띠리 없는 기라. 그런 사사로운 정에 이끌리다 보모, 사업이고 오엽이고 하나도 몬 한다, 그 말이제."

178

동업은 너무나 당황한 나머지 울음 섞인 소리로 아버지를 불렀다.

"아부지……."

억호는 패악 부리는 모양새로 나왔다.

"아부지고 어부지고, 그렇다 그 말이다! 우째서 잔소리가 늘어짓노?"

심지어 이런 말까지 서슴지 않았다.

"니 그랄라모 시방 당장 우리나라로 돌아가뻐라, 알것나?"

"예."

동업은 그만 입을 다물고 말았다. 분위기가 이상해지자 미찌꼬도 다소 황당해하는 빛을 보였다.

그 고함을 듣고 하녀 히나오리가 작은 방의 문을 조금 열고는 거실을 빠끔 내다보았다. 얼핏 도둑고양이를 방불케 하는 모습이었다.

그러나 그때 거기 있는 누구도 억호의 그 돌변한 태도가 어디에서 비롯된 것인지 몰랐다. 억호는 지난 시절 아버지 배봉이 자신에게 했던 섭섭힌 기억 때문이었다. 그 일은 잘 지다가 일어나 생각해도 울화통이 터졌다.

배봉은 자식들에게조차 감쪽같이 숨기곤 하였다. 가령, 어떤 새로운 사업을 시작한다거나, 점포를 좀 더 확장한다거나 할 때도 꼭꼭 비밀에 부쳤다. 살붙이가 아니라 동업자에게도 그래서는 안 되었다. 흥해도 같이 흥하고, 망해도 같이 망해야 할 것이었다.

그뿐만이 아니었다. 한 번은 언네가 몰래 엿듣고 와서 살짝 고자질을 해준 적도 있었다. 아버지와 동생 만호 부부가 맏이인 억호 자기만 따돌리고 사업에 관해 의논하고 있다는 것이다. 혈육이 아니라 만고의 원수였다.

밴댕이 소갈머리 억호는 아직도 그 일을 마음 깊은 곳에다 꼭 품고 있었다. 만약 해랑이 그의 재취로 늘어오지 않았다년 ㅗ는 벌써 집에서 내

쳐졌을지도 모른다. 영리하고 아름다운 새 아내 해랑의 놀라운 사업 수완과 가정을 꾸려가는 뛰어난 솜씨 덕분에 그가 동업직물 후계자 자리를 지키고 있는 것이다.

사실 억호는 그곳 일본에 건너오기 전부터 배봉이나 만호와는 조금 다른 시각을 가지고 있었다. 부자지간이나 형제지간에 그럴 수 있다면, 어디 부부지간이라고 꼭 그러지 말란 법이 있겠는가?

다시 말해, 어쩌면 무라마치는 제 아내에게도 모든 것을 철저히 감추고 있는지도 모른다고 믿었던 것이다. 그리고 언젠가는 동생 무라니시도 헌 게다짝처럼 내팽개쳐버릴지도 모른다고 보았다.

'시상에 믿을 눔이 오데 있어서? 있으모 한분 나와 봐라 캐라. 지도 질로 몬 믿을 때가 안 있는가베.'

그런데 그 삐딱한 생각들을 되짚어나가던 억호 눈길이 어느 한순간 동업 얼굴을 향했다. 아무리 이리 뜯어보고 저리 훑어보아도 억호 자신이나 가마에서 떨어진 후유증으로 시름시름 앓다가 죽은 아내 분녀와 닮은 구석이라고는 한 군데도 없는 아이였다. 피 한 방울도 튀어가지 않은 타인, 철저한 남남이었다.

'넘의 집에 매놓은 금송아지는 하나도 소용이 없다 아이가.'

그러자 차라리 재업을 나의 후계자로 삼는 것이 어떨까 하는 아주 위험한 계산이 기습처럼 덤벼들었다. 비록 정실이 못 되는 종년 설단이 낳았지만, 그래도 그 애는 나의 피를 고스란히 물려받았으니 적자嫡子라고 해도 될 게 아닌가 말이다. 우겨서라도 동업뿐만 아니라 재업도 데리고 와야 했다.

'집으로 돌아가모 재업이를 시방꺼지와는 다리거로 새로 보고…….'

그때부터 억호 귀에는 무라마치 형제의 조선 진출을 놓고서 아버지와 만호 그리고 미찌꼬가 주고받는 이야기들이 전혀 들어오지 않았다. 집

안 내부조차도 제대로 정리되어 있지 못한 형편에 일본인에게 눈을 돌릴 계제가 못 된다고 여겨졌다. 그는 혼자 속으로 칼을 갈았다.

'집안부텀 질서를 똑바로 잡아놔야 하는 기라. 그라고 장남인 내가 그 일을 할라쿠는데 방해되는 사람이 있으모 가마이 안 둘 끼다. 아부지고 동상이고 자슥이고 머시고 없다 고마! 내가 살아야 한다 아인가베.'

억호 얼굴은 점점 더 포악스럽게 변해갔다. 그런데 '삼정중 오복점' 이야기와 사토가 죽고 없는 그 상황에서의 새로운 사업 거래에 관한 말들에 푹 빠져 있는 다른 사람들은 조금도 그것을 알아차리지 못했다.

아니다. 단 한 사람, 유일하게 그런 아버지를 훔쳐보는 동업 얼굴이 새파랗게 질려 있었다. 동업은 새어머니 해랑이 옆에 있으면 그녀 몸 뒤로 가서 숨고 싶은 심정이었다. 자신을 보호해줄 수 있는 사람은 새어머니밖에 없다고 믿었다. 새어머니를 그렇게 해줄 수 있는 사람도 나밖에 없다고 보았다.

'아부지가 와 또?'

지금 같은 순간이 처음은 아니었다. 그전에도 드문드문 있었다. 그리고 그럴 때마다 동업은 아버지가 그저 두렵기만 하고, 특히 알 수 없는 거리감이 크게 느껴지곤 했었다. 그 아득하기만 한 거리감이라니? 그렇지만 자신이 업둥이라는 사실을 꿈에도 알 리 없는 동업으로서는 그 이유를 전혀 알 턱이 없었으니…….

재판소가 된 객사客舍

배봉 등이 일본으로 건너가서 사토 미망인 미찌꼬를 만나고 있는 그 즈음, 대한해협 건너 경상도 남방 고을에는 대단히 심상찮은 공기가 떠돌고 있었다.

몇 해 전 녹음이 한창 푸르러 갈 무렵에 칙령이 공포되어 농상공부 산하에 설치된 그곳 우체사郵遞司. 그리고 이듬해 뙤약볕 아래 성내에서 근대식 통신기관이 개국되고, 뒤를 이어 만들어진 전보사電報司.

그곳이 지금 굉장한 회오리에 휩싸였다. 유서 깊은 그 고을 사람들 입에서 입으로 그 소문은 민들레 꽃씨처럼 날아다녔다. 아니, 그 전보사 입장에선 물과 불 그리고 바람의 삼재三災로 인하여 세상 모든 것이 파괴된다는 불교의 예고가 도래했다고도 볼 수 있었다.

돌아보면, 그 사이에 적지 않은 우여곡절도 겪었었다. 한성우체사로 가는 도중 수원에서 의병을 만나 우체물 9건을 탈취당하기도 하고, 또 체부 이규상이 하동 황토현 주막에서 역시 의병에게 편지 1건을 빼앗기기도 하였다.

그런데 이번에 당한 수모는 그것들과는 비길 바가 아니었다. 일본군이 러일전쟁을 핑계 삼아 거기 전보사를 무단 점령했을 뿐만 아니라, 전보사 사장 최규용을 구금하는 최악의 사태까지 벌어졌다.

나루터집 식구들이 그 사건을 소상히 알게 된 것은 순전히 얼이 덕분이었다. 좀 더 정확하게 털어놓자면, 스승 권학 밑에서 얼이와 동문수학하다가 낙육고등학교에 나란히 함께 입학한 벗 철국 때문이었다. 철국의 형 하나가 바로 그 전보사에 근무하고 있었다.

어쨌거나 일본이 저지른 횡포를 철국에게서 전해 들은 낙육고등학교 학생들은 큰 울분을 금치 못했다. 상촌나루터 백사장에서 원채로부터 택견을 수련하고 있던 젊은이들은 잠시 휴식을 취하고 있는 사이에도 그 이야기를 하며 주먹을 불끈 그러쥐었다.

"이라다가 우리 대한제국 통신을 왜눔들이 모돌띠리 장악해삘 날이 오것다."

"통신뿌이모 괘안커로?"

"하모, 맛다. 한 개도 안 냉기고 싹 다 빼앗길 꺼 걷은께 그기 문제 아이가."

"공것 바라기는 무당의 서방이라쿠디이, 그눔들이 에나 공짜 좋아 안 하나."

"우짜다가 이 나라가 요 모냥 요 꼴이 돼삐릿을꼬?"

"시방 와갖고 눌로 탓할 끼고?"

"그거도 맛다. 우리 모도의 죄 아인가베."

"조상 보기 부끄러븐 기 문제가 아이고, 우리 후손들이 우찌될랑고 그기 더 겁난다."

2월 하순의 남강이 내보내는 강바람은 칼날보다도 매서웠다. 지천으로 깔려 있는 모래알도 얼음 알갱이같이 차갑고 딱딱했다. 하지만 한창 뼈대가 굵어시고 피가 뜨겁게 끓어오르는 젊은이들이 내뿜는 열기로 인해, 그때 그곳 공기는 오히려 후끈 달아오르고 있었다.

"앞으로 자네들 겉은 대한제국 청년 유생들이 해야 할 일이 넘칠 끼라."

발끝으로 모래밭을 후벼 파며 택견 제자들이 서로 주고받는 이야기를 묵묵히 듣고만 있던 원채가 무겁게 입을 열었다.

"그러이 공부도 더 열심히 하고, 운동도 더 부지런히 해야 할 끼거마는."

얼이가 비장한 얼굴로 그에게 물었다.

"또 왜눔들하고 싸와야 할 날이 올 끼다, 그런 말씀입니꺼?"

원채 답변이 단호했다.

"피할 수 없는 일이제."

그러자 일본군과 싸운 경험이 없는 다른 젊은이들 얼굴에는 야릇한 기운이 감돌았다. 우리가 왜눔들과 싸워야 할 날이 온다니. 두려움과 호기심이 뒤섞인 얼굴들이었다. 말없이 두 주먹을 꽉 쥐었다 폈다 하는 사람도 있었고, 택견으로 단련되어 탄탄해진 허벅지를 가만히 쓸어보는 사람도 있었다. 하지만 그 행동들은 달라도 마음만은 한 가지인 것처럼 비쳤다.

그런 그들 가운데에서 가장 표정 변화가 적은 사람은 준서였다. 그는 되레 백치만큼이나 무감각해 보였다. 일본뿐만 아니라 전 세계 모든 나라를 상대로 싸워야 할 날이 온다고 해도 반응이 없을 성싶었다. 그런 준서를 훔쳐보면서 속으로 가만히 그의 이름을 부르는 얼이 가슴이 아리고 쓰렸다.

'준서야.'

빡보. 마마신의 저주를 받아 또래들이 겪어보지 못하는 신체적 결함을 안고 살아가면서 '애 영감'이 돼버린 준서다.

그의 모습 위로 백 부잣집 손녀 다미 모습이 크게 겹쳐 보이면서 얼이는 절로 한숨이 흘러나왔다. 준서는 분명히 다미를 마음에 두고 있었다. 관기 출신 효원과의 어렵고도 애틋한 사랑을 나누고 있는 얼이기에 그것을 잘 알았다.

'휙, 휘~익.'

귀신 소리라는 휘파람 소리를 내면서 점치는 여자 점쟁이가 어디 근처에 와 있기라도 한 것일까? 강이 내는 그 소리가 이상할 정도로 얼이 신경을 깊고 크게 긁어놓고 있었다.

"종산!"

그때 문대가 자기 자字를 부르는 소리에 얼이는 그에게로 고개를 돌렸다. 주산主山 위에 있는 주산, 종산이다. 부르면 부를수록 얼이에게 잘 맞는 자라고 생각하는 문대였다.

"내 멤 겉으모 안 있나."

문대는 깅비를 밤볼게 히는 부리부리한 눈을 치뜨고 말했다.

"시방 당장 달리갖고 왜눔들한테 잽히 있는 우리 전보사 사장을 구해내고 싶은 기라."

"전보사 사장."

저 위쪽 둔치의 숲에서 나무들이 웅웅거리는 소리가 들려오고 있었다. 그중에도 댓잎이 엇갈리는 소리가 가장 귀에 와 닿았다.

"심없는 나라의 백성이라쿠는 기 올매나 억울하것노?"

"……."

얼이는 무어라 말은 하지 못하고 원채 눈치부터 살폈다. 어떻게 보면 그의 입가에 엷은 미소가 약간 서려 있는 것 같기도 했다. 애잔하고 아픈 웃음이었다. 그렇지만 그는 곧 모랫바닥에 퍼질러 앉은 택견 제자들을 둘러보며 말했다.

"자, 고만 쉬고 다시 시작하자꼬."

그러자 모두들 벌떡 일어서며 저마다 다짐하듯 큰 소리로 말했다.

"옛!"

"알것심니더, 사부님!"

"부지런히 단련해야지예."

일본군과의 목숨을 건 결전을 상상해서인지 청년 유생들은 아까보다 몇 배 더 진지한 태도로 택견을 연마하기 시작했다. 그들이 내지르는 손길과 뻗치는 발질에는 엄청난 큰 힘이 느껴지고 눈에서는 살기마저 뿜어져 나왔다.

남강도 그 기세에 눌린 나머지 잔뜩 몸을 웅크리는 분위기였다. 지금이 겨울이라 수량이 적은 데다가 얼어붙기까지 한 탓에 그렇게 보이는 것은 아닐 것이다.

'우리 준서 실력이 갈수록 늘어난다 아이가.'

그 자신도 온몸을 던져 연마하는 도중에 준서가 연습하고 있는 모습을 간간이 지켜보며 얼이는 마음이 흐뭇했다.

'짜아식. 저런 식으로 발전하모 내가 몬 당하것다.'

이제는 준서가 행여 점박이 형제나 민치목과 맹쭐 부자, 그리고 맹쭐 아들 노식에게 무슨 봉변을 당하지나 않을까 하는 걱정을 어느 정도 덜어도 될 성싶었다. 언젠가 한양에서 준서가 노식을 때려눕혔다는 사실을 모르고 있는 얼이였다.

그리고 또 있다. 일본 전국검도 대회를 석권했다는 검도 고수 무라마치, 가라테 명수라는 무라니시. 그들 형제와 겨루어도 호락호락 당하지만은 않을 거라는 자신감도 섰다. 택견, 그 이름값은 더럽혀지지 않고 영원토록 빛날 것이다.

그렇다면 지금부터 준서가 가장 대적하기 버겁고 위험한 상대는 하나였다. 따로 있었다. 얼이는 속으로 잡귀 쫓는 주문을 외듯 하였다.

'여자.'

그날의 택견 수련이 끝났다. 무척 추운 날씨임에도 모두의 몸은 땀으로 흠뻑 멱을 감고 있었다. 피 순환이 잘된 덕분에 저마다 화색 도는 얼굴들이 화장기 있는 여자들 얼굴보다도 더 좋아 보였다. 그 순간만은 준서 얼굴의 빡보 흔적도 많이 없어진 상태로 비쳤다. 마음의 상흔은 더 사라질 것이다.

"잘 가라."

"그래, 또 보자."

그런데 서로에게 작별인사를 나눈 뒤 막 헤어지려고 할 때였다. 원채가 얼이 옆으로 다가오더니 작은 소리로 말했다.

"내하고 같이 갈 데가 있거마는, 준서도."

"예, 아자씨."

얼이 역시 낮게 대답하고 나서 준서 쪽을 바라보다가 가슴이 뻐근해졌다. 과일 망신을 시킨다는 모과와는 다르게, 비록 얼굴은 살짝 '얽어도 유자'라고 동료를 망신시킬 짓은 절대로 하지 않는 준서가 해 보이는 모습이었다.

'또 청승시럽거로.'

준서는 또 무엇을 생각하는지 두꺼운 얼음장으로 뒤덮인 겨울 남강만 멀거니 바라보고 있었다.

물이 얼지 않은 곳을 찾아 떠났을까? 비화 누이 말에 의하면, 초봄 늦게까지 눈이 녹지 않아도 춥지는 않다는 저 비어사 같은 곳으로 말이다. 그곳에서 흔하게 볼 수 있는 청둥오리나 물닭들도 죄다 어디론가 가버리고 없는 황량한 강이었다.

이윽고 각자 자기들 갈 곳으로 돌아가고 이제는 그들 세 사람만 남았다. 원채를 가운데 모시고 양쪽에 서서 나란히 나무숲 근처를 걸어가면서 얼이와 준서는 원채가 입을 열기를 기다렸다. 그에게서는 어쩐지 할 말이 무척 많은 것 같은 분위기가 풍기고 있었다.

그렇지만 원채는 앙상한 몰골로 서 있는 겨울나무처럼 아무런 말도 없이 그저 발만 떼놓았다. 마치 이 세상 끝까지 그렇게 할 것처럼 한참 동안을 그렇게 걸었다. 주변의 풍경들이 끊임없이 눈앞을 스쳐 지나가고 다가왔다. 그러다가 어느 순간 두 사람은 퍼뜩 깨달았다.

'아, 이 길은 성 쪽으로 가는 길 아이가?'

'아자씨가 성 있는 데로 가실라는갑다.'

원채가 앞서 가는 길을 따라 밟는 준서와 얼이의 짐작이 맞았다. 그들 앞에 성벽 둘레에 설치한 해자垓字 대사지가 그 모습을 드러내었다. 상촌나루터에서 성곽 근처까지 왔으니 꽤 오랫동안 걸어온 셈이었다.

세 사람 모두 슬렁슬렁 걸어도 걸음이 아주 빨라서 그렇지, 보통 사람들 같으면 아직 절반도 오지 못했을 것이다. 그것은 그들이 장차 해야 할 일이 그만큼 넘친다는 걸 입증해 보이는 건지도 모른다.

"음."

이윽고 원채가 폐부 저 깊은 곳에서 우러나오는 신음과 유사한 소리를 내면서 처음으로 발을 멈추었다. 두 사람도 그의 그림자마냥 따라 섰다. 꽤 많은 사람이 대사교 위를 오가고 있는 게 보였다. 말이나 소, 개 등의 동물이나 가마도 눈에 띄었다.

"……."

누구도 무슨 말이 없는 가운데 원채 시선은 사람이나 동물이 아니라 대사교에 딱 못 박혀 있었다. 다리 위에 뗏장을 얹어 나무 사이로 발이 빠지지 않도록 흙으로 잘 다져놓은 흙다리였다. 물론 그런 흙다리는 오래전부터 남강으로 흘러드는 크고 작은 개울에 소규모로 많이 설치돼 있긴 하였다.

그렇지만 그 대사교는 이상하게 사람 마음을 잡아끌었다. 어쩌면 왜적과 싸웠던 임진년 이후에 만들어진 것으로 전해지고 있기에 그런지도 알 수 없었다. 그전에도 그와 유사한 다리가 거기에 있었는지는 모르겠다.

"올 정월 대보름날 밤에도 말인 기라."

그런데 얼마나 장승처럼 그렇게 서 있었을까? 흡사 다른 세상에서 들려오듯, 원채 입에서 느닷없이 이런 말이 흘러나왔다.

"저게 저 대사교에서 '다리밟기' 해쌌는 사람들이 아조 천지삐까리더마."

"예……."

준서는 그 소리를 하는 원채 심정을 가만 헤아려보는 눈치였다. 대사교 다리밟기에는 참 많은 사연이 있다는 사실을 익히 알고 있는 그였다. 하지만 훗날 그 대사교가 당할 그 수난은 대사지도 내다보지 못했을 것이다.

'그 이약…….'

얼이 뇌리에 문득 효원이 했던 이야기가 되살아났다.

밀가루를 기름과 꿀에 반죽하여 과줄판에 박아 기름에 지진 유밀과를 좋아한다는 효원. 모든 이들이 해랑을 일등 관기로 친다지만 그의 눈에는 해랑보다 훨씬 예뻐 보이는 효원이다.

그녀도 다른 관기들과 더불어 대사교에서 답교놀이를 하면서 '임'을 생각하기도 했다는 거였다. 한양에서 내려온 한량들 가운데 하나가 다리밟기를 하는 그녀에게 살짝 접근하여 우리 연분을 나누자고 치근덕거리기도 했다던가.

'효원이가 달밤에 다리 우를 왔다 갔다 하는 모습은 에나 고왔을 끼라. 달님도 고만 안 반해삐으까이?'

머리에 국화 모양의 장식이 달린 꽃이를 매단 여자아이 하나가 언니로 보이는 초록빛 치마저고리 처녀의 손을 잡고 그들 옆을 지나갔다. 그 모습이 어쩐지 천상에서 내려온 여인들같이 환상적으로 비쳐들었다.

'한자로는 답교踏橋라 캤제.'

준서 또한 나루터집과 밤골집 식구들이 그곳에 우우 몰려와서 부지런히 다리밟기하던 기억이 매우 생생하였다. 그때 대사지는 하늘 정원에 있는 연못이었으며, 대사교는 칠월칠석날 밤에 천상의 견우와 직녀가 만난다는 오작교였다.

그런데 아직도 풀리지 않는, 더없이 궁금한 수수께끼가 하나 있었다. 거기 대사지에 올 때마다 어머니가 곧잘 해 보이는 참으로 기묘한 행동과 반응이었다. 얼굴 또한 시시각각 변하면서 어쩐지 안절부절못하는 것 같았다.

'에나 이상하제. 어머이가 요기만 오모 와 저라실꼬?'

비화와 해랑 그리고 점박이 형제 사이에 얽혀 있는 대사지 핏빛 비밀을 알 리 없는 준서였다. 세월이 많이 지나서 이제는 대사지도 잊어버렸을지 모를 비밀이었다. 아니다. 그 비밀은 '망각'이라는 이름 뒤로 사라질 수가 없을 것이다.

"와 그라시예?"

"시방 내 보고 핸 소리가?"

"예, 어머이."

"내가 우짜는데?"

어쩌다 물어도 어머니는 그냥 아무것도 아니라며 억지웃음 띤 얼굴로 슬쩍 받아넘기곤 했었다.

"어머이가예."

"내사 아무치도 안 한데, 와?"

"저, 지 눈에는예……."

"준서 니 멤이 그런갑네?"

그러면서 또 웃었다. 본디 웃음이 헤픈 어머니가 아니었다. 하지만 그 웃음 역시 심상치 않아 준서의 의혹만 더해줄 따름이었다.

대사지에서 어머니 웃음, 그것은 절집 부처님이 짓고 있는 미소만큼이나 불가해한 것이었다. 그뿐만 아니라 따스하고 넉넉한 부처님 미소와는 또 다르게 어딘가 텅 비어 있고 싸늘한 기운이 감도는 미소, 그러니까 냉소에 더 가까웠다.

그때 원채가 또다시 발을 옮겨놓기 시작했다. 그리고 보면 준서와 얼이가 짐작했던 대로 그가 오고자 했던 곳은 역시 대사지가 아니었던 모양이다. 잠시 원채 뒤를 따르던 두 사람은 서로 얼굴을 마주 보며 고개를 끄덕였다.

'그렇구마! 역시나 저게였는 기라.'

'그래, 맞디!'

원채가 향하고 있는 곳. 거기는 바로 대사지 위쪽에 자리하고 있는 진영鎭營이었다.

경계하듯, 아니면 관찰하듯 그 진영을 저만큼 앞둔 지점에 멈춰 서서 한참이나 묵묵히 바라보고 있던 원채가 눅눅한 음성으로 입을 열었다.

"저 진영, 영조 임금하고 순조 임금 당시의 지도 그림에도 나와 있데."

준서는 눈만 빛내고, 얼이가 감탄조로 물었다.

"아, 그라모 저 진영이 그리키나 오래됐다, 그 소리 아입니꺼?"

원채는 잠자코 고개를 끄덕이고 나서 말했다.

"요분에 왜늠들이 아라사하고 싸와서 이기갖고 통감부라쿠는 거를 맨들었는데……."

진영의 하늘 위로 하루가 저물고 있었다. 어제는 기약할 수 없었던 오늘이었다.

"그 바람에 우리 대한제국 군대 규모가 상구 작아져삔 기라."

"우리나라 군대."

준서와 얼이는 원채가 흡사 무슨 신통력을 가진 도사처럼 신기하기만 했다. 어떻게 저런 사실까지 알고 있을까? 낙육고등학교에서 유생들을 가르치고 있는 스승들이라면 또 모르겠지만 원채는 그런 신분이 아니었다. 변신變身에 변신을 거듭하는 인물이 바로 원채라는 생각을 할 때도 있기는 했다.

'그렇다모 해나?'

어쩌면 지난날 그가 미군과 싸울 때 함께했던 전우 가운데 누군가가 그런 면에 밝은지도 모르겠다. 그는 지금도 종종 한양이라든지 부산포 같은 곳을 오가고 있었다. 또 얼마 전에는 노쇠한 아버지 달보 영감님을 모시고 가서 한양 구경을 시켜드렸다고 했다.

그 기억을 떠올리자 또다시 얼이 가슴이 찡했다. 세월 앞에 장사 없다더니, 상촌나루터 터줏대감으로 큰 명성을 날리던 달보 영감도 요즈음은 하루 종일 구들장 신세만 지고 있다고 들었다.

맹쭐이란 놈이 남강 물에 밀어 넣는 바람에 수중고혼이 될 뻔했던 그를 구해주었던 그 당시만 해도 아직 기력이 넘쳐 보였다. 사람은 나이가 들면 너나없이 하루가 다르다더니 그래서인가? 지나가는 불에 음식이 익듯이, 특히 그 사람을 위해 한 것은 아니지만 자연 은혜를 줄 수 있는 사람, 그게 얼이 자신이 바라는 자화상이었다.

"느낌이 나쁘다."

그때 들려온 원채의 이런 말이 얼이와 준서를 바싹 긴장시켰다.

'씨~잉.'

바람은 진영 쪽에서 계속 불어오고 있었다. 그들이 서 있는 담장 밖에서는 거기 안이 잘 보이지 않았지만, 그 바람 끝에는 매캐한 화약 냄새와 군인들 훈련하는 소리가 실려 오는 듯했다.

"그것도 한거석 안 좋은 기라."

평소 좋지 않은 소리는 절대 되풀이하지 않는 원채가 그 순간에는 달랐다. 심지어 이런 말까지 했다.

"이런 식으로 가다가는, 왜눔들이 우리 군대를 모돌띠리 없애삘랑가도 모리것다."

가재 물 짐작하듯, 그는 무슨 일에나 예측을 잘하는 사람이라는 것을 준서와 얼이는 알고 있었다. 준서가 자기 나이와는 너무도 거리가 먼 어두운 목소리로 물었다.

"그리 마이 줄었어예?"

원채 대답이 짧았다. 하기 싫은 말을 하는 것 같았다.

"하모."

준서는 짧은 말 한마디도 더 못 했다.

바람 저 혼자만 무엇이 그리도 할 이야기가 많은지 사람 귀를 시끄럽게 했다. 그때 얼이 머릿속에, 무슨 일이 뜻대로 되지 않고 엇나갈 때 어머니가 하는 말이 떠올랐다.

'가루 팔러 가니 바람이 불고, 소금 팔러 가니 이슬비 온다.'

그러자 얼이 입에서는 자신도 모르게 스승 권학에게 배운 속담 하나가 흘러나왔다. 갈수록 수미산이라.

"함 들어볼 끼가?"

원채는 보안상 그 내부가 거의 노출되어 있지 않은 진영대를 노려보며 말했다. 아마도 하기 싫더라도 해주지 않으면 안 된다고 생각을 바꾼 모양이있다.

"내가 알아본 바에 으할 거 겉으모, 시방 저게는 단지 진위보뱅 1개 중대 정도만 남아 있다쿠는 기라."

"진위보뱅 1개 중대 정도만……."

준서가 가슴에 새기려는지 천천히 되뇌었다.

"예전에는 대대단위였는데……."

원채가 말끝을 흐리면서 입술을 깨물었다.

"그런 기 오데 있어예?"

반항기 많은 아이들이 대들듯 얼이 얼굴과 목소리가 다 같이 붉었다.

"그렁게 대대단위에서 중대단위로 축소돼뺏다, 그런 이약이라예?"

"그렇제."

원채 음성이 우물물을 가득히 길어 올리는 두레박만큼이나 무거웠다. 전투 경험이 전혀 없는 준서는 대대니 중대니 진위보병이니 하는 군대 용어들이 그저 생소하기만 했다. 물론 전쟁과는 그 성질이 다르긴 해도 무력이나 폭력을 무척 싫어하는 그였다.

그 반면에 관군이나 일본군과 싸운 얼이는, 준서와 달리 전쟁을 신봉 하는 건 아니었지만 군대에 대해 어느 정도는 알고 있었다. 하지만 원채 가 이런 이야기를 할 때는 얼이 또한 여간 놀라지 않았다.

"이거는 군 기밀인께 다린 데 가갖고는 절대 아모한테도 이약하모 안 되는데, 우리 저 진영대에는, 중대장인 정위를 비롯해갖고 부위·참위· 특무정교·정교·부참교 등 장교하고 하사관이 스무 명이고, 상등병·일 등졸·이등졸 등 사병이 1백86명인가 된다 쿠더라."

진영대 조직을 이야기할 때 원채의 발음은 상당히 한양 말씨에 가까 웠다. 듣고 있는 두 사람은 스승 권학도 가끔 이럴 때가 있다는 사실을 떠올렸다.

"여쭙고 싶은 기 있심니더."

준서가 아까보다 더욱 침통한 낯빛으로 말을 계속했다.

"아자씨께서 저 진영대에 대해서 그리카나 관심이 높으신 거 본께네, 잘은 몰라도 무신 이유가 있는 거 겉은데예?"

원채가 놀랍다는 표정을 지었다.

"역시 준서다. 바로 봤다."

내 동생이 자랑스럽다는 눈으로 준서를 바라보는 얼이 얼굴에도 감탄의 빛이 서렸다.

"물론 이거는 오데꺼지나 내 생각을 바탕으로 한 기다."

키가 작고 뚱뚱한 남자 하나가 옆을 지나갔다. 옷맵시가 두리뭉실하고 미끈하지 못해 말 그대로 군밤 둥우리 같았다.

원채는 그가 멀어지기를 기다렸다가 주위를 살피며 한층 목소리를 낮추었다.

"내가 쪼꼼 전에도 자네들한테 이약했지만도, 우짠지 저 악한 왜눔들이 우리나라 규대를 모돌띠리 해산시키지 않을까 싶은 붐길한 예감이 자꾸 드는 기라."

얼이가 놀라 자신도 모르게 언성을 높였다.

"예? 우, 우리나라 군대를 싹 다 해, 해산시킨다꼬예?"

준서도 그만 기겁을 했지만 원채 역시 혹시 누가 들으면 큰일 날 소리라는 표시로 황급히 주의를 주었다.

"쉿!"

몸집이 징그러울 정도로 크고 새카만 까마귀 두 마리가 근처에 자라는 노송나무 가지에 정물처럼 앉아 있었다. 어쩐지 무슨 흉계를 꾸미고 있는 것 같아 께름칙했다. 역시 새는 두 날개를 활짝 펼치고 허공을 훨훨 날아야 멋이 있는 것이다. 그렇다면 사람은 어떨까? 준서는 생각했다.

"목소리기 그디 이이기?"

"예, 아, 알것심니더."

"우리는 모름지기……."

"조심하것심니더!"

경각심을 심어주는 원채 말에, 부하가 상관에게 복창하듯 그렇게 대답하면서도 얼이는 여전히 충격에서 벗어나지 못하는 모습이었다. 준서 가슴도 날카로운 칼날에 대인 양 서늘해지고 말았다.

그렇다면? 그건 귀를 씻어버리고 싶은 말이었다. 대한제국은 군대가 없는 나라가 된다는 소리가 아닌가, 군대가 없는 나라가?

군대가 없는 나라, 그것은 바로 나라가 없다는 말과 똑같은 것이다.

"……."

그들 사이에 한참 동안 침묵의 늪과도 비슷한 공기가 감돌았다. 그것은 진영대 쪽도 마찬가지였다. 군사 훈련을 하는 소리라도 새 나올 법도 하건만, 명색 군인들이 주둔하고 있다는 곳이 저 선학산 공동묘지만큼이나 고요했다. 아니, 고요하다 못 해 귀신이라도 확 튀어나올 것같이 음산하고 괴괴하기 이를 데 없었다. 어쩌면 모두가 손에서 무기들을 내려놓고 있는지도 모를 일이었다.

'그거는 목심을 내리놓고 있다쿠는 말하고 다릴 기 머가 있것노.'

원채의 심정이 너무나 막막했다. 기실 거기 진영만큼 치욕과 고통의 역사로 얼룩진 곳도 흔치는 않을 것이다. 몇 해 전, 명성황후 시해 사건과 단발령을 계기로 봉기한 의병장 노규응에 의해 성과 함께 점령되었던 곳이다.

그때가 1월 초였던가. 하늘빛이 시렸다. 당시 의병을 총지휘하던 노규응은 그 고을 우병영에 진주의진晉州義陣을, 진영에다 본주의진本州義陣을 설치했었다.

원채와 얼이는 아직도 또렷이 기억하고 있다. 그 시절 진영의 본주의병장이었던 그 고을 유림 정용한을. 하지만 그는 역사의 그늘 쪽에 두어야 할 자였다. 바로 의병이 해산한 후에 노규응을 감옥에 가두었던 인물인 것이다.

"배신자! 정용한 그눔은 아조 비겁한 배신잔 기라."

"반다시 조국과 민족의 이름으로 처단해야 마땅할 반역자가 그눔이제."

"너거들은 천하를 준다 캐도 절대 그런 길을 걸어서는 안 된다."

낙육고등학교에 다니는 학생들은 지금도 스승들에게서 종종 그런 말을 듣고 있다. 특히 유도儒道를 닦는 학자들에 의해 배신자라는 낙인이 찍혀 대대로 큰 지탄을 받아야 할 것이다.

"얼이 총각! 우리가 성으로 쳐들어갔을 때, 으뱅들한테 죽은 자들 안 있나."

그 이야기를 꺼내는 원채 두 눈에서 갑자기 살기를 연상케 하는 기운이 뻗쳤다. 마음이 음충맞을 때 '노송나무 밑이다'라고 하는데, 노송나무 위에 앉은 까마귀들이 한층 그렇게 비쳤다.

"으뱅들한테……."

얼이와 준서는 똑같이 가슴 복판이 뜨끔해짐을 느끼며 돌변한 원채를 바라보았다. 거기 일본군과 미군을 죽인 조선군이 있었다. 여러 고장을 돌아다니는 그는 한양 말씨에 퍽 가까운 어투로 상기시켜주었다.

"관찰사 아래 있는 경무관 휘하의 순검들하고 관원 열 몇 명이, 우리 으뱅들 손에 생명을 잃었다 아인가베."

"맞심니더. 그랬지예."

얼이는 두 번 다시는 기억해내기도 싫은지 얼굴을 찡그리며 말했다.

"갤국 우리 동포끼리 죽고 쥑이는 틈새를 타갖고, 저 왜눔들이 쥐새끼 밤톨 갉아묵듯기 야금야금 우리나라를 갉아묵어오고 있나 아입니꺼?"

민간인들이 사는 곳과는 철저히 단절된 진영대 쪽에서는 여전히 아무런 소리도 들려오지 않았다. 높고 긴 담으로 가려져서 그곳 땅은 잘 보이지 않는 상태에서 하늘에는 작은 새 한 마리 나는 것도 볼 수가 없었다. 조선의 땅과 조선의 새가 세상에서 모조리 사라져버린 것 같았다.

"그렇거마는. 내는 시방도 에나 후회가 된다 아인가베."

얼이가 한 말에 동의한다는 빛이었다.

"썩은 밤에는 벌거지만 득실거리기 마련이제."

노송나무에 앉아 있던 까마귀 한 마리가 무엇에 놀랐는지 홀연 공중으로 몸을 솟구쳤다. 얼핏 쳐다본 그놈의 덩치가 엄청났다. 꼭 시커먼 독수리나 매 같았다.

'카오옥!'

그 울음소리 또한 그날따라 더욱 섬뜩하게 들렸다. 하지만 다른 한 놈은 깊은 잠이라도 들었는지 여전히 꿈쩍도 하지 않는다. 아무래도 그 두 놈은 어울리지 않는 짝인 성싶다. 대한제국과 외세들처럼 말이다.

"코재이들하고 왜눔들이사 우짤 수 없이 목심을 걸고 싸와야 했지만도, 같은 핏줄을 그리했다쿠는 거는……."

그러던 원채는 그 생각에서 벗어나기 위해서인지 문득 이렇게 말머리를 돌렸다.

"우리 오래간만에 저게 비봉산이나 한분 올라가보모 우떨꼬? 높은 데 올라가서 바람이나 씌우모 쪼매 나을랑가."

얼이가 기다렸다는 목소리로 말했다.

"그리하이시더, 아자씨. 해나 봉황새라도 볼랑가 압니꺼?"

"봉황새?"

원채가 헛헛한 웃음을 터뜨렸다. 그러고는 봉황새가 영원히 그 고을에 살기를 염원하는 그곳 백성들이 곧잘 하는 얘기를 했다.

"상봉리 '봉 알자리'에 알이라도 놓으모 좋것다."

준서가 패기 넘치는 젊은이답게 말했다.

"운제 또 봉황새가 다시 훌쩍 날라올 수도 안 있것심니꺼?"

원채가 진영대를 향하고 있던 몸을 돌려세우며 말했다.

"우쨌든 비봉산 이약한께 숨통이 쪼매 트이는 거 겉거마는. 자, 가보자꼬."

"예, 아자씨."

세 사람은 아주 저 멀리로 지리산 천왕봉이 아슴푸레하게 보이는 그 고을 북쪽에 우뚝 솟아 있는 비봉산 쪽을 향해 발을 옮겨놓기 시작했다.

그들은 일본인 형제 무라마치와 무라니시가 경영하는 '삼정중 오복점' 간판이 떡하니 내걸려 있는 넓고 긴 거리는 숨을 몰아쉬며 지나쳤다. 기분도 너무 나쁘고, 자칫 그 간판을 끌어 내려 부숴버릴지도 모른다는 우려감마저 있었다. 배봉가의 동업직물은 좀 더 동쪽에 있어, 가는 도중에 보이지는 않았다.

'아, 우리 핵조!'

얼이와 준서가 다니는 낙육고등학교가 자리하고 있는 중앙리 근처를 지나갈 때는 저절로 발걸음이 멈춰지곤 했다.

학교의 위용은 여전했다. 스승들과 벗들이 어서 이리로 오라고 손짓을 해올 것만 같았다. 정말 그들이라도 없다면 더 힘든 나날일 것이다.

그러나 그들이 조금 더 머물고 싶은 곳은 드물었고, 어서 지나쳐버리고 싶은 곳이 훨씬 더 많았다. 언제부터 무엇 때문에 우리가 사는 이 고을이 이렇게 돼버렸는가? 하나같이 그렇게 서글프고 부아가 치미는 심정들이었다.

'오데 다린 데로 가삐리고 시푸다.'

일마나 도밍자들처럼 급하게 걸있을까? 어느 한 지짐에 이르렀을 내 원채가 더한층 화난 얼굴로 우뚝 걸음을 멈추었다. 얼이와 준서 낯빛도 먹구름이 서린 양 흐려졌다. 누구도 입을 열지 않았다.

"……."

재판소. 경남 최초의 재판소 청사가 마치 죄인 대하듯이 그들을 떡하니 굽어보고 있었다. 참으로 간장이 시고 소금이 곰팡 날 일이 아닐 수 없었다. 몇 해 전 일제의 강압으로 만들어진 지방사법기관이었다.

그러자 세 사람 뇌리에 동시에 떠오르는 게 있었다. 객사客舍다.

숙종 임금 때 세워졌던 그 고을 객사. 건립한 지 2백 년도 더 지난 그 한옥 관아 건물은 이제 상당히 노후한 상태였다. 긴 세월의 손길에 의해 무척 훼손돼버린 초라한 몰골이었다. 하지만 그래도 객사는 객사였다.

"우리 객사 건물을 와 저것들 멤대로 재판소 청사로 쓰거로 해삐릿다 말고? 그 속에 든 악랄한 심보를 우째야 되것노."

기어이 원채 입에서 울분 섞인 소리가 터져 나왔다. 그것은 택견을 할 때 나오는 목소리와 달랐지만, 여운은 묘하게 닮았다. 준서 머릿속으로 수업 중에 그 재판소에 대해 들었던 내용들이 되살아났다.

'우리 핵조가 이름값을 하는갑다.'

근대관립학교로서 민족적인 성향이 대단히 뚜렷한 낙육고등학교였다. 경남 지역 최고의 학당으로 널리 알려지면서 지금도 도내 각 지역에 산재한 여러 향교에서 배출된 청년 유생들이 가장 들어오고 싶어 하는 학교였다.

스승들 말씀에 의하면, 소위 허울 좋은 저 갑오개혁이 있었던 이듬해 5월, 고종 황제 칙령에 의해 경남 지역에서 최초로 설치된 재판소라고 했다. 또한, 그곳은 부산재판소와 더불어 조선 수백 년 동안 지방 관아에서 하던 지방 수령의 재판 사무를 모두 이관받았다고 했다. 특히 지금은 그 고을을 비롯하여 사천군 등 자그마치 경남 지역 30개 군을 관할

200

할 정도로 그 힘이 막강하다는 것이었다.

"자꾸 이런 식으로 나가다가는 우리 고장 객사가 역사 속에서 영영 사라져삐고 말랑가도 모리것다. 두고두고 보존해야 마땅할 참 소중한 유산 아인가베. 조선 땅을 통틀어서 몇 개밖에 없는 객사라꼬 들었는데."

언젠가 스승 권학이 울분과 통탄을 터뜨리며 하던 말이 준서 귓전에 맴돌았다. 권학은 그곳 객사에 대해 남다른 애정과 집착을 보였다. 그리하여 자기 제자들에게 객사에 걸려 있는 저 '봉의루'라고 하는 현액에 대해서도 곧잘 들려주곤 했다. 그 객사의 고태의연한 기와지붕처럼 예스러운 목소리였다.

준서는 문득 스승과 함께 가보았던 각후재覺後齋에 대해 이야기하고 싶은 강한 충동에 사로잡혔다. 인근 축곡면의 일명 '까꼬실'이라는 곳에 있는 서당이었다. 그 까꼬실이라는 말이 왠지 모르게 좋았다. 자꾸 입으로 소리를 내이보고 싶기도 했다. 끼꼬, 끼꼬…….

관립서재인 낙육재와는 다르게 사립서재인 각후재였다. 해주 정 씨 문중에서 세웠다고 했다. 동성동본의 가까운 집안을 문중이라고 할 때, 이 땅에서 일제가 발호하게 되면 그 어떤 문중도 성해 나지 못할 거라는 생각에 가슴이 먹먹해지기도 하였다.

권학은 그곳이 명당자리라고 했다. 그래서 걸출한 인물이 나올 곳이라고 단언했다. 풍수에 관해서는 아무것도 모르는 준서 눈에도 그렇게 비쳤다.

자좌子坐 방향의 양지바른 터에 목조 기와지붕으로 웅장하게 지었다. 재실齋室 정면 처마 밑에는 '覺後齋'라는 글씨가 적힌 현판이 걸렸는데, 다섯 칸 정도의 재실 기둥은 환주丸柱로 썼다.

보堡와 추녀는 준서 눈에 어마어마하게 커 보였다. 흡사 거인의 십 살

앉다. 어지간한 사람들은 그 규모로써 주눅이 들 만했다. 서편에 두 칸 공부방이 있고, 다음에 두 칸 대청, 그리고 동쪽으로 방 한 칸이 있는 구조였다.

그날 준서가 그곳에 갔을 때는 마침 거기 두 칸 방과 두 칸 대청에서 서생들이 한창 강학講學 중이었다. 그 공부방의 면학 분위기도 준서 자신이 다니는 낙육고등학교 못지않게 뜨거워 보였다. 준서 마음에 드는 곳이었다.

"와 그라는고?"

퍽 느꺼운 표정을 짓고 있는 준서를 본 권학이 옆에서 작은 소리로 물었다. 여전히 한양 말씨가 아니고 그곳 말씨였다.

"모도 열심히들 공부해쌌는 모습을 본께 기가 죽는 것가?"

"……."

준서는 그저 그 특유의 소리 없는 웃음을 씨익 웃어 보이기만 했다. 권학도 입가에 엷은 미소를 머금은 얼굴로 말했다. 이번에는 한양 말씨였다.

"하지만 준서 너만 한 수재도 흔치 않을 것이야."

그때 동편에 있는 방에서 낮은 웃음소리가 들렸다. 방문객들을 정성으로 안내하고 있던 해주 정 씨 종친회장이 알려주었다.

"훈장님과 마을 어르신들 집무실로 쓰고 있는 방입니더."

"예에."

권학은 고개를 크게 끄덕거려가며 거기 대청에 걸려 있는 현판을 올려다보았다. 그것은 각후재 기문記文과 중수기문重修記文 그리고 이건기문移建記文이었다.

나이 지긋하고 몸 전체로부터 예의범절과 넉넉함이 절로 느껴지는 종친회장은, 어떻게든 그곳을 다른 사람들에게 알리고 싶어 하는 눈치였다.

"이 각후재가 들어서고 나서부텀 사람들은 이곳을 '서당골', 또는 '소재골'이라고 부리고 있지예."

준서는 가만가만 그 말을 되뇌었다. 무작정 좋았다.

"서당골, 소재골."

그 설명을 듣고 있는 중에도 서편 공부방에서는 계속해서 어린 학동들의 글 읽는 소리가 낭랑하게 흘러나오고 있었다. 준서가 귀 기울여 들으니 천자문과 명심보감, 동몽선습 등에 나오는 구절들이었다. 나뭇가지에 올라앉은 새들이 내는 소리도 청아했다.

한참이나 각후재를 헤매던 준서의 정신이 돌아온 것은, 얼이가 손바닥으로 그의 등짝을 '딱' 소리 나게 친 때문이었다.

"준서 니 와 그리 증신을 다린 데 풀어 놓고 있노?"

그리고 나서 얼이는 준서 얼굴을 들여다보면서 농담인지 진담인지 잘 구빌이 되지 않는 소리로 물었다.

"가마이 있거라. 해나 니도 저 재판소에서 재판하는 사람이 되고 싶은 기가?"

준서보다 원채가 먼저 입을 열었다.

"몬 할 것도 없제. 준서 머리 정도라모, 되고도 안 남으까이."

얼이는 부러움 반 질투심 반 섞인 얼굴로 이렇게 말했다.

"그기 모도 다 비화 누야 머리를 닮은 덕택에 그렇지예 머."

아주 잠깐 바람기가 멎었다. 움직임이 없는 길가 나무들이 목재품 같았다.

"감나모 밑에서도 먹는 수업修業을 해라꼬, 아모리 환경이나 조건이 좋다 캐도 준서 총각이 노력 안 하모 그리 됐으까이?"

말은 그렇게 하면서도 원채 또한 얼이 생각에 수긍한다는 빛이었다.

"그기 영 틀린 소리는 아일 끼거마는."

"와 안 맞아예?"

얼이는 짐짓 토라진 표정을 지어 보였다. 정말 다른 것은 준서와 한 번 다퉈볼 만한데 공부만은 자신이 없었다. 재판을 하는 신분이 아니라 재판을 받는 처지라면 몰라도…….

생각이 그렇게 엇나가다가 스스로 돌아봐도 너무 어이가 없고 세견머리가 이래서야 싶어 땅으로 고개를 처박은 채 가만히 있는 얼이였다.

"내도 준서 어머이만치 똑똑한 여자는 몬 봤다 아이가. 요새는 동업 직물하고 우뜧노? 시방도 계속 사이가 안 좋은 것가?"

"하모예."

얼이가 닭이나 꽃 모가지를 비틀어대던 어린 시절 모습을 보이며 씩 씩거렸다.

"좋아질 리가 있것심꺼?"

눈을 부릅뜨고 재판소 건물을 째려보았다.

"철천지웬수 사인데예."

원채는 살아온 경험을 통해 터득했다는 투로 말했다.

"하기사 될 거는 그냥 가마이 놔 놔도 되는데, 안 될 거는 아모리 해도 안 되더마는."

얼이가 절교를 선언하는 사람의 음성만큼이나 차가운 어조로 말했다.

"내사 안 되는 기 더 좋심더. 짐승보담도 몬한 것들 아입니꺼."

그러나 준서는 높직한 재판소 기와지붕을 올려다볼 뿐 가타부타 말이 없었다.

"그리 봐싸도 개 그림 떡 바래듯기 헛일인 기라. 다 소용없는 짓이라 캐도?"

준서가 하는 모습을 보고 있던 얼이가 핀잔부터 주고 나서 강요하는 투로 물었다.

"준서 니도 그렇제? 안 되는 기 좋제?"

"내는?"

준서의 눈은 원채를 보면서 입으로는 얼이에게 말했다.

"남강 물괴기한테 함 물어봐야 되것다."

"하하."

원채는 웃고, 얼이가 소리쳤다.

"똑똑한 줄 알았더이, 인자 본께 대갈빼이가 물괴기보담도 멍청하다 아이가!"

재판소 앞길에 늘어선 버드나무 가로수가 지난날 머리 풀어헤치고 미치광이 행세를 하던 혁노를 방불케 했다.

건넛산의 돌 쳐다보듯

　그 고을 주산主山인 비봉산이 얼굴을 오른쪽으로 약간 돌려 내려다보는 곳. 그곳에 있는 가매못 속 물고기들도 깊이 잠들었을 이슥한 밤.

　그 괴괴한 공기를 헤뜨리면서 점점 더 커져 오는 바퀴 소리가 있다. 이상할 정도로 사람의 신경을 빡빡 긁어놓는 그 소리는 가매못 안쪽 마을을 향해 다가오고 있음이 틀림없다. 밤의 제왕이 타고 있는 수레는 아닐지라도, 하여튼 대단히 심상찮은 공기를 몰아온다.

　오늘이 그믐날인가? 달은 하늘 어디에도 보이지 않는다. 칠흑같은 어둠의 공간에서 혼자 움직이고 있는 것은 희끄무레한 어떤 물체다. 소리의 진원은 그 물체의 발치였다. 바로 인력거다.

　도대체 무슨 일이 있으려나. 그믐밤에 홍두깨 내민다더니, 사위가 온통 검은 장막으로 둘러쳐진 것 같은 그 야심한 시각에 큰 두 바퀴를 굴리며 어디론가 가고 있는 한 대의 인력거가 있다.

　그것은 마치 물살을 따라서 잔잔하게 흔들리면서 가는 듯한 느낌을 자아내었다. 그 야릇한 분위기를 자아내는 인력거 안에는 누가 타고 있는 걸까? 설마 인력거 저 혼자 가고 있는 것은 아닐 터인데, 인력거꾼도 인력거를 타고 있는 사람도 말이 없어 그런 착각마저 던져준다.

아니, 말은 고사하고 작은 기침 하나 내지 않고 있다. 말 그대로 귀신도 눈치채지 못할 만큼 너무나 은밀한 거동이 아닐 수 없다. 암행어사의 암행暗行이 그러할까.

이제 인력거는 굉장히 커다랗고 시커먼 가마솥을 연상시키는 가매못 옆을 지나 큰 고목 밑을 지나고 있다. 저만치 보이는 작은 동리는 흡사 먹물을 뿌려놓은 듯이 깜깜하다. 하늘과 땅이 한빛이다. 검은 세상이다.

이윽고 인력거가 멈추었다. 야트막한 토담으로 둘러싸인 어떤 초가집 사립문 앞이다. 그런데 인력거가 거기 막 멈춘 그 순간, 바깥세상과는 철저히 단절돼 있는 것처럼 굳게 닫혀 있던 사립문이 소리 없는 유령의 움직임과도 같이 바깥쪽으로 열렸다. 혹시 바람의 손이 그렇게 해준 것일까? 당연히 그건 아니고 그 집 사람 누군가가 미리 마당에 나와 서 있다가 잽싸게 문짝을 열어준 것이다.

인력거는 좁은 집 안으로 빨려들듯이 들어섰다.

바로 그때 두 가지 종류의 동물이 내는 소리가 났다. 하지만 그것은 지극히 짧은 순간이었으므로 거기 동리 사람 누구도 듣지 못했을 것이다.

"조용햇!"

잔뜩 낮춘 주인의 그 한마디에 개와 소는 즉시 주둥이를 다물었다. 갓방 인두 달듯 혼자 애를 태워가며 어쩔 줄 몰라 하고 있던 그였다. 어쨌든 그러자 그 집 안은 한층 더 짙은 정적감이 감돌았다. 사람과 동물만 아니라면 무척 오랫동안 방치해 둔 폐가라고 착각이 들 지경이었다.

마침내 인력거의 들씌워진 휘장을 걷어내고서 천천히, 아주 천천히 먼저 내려오는 사람, 그는 놀랍게도 어떤 젊은 여자였다. 그 여자를 맞이하는 집주인 부부 안색은 하나같이 창백했다. 자칫 찢어질 것 같은 창호지를 연상시키는 얼굴들이었다.

"오, 오데 계심니꺼?"

걷잡을 수 없을 만큼 함부로 흔들리는 목소리로 해랑에게 물으면서, 꺽돌은 당장 휘장이 드리워진 인력거 위로 올라갈 태세를 취했다.

"……."

해랑은 잠자코 여우같이 작고 하얀 턱을 약간 들어 인력거를 가리켰다. 바로 그 순간, 인력거의 휘장 안에서 무슨 소리인가가 새 나왔다. 너무나도 미약하여 거의 들리지 않을 정도였다. 하지만 분명히 소리가 났다.

"어머이!"

꺽돌이 언네를 부르며 미치광이처럼 인력거로 와락 달려들어 허겁지겁 휘장을 걷었다. 그러자 그것을 본, 덩치가 꺽돌 못지않게 우람한 인력거꾼이 매우 날랜 동작으로 나서서 꺽돌을 제지하려고 했다.

그곳에서는 당장 한바탕 활극이 벌어지려는 아슬아슬한 공기가 밀려들었다. 그런데 다행히 그런 사태까지는 가지 않아도 되었다. 해랑이 인력거꾼에게 그냥 두라고 손짓으로 막았던 것이다.

"예, 마님."

인력거꾼은 더없이 고분고분하게 해랑의 지시를 따랐다. 그자의 입막음을 위해 큰돈을 주고 매수했을 것이다. 어쩌면 협박했을 수도 있다. 만약 이 일을 외부에 발설하면 즉각 너의 숨통을 끊어놓을 것이라고.

"아……."

꺽돌 입에서 피맺힌 신음이 흘러나왔다.

"옴마야!"

설단도 거의 비명에 가까운 소리를 내면서 얼른 고개를 돌려 외면하였다. 이번에는 꺽돌 입에서 부상당한 짐승이 울부짖는 소리가 나왔다.

"어머이!"

인력거에 앉아 있는 언네 몰골은 한눈에 봐도 참혹하기 이를 데 없었다. 비록 켜켜이 쌓여 있는 어둠 속이지만 함부로 구겨버린 종이쪽처럼 인력거 속에 처박혀 있다시피 한 그녀가 보였다. 보는 이의 심장이 멎고 머리카락이 쭈뼛 곤두설 지경이었다.

"흐."

꺽돌은 저게 사람이 맞는가 싶었다. 과연 숨이 붙어 있는지조차 의심스러울 정도였다.

그때 해랑이 혼자 지껄였다.

"꺼꿀로 매달아도 사는 시상이 낫제."

그 소리는 흙담장 옆에 붙어 자라고 있는 늙은 감나무 가지 끝에 대롱대롱 매달리는 것 같았다.

"으, 으."

언네는 꺽돌을 보자 무슨 말인가를 하고 싶은 모양이었지만 그럴 기력이 조금도 남아 있지 못한 듯했다. 아니, 말은 고사하고 숨을 쉬기도 힘들 것이다.

"이, 이 악마들……."

꺽돌이 전신을 부들부들 떨어대면서 이빨 갈리는 소리를 냈다. 어떻게 보면 갈고리 맞은 고기를 떠올리게 했다.

"아, 우짜모 이리?"

설단도 섬뜩함을 넘어서 울분을 느끼는 목소리였다. 똑같은 약자의 동병상련인 감정이 그녀에게 고슴도치처럼 터럭을 곤두세우게 하는지도 몰랐다.

마당 가에 옹크리고 앉아 있다가 낮은 툇마루 밑으로 기어들어 간 삽사리가 낮은 소리로 끙끙거렸다. 외양간에서는 천룡이 몸을 뒤척이는 기척이 났다.

"내가 강화 되련님맹커로 하는 일 없이 우두커니 앉아 날을 보내는 사람도 아인데, 여서 이대로 밤을 새울라쿠는 거는 아이것제?"

그 와중에 해랑이 문자까지 섞어가며 독촉하듯 던진 소리였다.

"머라?"

그 순간, 바윗덩이만큼이나 탄탄한 꺽돌 몸에서 폭발하기 직전의 위험천만한 기운이 쫙 뻗쳤다. 하지만 해랑은 두려워하기는 고사하고 도리어 픽 웃으며 빈정거리기까지 하였다.

"길 닦아 놓은께 용천배기 지랄한다더이, 내가 일껏 공들이갖고 이뤄 논 일이 보람없거로 해삘라쿠는 기가?"

"씨발!"

급기야 까칠한 꺽돌의 입술 사이로 막말이 튀어나왔다.

"……."

어둡고 좁은 마당 가득 한없이 험악한 공기가 출렁거렸다.

인력거꾼이 꺽돌을 향해 휙 몸을 날리려고 했다. 그 동작이 결코, 예사롭지 않았다. 어쩌면 그자는 전문 인력거꾼이 아닐 수도 있었다. 호위무사 같은 인상마저 풍기는 자였다. 그런지도 모른다. 우악스럽고 거센 생김새부터가 범상치 않았다.

그런데 이번에도 해랑은 작은 나뭇잎이 실바람에 살랑거리듯 아주 가벼운 손짓으로 그자를 말렸다. 그러고는 꺽돌에게 눈길을 돌리며 천천히 입을 열었다.

"내한테 고맙다꼬 천분 만분 절이라도 할 줄 알았더이?"

얕잡아보는 빛을 노골적으로 드러내 보이려는 심산인지 고개를 까딱까딱하면서 사뭇 위협조로 나왔다.

"자꾸 이리싸모 내도 맴이 배뀔 수 있제."

꺽돌이 멈칫, 했다. 해랑은 영락없이 무슨 놀이를 즐기려는 여자로 비쳤다. 또, 한다는 말도 부아가 확 치밀 정도로 여유롭고 느릿느릿하게 나왔다.

"고마 도로 데꼬 가까?"

그러자 꺽돌과 설단보다도 언네 몸이 먼저 반응을 일으켰다. 비록 온몸이 만신창이가 돼 있지만 정신은 보기보다 맑은 상태가 아닐까 싶었다. 차라리 감각을 느끼지 못할 정도로 정신이 온전치 못하면 고문으로 인한 극심한 통증에 덜 시달릴 수도 있을 것이다.

"으으으."

오장육부가 마구 뒤틀리는 소리를 내며 언네가 억지로 인력거에서 내리려고 했다. 두 번 다시는 떠올리기도 싫은 그 끔찍하고 지긋지긋한 곳간에 또다시 갇힐 수도 있다는 강한 위기의식이 그 경황 중에도 든 모양이었다.

"여보! 퍼뜩예."

설단이 꺽돌을 재촉했다. 그런 설단을 해랑이 놀란 눈으로 바라보았다.

'설단이가?'

그건 전혀 예상 밖의 일이었다. 언네를 절대로 우리 집에 들일 수 없다고 펄쩍 뛸 것으로 예측했었다. 설단이 그런 식으로 나올 경우 이쪽에서는 어떻게 할 것인가에 대해서도 고민한 바 있었다. 그리하여 최악의 경우에는…….

그런데 그게 아니었다. 가죽에서 좀 난다고, 부부끼리 서로 싸워봤자 결국 양편에 다 해로울 뿐이라고 생각한 것일까? 아니면, 또 다른 무언가가?

'우쨌거나 설단이 예전의 설단이 아이거마는.'

해랑은 새삼 세월의 흐름과 위력을 느꼈다. 머리가 모시 바구니 될 때까지 둘이서 함께 살아가야 할 부부이니 그렇기는 하겠나. 그러면서 내심 이런 생각이 들었다.

'하기사 내도 그러키는 하제. 옥지이는 없고 해랑이만 있은께.'

꺽돌도 지금은 감정에 사로잡힐 때가 아니라고 나름 판단한 모양이었다. 하긴 개장수도 올가미가 있어야 하듯, 복수를 하려고 해도 좀 더 준비를 갖추어야 하는 것이다.

"어머이."

그는 인력거로 다가가서 두 팔을 뻗어 언네 몸을 번쩍 들어 올렸다. 고무풍선이나 지푸라기처럼 가볍게 느껴졌다. 육신은 없어지고 영혼만 남아 있는 사람 같았다.

"흐, 이것들아."

꺽돌 입에서 또다시 배봉 일가를 겨냥한 저주와 분노의 소리가 새나왔다. 그동안 얼마나 혹독한 고문에 시달려왔기에 이렇게까지 돼버렸을까 생각하니 그 밤에 당장이라도 배봉 집으로 달려가서 일을 내고 싶었다.

"……."

꺽돌의 가슴에 안긴 언네는 눈을 꼭 감고 있었다. 하지만 그녀 두 눈에서는 눈물이 줄줄 흘러나오고 있었다. 짙은 어둠 속인지라 거기 누구도 그것을 알아채지 못했을 뿐이었다. 그리고 그것은 눈물이 아니었다. 핏물이었다.

'내가, 내가…….'

돌아볼수록 억장이 무너질 수밖에 없는 언네였다. 차라리 혀를 콱 깨물어 죽었어야 백번 마땅했다. 지난날 어린 동업이 빠져 죽을 뻔했던 그 우물에라도 풍덩 뛰어들었어야 했다. 배봉을 찌르려던 식칼로 자기 목젖을 사정없이 찔러야 했다. 이렇게 지지리도 못난 꼴을 꺽돌에게 보이다니. 이토록 비참한 몰골을 하고, 뭐가 아까운 목숨이라고 말이다. 하지만 그러다가 언네는 자신의 그 생각을 부정했다.

'아이다, 아이다.'

누가 용상에 앉혀준다고 해도 수긍할 수 없었다.

'인자 내 목심은 내 끼 아인 기라.'

그랬다. 결코, 이대로 죽을 순 없었다. 살아야 했다. 할 일을 남겨 두고 어떻게 눈을 감을 수 있겠는가 말이다. 저승으로 길 떠나기 전에 꼭 해야 할 일이 있는데. 왜 그냥 왔어? 다시 돌아가! 그러면서 염라대왕이 돌려보낼 것이다.

배봉과 운산녀, 점박이 형제 부부뿐만 아니라 동업과 재업, 은실이까지 그 모든 연놈들 하나 남김없이 배때기에 칼을 쑤셔 박아야만 한다. 간을 꺼내 씹고 쓸개를 잘라 냇물에 흘려보내야 한다. 눈알을 모조리 뽑아내어 돼지우리에 던질 것이다. 혓바닥을 싹 뽑아서 시궁창을 메우리라.

살아남은 이유였다. 어떠한 치욕과 수모와 고통을 감수하더라도 목숨을 부지해야 했다. 목숨이 끊어지면 새끼줄이나 철사로 엮어서라도 다시 이어놓을 것이다. 몸뚱이가 가루가 되면 흙 반죽으로 이겨서라도 도로 붙일 것이다. 개 꼬라지 미워서 낙지 산다고 했다. 그녀가 이대로 죽으면 가장 좋아 날뛸 것들이 누구겠는가 말이다. 어떻게든지 그것들이 좋아할 일은 하지 않을 것이다.

그런데 언네를 안고 선 채로 분을 삭이지 못해 전신을 떨면서 어쩔 줄 몰라 하던 꺽돌이, 이윽고 그녀를 방으로 데려가려고 막 발을 떼놓았을 때였다. 해랑이 꺽돌의 발목을 휘어잡듯 말을 던져왔다. 아니, 그건 말이라기보다 비수에 더 근접한 것이었다.

"우리 동업이 할아부지가 요분에 일본을 댕기오시고 나서 멤이 배뀌신 기라."

"멤?"

"장차 세계로 나아갈 동업직물을 갱영할라쿠는데, 빙신이 돼삔 늙은 종년 하나한테 무신 신갱을 쓰고 있을 수 없다꼬 말이제."

"이, 이?"

꺽돌이 불덩이처럼 벌겋게 달아오른 얼굴이 되어 무어라고 입을 열려는데 해랑이 틈을 주지 않고 또 말했다.

"그라이 차후로는 이집 삽짝 바깥으로는 그림자도 얼찡거리지 말고, 그냥 죽은 듯기 딱 방안에만 처박히서 지내야 할 끼다."

꺽돌뿐만 아니라 설단의 입에서도 통한과 분기에 떨리는 소리가 흘러나왔다.

"흐으."

그들이 그러거나 말거나 해랑은 전혀 개의치 않고 으름장 놓는 일도 잊지 않았다.

"만약 안 그라고 우리 눈에 한 분만 더 띄었다 봐라, 더 말 안 해도 알 것제?"

꺽돌은 두툼한 입술을 질끈 깨문 채 잠자코 발을 옮겨놓기 시작했다. 우선 언네 몸부터 보살피는 일이 더 중요하고 시급했다.

인력거꾼이 몇 걸음 뒤로 물러서서 파수를 서는 품새로 토담 저편 밖을 경계하는 눈으로 보고 있었다.

"으으."

고통을 참기 위해 애쓰는 언네의 신음소리가 차가운 밤공기 속으로 잠기어 갔다. 지금 그 상태로 보아서는 그다지 오래 살 수 있을 것 같지 않았다. 하긴 지금까지 숨이 붙어 있는 것만 해도 기적에 가까웠다. 그렇지만 어쩌면 내일이라도 송장을 쳐야 할지도 알 수 없다. 그렇게 되면, 그다음에 기다리고 있는 것은…….

언네를 안은 꺽돌이 방으로 들어가고, 이제 컴컴한 마당에는 해랑과 설단 그리고 인력거를 몰고 온 사내, 그렇게 셋만 남았다.

"설단아!"

해랑이 설단을 부르며 집어삼킬 듯이 노려보았다. 설단이 대답을 하지 않자 해랑은 좀 더 목청을 높였다.

"사람 말이 말 겉잖나? 돼도 안 한 년이 오데서 건방지거로?"

설단은 몸을 있는 대로 사렸다. 그러자 그러잖아도 참새같이 작은 몸이 더 작아 보였다. 작아지고 또 작아져서 어둠에 파묻혀 사라져버릴 성싶었다.

"내하고는 입 섞어서 이약하기도 싫다, 이거제?"

해랑은 사납고 모진 기운을 뿜어대는 독충을 닮아갔다.

"그라모 듣기만 해라, 요것아!"

사람을 해치려고 공격하는 악귀가 그러할까? 전신으로 살벌한 분위기를 풍기며 해랑이 계속 입을 나불거렸다.

"잎으로 언네는 머 더 이약할 것도 없고, 너거 부부가 살아남을 수 있을 낀가 죽을 낀가는 니 하기에 달리 있다."

"……."

검은 하늘을 배경으로 윤곽만 어렴풋이 보이는 작고 초라한 초가지붕을 잔뜩 업신여기는 눈으로 올려다보았다.

"서방 단속 잘 해라, 그 말인 기라."

꺽돌과 언네가 들어가 있는 방을 힐끗 보고 나서 일깨워주듯 했다.

"니 서방 성깔은 내보담도 니가 더 잘 알 끼거마는."

일방적인 언사였다. 갈수록 주눅이 드는지 고개조차 제대로 들지 못하고 있는 설단을 또다시 두 눈 치켜뜨고 매섭게 쏘아보았다.

"무신 소린고 알아묵것제?"

"그, 그."

설단은 해랑의 말 한마디 한마디가 내쏘는 독기에 쐬어 머리끝에서 발끝까지 온통 그냥 마비돼버리는 느낌에서 빠져나올 수 없었다. 상대 방을 그렇게 옴쭉달싹 못 하게 만들어 놓고 해랑은 연이어 계모가 전처 소생 구박하듯 내질렀다.

"해나 또 딴 멤 집어묵고 뭔 엉뚱한 짓 하모, 언네매이로 다리 빙신, 아이제, 다리뿐만 아이고 팔도 온몸도 빙신으로 맹글어삘 끼라."

남의 집에 들어와서 이부자리 속에 누워 네 활개 치는 격이었다.

"개미 구녕으로 공든 탑 무너진다 캤다. 쪼꼬만 실수만 해도 큰 낭패 당할 줄 알아라. 알것나?"

나중에는 이런 소리까지 했다.

"난주 언네한테 함 물어봐라. 운산녀가 질로 우찌했다쿠는 그 소문이 에나 맞는가 안 맞는가."

천룡과 삽사리는 잠이라도 들었는지, 거기 있는지 없는지도 모르겠다. 짐승들이 가장 겁내는 게 사람이라더니, 그 말이 들어맞는 현장이었다.

설단은 전신만신 소름이 끼치고 다리가 후들거려 서 있기조차 힘들었다. 머릿속이 꽉 차버린 것 같기도 하고 텅 비어버린 것 같기도 했다. 하지만 그 어느 쪽이든지 정상적인 생각하기가 불가능했다. 무엇보다 현재 자신의 눈앞에 벌어지고 있는 일들이 꿈속의 일로 다가왔다.

'이기 대체 무신 일고?'

모두 자고 있지는 않은 모양이었다. 삽사리란 놈도 해랑 말귀를 다 알아들었는지 몸을 옹송그리고는 '낑낑' 하는 소리를 내고 있었다. 천하의 싸움소 천룡 또한 '음매' 그 소리 한 번 하고는 귀를 세운 채 묵묵히 듣고 있는 것 같았다.

그때 두 사람이 들어가 있는 방에서 울음소리가 흘러나오기 시작했다. 처음에는 잔뜩 억누르고 있는 낮은 소리였지만 갈수록 점점 커졌고 나중에는 통곡 소리로 바뀌었다. 뼈가 부러지고 살점을 저미고 피를 내쏟는 것 같은 느낌을 주었다. 얼핏 사람이 내는 게 아니고 무슨 짐승이나 다른 무언가가 내는 듯싶었다.

"흐억, 흐억."

꺽돌 소리였다. 언네 소리는 들리지 않았다. 이를 악다물고 참아내고 있는지도 모른다. 아니면 마음을 놓는 바람에 그대로 혼절해버렸는지도 알 수 없다. 어쨌거나 꺽돌이 뱉어내는 통곡 소리는 듣는 사람 마음을 저릿저릿하게 만들기에 충분했다.

한과 분노와 설움과 안타까움이 뒤섞인 울음…….

그 소리가 너무나 사람 가슴을 사무치게 들려서일까? 체구가 산같이 큰 인력거꾼, 어쩌면 호위무사 사내도 얼굴을 일그러뜨리며 사립문 쪽으로 한 발짝 내디뎠다. 어서 그 집에서 나가고 싶은 기색이었다.

그러나 해랑은 달랐다. 웃었다. 웃고 있었다. 설단은 귀 빠지고 나서 오늘날까지 그토록 소름 끼치는 웃음은 처음 보았다. 쫙 찢어지는 입귀로 시뻘건 핏물이 줄줄 흘러내리는 성싶었다. 방금 사람 피를 빨아먹은 흡혈귀가 거기 있었다.

"방금 내가 핸 이약 잊아쁘는 그날이 너거들 제삿날이 될 끼다."

이윽고 그렇게 섬쩍지근한 웃음기를 담은 얼굴로 마지막 경고장을 날리는 듯하더니, 해랑은 손을 탈탈 터는 심정인지 설단에게 작별인사처럼 말했다.

"잘 있거라이, 설단아."

그 목소리가 하도 정다워 듣는 사람 정신이 헷갈릴 형국이었다. 아니, 헤어지기 싫어 울먹이는 음성이었다.

"내는 고마 갈란다."

그렇게 말하면서도 해랑은 가지 않았다.

"앞으로는 꿈에서라도 서로 얼골을 보는 불상사가 생기모 안 되는 기다."

이게 진짜 최후의 통첩이라는 식으로 말을 날렸다.

"그날이 너거 부부가 염라대왕 얼골 보는 날이 될 낀께네."

시종 검다 희단 말없는 설단이었다.

"줄초상 친다, 그 뜻인 기라."

그러고 나서야 해랑은 사내를 향해 이만 돌아가자는 눈짓을 했다. 이제 자기가 할 일은 모두 끝났다는 대단히 홀가분한 모습이었다. 날아갈 것 같은 기분을 만끽하고 있는지도 모른다.

사내가 서둘러 인력거 쪽으로 돌아섰다. 조금이라도 빨리 그곳을 벗어나려는 동작이었다. 어쩌면 그도 해랑에게 완전히 질려버렸을 것이다.

"내가 바로 해랑이라쿠는 거, 저승에 가갖고도 기억해라."

해랑은 마지막으로 여전히 온몸이 굳어버린 채 서 있는 설단을 한 번 더 독하고 매서운 눈빛으로 째려보고는 싹 몸을 돌려세웠다. 그 서슬에 워럭 일어난 냉기가 온 집 안을 휘감는 기분이었다.

그러자 그때까지 비좁은 마루 밑에 들어가 꼬리를 사리고 있던 삽사리가 마당으로 기어 나오면서 해랑의 등을 향해 '으르렁' 하는 소리를 냈다. 그렇지만 그것은 잔뜩 겁에 질린 짐승소리였다.

천룡은 여전히 소리를 낼 수 없는 소로 바뀌어 있었다. 단지 짐승들뿐만 아니라 사람도 집도 모두가 벙어리였다.

해랑은 그렇게 떠나갔다. 인력거 소리도 조용하게 사라져갔다. 그래서 바퀴뿐만 아니라 커다란 날개까지 매단 채 공중으로 휙휙 날아다니는 인력거 같았다.

사람의 힘이 아니라 어떤 다른 동력이나 추진 장치로 높이 비상하는 인력거, 아니 비차飛車다. 하늘을 나는 수레.

해랑이 그 집을 다녀갔다는 사실을 아는 사람은 아무도 없었다. 당연히 웬 앉은뱅이 노파 하나가 어쩌면 영원히 그 집 방구들을 지고 피눈물을 쏟아가며 살아가게 되리라는 것도 모를 것이다.

모든 것은 그렇게 두꺼운 어둠의 가면을 둘러쓰고서 은밀하게 행해졌다. 그리고 그 일이 끝난 후에 남은 것도 비밀의 장막 같은 어둠뿐이었다.

해랑이 떠난 한참 후에야 설단은 쭈뼛쭈뼛 방으로 들어갔다. 그 행동이 남의 집 방으로 들어가는 사람을 떠올리게 했다.

그런데 흐릿한 호롱 불빛 밑에서 그 광경을 대하는 순간, 설단은 그만 허물어지듯 방바닥에 철버덕 주저앉아버렸다. 저런 모습들이라니? 그건 차라리 봉사가 될지언정 두 번 다시는 보고 싶지 않은 장면이었다.

앉은뱅이가 되어 앉아 있는 노파와, 그녀의 잿빛 치마폭에 얼굴을 파묻고 오열하고 있는 젊은 사내. 언네 몸은 희미한 불빛 아래서 봐도 어디 한군데 온전한 구석이 없어 보였다. 어떻게 사람을 저런 식으로 망가뜨려 놓을 수가 있다는 말인가? 그러니 치마폭에 가려져 있는 그녀의 하반신이 어떠할지는 상상조차 하기 싫었다.

'몸써리야!'

조금 전 마당에서 해랑과 마주하고 서 있었을 때보다도 몇 곱절이나 더 심한 절망감과 아찔함이 참새같이 작은 설단을 엄습해왔다. 그만큼 그 일이 더욱 강렬하고 크나큰 실재감을 신고 다가왔다.

'아아, 이 일을 우짜노?'

세상 끝이 보이는 성싶었다. 고양이 눈감은 듯, 도대체 무엇이 무엇인지 분간이 되질 않는 설단 마음속은 피맺힌 절규로 가득 차올랐다.

'앞으로 우쌔야 되겄노 밀이다!'

언네가 스스로의 힘으로는 단 한 발짝도 움직일 수 없다는 소리는 벌써 들었다. 하지만 도무지 믿을 수 없었다. 비록 나이는 좀 들었어도 설단 자신보다도 더 힘이 있고 민첩한 여자였다. 기갈로 따지면 당할 사람이 드물 것이다. 그런 여자가…….

그때, 꺽돌이 치마폭에 파묻고 있던 얼굴을 번쩍 치켜들었다. 그의 눈빛을 보는 순간, 설단은 자신의 심장이 '뚝' 하고 멎는 소리를 들었다. 그건 사람의 그것이 아니었다.

복수심에 이글이글 타오르는 그 눈빛! 금방이라도 활활 타버릴 것만 같은 얼굴! 그런 눈빛과 그런 얼굴로 꺽돌은 설단을 향해 집어삼킬 듯이 소리쳤다.

"갔나?"

"……."

사실대로 따지면 가장 할 말이 많을 설단이 오히려 해랑 앞에서나 꺽돌 앞에서 입을 다물고 있었다. 트집 잡고 나무라는 해랑과 꺽돌을 놓고 볼 때, 겨울바람이 봄바람 보고 춥다고 하는 격이었다.

"갔나 말이닷!"

작고 허술한 방문이 덜컹거릴 만큼 큰 소리에, 설단은 겨우 들릴락 말락 가까스로 입을 열었다.

"예. 가, 갔어예."

설단의 그 말이 떨어지기 무섭게 꺽돌은 결창이 터지는 듯 머리통을 함부로 흔들어대며 무쇠 같은 주먹으로 방바닥을 마구 내리치기 시작했다.

'쾅! 쾅!'

구들장이 금방이라도 폭삭 내려앉을 판이었다. 벽이며 천장이 무너져 내리는 게 보였다. 그리고 그보다 더 까마득히 추락하는 것이 설단의 마음이었다.

"여, 여보."

설단은 크게 울먹이는 목소리로 간신히 남편을 타일렀다.

"언네 아주머이가 상구 심드실 낀께, 얼릉 주무시거로……."

그러자 꺽돌이 흠칫, 동작을 멈추었다. 역시 그의 마음 밑바닥에는 아내 설단보다 의모義母 언네가 더 크게 자리 잡고 있는 게 틀림없었다.

"아이다."

꺽돌보다 언네가 먼저 말했다.

"괘, 괘안타."

상체를 거의 보이지 않을 정도로 아주 조금 움직여 보였다.

"여 온께 그리 아팠던 기 하나도 아푼 줄 모리것다."

비록 하반신을 전혀 쓰지 못하는 불구자가 돼버렸지만, 말을 하는 데는 큰 지장이 없어 보였다. 그나마 다행이었다.

"이미이."

꺽돌이 언네를 불렀다. 설단은 남편의 그 목소리에서 소름이 돋았다. 그는 지금까지 그녀가 보아오던 그와는 너무나 거리가 멀어 보였다. 서로 한솥밥을 먹고 같은 이부자리를 쓰던 사람이라고는 믿을 수 없었다.

"그래, 꺽돌아."

언네가 꺽돌에게 대답했다. 비록 기운이 하나도 없는 소리지만 큰 감격이 담겨 있었다. 그녀의 목소리에도 피 냄새가 묻어나는 듯하여 설단은 다시 한번 부르르 몸서리를 치지 않을 수 없었다.

"우리집에 오싯은께 인자부텀은 멤놓고 사시도 됩니더."

그러는 꺽돌 두 눈에 그의 목청처럼 굵은 눈물방울이 맺혔다.

"고, 고맙다이."

언네 눈에서 또다시 눈물이 흘렀다. 붉은 호롱불 빛을 받은 눈물은 씻

빛이었다. 한순간 온 세상은 호롱 밑에 잠겨 있는 착각을 불러일으켰다.

"날이 밝으모 으원을 불러오것십니더."

꺽돌 말에 언네가 쓸쓸히 웃었다. 그건 앙상한 나뭇가지에서 굴러 내리는 낙엽의 뻥 뚫린 구멍을 통해 비치는 것 같은 텅 빈 웃음이었다. 그녀는 보일락 말락 고개를 흔들었다.

"다 필요 없다."

꺽돌이 눈을 크게 떴다.

"예?"

언네는 자포자기하는 목소리였다.

"으원이 백이 와도 내 몸은 몬 고친다."

꺽돌은 절규하였다.

"어머이!"

문득, 호롱불이 크게 흔들렸다. 꼭 누군가의 보이지 않는 입이 '후' 하고 분 것 같았다. 그러자 그것은 자칫 꺼질 뻔했지만, 용케 되살아났다. 밟아도 잘라도 명맥을 유지하는 잡초를 닮은 민초의 끈덕진 생명을 보여주려는 것일까.

"머 무울 꺼 좀 가지오까예?"

그렇게 조심스럽게 묻는 설단 얼굴이 단풍잎마냥 붉었다. 비단 불빛 때문만은 아니었다.

그러자 꺽돌이 미처 생각지 못했다는 듯 얼른 말했다.

"홍시하고 고매(고구마)하고……."

언네가 가늘게 고개를 저었다. 그러고는 한다는 말이 갈수록 듣는 사람 가슴을 먹먹하게 만드는 소리였다.

"아이다. 꺽돌이 니 얼골만 봐도 배부리다."

꺽돌이 한층 목이 메는 소리로 말했다.

"그래도 머를 쪼꼼 잡수시야지예."

"그거는 저 사람 말이 맞아예. 그라이 잡수시고 싶은 거를 이약하이
소."

설단도 덩달아 권하였다.

"그보담도 안 있나."

언네 말투가 무척이나 비장하여 꺽돌과 설단은 저절로 몸이 움츠러들
었다. 두 사람 머릿속에 똑같이 해랑의 모습이 악령처럼 되살아났다.

"해나 내 땜에……."

꺽돌과 설단의 눈이 마주쳤다.

"너거 부부가 무신 해를 안 입으까 그기 더 겁난다."

언네는 앉아 있기도 어려운 판에 입을 열기가 굉장히 힘이 들어도 그
렇지 않은 척하면서 오히려 그들 부부 신변을 염려하는 말을 했다.

"너모 걱정하지 마이소."

설난이 한 소리었나.

"아……."

그런 설단을 바라보는 꺽돌 얼굴에 안도와 감격의 빛이 서리었다. 솔
직히 설단이 어떻게 나올지 신경이 쓰였던 게 사실이었다. 배봉 집안에
서 함께 종살이할 때 두 사람 사이가 별로 좋지 않았다는 것을 익히 알
고 있는 꺽돌이었다.

"인자 좀 누우시소."

설단이 권했고, 언네가 사양했다.

"괘안타. 앉아 있어도 쪼꼼도 심 안 든다."

그러더니 이내 또 한다는 말이었다.

"내가 몬 일어나서 그렇제 일어설 수만 있다모 걸어도 될 성부리다
아이가."

언네는 설이나 한가위 같은 명절의 전날 밤에 마음이 들뜬 나머지 어른들이 잠을 자라고 해도 자지 않으려는 아이 같아 보였다.

"괘안은 기 아이라예."

가슴이 뭉클해지는 설단이었다. 언네를 향한 자신의 변화에 익숙하지 못했을 뿐 아니라 두려워지기까지 했다.

"내는 꺽돌이, 아니 너거들을 보고 있는 기 더 좋다."

언네는 진심으로 말하는 기색이 뚜렷했지만 설단이 고집을 부리듯 말했다.

"마이 앉아 계시서 심드실 기라예."

그러면서 설단은 자리에서 일어나더니 윗목에 놓인 작은 장롱에서 이부자리를 꺼내 얼른 방바닥에 펴기 시작했다. 그녀 귀에는 처음에는 '꺽돌이'라고 했다가 곧바로 '너거들'로 바뀐 언네의 그 말이 지워지지 않고 끝없이 맴돌고 있었다.

"자, 이리해서 누우 계시모 좀 괘안으실 깁니더."

꺽돌도 서둘러 함께 잠자리를 마련했다.

"인자는 몸도 안 아푸고, 잠도 안 온다 캐도?"

그렇게 계속 사양하는 언네가 이번에는 마치 여러 해 만에 그리워하던 친정집에 온 여자처럼 비쳤다.

꺽돌이 젖은 목소리로 말했다.

"그동안 몬 한 이약은 앞으로 같이 살아감서 시나브로 하이시더."

호롱 불꽃도 그렇다고 말하고 싶은지 너울거리고 있었다.

"하모, 그래야제."

더할 수 없이 감회 서린 얼굴로 언네가 말했다.

"수레에 실어도 열 수레는 더 넘을 끼다. 그라고 사람이 골 나모 보리방아 더 잘 찧는다 캤다. 내는 갈수록 기운이 더 오를 끼라."

꺽돌은 수척해질 대로 수척해져 꼭 마른 수수깡 같은 언네 몸에 솥뚜껑처럼 커다란 손을 가져가며 말했다.

"알것심니더. 그러이 오늘은 먼첨 푹 쉬시고예."

"알것다."

"요리 핀(편)하거로⋯⋯."

"이짝으로 하시모 더⋯⋯."

꺽돌이 언네를 잠자리에 눕히려고 하자 설단 또한 덩달아 거들어주었다. 그러는 아내를 곁눈질로 바라보는 꺽돌 얼굴에 무한한 감사와 고마움의 빛이 서려 있었다.

"후우."

언네는 베개를 베고 눕더니 그런 깊은 한숨과 함께 천천히 눈을 삼았다. 희미한 호롱불 밑에서 봐도 눈가 주름이 잔물결과도 같이 많이도 잡혀 있었다. 그녀가 지금까지 겪어온 온갖 고통과 수난의 역사가 거기에 고스란히 숨겨져 있는 듯했다.

"와예, 어머이?"

언네가 힘겹게 몸을 뒤척이는 걸 본 꺽돌이 물었다.

"자리가 안 핀하심니꺼? 불핀하심니꺼? 그라모 자리 다시 보까예?"

"그, 그거는 아이다."

그렇게 말하며 언네는 어렵게 손을 들어 이불로 아랫도리를 완전히 가리려고 애를 쓰고 있었다. 자신의 치부를 감추려고 버둥거리는 사람처럼 보였다.

"자, 이리예."

아무 말 없이 그것을 지켜보고 있던 설단이 꺽돌보다 먼저 이불자락을 끌어당겨 언네 하반신을 덮어주었다.

"고, 고맙나이."

언네 음성이 물기 머금은 조선종이같이 축축했다.

"설단이 니가 낼로, 낼로."

그러면서 또다시 눈물을 보이려고 하는 언네를 보자, 설단이 옆방 쪽을 돌아보며 꺽돌에게 말했다.

"여보, 우리는 저짝 방으로 가이시더."

한없이 안쓰럽다는 눈빛으로 언네 얼굴을 내려다보고 있던 꺽돌이 몸을 일으켰다.

"푸욱 주무시고 낼 보이시더, 어머이."

"그래, 꺽돌아이. 서, 설단이도……."

언네가 눈을 떴다가 금방 다시 감았다. 비록 조금 전에 말은 그렇게 했어도 여간 심신이 불편하고 피로한 게 아닐 것이다.

"그라모 저희는 갑니더."

부부는 조용히 방문을 닫아주고 툇마루로 나왔다. 조금 전까지는 없던 달이 우물만큼이나 깊어 보이는 중천에 둥실 떠 있었다.

두 사람은 푸른 달빛이 무슨 비밀의 장막인 양 드리우는 마루에 잠시 그대로 서 있었다. 마당에도 달빛은 출렁이듯 고여 있었다. 꼭 목각으로 빚어 놓은 사람처럼 누구도 움직임이나 말이 없었다.

마루 밑에 배를 깔고 엎드려 있던 삽사리란 놈이 기어 나와 주인을 올려다보면서 반갑다고 낑낑거렸다. 천룡도 여태 자지 않고 있었던지 '움 ~매' 하고 자신의 존재를 알렸다. 밤하늘에서는 동물들 소리에 화답이라도 하려는지 별들이 반짝거렸다.

"에나 고맙거마는."

꺽돌이 말했다. 수줍음 잘 타는 소년의 모습이었다.

"그거는……."

잠자코 남편을 올려다보는 설단 얼굴이 달빛에 물들어 있었다. 고운

226

사람은 몍 씌워도 곱다고, 조그만 꽃송이 같은 아내 얼굴이 세상 어떤 여자보다도 아름답다는 생각을 하며 꺽돌이 또 말했다.

"언네 아주머이도 당신이 상구 고마븐 모냥이신 기라."

설단이 머리를 살래살래 흔들었다. 그러더니 작은 소리로 혼잣말같이 말했다.

"언네 아주머이가 아이라 어머이지예."

꺽돌이 놀란 얼굴을 했다.

"여보?"

토담에 붙어 자라는 늙은 감나무가 이쪽으로 기다랗게 목을 뺀 채 바라보고 있었다. 그 동네에서 가장 때깔이 곱고 단맛이 나는 감이 열린다는 감나무였다. 그래서 새들도 함부로 입을 대지 못한다는 말까지 나돌 정도였다.

"당신한테 어머이는 곧 지한테도 어머입니더."

설단의 그 말에 꺽돌은 두 눈에 눈물이 핑 돌았다.

"어머이, 어머이라꼬."

설단은 새끼손가락이라도 걸어올 모양새로 말했다.

"앞으로는 언네 아주머이를 어머이맹캐 뫼시고 살기로 하겄어예."

"여보!"

꺽돌이 와락 설단을 안았다. 조그만 설단 몸이 파르르 떨렸다. 혼례를 치르고 둘이 함께 살아오면서 남편으로부터 그런 포옹을 받아보기는 그때가 처음이었다. 그들 부부 사이에는 영원히 무너뜨릴 수 없는 두 개의 커다란 벽이 가로막고 있었다. 하늘의 달이 부끄러운지 잠깐 구름장으로 얼굴을 가리고 있었다.

꺽돌은 보쌈을 하듯이 설단을 옆방으로 데리고 갔다. 설단이 성냥을 찾아 등잔에 불을 붙였다. 그곳에서 꺽돌이 선 자세로 또다시 설단을 끌어당겼다. 설단은 숨결이 가빠오는 중에도 가슴 한구석이 몹시 허전해옴을 어쩔 수 없었다. 누군가가 아무 이유 없이 세게 쥐어박기라도 하듯 그저 섧어지면서 자꾸자꾸 눈물이 나오려 했다.

'아, 이이가…….'

남편에게 언네 아주머니 존재가 이렇게 크고 대단한 줄 미처 몰랐다. 지금껏 남편 마음 한복판에 굳게 자리를 잡고 있었던 사람은, 아내인 자신이 아니라 언네였다는 사실 앞에 망연자실했다. 그것은 기만당했다는 데서 오는 분노는 아니었다. 질투심 따위와는 더더욱 거리가 멀었다.

그건 실로 거룩하고 아름다운 감정에 더 가까웠다. 그런데 이상했다. 그럼에도 별안간 그녀를 둘러싸고 있는 모든 것들이 무한정 싫어지기 시작했다. 어디론가 혼자 멀리멀리 달아나고 싶었다. 왜 그러는지, 그리고 그것이 무엇을 의미하는지는, 설단도 알지 못했다. 아니다. 무서워서, 두려워서 모르쇠로 나간다는 것을 모르지 않고 있었다.

설단은 꼭 건넛산의 돌 쳐다보듯 멍하니 남편을 쳐다보며 잠자코 그의 몸을 밀어내었다. 꺽돌이 적잖게 놀라는 표정으로 제 어깨높이에 있는 설단 얼굴을 내려다보았다. 설단은 참새가 가시덤불에서 빠져나오려고 하는 형상으로 작은 몸을 이리저리 움직여가며 꺽돌 품에서 빠져나왔다.

"여보?"

꺽돌이 비어버린 자기 두 손을 멀거니 들여다보면서 신음처럼 물었다.

"와?"

설단은 조용히 무릎을 꺾어 방바닥에 몸을 내려놓았다. 잠시 우두망찰하게 서 있던 꺽돌도 설단 옆에 주저앉다시피 했다.

"……."

한동안 깊은 바닷속을 연상케 하는 침묵이 두 사람 사이에 가로놓였다. 얇은 벽 하나를 사이에 둔 옆방에서 언네의 얕은 기침 소리가 들려왔다. 아무래도 쉬 잠을 이루지 못하는 모양이었다. 그럴 것이다.

"해, 해나 기분이 사, 상한 기요?"

더 이상 그 침묵을 배겨낼 수 없었던지 꺽돌이 막힌 숨통 틔우듯, 그러나 몹시 조심스레 물었다.

"아이라예."

설단이 짧게 부정했다.

"아이라꼬⋯⋯."

꺽돌 말에는 꼬리가 없었다.

"예."

설단은 단 한마디였지만 제 심경을 충분히 전달해 보이는 어조였다. 하긴 어린 시절부터 종년 주제에 주둥이를 놀린다고 입에 자갈을 물렸던 세태에 길들어 있던 그녀였다.

그러나 꺽돌은 말 없는 가운데 보았다. 아내의 큰 두 눈에 글썽거리고 있는 눈물방울을. 큰방에 있는 호롱보다도 거기 작은방에 있는 등잔은 더 어두웠지만, 그것이 한낮의 밝은 태양 밑에서처럼 또렷이 보였다.

"여보!"

꺽돌 음성이 대책 없이 흔들렸다. 몸도 덩달아 흔들렸고 등잔불과 방 그리고 온 세상도 덩달아 흔들리는 듯했다.

"우, 우는 기요, 시방?"

"⋯⋯."

설단이 눈물 젖은 눈으로 가만가만 웃으며 그 순간 따라 여느 때보다 더 애잔하게 보이는 가느다란 고개를 끄덕끄덕했다. 노골적으로 드러내 보이려고 히지 않았지만 구태여 감추려는 빛도 없있나.

온 천지를 통틀어 그녀가 정을 붙일 수 있는 오직 한 사람, 그였다. 억호와 해랑에게 빼앗긴 아들 재업을 마음속에서 몰아낸 것은 오래전이었다.

'살라모 와 몬 살까이?'

세상에서 가장 독한 년으로 살리라, 시퍼런 칼을 무는 심정으로 다짐하였다. 독한 년은 끝까지 살아남는다는 사실을 모두에게 보여주고자 했다.

복수? 그건 언감생심, 호강과 사치의 옷을 입힌 소리였다. 삶에 큰 의미를 두지도, 작은 미련을 갖지도 않았다. 그냥, 그냥 이대로 죽기는 싫었을 뿐이었다.

세상 모든 생명체의 생존본능은, 살아 있고 싶어서라기보다도 죽음이라는 미지의 것에 대한 패배의식 내지는 막연한 거부감이나 두려움에 더 가까운 것일지도 모른다.

"미, 미안하요."

꺽돌이 진심어린 목소리로 말했다.

"이 뻔뻔한 낼로 용서하소."

지금 밤하늘 어느 곳에서는 별똥별이 지상을 향해 떨어지고 있을 것이다. 생명의 마지막 불꽃이든, 새로운 탄생의 징후든, 그것은 중요한 게 아니다.

"아이라예."

설단은 내내 그 말만 되풀이했다. 한동안 화르르 타오르는 등잔 불꽃에 눈을 두고 있던 꺽돌이 고백하듯 입을 열었다.

"내한테는 친어머이 겉은 여자였소."

그 순간에는, 고기 새끼 하나 보고 가마솥 부신다고 소문날 만큼 성미 급한 억호나 별 차이가 없어 보이는 남편이었다.

설단은 어쩐지 눈꺼풀이 처지려 했으며 머리가 저리는 느낌이었다. 그녀는 열병 앓는 모습으로 되뇌었다.

"친어머이, 친어머이."

꺽돌은 금방 또 이렇게 덧붙였다.

"아니, 시방도 그렇지만도."

설단이 이틀 전에 바느질하다 찔린 상처가 아직도 온전히 아물지 않은 제 손가락을 들여다보며 이번에도 짧게 말했다.

"이해해예."

한 번 더 상기시켜주듯, 아니 자신에게 주입하듯 하였다.

"이해합니더, 당신을."

그렇지만 '당신'이라는 그 소리는 너무나도 미약하여 거의 들리지 않을 정도였다. 여전히 남편에게 그런 호칭을 붙이는 게 어색하고 낯간지러운 설단이었다.

"아, 어보!"

꺽돌은 또 설단을 와락 껴안으려다가 제풀에 놀란 듯 황급히 손을 거둬들였다. 그러고는 고개를 어깻죽지 사이에 파묻으며 말했다.

"그리 말해주이 참으로 고맙소."

고추장 단지가 열둘이라도 그 비위를 맞추기가 어렵다는 서방님이 계속 고맙다는 말을 해왔다.

"내 고맙다쿠는 이 말밖에는 더 할 말이 없소."

벽 저쪽에서 언네 밭은기침 소리가 또다시 전해졌다.

"쿨럭, 쿨럭."

아무래도 폐까지 나빠진 게 아닐까 우려되었다. 하긴 망가진 게 어디 한두 가지겠는가? 성한 데가 없을 것이다.

"사람이 사람한테 정을 준다쿠는 거는……."

그때까지도 들여다보고 있던 자기 손가락에서 눈을 거두며 설단이 말했다.

"나뿐 일이 아이다 아입니꺼?"

"음."

이번에는 꺽돌의 침묵이었다.

"아이지예. 그래야 사람이라 쿨 수 안 있것어예?"

귀밑머리에 약간 가려진 귓불이 체구에 비해 크고 탐스러운 설단이었다. 꺽돌은 숨 가쁜 소리로 말했다.

"어머이가 없었으모 내는 하매……."

설단이 꺽돌 가슴쯤으로 시선을 돌리며 말했다.

"됐심니더."

논일 밭일 하느라 검고 거칠어진 손등으로 눈물을 닦아내며 또 말했다.

"우리 가슴 아푼 이약은 더 하지 마이시더."

꺽돌은 아내가 원하는 것은 무엇이든 다 들어주는 아량 넓은 남편처럼 보였다.

"아, 알것소."

등잔 불꽃도 움직이지 않았다. 잠깐 침묵이 흐른 후에 꺽돌이 입을 열었다.

"내 당신이 너모 심들거로는 안 맨들거로 노력하것소."

설단은 그런 소리는 하지 말라는 어조로 말했다.

"심은 무신?"

꺽돌은 스스로에게 다짐해 보이듯 하였다.

"에나요."

삽사리와 천룡은 이제 정말 잠이 든 모양이었다. 창호지에 비치는 달그림자도 어지간히 기울어졌다.

저음의 굵직한 꺽돌 음성이 이어졌다.

"맹서하요."

그 소리는 설단의 귀에 와 닿았다가 방을 울렸다. 그동안 특별한 일이 있을 때만 가끔씩 사용하던 방인지라 바닥에서 온기는 제대로 전해지지 않았지만, 그보다도 몇 곱절이나 더 따스하고 느꺼운 기운이 감돌고 있었다.

"지는예."

설단이 지금까지와는 달리 훨씬 밝고 가벼운 목소리로 말했다.

"심들거로 해도 좋아예. 안 싫어예."

"여보?"

"당신이 좋아하시는 일이라모……."

이번에는 또록또록한 어조로 나오는 '당신'이었다.

"내, 내가 좋아하는 일이라모……."

금방 올음이 티지려는 꺽돌 얼굴을 보며 설단이 말했다.

"지한테도 안 계시던 시어머이가 한 분 생긴 거 아입니꺼?"

"아아, 여보!"

마을을 감싸 안아주고 있는 형상의 뒷산 능선에선가 밤새 우는 소리가 아스라이 들려오고 있었다. 아니, 울음이 아니라 노래였다.

"당신 멤이 안 좋으실까 봐 말은 안 했지만도예."

설단은 코를 훌쩍였다.

"솔직히 동리 여자들이 지들 시어머이하고 나란히 농사일도 하고, 시장 보러 간다꼬 같이 댕기고 하는 거를 볼 적마당, 지는 속으로 올매나 그 사람들이 부러벗는지 몰라예. 에나라예."

꺽돌은 너무나 의외라는 낯빛이었다.

"당신한테 그런 멤이?"

또다시 설단의 침묵이다. 지나간 그 일을 되살리니 감정이 격해지는 모습이었다.

"그람서도 한 분도 내 앞에서는 그런 포티를 안 내고……."

바람벽에 비친 두 개의 그림자는 무척이나 대조적이었다. 하나는 곰같이 커다랗고 하나는 병아리처럼 자그맣다. 하지만 그래선지 더욱 잘 어울리는 그림이었다.

"그보담도 말입니더."

한동안 묵묵히 듣고만 있던 설단의 목소리가 홀연 바뀌었다. 바람기도 별로 느껴지지 않는데 문풍지가 파르르 떨렸다.

꺽돌도 이제까지와는 다른 눈빛으로 설단을 바라보았다. 이불 깃 보아가며 발 뻗치는 여자가 설단이었다. 그렇게 아주 세심한 주의와 계획을 세우고 사는 아내이기에 꺽돌의 긴장은 더했다.

설단이 꼭 닫혀 있는 방문을 한 번 보고 나서 더없이 조심스럽게 입을 열었다.

"지가 당신하고 어머이께 말씀드리고 싶은 기 있어예."

"내하고 어머이한테?"

꺽돌 말끝이 자못 떨려 나왔다. 아내 음성도 그렇지만 표정이 매우 심상찮아 보였다. 뭔가가 있다. 그것도 예사로운 것이 아닌 듯했다.

"대체 무신 이약이기에?"

큰 덩치에 어울리게 간담도 덕석같이 큰 꺽돌이다. 하지만 지금 그 순간에는 매에게 쫓기는 까투리처럼 아주 불안하고 다급해 보였다.

평소 심약한 설단이 그때만은 도리어 담대했다.

"낼 날이 밝는 대로 두 분께 같이 말씀드리께예."

그러자 꺽돌은 안달 나 하는 사람 모습을 보였다.

"시방 이약해주모 안 되것소?"

234

"……."

설단은 아무 말이 없었다. 그러면서 서낭당에 가서 말하듯, 옆에 있는 꺽돌이 알아듣지도 못할 무슨 소리인가를 입안으로 중얼거리고 있었다.

꺽돌은 상체를 설단 쪽으로 가져가며 다시 한번 재촉했다. 아무래도 범상치 않은 이야기 같다는 예감이 그를 그렇게 몰아갔다.

"여보! 쾌안타모 오늘밤에 들읍시다."

설단의 두 눈에 불이 일렁이고 있었다. 음성도 붉었다. 늘 유순한 눈이고 나직한 음성인 그녀와는 너무나 거리가 멀어 보였다. 여러 가지로 새로운 밤이었다.

"운젠가 언네 아주머이……."

그러다가 설단은 얼른 호칭을 바꾸었다.

"아니, 어머이가 지한테 하신 말씀이 있어서예."

"어머이가 당신한테?"

꺽돌은 더한층 궁금증이 솟는 기색이었다.

"예, 그래서예."

설단의 입술은 비록 작고 얇았지만 굳게 닫힌 거대한 돌문과도 같았다. 나라님이 와서 말하라고 시켜도 되지 않을 성싶었다.

"내사 무신 이약인고 하나도 모리것소."

한숨 내쉬듯 말하는 꺽돌의 피부가 배봉 집에서 종살이할 때보다도 더 햇볕에 그을린 상태였다. 그만큼 열심히 논밭에 나가 일한다는 증거였다.

"죄송해예, 여보."

설단이 고개를 다소곳이 숙인 채 말했다. 다시 그녀 본연의 모습으로 되돌아가 있었다. 꺽돌은 아니라고 항변이라도 하듯 했다.

"그거는 내가 더 그런 심정인 기요."

설단은 앙증한 두 손을 새의 그것같이 작은 제 가슴에 갖다 댔다.

"그라고 막상 그 이약을 할라쿤께, 너모 심장이 떨리서예."

꺽돌이 고개를 숙였다가 다시 들었다.

"그리 심든 이약 겉으모, 더 이상 말 안 하것소."

"죄송해예, 여보."

지금은 잠이 들었는지 옆방에서는 아무 소리도 들리지 않았다. 그러자 세상에는 오직 그들 두 사람만 있는 분위기였다.

"낼 하소."

하지만 꺽돌은 이내 자기 그 말을 정정했다.

"낼도 하기 싫으모 하지 말고."

그러고 나서 꺽돌은 몹시 지친 빛으로 자리에 드러누웠다. 설단이 이부자리를 깔았다. 나란히 누운 두 사람은 또 말이 없었다. 그림자 두 개만 누워 있는 형상이었다. 어둠만 고양이 기름 종지 노리듯 눈독을 들여 그들을 지켜보는 것 같았다.

언제나 그들 부부 두 사람밖에 없었던 집. 남편이 아이를 만들지 못하는 몸을 가진 집안인지라 아이 울음소리 하나 들리지 않는 무서울 만큼 적적한 집.

그런데 말 그대로 적막강산 그 집에서, 벽 하나를 사이에 둔 바로 옆방에 다른 누군가가 있다는 사실이 그네들 마음을 자못 설레게 했다. 아니, 파도처럼 출렁이게 했다는 게 더 맞는 말이었다. 늘 나간 것 같은 집이었다.

그 밤에 꺽돌도 설단도 눈을 붙이지 못했다. 언네를 받아들이기는 했지만, 앞으로의 일은 어떻게 될지 정녕 막막하고 불안하기만 했다. 특히 해랑이 뿌리고 간 말들이 악령으로 되살아나 두 사람 가슴 위를 쿵쿵거리며 돌아다니고 있었다.

그게 인간의 못된, 아니면 나약한 속성인지는 모르겠지만, 처음에 언네를 모셨을 때의 그 기쁨과 감격은 어느새 사라지고 마음은 갈수록 물기 머금은 솜이 되어 무겁게 처져 내리기만 했다. 후회라고 하면 너무 비인간적이고 몰인정한 소리라고 할까? 그러면 인간적인 소리는 어떤 것인가? 알 수 없다. 오로지 혼돈의 연속일 뿐이다.

조그만 봉창을 비추는 노란 달빛이 스러져 가는 생명인 양 엷어지고 있었다. 지금 은하수는 어디쯤 흐르고 있는지 모르겠다.

드러난 출생 비밀

비봉산 동쪽 등성이를 타고 여명이 터오고 있다.

그 찬연한 빛살은 마치 활짝 펼친 봉황새의 아름다운 날개처럼 보였다. 그래선지 어쩌면 가매못에서 뿜어내는 열기를 이기지 못해 어딘가로 날아갔던 봉황이 다시 돌아오고 있는 게 아닌가 싶을 지경이었다.

아침 햇살이 비치는 비봉산 서편 자락 아래 자리 잡은 가매못 안마을이다. 오늘도 밖에서 보기에는 여느 때와 조금도 다를 바가 없었다. 적어도 풍경만으로 느끼기에는 다 그대로였다.

그곳은 읍町이긴 해도 약간 변두리에 위치한 탓에 사람들 통행이 많지 않고 항상 고즈넉한 동리다. 가매못에 낚시하러 오는 낚시꾼들마저 없다면 그곳은 시골과 별반 차이가 없을 판이다. 마을을 빙 에워싼 뒷산에 선학산 공동묘지보다는 훨씬 적은 숫자이기는 해도 무덤들이 꽤 모여 있어 명절 같은 때에는 성묘객들 발길이 잦은 곳이기는 하였다.

그러나 이날은 아니었다. 뭔가 분명히 달랐다. 좀 더 정확히 꼬집어 말해서 꺽돌과 설단 집이었다. 그 집 방에서 물소리가 새 나오고 있었다. 더운 김이 방문 가득 서렸다.

그것은 화공의 붓끝에서 살아나는 투명한 그림처럼 비쳤다. 송원아 남편 안석록이 즐겨 그리는 그 고을 풍광과는 한참이나 거리가 멀었다. 설단이 언네를 목욕시키는 중이었다.

꺽돌과 언네는 모자지간과도 같았지만, 꺽돌은 언네가 목욕하는 방에는 들어갈 수가 없었다. 그래서 설단 혼자서 그 힘든 일을 하고 있는 것이다.

그동안 얼마나 오랫동안 제대로 몸을 씻지 못했던지 그 큰 물통의 물을 몇 번이나 새로 갈아도 계속해서 때가 나왔다. 아니 할 말로, 검둥개 목욕 감기듯, 아무리 해도 깨끗하게 희어질 수 없을 것만 같았다. 몸집이 언네보다 몇 배나 넘게 나가는 천룡도 목욕시켜온 설단이지만 정말 힘이 들었다. 그래 자신도 모르게 설단 입에서는 '헉헉' 하는 소리가 잇따라 흘러나왔다.

물론 또 다른 까닭도 있었지만 그건 언네 하반신 탓이 가장 컸다. 아무리 그렇게 하지 않으려고 다짐헤도 설단 눈은 자꾸만 그곳을 외면하고 있었다. 입덧 심한 임산부처럼 연방 헛구역질이 나오려는 걸 겨우겨우 참아냈다. 단지 이번 한 번으로만 그치지 않고 앞으로도 쭉 해야 할 일이었다. 어차피 통과하지 않으면 안 될 의례와도 같았다.

크게 터진 살점과 금방이라도 삐져나올 듯한 뼈는 친 살붙이라 할지라도 보기가 그럴 것이다. 게다가 핏물로 얼룩진 몸뚱어리는 사람의 그것과는 동떨어져 보였다. 조금 더 심한 말로 보자면, 읍내장터 푸줏간에 내걸려 있는 육고기를 방불케 했다. 정신을 떠나서 육신 하나만 놓고 보면 사람이나 동물이나 똑같았다.

설단이 한창 방에서 언네를 목욕시키고 있는 동안 꺽돌은 부엌에서 아궁이에 불을 때고 있었다. 큰 가마솥에서는 날리는 눈발 같은 새하얀 김이 쉴 새 없이 폴폴 뿜어져 나왔다. 흰 쌀밥과 쇠고기 반찬을 준비하는 중이었다. 김으로 가득 차오른 부엌 안은 따스하고 포근한 느낌을 자아내었다. 요람이 이러할까?

우선 너무나 병약해 빠진 언네 몸부터 회복시키는 일이 무엇보다도 급했다. 만약 저대로 며칠만 방치해버리면 그녀 생명의 불꽃은 기름이 소진한 등잔불처럼 저절로 꺼져버릴 것이다. 고문의 후유증에서 벗어나려면 얼마를 더 기다려야 할지 막막했다. 그래도 앉은뱅이 신세는 영영 면하지 못할 것이다.

'천벌을 받을 독종들!'

그을음 잔뜩 낀 아궁이 속으로 설단이 비봉산에서 마련한 땔감을 밀어 넣는 꺽돌 손이 자꾸만 경련을 일으키고 있었다.

'시상에, 그것들이 인간이까? 인간이라쿠는 기 머꼬? 인간이 인간이기를 포기한 사래(사례)는 인간 수보담도 더 많다쿠는 말이 있지만도, 이거는 아인 기라.'

엄청난 분노가 활활 타오르는 불꽃과 맞먹을 만했다. 마음 가는 대로 따르자면 그 불씨를 가져가서 배봉의 집과 가게를 몽땅 싸질러버리고 싶은 것을 가까스로 참고 있었다.

'우찌 생생했던 사람을 저리 맨들어 놀 수가 있노 말이다!'

생각할수록 치가 떨렸다. 곧바로 달려가서 집과 가게뿐만 아니라 그 인간들까지 모조리 결딴내 버리고 싶었다. 그렇지만 또 다른 한편으로 보면 그럴 수도 있겠거니 여겨졌다. 원인이야 어쨌든 간에 목숨을 잃을 뻔했던 사건이었다. 세상 어느 누가 자기를 죽이려 한 자를 온전히 내버려 두겠는가?

'그래, 쥑이지 않으모 죽는다.'

또 한 번 부르르 몸을 떨었다. 어느 정도 되었는지 알아보려고 가마솥 뚜껑을 한 번 열었다가 도로 닫았다.

'그거는 그렇고, 아내가 할 이약이란 기 머시까?'

의문이 의문의 꼬리를 물었다.

'보통 이약이 아인 거 겉은데 말이다.'

배봉 집안을 겨냥한 원한 못지않게 꺽돌 마음을 크게 휘어잡는 것이 설단이 오늘 해주겠다는 이야기였다. 대체 그게 뭘까 하고 궁리해 보느라고 간밤 내내 잠을 설쳤다.

"후~우."

그때 설단이 이마에 송골송골 맺힌 땀을 닦으면서 부엌으로 들어섰다. 하도 용을 쓴 탓에 얼굴이 벌겋고 머리카락이 보기 민망할 정도로 몹시 헝클어져 보였다. 손에는 커다란 물통이 들려 있었다.

"인자 다 끝난 긴가?"

아궁이 앞에 잔뜩 쪼그리고 앉아 있던 꺽돌이 다리를 펴고 몸을 일으켜 세우며 물었다. 설단은 너무 힘겨운지 고개만 끄덕였다.

"에나 수고 마이 했거마는. 미리꼬 할 말이 없거마."

진심이었다. 꺽돌 자신의 몸을 그렇게 살뜰히 보살펴 준다고 해도 이렇게 고맙지는 않을 것이다. 세상 모든 여자를 준다고 해도 내놓고 싶지 않은 아내였다.

설단은 부뚜막 위에 작고 둥근 엉덩이를 갖다 붙인 채 멍하니 앉아 있었다. 지친 기색이 좀처럼 가시지 않았다. 꼭 열흘 굶은 고양이 새끼 같았다.

"거 불편하거로 앉아 있지 말고, 저짝 방에 들가서 좀 쉬든지."

꺽돌이 권유하자 설단이 이렇게 말했다.

"지보담도 어머님이 더 걱정 아입니꺼?"

"어머이가……."

다 알고 있는 사실이면서도 막상 그 소리를 들으니 꺽돌은 머리가 아찔했다.

"우짭니꺼?"

설단은 고개를 절레절레 흔들었다.

"몸이, 몸이 아이라예."

꺽돌이 신음이나 비명 지르듯 했다.

"그 정도나?"

설단은 금방이라도 울음을 터뜨릴 것 같은 얼굴이었다.

"에나 측은하고 불쌍해서 몬 보것어예."

꺽돌이 주먹을 꽉 쥐며 이빨 가는 소리로 말했다.

"꼭 복수할 끼다."

"……."

고삐 없는 말 같았다.

"무신 일이 있어도."

아궁이 속에 타들어 가는 땔감에서 나오는 불빛에 비친 그의 얼굴이 검붉었다. 그런 남편 얼굴을 외면하며 설단이 말했다.

"방에 들가보이소."

"방에?"

가마솥 뚜껑이 들썩거리기 시작했다.

"예, 새 옷을 갈아입히드리고 나왔은께."

"새 옷꺼지?"

그러면서 꺽돌이 얼른 부엌문 쪽으로 몸을 돌려세웠다.

부엌문 밖에서 안을 들여다보고 있던 삽사리가 저랑 장난치자는 걸로 알았는지, 마당을 가로질러 보이지 않을 정도로 네 다리를 재게 놀려 사립문 쪽으로 달려가서는, 발을 딱 멈추고는 고개를 후딱 돌려 이쪽을 바라보았다.

"저눔은 운제나 철이 들랑고?"

마치 철부지 자식에게 그러는 것처럼 하면서, 꺽돌은 툇마루를 딛고 올라가 언네가 있는 방으로 들어갔다.

"아, 어머이!"

꺽돌은 언네를 보자마자 차마 믿어지지 않는다는 표정부터 지었다. 그는 크게 열린 입을 다물지 못했다.

"우찌 이리?"

어젯밤에 거기 처음 데리고 왔을 때와 견주어보면 언네는 완전히 다른 사람으로 바뀌어 있었다. 깨끗이 씻기고 새 옷까지 갈아입힌 덕분이겠지만 그래도 이럴 수가? 하긴 한때는 배봉이 운산녀 질투를 감내하면서까지 잔뜩 눈독을 들일 정도로 빼어난 몸매와 예쁜 얼굴이긴 했었다.

"내가 사주팔자에도 없는 호강한다 아이가."

이날은 목소리에도 제법 힘이 들어 있었다.

"와 어머이 사수빨사에 없어네? 사주에도 나와 있고, 팔지에도 나와 있을 낍니더."

"글씨."

언네가 공허한 웃음을 떨구었다. 모든 게 새로운 것들로 꽉 찰 것 같은 새날의 기운과는 너무나 어울리지 않는 웃음이었다.

"있심니더, 호강하시라쿠는 기."

꺽돌은 이번에는 자신에게 다짐시켜 보이듯 그렇게 말했다.

'음매.'

자기도 똑같이 생각한다는 것인지 외양간에서 천룡이 소리를 내었다. 항상 들어오던 그 소리마저 지금은 아주 귀 설게만 느껴졌다.

"설단이, 아이제, 니 각시가 에나 고맙다. 쿨럭."

두어 번 기침을 한 끝에 코를 훌쩍이며 언네가 다시 말했다.

"이전에 내가 무담시 짜다라 괴롭히기도 해쌌는데."

꺽돌이 감격에 겨운 목소리로 일러주었다.

"앞으로 어머이를 자기 시어머이맹캐 뫼시것다 쿠데예."

"낼로 시옴매매이로 말가?"

떨리는 목소리로 되뇌던 언네는 잠시 기억을 더듬는 낯빛이 되었다.

"본디 천성이 착했더라, 니 각시가."

그러는 표정이 여러 가지 빛깔로 엇갈리고 있었다. /

"그렇지예?"

공처가인지 애처가인지 잘 모르겠는 꺽돌이었다.

"하모, 내 생각만 그랬던 기 아이고 모도 그리쌌다."

꺽돌은 부엌 쪽으로 고개를 돌리면서 말했다.

"바느질도 잘하고 음식도 잘합니더."

아내 자랑하는 팔불출이 언네 눈앞에 있었다. 언네는 흐뭇한 표정을 지었다.

"그것도 니 복이다."

"아입니더."

"아이라?"

"어머이 복도 됩니더."

두 사람이 그런 이야기를 나누고 있는데 방문이 천천히 열리더니 설단이 밥상을 들고 들어왔다. 제법 거창하게 차린 한 상이었다.

"내가 설단이 니한테 이런 은덕을 입을 줄은 에나 몰랐는 기라."

주름진 언네 눈언저리에 물기가 번졌다. 못 보던 그사이에 가장 많이 늘어난 것이 바로 눈물이 아닐까 싶었다.

"그런 말씀일랑 하지 마이소."

설단이 희고 고운 손을 들어 언네 눈가에 맺혀 있는 눈물을 가만히 닦

아주며 말했다.

"인자 같은 건구(식구)가 됐다 아입니꺼?"

마당 가 감나무에서 축하의 합창인 양 참새들 소리가 요란했다.

"지 집사람 말이 맞심니더."

꺽돌은 밥숟갈을 언네 손에 쥐여 주었다.

"퍼뜩 드시소."

"그, 그래. 흐."

또 울먹이는 언네에게 꺽돌은 어린아이 달래듯 했다.

"한거석 잡숫고 쨰이 기운 채리시야지예."

언네가 눈물 글썽글썽한 얼굴로 말했다.

"안 묵어도 배가 하나도 안 고푸다."

"그래도예."

이번에는 설단이 쇠고기에 파를 썰어 넣어 만든 국이 담긴 그릇을 언네 앞으로 쫌 떠 딩겨 놓아주며 말했다.

"밥 한 알이 구신 열을 쫓고, 괴기 한 점이 구신 천 머리를 쫓는다, 글 안 쿱니꺼."

"아, 알것다. 무, 묵는다."

언네는 숟가락으로 쇠고기 국물을 떠서 입에 넣다가 또 울먹울먹했다.

"흑."

꺽돌이 고개를 모로 꺾어 언네를 외면했다. 비록 종년 신세였지만 저렇게 나약한 모습을 보이지는 않았었다. 도리어 위풍당당한 모습으로 다른 비복들을 꼼짝 못 하게 만들었던 그녀였다. 비록 점잖은 집안 출신은 아니지만, 몸을 함부로 가지지 않는 그런 사람이었다.

"자, 어머님예. 이거도 함 자시보이소."

설단은 뼈를 발라낸 조기 살점을 언네 밥그릇에 얹어수었다.

"어, 어머님. 내한테 어머 님……."

그러면서 언네는 가늘 대로 가늘어진 목이 막히는지 몇 번이나 캑캑거렸다. 그러면 또 설단이 얼른 숟가락에 쇠고기 국물을 떠서 언네 입가에 대주곤 했다.

"인자는 고마 물리라이. 배 안이 꽉 차서 더 안 들갈라쿤다."

잠시 후에 언네는 도리질까지 하며 수저를 상 위에 내려놓았다. 그러고는 검불 같은 두 손으로 치맛자락을 끌어 내려 하반신을 덮으면서 말했다.

"내 이 시상에 태어나갖고 오늘겉이 배부리거로 맛있기 무운 적은 없었던 기라."

그새 설단이 떠온 구수한 숭늉으로 입가심도 하고 트림도 하였다.

"에나다. 내 말 믿제?"

"예."

설단이 빈 밥상을 들고 방을 나갔다.

언네가 꺽돌에게 물었다.

"일하로 안 나가봐도 되는 기가?"

꺽돌이 어리광 피우는 아이처럼 말했다.

"오늘은 아모 일도 안 하고 그냥 쉴랍니더."

언네는 반갑다는 건지 그래서는 안 된다는 건지 구별이 안 가는 애매한 소리로 반문했다.

"쉰다꼬?"

꺽돌이 감회 서린 얼굴로 말했다.

"예, 어머이하고 이런저런 이약도 하고예."

그 말을 듣자 약간 밝아지려고 하던 언네 얼굴에 다시 어둡고 슬픈 빛이 어렸다.

"이약하모 할수록 더 멤만 아푼 소리밖에 없을 낀데……."

꺽돌은 설단이 설거지를 하고 있을 부엌 쪽을 한 번 바라보고 나서 오래 참았던 듯 긴장감이 적잖게 느껴지는 목소리로 말했다.

"저 사람이 어머이하고 지한테 꼭 할 이약이 있답니더."

언네가 나이가 무색할 정도로 여전히 긴 속눈썹이 많은 눈을 크게 뜨며 물었다.

"우리한테 할 이약?"

"예."

그러자 순간적이나마 언네는 고양이 달걀 굴리듯 일을 퍽 재치 있게 해나가던 옛날로 되돌아간 듯 또 얼른 물었다.

"무신 이약이라던고?"

꺽돌이 천성적으로 높은 목청을 낮추었다.

"지도 잘 모립니더."

"몰라?"

"예."

부엌에서 또 그릇 달그락거리는 소리가 솟대쟁이나 각설이패가 내는 무슨 악기 소리처럼 들려왔다.

'낑낑.'

마루 밑에서 삽사리 놈이 앓는 소리를 냈다. 요즘은 낚시꾼들에게 무엇을 얻어먹으려고 잘 가던 가매못에 통 가지를 않는다. 어쩌면 짓궂은 낚시꾼이나 동네 다른 큰 개한테 혼쭐이 난 일이 있었는지도 모른다.

"그렇기는 한데, 우쨌든 상구 중요한 이약인 거 겉심니더."

비봉산 숲속에 서식하고 있는 산비둘기들이 그 집 초가지붕 위에 앉아 구구거리고 있었다.

언네는 꺽돌이 한 말을 가만히 되뇌었다.

"상구 중요한 이약이라."

삽사리란 놈이 또 부엌 안으로 들어가려고 하는지 설단이 야단을 치며 쫓아내는 소리도 났다.

"쪼꼼 있어 보이시더. 저 사람이 곧 안 들오까이예."

그렇게 말하면서 꺽돌은 마음을 안정시키려고 애썼다. 내색은 하지 않았지만 뭔가 매우 큰 일이 벌어질 것 같은 예감에 흔들리고 있는 그였다.

'설마?'

광주리에 담은 밥도 엎어질 수가 있다던데, 더 상황을 그르칠 경우가 생기지는 않겠지 싶었다. 하긴 지금보다 더 최악의 사태는 없을 것이다.

"안 있나, 꺽돌아."

잠시 생각에 잠긴 얼굴로 말이 없던 언네가 다시 물었다.

"아즉도 아모 기벨(기별)이 없는 것가?"

"무신 기벨예?"

"니 각시 말이다."

"아, 예."

꺽돌 얼굴이 금세 침통해졌다.

"은행나모도 암수가 마조봄서 자라모 열매를 맺는 벱인 기라."

"……."

언네는 이참에 단단히 다짐을 받아두려는 품새였다.

"안 그렇나?"

"그, 그거는예."

꺽돌 안색이 창백했다.

"와?"

"아입니더."

"아이라이?"

248

언네는 아리송한 낯빛을 풀지 못했다. 꺽돌은 차마 털어놓을 수가 없었다. 아무래도 내 몸에 문제가 있는 것 같다는 것을.

하지만 무엇보다 괴로운 건, 그런 생각만 해도 당장 재업이 떠오른다는 사실이었다. 누가 뭐래도 아내 설단의 뱃속에 여러 달 동안이나 들어 있었던 아이다. 배봉 집안에서 종살이할 때 행랑 할배가 곧잘 하던, '굿 뒤에 날장구 치는' 짓은 하지 않으려고 애써왔다. 그러나 다 지나간 일이라고 다짐을 해봐도 소용이 없었다. 그는 포기나 체념처럼 속으로 중얼거렸다.

'설단이하고 같이 사는 날꺼지는 우짤 수 없것제.'

잠시 후 설거지를 끝낸 설단이 다시 방으로 들어왔다. 여느 때와 비교하면 너무나 오래 걸렸다. 물론 음식을 좀 더 많이 장만해서 씻어야 할 그릇이 늘어났다고 보면 그럴 수도 있겠지만, 그건 아무래도 설단 자신도 이제 털어놓으려고 하는 이야기가 겁이 나 일부러 지체했을 가능성이 더 높았다.

'저 사람이 저라는 거 보모 내 짐작이 맞을 기다.'

그런 생각을 하면서 꺽돌은 얼른 뇌리에서 재업의 얼굴을 지워버렸다. 그러고는 더없이 흔들리는 눈빛으로 바라본 설단 표정이 여간 굳어 있는 게 아니었다. 꺽돌 자신은 되레 저리 가라 할 정도였다.

꺽돌은 엄청난 긴장감에 사로잡혔다. 비봉산 정상의 두 그루 고목 아래서 양득과 싸우던 그때보다도 더 호흡이 가빠왔다. 드디어 아내가 중요한 이야기를 꺼내려 하고 있다.

"흠."

꺽돌은 지푸라기라도 삼킨 사람처럼 목이 컬컬해지면서 마른기침이 나오고 입속에 침이 말랐다.

'내가 남자가 돼갖고 이기 무신 짓고'?'

왜 그렇게 안절부절못하는지 스스로도 모르겠다. 지금부터 우리 앞에 벌어지려는 일은 이미 정해져 있는 숙명과도 같아서, 우리로서는 어쩔 수 없을 듯하다는 강박감마저 덤벼드는 것이었다.

'어? 그기 저게 있었구마.'

그런 와중에 꺽돌 눈이 번쩍 뜨였다.

'이 좁은 방안에서 그리 찾아도 없더이.'

방 한쪽 구석에 구르고 있는 골무 하나가 그의 눈에 들어왔다. 사실 그 순간에는 그깟 골무 따위는 별것이 아니었다. 바느질할 때 바늘을 눌러 밀기 위하여 바늘 쥔 손가락 끝에 끼는 그 물건은 많이 닳아서 끼워도 헐겁게 빠져나올 정도였다. 그런데 참 이상하게도 그의 마음을 강하게 찔러오는 그 무언가가 있었다.

얼마 전에 설단이 바느질을 하는 도중에 손에서 잠깐 빼어 놓았다가 다시 찾지를 못했던 바로 그 골무였다. 시어미 죽은 넋이라는 골무.

질식할 것같이 아주 조용한 가운데 방안 가득 더없이 무거운 공기가 내려앉았다. 비록 짐승들이라도 아는 게 있는지 천룡의 '움~매' 소리와 삽사리의 '깽깽' 소리도 멎었다. 간간이 비봉산 줄기를 훑으면서 내려오는 바람 소리와, 나무와 풀 냄새가 묻혀 있는 듯한 산새 소리도 없었다.

꺽돌은 설단을 재촉하지 않았다. 언제부터인가 언네는 눈을 감고 있었다. 앉은뱅이가 된 후부터 그녀에게 붙어버린 습관이 아닌가 싶었다. 걷지도 못하는 자신의 다리를 보고 싶지 않다는 강한 거부감이 그녀를 그렇게 몰아가고 있는지도 모른다.

설단 모습도 지켜보기 너무 딱했다. 혼자서 입술을 깨물었다가 허공 어딘가에 눈동자를 고정했다가 갑자기 자리를 고쳐 앉았다가 했다. 그만큼 지금 자기 마음이 안정돼 있지 못하다는 증거일 것이다.

'햇빛 한분 좋다.'

작은 방문에 비친 아침 햇살이 실로 눈부셨다. 지금까지 여러 해를 그 집에서 살아왔지만 그렇게 마음을 끌어들인 적은 없었다. 어떻게 보면 혹 미치지 않았을까 여겨질 정도로 낮이고 밤이고 열심히 전도하러 다니는 천주학쟁이들이 말하는 그 '천국의 문'이 열리면 저런 빛일지도 모르겠다고 꺽돌은 생각했다. 방바닥에 깔린 노란 장판지 위에 내려앉은 미세한 먼지도 보일 만큼 방은 밝았다.

온 세상이 굉장히 투명해 보였다. 사물뿐만 아니라 사람 마음도 그대로 훤히 내비쳐져 보일 것 같았다. 그때 그곳에는 어떤 비밀도 용납되지 않을 듯했다. 모든 것들이 소위 고해성사 같은 '고백의 시간' 속으로 들어가고 있었다.

"그라모 시방부텀……."

마침내 설단의 입술이 옆에서 지켜보기에도 어렵게 열렸다.

"지 혼자만 알고 있었던 거를 모돌띠리 말씀드리께예."

언네기 눈을 떴다. 꺽돌 가슴이 방망이질을 했다. 설단에게서는 굉장히 위험한 기운까지 감지되었다. 문득, 언네가 숨을 고르듯 물었다.

"배봉이 집 이약이제?"

"예?"

그 놀란 소리가 꺽돌 입에서 나온 건지 설단 입에서 나온 건지 모르겠다. 아마도 둘의 입에서 한꺼번에 나온 것일 것이다.

"맞제?"

한 번 더 언네가 물었다.

"예."

설단 몸이 대바늘에 찔린 듯이 움찔했다. 꺽돌 안색이 한층 핼쑥해졌다. 꿈속에서도 떠올리기 싫은 저 배봉 집안에 대한 이야기였다.

"그란데 말입니더."

설단은 숨 가쁜 소리로 다짐받았다. 아니, 스스로를 타이르는 어조에 가까웠다.

"절대 놀래시지들 마이소."

놀라지 말라는 그 소리가 꺽돌 귀에는, 그날 액은 독 안에 앉아도 오고야 만다는 그 소리로 들렸다.

"아시것지예?"

"……."

꺽돌과 언네 눈이 마주쳤다.

"지가 우떤 소리를 해도……."

그런 말만 하다가 끝날 것 같은 설단에게 꺽돌이 말했다.

"알것소. 그러이 얼릉 말해 보소."

언네가 꺽돌을 보고 말했다.

"너모 그리 독촉해쌌지 마라."

언네는 어쩌면 자기를 칼로 찌르려고 한 그 공범을 빨리 대지 않는다고 마구 윽박지르며 고문을 가하던 배봉이 떠올랐을 것이다.

"싹 다 이약한다 안 쿠더나."

그러고 나서 언네는 설단에게 고개를 돌리며 신경을 날카롭게 만드는 그 분위기를 누그러뜨리려는 심산인지 이런 말도 했다.

"오늘 하기 머하모 딴 날 말해라."

그런데 설단은 그만 놀라는 빛이 역력해지면서 고집스럽게까지 느껴지는 목소리로 말했다.

"아, 아이라예. 오, 오늘 마, 말할 끼라예."

오늘 말하지 않으면 영원히 말하지 못할 것처럼 하는 설단이었다. 급히 먹는 밥에 목이 멘다는 것을 모를 리 없는 설단이었다.

"그라모 그리하든지."

역시 나이 먹은 언네가 설단이나 꺽돌보다 좀 더 사려 깊고 침착했다. 비록 하반신을 쓰지 못하는 앉은뱅이가 돼버렸지만, 그 육체적인 결함을 보완해주기 위해 정신적인 면이 더 발달하고 있다는 증거인지도 모른다.

"저, 저."

설단은 꺽돌과 언네 얼굴을 번갈아 보면서 말더듬이같이 하더니 이윽고 더없이 흔들리는 어조로 입을 열었다. 한데 그 첫마디부터 예사롭지 않았다.

"도, 동업이 마, 말입니더."

"동업이?"

그 말이 떨어지기 무섭게 두 사람 입에서 한꺼번에 튀어나온 말이었다. 꺽돌이 언네 얼굴을 한 번 보고 나서 설단에게 물었다.

"배봉이 큰손자 말이가? 억호 큰아들……."

그러다가 꺽돌은 제풀에 놀린 빛으로 부정했다.

"아, 아이라."

하지만 억호라는 이름은 이미 나와 버렸고, 그곳은 홀연 그때까지와는 다른 기류가 흐르기 시작했다. 그들 사이에서 억호라는 이름은 결코 입에 올려서는 안 될 그 무엇, 그야말로 금기시돼오던 것이었다.

"동업이는 와?"

억호라는 그 이름자가 그들 부부를 덮어 누를 무게를 익히 알고 있는 언네가 위험한 그 순간을 몰아내기 위한 요량으로 그렇게 물었다. 그러자 방안은 조금이나마 막힌 숨통이 트이려는 조짐을 보였다.

"와? 동업이."

언네가 한 번 더 물었다.

"동업이가, 동업이는……."

설단이 손바닥으로 가슴을 눌렀다. 급기야 실로 오래고 오랜 고민 끝에 실토하는, 천기누설과도 같은 이런 경악할 소리가 설단의 입에서 나왔다.

"어, 업둥입니더, 업둥이예."

일순, 꺽돌과 언네는 하나같이 방금 막 내가 무슨 소리를 들었나? 하는 표정들이 되었다. 서로 얼굴을 멀거니 바라보기만 했다. 그러다가 언네가 설단에게로 주름이 간 목을 돌리며 주문했다.

"함 더 말해 봐라, 그기 무신 소린고."

설단은 한층 목구멍 안으로 기어들어 가는 소리가 되었다.

"어, 어, 업둥이라꼬예."

두 사람은 그만 귀를 의심하였다. 대관절 이게 무슨 소리냐, 무슨 소리. 업둥이? 업둥이? 이번에도 두 사람이 거의 동시에 물었다.

"어, 업둥이라이?"

"그, 그기 뭔 소리고?"

이마에 식은땀이라도 흘릴 것 같아 보이는 설단이 마지막 선고를 내리듯 말했다.

"동업이는 업둥이였다쿠는 말입니더."

"……"

꺽돌과 언네는 천둥벼락을 맞은 사람과 다르지 않았다. 한동안 꿈쩍도 하지 못했다. 몇 해 전에 비봉산 팔부 능선에 서 있는 오래된 큰 느티나무가 벼락을 맞은 적이 있는데, 지금 두 사람 모습이 그 고목을 방불케 했다. 심지어 공기마저도 그 흐름을 완전히 멈춰버리는 양상이었다.

동업직물 장손인 동업이가 업둥이라니!

그렇다면 동업이가 억호 친자식이 아니라는 소리가 아닌가? 누군가가 집 앞에 두고 간 아이를 거두어 키웠다는 얘기가 아니냐? 이럴 수가?

방안은 한동안 침묵의 수렁에서 헤어나지 못했다.

그 말을 꺼낸 설단도 꺽돌이나 언네 못지않게 사람이 바뀌어 보였다. 그 충격적인 사실을 입에 올리는 순간부터 그녀 또한 스스로의 감정을 다스리지 못하고 있었다. 마음속에만 들어 있던 것과 그것이 바깥으로 나왔을 때의 비중은 엄청난 차이를 보이게 되는 법이다.

설단은 아직도 생생히 기억한다. 그날 새벽, 언제나처럼 분녀를 모시고 절에 가기 위해 솟을대문을 나서는 그때, 집 앞에 버려져 있던 갓난아이.

포대기에 싸인 핏덩이를 먼저 발견한 사람도 설단 자신이었다. 그리하여 그날 이후 모든 것은 달라지기 시작했다. 점박이 형제 뒤를 이어 동업직물 후계자가 될 아이의 탄생이었다. 길에 돌도 연분이 있어야 찬다는 말이 있다. 하찮은 일이라도 그럴진대 하물며 부모 자식, 그런 최고의 인연이 맺어지는 그 장소에 설단 그녀가 있었던 것이다.

그 사건은 설단 자신의 운명까지 바꿔놓았다. 재업을 낳고 그 집에서 쫓겨나기까지 동업으로 말미암아 가슴 졸여야만 했던 일들이 얼마나 많았던가. 다른 모든 것을 다 떠나서, 앉은뱅이가 되어 바로 눈앞에 앉아 있는 언네와의 숨바꼭질만 하더라도 또 얼마나 애를 태우게 하고 전쟁이라도 치르듯 치열했던가?

"동업이, 동업이가 그런 아였다 말이제, 그런 아?"

언네는 경악을 금치 못하는 와중에도, 꺽돌과는 달리 비로소 모든 의문이 풀린다는 기색이었다. 꺽돌은 여전히 바보같이 멍한 얼굴로 눈만 끔벅거리고 있는 반면, 그녀는 계속 혼자서 무언가에 홀린 여자처럼 고개를 끄덕이고 있었다. 그 표정이 복잡다단하기 이를 데 없었다. 이런 소리가 시퍼렇게 피멍이 들고 크게 부어오른 그녀 입술 사이로 새 나오기도 했다.

"그랬거마는, 그랬거마는. 그래서 그렇게……."

동업이 분녀가 낳은 자식은 아닐 거라는 확신은 진작부터 품고 있었다. 그리하여 동업이 좀 더 장성하면 언젠가는 그런 사실을 알려주어 근동 최고 갑부로 군림하는 동업직물 가문의 기둥뿌리부터 흔들어 모조리 파산시키리라 다짐해온 세월이었다. 그게 그녀를 옆으로 새거나 뒤로 자빠지지 않도록 지탱해준 유일한 목표이기도 하였다.

문제는, 가장 중요한 것. 증거가 없다는 치명적인 사실이었다. 심증만으로는 완벽하게 그 일을 성사시키기가 어렵다는 것을 알고 있었다. 물증이 없으면 만사 도루묵이었다. 자칫 역으로 당할 위험마저 도사리고 있었다. 섣불리 나서지 못한 큰 이유 중의 하나였다.

그렇지만 이제는 사정이 달라졌다. 확실한 증거를 붙잡은 것이다. 지난날 분녀 몸종이었던 설단 입에서 나온 정보이니 그보다 더 신빙성 높은 건 없을 것이다. 하지만 더 중요한 것이 있다는 데 생각이 미쳤다.

언네는 떨리는 목소리로 설단에게 물었다. 전혀 불구가 아닌 여자로 비쳤다. 그뿐만 아니라 두 눈에서는 매서운 섬광이 뿜어져 나오고 있었다.

"그라모 동업이 친부모는 누고?"

꺽돌도 더한층 입이 마르면서 머릿속이 꿀렁꿀렁하고 가슴이 쿵쿵 뛰었다. 동업의 친부모…….

언네가 한 번 더 물었다.

"누고?"

그런데 설단 입에서 나온 답변은 듣는 사람을 너무나 크게 실망시키는 소리가 아닐 수 없었다.

"그, 그거는 지도 몰라예."

그 말을 듣자마자 언네가 예전에 설단에게 종종 그랬던 것처럼 다그치듯 하였다.

"모린다꼬?"

설단은 자신에게 주어진 임무를 완벽하게 수행하지 못한 사람 모양으로 가느다란 고개를 푹 숙이더니 겨우 들릴 소리로 대답했다.

"예."

사립문 밖을 지나가고 있는 사람들 발소리가 방문에 부딪혔다가 스러졌다.

"모린다."

그렇게 입안으로 되뇌고 있는 언네 얼굴 가득 실의와 낙담의 빛이 떠올랐다.

꺽돌도 그만 기대감이 와르르 무너지는지 더없이 허탈한 모습을 보였다.

"그거를 알아야 하는데, 알이야 히는데."

꺽돌과 언네가 똑같이 하는 그 말이 추궁으로 들리는지 설단은 죄인처럼 온몸을 있는 대로 움츠렸다. 불을 밝히지 않은 호롱은 밝은 빛 속에서 되레 몹시 우중충해 보였다.

"그래야 일을 확실하거로 할 수 있는 기다."

언네는 참으로 아쉽고 안타깝다는 표정으로 고개를 들고 천장을 올려다보았다. 꼭 거기 하늘에게 말해 달라는 모습같이 비쳤다.

"쪼꼼도 모리는 긴가?"

이번에는 꺽돌이 물었다. 설단은 잠자코 고개만 끄덕였다.

"해나 짐작 가는 사람도 없는 기라?"

골무는 여전히 방 한쪽 구석에 뒹굴고 있었다. 아직도 새 부모에게 입양되지 못한 채로 유기遺棄되어 있는 아이처럼 보였다.

"그런 기요?"

꺽돌은 마지막 희망의 밧줄을 잡으려고 버둥거리는 사람처럼 간절한 목소리로 물었다. 하지만 설단 또한 한정 없이 애달프고 분하다는 얼굴로 고개만 흔들었다.

"대체 누까예, 동업이 친부모가?"

설단에게서는 아무런 해답도 얻어낼 수 없다는 사실을 깨달은 꺽돌이 이번에는 언네를 보고 물었다.

"글씨다."

언네는 머리를 짜내느라 그러는지 주름이 간 이맛살을 보기 흉할 정도로 찡그리며 말했다.

"암만캐도 알 방도가 없다 아이가."

해가 구름에 가려졌는지 방문이 아까처럼 그렇게 훤하지 못했다. 어쩌면 하늘은 그대로인데 그네들 마음 위로 절망과 낙심의 그늘이 드리워진 탓인지도 모르겠다. 그리고 어둡거나 밝거나 간에 시간은 어김없이 지나가고 있었다.

"세월도 너모 한거석 흘러삣다."

탈기하는 언네 말에 꺽돌도 동감하는 낯빛이었다.

"하기사 시방 동업이 나이가 올맵니꺼?"

참새들이 토담과 감나무와 초가지붕으로 분주하게 자리를 옮겨가면서 쨀짹거리는 소리가 줄곧 들렸다. 그 새 무리를 보고 꼬리를 흔들어가며 간헐적으로 짖어대는 삽사리 소리가 온 집 안을 울리고 있었다.

얼마나 지났을까, 한동안 말이 없던 설단이 조심조심 두 사람에게 물었다.

"저, 그란데 안 있심니꺼. 해나 그동안 동업이 친부모가 지네들 자슥을 볼 끼라꼬 나타난 적은 없었으까예?"

258

그 말을 듣자 노리끼리한 빛을 띠고 있는 언네 눈이 반짝 빛났다. 그녀는 앙상한 손으로 이제 쓰지도 못하는 무릎이라도 칠 것처럼 하였다.

"하모, 맞다! 그랬을 공산이 크다!"

꺽돌이 다시 눈앞에 나타나 보일 성싶은 끈을 절대로 놓치지 않으려는 의도인 양 설단에게 급히 말했다.

"당신 기억 잘해 보소."

설단에게 무릎걸음으로 다가앉았다.

"시방꺼지 배봉 집안을 찾았거나, 근방에 얼쩡거리쌌던 누가 없었던고……."

사립문 밖에 걸인이나 시주승이라도 온 모양이었다. 별안간 삽사리가 온 집이 떠나가라 우렁찬 소리로 짖어대었다.

하지만 거기 누구도 밖을 내다볼 겨를이나 여유가 전혀 없었다. 그건 지극히 당연했다. 삽사리만 계속 밥값을 다하려고 노력하는 중이었다.

'컹! 컹컹!'

그런데 그에 비해 설단이 하는 말에는 힘이 하나도 들어 있지 못했다.

"배봉 집안을 찾아오는 사람이 오데 한둘이까예."

"그 집안 세도가 올매나 대단하고, 돈은 또 올매나 쌔삣어예."

구름장에서 빠져나온 게 틀림없었다. 방문을 비추는 햇살만 심통이 날 정도로 아주 밝아졌다.

"니내없이 우쨌든 배봉이한테 함 잘 비이 볼 끼라꼬, 그 집 문턱이 다 닳거로 왔다 갔다 해쌌는데……."

설단의 말끝이 닳아버린 것처럼 흐려졌다.

아무튼 설단의 말에 언네도 맥이 풀리는 혼잣소리로 말했다.

"맞거마는. 내도 그눔의 집구석에 있어 봐서 잘 안다. 그라고 꺽돌이도 모리까이?"

세상을 향해 침이라도 뱉을 태세였다.

"시상 인간들이라쿠는 기 우쨌거나 지보담도 심이 있는 사람한테 빌붙어갖고, 오만 가지 아부아첨 다해감서 머 쪼매 얻어 볼 끼라꼬 발광을 안 하는가베."

"그래도……."

꺽돌은 사내답게 여자들보다는 좀 더 악착같은 면모를 드러냈다. 끝까지 포기하지 않고 안간힘을 다하려는 목소리였다.

"해나 멤에 짚이는 누가 있을 수도 안 있는가베."

언네가 꺽돌을 위로하듯 타이르듯 했다.

"니 각시 말이 모도 맞다. 니 각시보담도 사실은 내가 그노무 집구석에 상구 더 오래 안 살았디가. 살아 있어도 산 목심이 아이라는 거는 꺽돌이 니도 깨쳤을 기다."

언네 말은 십분 일리가 있었다.

"에나 그 집구석에 오는 사람 천지삐까리다. 돈 마이 있는 장사꾼들만 아이고 관아 높은 인간들도 짜다라 와쌌고 말이다."

그러자 꺽돌도 어쩔 수 없이 고집을 꺾었다.

"하기사 친부모는 하매 죽어삤는지도 모리지예."

포기 섞인 목소리로 이런 말도 했다.

"안 그라모 오데 아조 멀리로 가삐릿거나."

집에 왔던 누군가는 돌아가 버렸는지 삽사리가 더 이상 짖지를 않았다.

언네는 두 사람을 보며 위로했다.

"그래도 이 정도만 알아도 그기 오데고?"

창호지를 투과해 들어온 햇살에 드러나 보이는 그녀 얼굴은 잔주름투성이였다. 저 남강 물결도 그렇게까지는 심하지 않을 성싶었다.

"동업이 친부모사 모린다 캐도, 우쨌거나 억호가 동업이 진짜 아부지가 아이라쿠는 거는 알았은께."

들고 있던 꺽돌이 곧장 자리를 박차고 일어날 자세를 취했다.

"생각 겉으모 시방 바로 밖에 나가갖고, 온 시상천지에 대고 큰 소리로 알리고 싶심니더. 동업이는 동업직물 친핏줄이 아이라꼬."

"아이다, 아이다."

언네가 급히 손을 내저었다. 다 된 죽에 코 빠뜨릴 일이라고 했다.

"그라모 안 되제. 우선에는 아모도 몰라야 되는 기라. 배봉이 집구석 것들은 더 몰라야 되고……."

꺽돌이 이내 수긍했다.

"듣고 본께 그렇네예. 역시나 어머이 생각이 깊심니더."

설단도 고개를 끄덕거렸다.

"배봉이 집구석 것들이 오데 보통 것들이가?"

언네는 몸서리를 쳤다.

"조심 우에 또 조심해야 히는 기다."

이제 삽사리 소리는 멎었는데 천룡이 외양간 안에서 이리저리 몸을 돌리고 있는 기척이 났다. 주인들이 한참이나 방에서 나오지 않으니까 궁금해서 그러는 건지도 모르겠다.

"하모예, 맞심니더."

"너거 두 사람 모도 입조심 단디 안 하모 일 난다."

"예, 안 그라모 우리가 도로 당합니더."

"그라고 또 안 있나."

언네와 꺽돌이 무어라고 쉬지 않고 말을 주고받는 사이에도, 설단은 고개를 깊숙이 수그린 채 혼자서 무언가를 골똘히 생각하는 모습이었다.

"하여튼 이런 사실을 알았는데 그냥 가마이 있을 수는 없다 아입니꺼? 막 바로 복수를 시작해야지예."

꺽돌은 어서 무슨 일이라도 저지르고 싶어 안달 나 하는 빛이었다.
하지만 언네는 도리어 더 뒤로 물러서는 태도를 보였다.

"침착해야 하는 기라. 우리 쪼꼼 더 시간을 갖고 궁리해보자."

여전히 깊은 상념에 잠겨 있는 설단을 보면서 말했다.

"그 집구석을 우찌 망하거로 할 낀고……."

그런데 언네 그 말이 미처 떨어지기도 전이었다. 한참 미동조차 하지
않고 있던 설단이 갑자기 고개를 번쩍 치켜들며 이렇게 소리를 질렀다.

"아, 새, 생각나는 사람이 하, 한 사람 이, 있어예!"

그 소리에 귀가 번쩍 뜨인 언네와 꺽돌이 일제히 설단을 바라보면서
외쳤다.

"무, 무신 말이고?"

"새, 생각나는 사람이 이, 있다꼬?"

방바닥에 놓여 있는 골무뿐만 아니라 방안까지 흘러들어온 햇살도 마
구 흔들리는 듯했다.

"에나가?"

"예."

설단은 몸에 밴 버릇처럼 손바닥으로 가슴을 억누른 채 간신히 입을
열었다. 한데, 기껏 한다는 소리가 이랬다.

"그 사람, 그 사람……."

꺽돌이 빚쟁이 채근하듯 했다.

"쌔이 말해 보소, 우떤 사람 말인고."

"꺽돌아."

언네가 꺽돌을 부르며 눈짓을 해 보였다. 서두르지 말고 조금 더 느
긋하게 기다려 보자는 신호였다.

꺽돌이 숨통 틔우듯 말했다.

"예, 알것심니더."

그러나 바로 그 순간까지도 두 사람은 눈곱만큼도 예상하지 못했다. 설단 입에서 그런 말이 나올 줄은.

"나, 나루터집 안 있어예? 사, 상촌나루터에 있는……."

"나루터집?"

꺽돌이 반문했다.

"방금 나루터집이라 캤나?"

언네가 확인했다.

"예, 나루터집예."

돌아오는 설단 답변이 가파른 언덕배기를 쉬지 않고 올라온 사람의 숨결만큼이나 고르지 못했다.

"각중애 그 집은 와?"

꺽돌은 양같이 순해 보이는 두 눈을 또 얼간이처럼 끔벅끔벅했다.

설단은 기녀린 이께를 덜덜 떨면서 가까스로 말을 이어갔다.

"그, 그 집 바깥줜 마, 말입니더."

"그 집 바깥줜?"

꺽돌이 되뇌었다.

"예."

"그 집 바깥주인이라모?"

언네가 소스라치는 얼굴로 물었다.

"비화 서방 말이가?"

"예."

설단 입술이 파르르 경련을 일으켰다. 큰 두 눈도 더할 수 없이 질려 보였다. 이번에도 말더듬이 같은 소리가 나왔다.

"그, 그 사람이 며, 몇 분 오, 온 적이 이, 있어예. 오, 오래 서, 선이시만예."

"비, 비화 서방이!"

언네는 방금 내가 무슨 소리를 들은 거야? 하는 얼굴로 멀거니 설단을 바라보기만 했고, 꺽돌이 쥐어박는 말투로 확인하였다.

"비, 비화 마님 부군이 배, 배봉이 집에 왔다, 그, 그 말인 기라, 시방?"

설단 대답이 새벽 새 꼬리 모양으로 쳐져 내렸다.

"예……."

꺽돌은 도저히 있을 수 없는 일이라고 보는지 낯까지 붉히며 심하게 캐물었다.

"그 양반이 그, 그 집에는 와 왔는데?"

끓는 물에 냉수 부은 것만큼이나 조용해지는 방에서 꺽돌이 묻는 소리만 살아났다.

"그, 그 집이 우떤 집인데?"

언네도 좀처럼 납득할 수 없는 일이라고 여겨 고개를 갸우뚱했다.

"지 아내 집하고 그 집하고는 철천지웬수 사이라쿠는 거는 온 시상이 다 아는데, 모리는 사람이 없는 판인데, 그란데 그 집에?"

그러던 언네가 느닷없이 누가 칼이라도 불쑥 들이대기라도 한 듯 화들짝 놀라는 얼굴로 급하게 물었다.

"가, 가, 가마이 있거라. 비, 비화 서방이 호, 혼래 올리고 나서, 며, 몇 년이나 집을 나, 나갔던 적이 있제?"

꺽돌이 얼른 되물었다.

"그래서예, 어머이?"

언네가 부르르 전신을 떨어대기 시작했다. 그러고는 신들린 사람 모습이 되어 푸닥거리하듯 하였다.

"그렇네! 하모! 그, 그랄 수도 있것다, 그랄 수도!"

그럴 때 지켜보니 언네는 몸이 불편하거나 어디가 아픈 사람과는 너무나 거리가 멀었다. 오히려 당장이라도 머리가 천장에 닿도록 펄쩍 뛸 사람으로 보였다.

"머가 그랄 수도 있다쿠는 말씀인데예?"

꺽돌이 물어도 답이 없는 언네는 귀신을 본 사람마냥 완전 넋이 나간 모습이었다. 혼자 입속으로만 무어라 알아들을 수 없는 소리를 중얼거렸다. 한 가지 생각에만 몰두하여, 말 그대로 나무칼로 귀를 베어도 모를 사람이었다.

"어머이!"

꺽돌은 답답한 나머지 미쳐버릴 듯한 얼굴이었고, 설단은 제 그림자에 놀란 암탉이 숨만 헐떡거리는 모습을 떠올리게 했다.

"설단아이."

그런네 잠시 후 인네는 물어오는 꺽돌이 아니라 설단을 상대로 해서 말했다. 그 악독한 고문 끝에 기적같이 살아남은 노파의 음성은 거짓말처럼 잔잔했다.

"쪼꼼 더 잘 알아듣거로 이약해 봐라."

그러자 설단은 여전히 흔들리는 목소리지만 보다 상세히 들려주기 시작했다.

"도, 동업이가 그, 그 집에 어, 업둥이로 드, 들오고 나서, 그, 그라고 나서 오, 올매 안 지내갖고…….'"

"올매 안 지내갖고…….'"

언네는 설단 말을 잘근잘근 곱씹었다.

"그 사람이 그 집 앞에 와, 와서 얼쩡거리다가, 고마 그 집 식구들한테 드, 들키서, 크거로 혼이 난 적이 있어예."

설단은 아직도 기억에 또렷하다는 빛이었다.

"그 집 식구들."

언네가 가슴에 새겨두려는지 다시 물었는데 그녀도 어쩔 수 없이 뒤죽박죽이었다. 하긴 그러지 않으면 그게 더 이상할 터였다.

"억호하고 해랑이, 아이제, 그때꺼지는 해랑이가 아이고 분녀제, 그분녀하고, 그 둘이한테 말이제?"

"예, 마, 맞아예."

설단은 자신이 그들에게 발각된 장본인이기라도 하듯 몸을 잔뜩 옹크렸다. 그 바람에 그러잖아도 왜소한 그녀 몸이 더한층 작아져 보였다.

"그런께네…… 그렇다모……."

언네는 갈수록 더욱더 확신하는 빛이었다. 가슴이 금방이라도 터져날 사람으로 비쳤다. 말 그대로 앉은뱅이 용쓰는 형용이었다.

"하모, 하모."

똑같은 말을 쉼 없이 되풀이했다.

"그랄 가능성이, 가능성이 충분히 안 있나, 넘치거로."

이제 나머지 두 사람은 듣기만 했다.

"인자 갓 장개 든 한창 팔팔할 그 나이에, 지 신부 놔놓고 딴 여자하고 바람나갖고 돌아 댕깃으이."

더는 생각해볼 필요도 없다는 투였다.

"그 사이에 아아가 안 생깃다모 그기 더 이상하제."

언네 얼굴을 빤히 바라보고 있던 꺽돌이 아무래도 믿을 수 없다는 듯 입을 열었다.

"하지만도 어머이, 이거는……."

꺽돌이 말할 틈을 주지 않았다.

"가마이 있어 봐라."

언네는 누군가를 매섭게 노려보는 눈길이었다. 지난날의 기갈을 회복한 여자였다.

"내도 안 믿기기는 니하고 가리방상하다. 그렇기는 하지만도, 비화 집안하고 배봉이 집안하고의 관계를 놓고 잘 짚어볼 거 겉으모⋯⋯."

거기서 말을 끊은 언네는 숨을 몰아쉰 다음 이야기를 계속했다.

"그래도 사실인데 우짜겠노? 천하없어도 사실은 우짤 수가 없는 벱이다."

꺽돌은 아주 몽롱해진 눈빛으로 되뇌었다.

"사실⋯⋯."

문지방을 넘어온 햇살이 장롱 쪽으로 발을 옮겨가고 있었지만 거기 도달하기에는 아직도 한참 멀었다. 어쩌면 영영 닿지 못하고 투명한 몸을 돌려세워야 할지도 모른다.

"겪다 보모 베라벨 일이 다 있는 기 인간살이 아인가베."

참새 무리는 비봉산으로 날아가 버린 모양이었다. 거기 무성한 대숲으로 들어가서 마치 숨바꼭질하듯 놀고 있을 것이다.

"아, 날랜 장수 목 베는 칼은 있어도 인륜人倫 베는 칼은 없다 글 캤제."

그렇게 말하는 언네는 단지 대만 잡지 않았을 뿐이지 영락없는 점쟁이였다.

"시상에, 우, 우찌?"

설단은 언네 이야기를 들을수록 모든 게 더 현실감을 싣고 다가와 숨도 제대로 쉴 수 없었다. 비록 그녀 자신이 먼저 그런 말을 끄집어냈지만, 자신도 믿기 어려웠던 게 사실이었다.

세상에, 동업이 비화 마님의 부군인 재영의 자식이라니! 비화 마님은 이러한 사실을 알고 있을까? 만약 알고 있다면⋯⋯.

'아이다. 아이다.'

설단은 고개를 절레절레 흔들었다. 그건 아니다. 모를 것이다. 알았다면 지금까지 이대로 있었겠는가 말이다. 귀신도 모를 노릇인데.

그러나 또 다른 한편으로는 이런 생각도 들었다. 어쩌면 알지도 모른다고. 하지만 설혹 안다고 해도 어떻게 하겠는가? 너무나도 대책이 없는 일이기에 그저 황망함에 빠져 어쩔 줄 모르고 살아갈 수밖에.

"두 사람 내 이약 잘 들어라이."

그때 언네의 이런 당부 말이 방을 울렸다.

"벌로 행동하모 안 되는 기다."

언네의 그런 주의가 없을지라도 말을 할 수도 몸을 움직일 수도 없을 것 같은 부부였다.

"알것제?"

언네는 마녀를 연상케 했다. 앉은뱅이 노파는 어디에도 없었다.

"천천히, 시간을 갖고 천천히……."

햇살이 방안을 천천히 돌아가고 있었다. 흡사 시간을 돌리는 물레방아처럼.

갓마흔에 첫 버선

4월도 거의 다 가고 있다.

지난 3월 말, 그 남방 고을 대안면 1동에 설치된 일본우편수취소의 일본우편국 취급사무가 통상우편과 소포우편, 우편저금 등으로 실시되었다.

나루터집 식구들이 그 일을 남들보다 빨리 그리고 소상히 알게 된 것은, 서당에서부터 사귀어 온 얼이의 오랜 지기인 철국 때문이었다. 보다 정확히 말하자면 철국의 형이 거기 우체사 체부로 일하고 있은 덕분이었다.

"우리 나가자."

"오데로?"

"오데것노?"

"아, 거!"

얼이는 나루터집을 찾아온 낙육고등학교 벗들을 데리고 흰 바위 있는 곳으로 갔다. 아들 친구들이 왔다고 우정 댁이 각별히 신경 써서 차려준 콩나물국밥을 배부르게 먹은 청년 유생들은 하나같이 기운이 흘러넘쳤다.

그러나 흰 바위에 올라앉아 철국에게서 이런 이야기를 듣게 되자, 강을 엎을 만한 기개의 젊은이들도 어찌할 도리 없이 중늙은이 행색이 되어 온몸에서 힘이 쭉 빠져나가고 폭폭 한숨까지 내쉬었다.

"우리 철훈 새이 말이 안 있나, 왜눔들이 우리나라 통신 주권을 박탈해뻿다데."

"머라꼬? 우리나라 꺼를?"

문대가 너무나 분하다는 듯 특유의 컬컬한 목소리로 말했다. 그는 세월이 지날수록 자기 아버지인 서봉우 도목수의 얼굴과 체구를 닮아가고 있었다. 어쩌면 성격은 더 그런지도 몰랐다.

"그래서?"

남열이 흥분한 얼굴로 캐물었다. 이제는 그도 예전의 나약해 보이기만 하던 모습에서 많이 벗어나 있었다. 원채에게 택견을 배우고 있는 것도 한몫했을 것이다.

"그래갖고 안 있나."

철국은 그의 형에게서 들었던 말을 그대로 전했다.

"우리 고을 우체사하고 전보사도 접수를 시작해뻿다는 기라."

모두가 한입으로 말했다.

"우체사하고 전보사를 말이가?"

철국은 시무룩한 얼굴을 했다.

"하모."

흰 바위 발치에 연방 와 부딪는 물살이 뽀얀 물보라를 계속 일으키고 있었다. 그 소리는 농민군과 항일의병들이 내지르는 함성을 떠올리게 했다.

저만큼 남강 물 위에는 물총새들이 많이 모여서 긴 부리를 이용해 물고기 사냥에 한창이었다. 몸의 윗부분은 광택이 나는 청록색인데 아랫부분은 오렌지색으로서 실물이 아니라 색종이로 만든 공작품 같았다. 물 위쪽 상공에 한참 머물러 있다가 홀연 물속으로 들어가는 번개 같은 그 동작은 절로 감탄을 자아내게 할만했다.

"이라다가는 우리나라가 증말 왜눔들 손에 모돌띠리 넘어가삐는 거 아이가?"

장광일이 말했다. 그는 서당은 얼이와 문대 등과는 다른 곳에서 다녔지만 낙육고등학교에 같이 들어와서 아주 절친한 사이가 된 벗이었다. 듬직하고 정이 많은 그를 모두 좋아했다.

"임진년하고 계사년에도 그리 우리를 넘보더이."

역시 그 학교에 입학하고 나서 알게 된 김명렬도 울분을 감추지 못했다. 그는 친가보다 외가 쪽이 더 명문가라고 알려져 있었다. 어쨌든 간에 출신 성분이나 가산家産의 많고 적음을 떠나 너나없이 의분 넘치는 젊은이들이었다.

"그라모 인자부텀 우찌 되는 것고?"

"우찌 될랑고 모리것나?"

"알것다. 눈에 뻔하이 안 비이나."

"도로 안 비이모 더 낫을 낀데."

"그란다꼬 문제가 풀리나?"

"그냥 보고만 있을 수밖에 없다쿠는 기 더 내를 미치삐거로 한다."

그날 그들의 우려는 한갓 기우가 아니었다. 그로부터 약 한 달쯤인가 지난 후에, 일제에 빼앗겨버린 그곳 우체사와 전보사는 마산우편국 진주출장소에 인도되었다. 성내면 5동에 설치된 그 출장소에서는 우편저금과 일본어 전보가 취급되고, 같은 날 임시우체소가 세워지기도 한 것이다.

여하튼 시간이 흐를수록 그때 그곳 분위기는 가을날의 강보다 한층 더 깊고 침울해졌다. 단지 그들뿐만 아니라 당시 조선 사람이라면 어김없이 전부 감지하고 있었다. 뭔가 크고 시커먼 그림자가 이 나라를 향해 서서히 접근해오고 있다는 불길하고 께름칙한 예감이었다.

"종산!"

그 기분 나쁜 공기를 몰아내기 위해선지 문대가 목울대가 불룩해지도록 큰소리로 얼이를 불렀다.

"와?"

얼이가 돌아보자 문대는 주먹을 꽉 쥐어 보이며 이렇게 주문했다.

"왜눔들하고 싸왔던 이약, 함 더 해주모 좋것다."

"왜눔들하고?"

얼이가 확인하자 문대는 여러 벗들을 둘러보며 말했다.

"하모, 여 그 이약 아즉 몬 들은 사람도 있은께."

그러자 남열이 한 소리 거들었다.

"우리 택견 사부님하고 함께 참전해서 싸운 그 전투는 운제 오데서 들어봐도 에나 신이 난다 아이가. 똑 내가 그리한 거매이로."

모두들 한층 흥미와 관심을 나타내었다. 강 건너편 완만한 산 능선 위로 아지랑이 비슷한 기운이 아른거리고 있었다. 얼이 눈에는 그것이 시커먼 총구에서 뿜어져 나와 허공으로 흩어지는 화약 연기로 보였다.

"택견 사부님하고?"

"우와! 듣기만 해도 조오타!"

"쪽바리들한테 우리 전통무예를 맛 비이줄 수 있는 기회 아인가베."

"내한테는 그런 기회가 퍼뜩 좀 안 오나."

어쩌면 철딱서니 없다고 여겨지는 벗들의 환호를 듣는 얼이 뇌리에 상평 남강에서 일본군을 맞아 싸우던 일이 떠올라 전율이 느껴졌다. 언제 어느 곳에서 다시 되살려 봐도 몸서리가 크게 쳐졌다. 원채 아저씨가 없었다면 벌써 일본군 총알이나 칼에 맞아 죽었을 것이다.

"이약해주기가 싫은갑네?"

벗들 재촉에도 얼이가 얼른 입을 열지 않자 철국이 말했다.

"하기사 얼이는 그 일을 두 분 다시 기억하기도 싫을 끼다. 여게 있는 우리 누라도 안 그러까이?"

문대가 범대라는 별명에 걸맞게 튼튼하고 굵은 고개를 끄덕였다.

"우리가 너우니에 모인 농민군부대하고 어깨를 나란히 해갖고 성으로 막 진군하던 일도 바로 어지(어제) 일 겉다 아이가."

잠시도 머물지 않고 어딘가로 쉼 없이 흘러가는 남강 물을 무연히 내려다보고 있다가 긴 노랫가락 뽑는 소리로 말했다.

"세~월 한분 자~알 간다."

그러던 그는 문득 떠올랐는지 얼이에게 눈길을 주며 말했다.

"그날 군중틀 가온네서 싱갱책 들고 있던, 이미 우리보담은 나이 쪼매 덜 묵은 그 친구 안 있나."

잠시 기억을 더듬는 얼굴이었다.

"혁노라꼬 했제."

그러자 얼이는 왠지 약간 부담을 느끼는 표정이었다.

"혁노?"

모래밭 저쪽 나무숲에서 새소리가 났다. 물새는 아닌 것 같았다. 산새도 종종 날아드는 곳이었다.

"응."

생각에 잠겨 있는 문대 응답이 짧았다.

"혁노는 와?"

그러면서 얼이가 빤히 바라보자 그가 짐짓 지나가는 투로 되물었나.

"그 친구, 요새도 천주학 하나?"

"……."

얼이는 잠자코 고개만 끄덕였다. 얼음 조각을 댄 듯 콧잔등이 시큰해지면서 당장 눈물이 솟아 나오려고 하여 말을 할 수 없었다. 내 앞도 못 닦는 것이 남의 걱정한다고 하겠지만, 생각하면 할수록 안돼 보이는 동생이었다.

"아, 그라고 보이 내도 떠오리거마."

남열도 궁금했었다는 얼굴로 조심스럽게 물었다.

"시방은 얼이 니하고 안 친한 기가? 같이 안 댕기는 거 겉데?"

안 화공이 항상 손에서 놓지 않는 물감을 풀어먹인 듯이 푸른 강 어딘가에 눈을 둔 채 얼이가 대답했다.

"시방은 준서하고 더 안 친하나. 오늘도 둘이 오데로 함께 가는갑데."

철국이 무척 부럽다는 얼굴로 말했다.

"준서는 우찌 그리 머리가 좋으꼬?"

문대와 남열도 이구동성으로 말했다.

"난주 에나 높은 사람이 될 끼거마는."

그때 나이가 그중 어린 데다 세견도 제일 덜 든 정우가 끼어들었다.

"얼골이 그래서……."

얼이가 말없이 정우를 무섭게 노려보았다. 그 눈빛이 지금 그들이 앉아 있는 그 커다란 바위를 쪼개버릴 것처럼 매서웠다. 그러자 정우는 얼른 고개를 돌려 얼이 눈길을 피했다. 광일과 명렬도 정우를 그대로 두지 않을 기세였다.

"정우 니?"

"그기 동무한테 할 소리가?"

그 어색한 분위기를 읽은 문대가 손짓으로 벗들을 제지하고 나서 얼

274

이 귀에 대고 살짝 물었다.

"그 처녀하고는 우뜷게 돼가노?"

순간, 얼이는 자신도 모르게 심장이 '쿵' 내려앉으면서 온몸이 경직되고 말았다. 요즘도 효원을 생각하며 노루 잠자듯 깊이 잠들지 못하고 자다가 여러 번 깨어나곤 했다.

그가 효원을 범하려는 오광대패 중앙황제장군 최종완을 죽인 살인범이란 사실을 알면, 지금 거기 있는 벗들은 하나같이 비명까지 내지르며 혼비백산할 것이다. 설혹 그 일이 정당방위였다고 하더라도 사람을 죽인 것이다. 그 무슨 명분이나 핑계를 들이대든 간에 고귀한 한 생명을 빼앗는다는 건 용서받지 못할 행위였다.

그런데 문대는 얼이의 그런 반응을 아마 오인한 모양이었다. 그는 얼이가 너무 부끄러운 나머지 그러는 줄로 착각했는지 씩 웃었다.

"잘 돼가는갑네, 우짤 줄 모리는 거 본께."

얼이는 효원을 향한 그리움이 흰 바위 밑둥을 후려치는 물살같이 밀려왔다. 정말 이럴 땐 대책이 없었다.

'아, 효원.'

그는 속으로 울부짖었다.

'우찌 지내요?'

원채 아저씨 권유를 좇아서 효원과 둘이 오광대패가 되어 탈을 둘러쓰고 살아가야 하는 것이 우리들의 운명이라고 받아들이면서도, 여전히 실천에 옮기지 못하고 있는 자신이 그렇게 못나고 부끄러울 수 없었다. 논을 사려면 두렁을 보고 밭을 사려면 주변을 보라고, 언제나 자기 일에 자신을 가지고 말하며 살아가는 비화 누이를 닮으려고 노력해왔다.

그렇지만 가로막고 있는 장벽들이 너무 많고 너무 높았다. 무엇보다도 어머니 우정 댁을 설득시킬 자신이 없었다. 아니다. 설늑이라기보나도 당사자인 그 스스로부터가 그것을 용인해주지 않았다.

'시상천지에 그런 불효자슥은 둘도 없을 끼다.'

청상과부 몸으로 남편같이 의지하고 살아온 하나밖에 없는 귀한 아들이 오광대패가 되겠다고 했을 때 받을 충격과 실망이 어떠할지는 불 보듯 뻔했다. 자식이 크게 높은 벼슬에는 오르지 못하더라도 거상巨商으로 살아가길 밤낮으로 소원하는 당신이었다. 요즘 세상은 허울뿐인 지위나 명망보다도 돈 그놈이 큰소리친다고 입에 달고 사는 어머니를 보면 얼이는 더 힘들고 괴로웠다.

'그래도 효원이는 저리한께, 그거는 쪼매 낫지만도.'

효원은 오광대패가 되기로 마음을 굳힌 모양이었다. 그 자그마한 몸속 어디에 그런 무서운 강단이 숨어 있는 것일까? 오광대패들과 어울리다 보니 자연히 그렇게 될 수도 있었겠지만, 어떤 측면에서 볼 때 오광대는 관기라는 그녀의 관록과도 어느 정도 맞아떨어지는 면이 있는지도 모른다.

그뿐만이 아니었다. 심지어 효원은 먼 훗날에는 마당극이나 판소리를 하는 오광대 같은 탈놀음이 우리나라 전통적인 문화유산으로 높이 평가받을 시기가 올 것이라는 기대감과 자긍심도 품고 있었다. 장롱 속에 갇혔다가 놓여난 새 같은 효원이었다. 하지만 그 효원이 가장 얼이를 옥죄는 것은 그녀의 이런 말이었다.

"에나 이상해예, 되련님. 지하고 되련님이 다 오광대패가 되기로 멤 묵은 그날부텀, 꿈에 비이는 최종완 그 사람이 달라진 기라예."

"우, 우찌 말이요?"

간담이 덕석 같은 얼이지만 그만 머리카락 끝이 쭈뼛 곤두서면서 온몸에 소름이 쫙 끼쳤다. 그전에는 꿈에 나타나지 않는다더니.

"지가 통 이해가 안 되는 기 있어예."

더군다나 이어져 나오는 효원 목소리는 평소 새 소리처럼 맑고 경쾌한 그녀답지 않게 어쩐지 무겁고 음산하게 들리기까지 했다.

"그 쪼꼼 앞에까지만 해도예, 두 눈이 뻘게갖고 당장 잡아묵을 듯기 노리보고 그랬는데예."

"자, 잡아묵을?"

얼이가 섬뜩하다는 표정을 짓자 효원은 얼른 부정했다.

"시방은예, 그기 아이고예."

얼이 보기에 효원은 눈먼 말 타고 벼랑을 가는 사람과 다름없었다.

"그냥 아모 말도 안 하고 한참 가마이 바라만 보거나예, 또 우떨 때는 예, 웃어 비이는 거 겉기도 하거든예."

그러면서 웃어 보이는 효원 또한 그렇게 낯설고 께름칙해 보일 수 없었다. 그건 일찍이 없었던 일이었다.

"우, 웃어 비이요?"

얼이는 최종환이 무섭게 노려본다는 말을 듣는 것보다 그게 훨씬 으스스하게 느껴졌다. 그자가 효원에게 웃어 보이다니?

'아모리 꿈이라 캐도 그거는 아이다. 으, 무시라.'

효원은 파랗게 질려 있는 얼이의 안색을 잠시 보고 있다가 호기심 많은 소녀의 얼굴로 이렇게도 물었다.

"증말 구신이 있는 기까예, 되련님?"

귀신이 있다 없다 말도 못 하는 얼이였다.

"있다모 보통 때에는 오데 가 있으까예?"

"오, 오데?"

끝까지 답변이 영 시원찮은 얼이에 비하면 효원은 점점 자신감이 넘쳐 보였다.

"하모예. 구신도 있을 데가 있어야 안 하까예."

"그야 진짜로 구신이 있다모……."

숙맥같이 구는 얼이를 묵묵히 지켜보고 있던 효원이 단언했다.

"에이, 없어예. 구신이 오데 있어예? 호호호."

확실했다. 효원은 점차 안정을 되찾아가고 있었다. 그것은 얼이 자신이 그렇게 되는 것보다도 몇 배 더 기쁘고 반가운 일이 아닐 수 없었다. 그런 효원에게 오광대패가 될 수 없다는 소리를 꺼낼 수가 없는 얼이였다.

'교방에서 도망쳐 나와갖고 해나 잽힐까 멤을 그리 졸이감시로, 장 버부리 총각 숭내를 냄서 살아온다꼬 올매나 심이 들었것노?'

비록 지나간 일이지만 기억 이편으로 되살리면 아직도 가슴이 칼로 찌르듯 아팠다.

'강득룡 목사하고 최종완이한테 당할 때는 또 우뜿고?'

그런 여자가 효원이었다. 세상에서 누구보다 사랑하는 내 여인이 그 모든 악몽에서 어서 벗어나 행복해질 수만 있다면, 오광대패가 아니라 그보다 더한 것이 되어도 마땅할 터였다.

"인자 고마 생각해라꼬."

문대가 다른 벗들 모르게 목수 아들답게 큰 손으로 얼이 등을 슬쩍 건드렸다.

"그 처녀가 얼이 니 머릿속에서 고마 싹 다 닳아 없어지것다 고마."

문대의 그 말을 들으며 얼이는 뜬금없이 이런 감상에 젖었다.

'여 흰 바구는 효원이고, 내는 저 물살인 기라.'

그러고는 다짐했다. 바위처럼 강물같이 둘이 사랑하리라고.

"암만 생각이라 캐도 그리키나 한거석 잡고 만지쌌고 있으모 안 있나?"

강 위에는 물총새가 사라지고 왜가리 무리가 날아다니고 있었다. 뒤통수에 있는 두 개의 청홍색 긴 털이 기다란 다리와 조화를 잘 이루어 보였다.

"내중에 가모 니 손 안이 텅텅 비어갖고……."

강 가장자리에 몸을 담그고 있는 갈색 수초가 물살에 간지럼힘을 당하는 양 이리저리 몸을 뒤틀고 있었다. 그것은 물 위에 비치는 그림자 때문인지 훌륭한 수묵화 한 폭을 연상시켰다. 물풀도 그 보는 방향에 따라서 하찮은 것으로 보이기도 하고 대단히 멋진 것으로 보이기도 한다는 것을 강마을에 살면서 얼이는 깨쳤다.

문대가 계속해서 얼이에게만 건네는 말소리는 아주 낮았고 웃음소리만 컸다. 그래 아무 영문을 모르는 다른 사람들은 멍한 얼굴로 얼이와 문대를 번갈아 바라보고 있었다.

그런 벗들이 얼핏 눈에 들어오자 얼이는 더더욱 마음이 복잡하고 민망스러워졌다. 만약 효원이 관기라는 사실을 알게 되면 저들은 이 얼이를 어떻게 볼 것인가? 그깃도 그냥 보통 관기인가? 저 악명 높은 강득룡 목사 재임 시절, 감영 소속의 교방에서 탈주하여 온 고을을 떠들썩하게 만들었던 그 기녀가 바로 효원인 줄을 알면 그들은 기절초풍할 것이다.

'오데 그거뿐이가?'

더욱이 강 목사에 의해 하마터면 한양 선비 고인보의 첩이 될 뻔했던 관기가 바로 효원이었다. 그러니 사람이 어떻게 그리도 엉큼할 수가 있느냐고 모두 야단법석일 것이다. 너하고는 더 이상 동무할 수 없다는 이가 나오지 말란 법도 없었다.

'하지만도 인자는 돌이킬 수가 없으이.'

상류로는 향하지 못하고 끊임없이 하류로만 흘러가는 강물을 내려다 보면서 얼이는 몹시 씁쓰름한 심정으로 자위했다. 나는 끝없이 떠밀리는 저 강물과 다를 바 없다고.

모든 것은 너무나 많이 변해버렸다. 다시 옛날로 돌아가고 싶어도 그 것은 불가능한 일이 돼버렸다. 그렇다면 오로지 현재 자신이 처해 있는 대로 살아야 하는 것이다.

'내도 그렇지만도, 효원이도 변한 그대로…….'

효원은 이제 관기라기보다도 오광대패였다. 비록 탈을 써서 얼굴을 가리긴 했지만, 대중 앞에 나가서 놀이판을 벌인 적도 여러 차례나 있다고 했다.

'효원이도 비화 누야매이로 그냥 예사 여자가 아인 기라. 우짜다가 관기가 돼삐릿는지는 모리지만, 내중에 비화 누야만치 대단한 일을 반다시 해낼 끼다.'

그저 예쁘기만 한 것보다는 여자라도 강단이 있는 게 더 좋다는 궁리를 하였다.

'우떨 때 보모 내보담도 상구 더 당차다 아인가베.'

그런 효원을 여자라고 생각한 관객들은 하나도 없을 것이다. 그저 체구가 자그마한 약한 사내라고 여겼을 것이다. 원채 아저씨 얘기처럼 탈을 둘러쓰고 살면 아마 영원히 세상 사람들이 알아보지 못할 것이다. 그만큼 자유로운 삶을 누릴 수도 있을 것이다. 말 그대로 '갓마흔에 첫 버선'이라고, 정말 얼마나 오랫동안 기다리던 일을 드디어 이루게 되었는가 말이다.

그러나 물을 떠난 물귀신같이 남들 눈에 알 수 없는 모습으로 강물만 멀거니 내려다보고 있는 얼이는 까마득히 알지 못했다. 바로 그날 밤 효원에게 벌어진 그 사건으로 인해 효원의 삶을 송두리째 뒤바꿔놓을 계기가 되리라는 것도.

붉은 춤사위

세상 연인들끼리만 오가는 마음의 통로가 따로 있어서일까?

얼이가 상촌나루터 흰 바위에 올라 여러 친한 벗들과 함께 있으면서도 마음속으로는 내내 효원을 생각하고 있었던 것과 마찬가지로, 오광대 본거지에 혼자 숨어 있는 효원도 줄곧 얼이를 향한 그리움에 사무쳐 있었다.

'아, 우짜모 하매 그리키나?'

성인식을 치른 얼이 도령은 이제 어엿한 어른으로 바뀌어 있었다. 자字까지도 얻어 '종산宗山'이라고 했지. 종산, 참 좋다. 듣기도 좋고 뜻도 좋고. 그럼 본명인 얼이는? 얼이도 좋았다.

'되련님 어머이도 잘 지내시것제.'

그의 어머니 우정 댁도 손자 손녀를 빨리 보고 싶어 할 터였다. 농민군 하다가 죽은 그의 아버지도 구름 저편 하늘 위에서 그런 생각을 하면서 이 세상을 내려다보고 있을지도 모른다. 한 번도 본 적이 없는 그의 아버지가 어떤 사람이었는지 무척이나 궁금하다. 궁금하다기보다도 만나보고 싶다. 왜? 종산 얼이 도령의 아버지시니까. 효원의 시아버시가 되실 분이니까.

효원 자신 또한 남들이 쉬 겪어보지 못할 엄청난 일들을 경험한 탓으로 몸도 마음도 비 온 뒤 죽순 자라나듯 부쩍 성숙해버린 느낌이었다. 십 년 세월이 단 하루 만에 훌쩍 곁을 지나쳐 가버린 기분이었다.

'사람은 누구나 나이 묵어가모 잡념만 늘어난다더이.'

그러다가 괜히 혼자 머리를 있는 대로 내저었다.

'하지만도 내는 안주 시퍼렇기 젊은 쪽인데도……'

그만큼 생각의 수도 늘어나고 생각의 폭도 넓어졌다. 오늘 밤은 아무래도 쉬 눈을 붙이지 못할 성싶다. 요즘 들어서는 예전에 비하면 그래도 많이 안정된 덕분인지 어느 정도 잠을 잘 자는 편이었다. 자꾸 뭉게구름처럼 몽개몽개 피어오르는 상념에서 벗어나기 위해 오광대 연습이나 공연에 몰두하는 것도 한몫을 했다.

'우짜든지 사람은 지가 하는 일이 있어야 하는 기다.'

또, 지금은 그녀 혼자서도 연습을 할 정도가 되었다. 옆에 아무도 없어도 크게 무섭거나 적적하지 않았다. 게다가 얼마 안 있으면 얼이 도령과 함께 오광대를 할 수 있다는 상상만으로도 가슴이 설레고 지루한 걸 잊었다. 무슨 역할을 맡을지는 모르겠지만 탈을 쓴 얼이 도령 모습만 떠올려도 절로 웃음이 나오고 어서 그와 어울려 한마당 놀고 싶었다. 세상사 어차피 놀음판인 것을.

'오광대는 내가 고참인께네 그가 실수하모 기합을 딱 조야제.'

자기 웃음소리가 밖으로 새 나갈까 봐 손으로 입을 막았다.

'지발 한 분만 봐 달라꼬 사정해도 절대 안 봐 줄 끼다. 호호. 재밋어라.'

그랬다. 방문을 스치는 달그림자에도 그만 가슴이 철렁 내려앉던 날들도 이제는 저만큼 물러났다. 해가 뜨고 꽃이 피는 것만 보아도 눈물이 왈칵 솟던 시간으로부터 풀려났다. 하지만 독수공방에 갇힌 신세는 역시 어쩔 수 없는 법인가 보았다. 그때 시간은 더디게 너무나 더디게 흘러가고 있었다.

"후~우."

어둠에 싸인 채로 간간이 한숨을 내쉬었다. 그 소리는 방을 계속해서 맴돌았다. 두 눈은 서로 경쟁이라도 벌이는지 그저 멀뚱멀뚱해지기만 했다. 그런 가운데 네모진 우물처럼 깊고 어두운 천장 한복판에 강득룡 목사와 고인보 선비 모습이 떠올라 보였다.

'조 몬된 인간들! 누가 반갑다 쿠나, 머 땜새 또 내 앞에 나타나노?'

효원은 속으로 저주와 욕설을 퍼부으며 매섭게 노려보았다. 같은 값이면 은가락지 낀 손에 맞으랬다고, 벌을 받아도 네까짓 것들한테는 안 받는다고 다짐했다.

'아즉 머 할 끼 더 남아 있다꼬.'

마음의 겸무 칼을 얼른 꺼내들고 사정없이 그자들을 찔러도 보았다. 그러자 그 환상들이 연기가 되어 슬그머니 사라졌다. 해랑과 다른 관기들 얼굴도 잠시 나타나 보였지만 별로 오래가지는 않았다.

'하기사 내가 교방하고 베름빡 쌓은 기 운제고.'

최종완은 나타나지 않았다. 그의 핏자국이 흥건하게 괴었던 그 방바닥에 등을 대고 누워 있는데도 말이다. 그에게는 정말 미안하고 죄받을 소리지만 영영 '강원도 포수砲手'가 되었으면 더 바랄 게 없겠다. 그런데 그게 과욕이었을까, 바로 다음 순간이었다.

"……."

무슨 소리가 났다. 분명하다. 환청이 아니었다. 그것도 바로 방문 밖이다.

'아, 얼이 되련님이 오싯나.'

공기부터 달라지는 느낌이 왔다.

'그이가 오싯는데 내가 와 이라고 있노?'

하도 반가운 심사에 벌떡 일어나서 방문을 활짝 열어젖히고 싶었다. 그러고는 댓돌 위에 신발을 벗어놓고 방으로 들어서려는 그의 품을 향해 몸을 날리고 싶었다. 행여나 그게 잘못되어 둘이 방문 밖에서 함께 뒤로 나뒹굴어지는 한이 있더라도 그러고 싶었다. 설혹 상처를 입는다고 할지라도 전혀 아프거나 고통스럽지 않을 것이다. 둘이 자빠진 그 자리가 바로 '사랑의 자리'가 될 테니까.

하지만 효원은 얼마 있지 않아 금방 깨달았다. 그리고 그 자각은 곧장 떨쳐버릴 수 없는 무섬증과 경각심으로 이어졌다. 아니다. 얼이 도령은 아니다. 천당과 지옥의 경계선을 넘나들고 있었다.

'그이 겉으모 안 저라제.'

그는 행여 효원이 놀랄세라 항상 낮고 가벼운 기침 소리로 자신의 출현부터 먼저 알리는 사람이었다. 그러기 전까지는 결코 그 어떤 소리도 내지 않았다. 그러니까 얼이 쪽에서 먼저 무슨 인기척을 내지 않으면 효원은 전혀 알아채지 못했던 것이다.

'그라모?'

얼이 도령은 아니라는 더없이 아쉬운 마음 끝에 이번에는 원채 모습이 눈앞에 그려졌다. 그렇지만 그도 아닐 것이다. 그가 얼이 도령을 두고 혼자만 이런 야심한 시각에 그녀를 찾아올 리가 없다. 그렇다면?

'다린 사람……'

그런 판단이 서는 것과 동시에 효원은 살짝 몸을 일으켰다. 그것은 거의 반사적인 것과 가까웠다. 어둠 속에서도 굉장히 숙련된 동작으로 비쳤다. 어떻게 보면 꼭 신들린 자가 무의식적인 상태에서 지어 보이는 허깨비 행동과도 유사했다.

하긴! 그럴 만도 했다. 오늘날까지 얼마나 숱하게 반복해왔던 행동인가? 눈 먹던 토끼 얼음 먹던 토끼가 다 각각이듯, 그녀가 겪은 남다른 환경으로 말미암아 이제는 생각과 능력이 많이 달라진 게 속일 수 없는 사실이었다.

작은 바늘 하나가 바닥에 떨어져도 크게 들릴 정도로 아주 조용한 기류가 흐르는 가운데, 어느 틈엔가 효원은 방문 가까운 벽면에 바싹 몸을 갖다 붙이고 있었다. 그런 그녀의 몸 또한 방벽의 일부로 보였다.

방문 고리는 이중으로 아주 단단하게 딱 채워 놓았다. 예전에 최종완이 그랬던 것처럼 젓가락 같은 것으로는 이제 어림 반 푼도 없을 것이다. 제아무리 자물통을 능수능란하게 잘 다룰 줄 아는 최고의 기술자라 할지라도 불가능할 것이다.

'니가 눈고는 몰라도 안 쉬블 끼다. 내 손에 은장도가 있는 한 천하의 우떤 자라도 내를 우찌할 수는 없제.'

그러나 그렇다고 해서 섣불리 안심할 일도 아니었다. 어지간한 사내가 내지르는 발길질 한 번이면 당장 쓰러뜨릴 수도 있는 문짝이었다. 일단 문짝이 무너지면 거기 달려 있는 잠금장치는 말 그대로 무용지물인 것이다. 방문 하나로 나뉘어 있는 안과 밖은 결국 거기가 거기였다. 그리고 혹시라도 장검이나 총을 들었다면 막아내기가 쉽지 않을 것이다. 온몸의 피가 거꾸로 돌고 누가 잡아 빼는 것처럼 머리카락이 한꺼번에 뭉텅뭉텅 빠져나가는 기분에 휩싸였다.

'뛰어봐야 벼룩이라더이.'

하지만 도둑이나 강도 역시 사람인 이상 두렵기는 마찬가지일 것이다. 자기 집 안방으로 들어가듯이 거침없이 들어오려고 하지는 못할 것이다. 최대한 몸을 사려가면서 떳떳하지 못한 목적을 달성하려 들 것이다. 그렇다면 언제나 눈에 밟히는 저 최종완처럼 하려고 하지는 않겠지

싶었다.

'온냐, 해볼 테모 해봐라.'

최악의 경우 죽기밖에 더 할까? 오늘, 이 순간까지 내 목숨이 붙어 있는 것도 덤이라면 덤인 것을.

'아, 나의 수호신!'

효원은 잠을 잘 때도 신체의 일부처럼 가슴에 품고 있는 은장도 손잡이를 다시 한번 힘껏 거머줬었다. 피가 통하는 느낌이다. 건장한 사내 최종완도 굴복시켰던 칼이다.

그 한 번의 경험을 통해 효원은 이제 자신감이 약간 붙어 있었다. 맨손으로는 침입자를 제압할 수 없지만 칼로써는 어느 정도 승산이 있었다. 또한, 그녀는 상대방 혼을 쏙 빼놓는 칼춤이라는 비장의 무기도 갖추고 있는 것이다.

그런데 이게 웬일인가? 금방 까무러칠 만큼 놀랍게도 침입자는 효원이 전혀 예상치 못했던 다른 방식으로 방안으로의 잠입을 시도하고 있었다.

어떻게 저런 수법을? 문고리 가까운 부위의 문종이를 단숨에 꿰뚫고 쑥 들어오는 그것은 분명 시퍼런 칼끝이었다!

'허억!'

효원이 질겁하며 숨죽여 바라보고 있는 동안에 그 칼끝은 둥글게 원을 그려가고 있었다. 문종이를 아주 살짝 오려내어 주먹 하나가 들어갈 만한 구멍을 내려는 것이 틀림없었다. 그러니까 뚫린 그 구멍을 통해 안으로 손을 집어넣어 방문 고리를 따려는 그런 의도인 것이다. 금방이라도 쓰러질 듯이 어지러우면서 누가 귓구멍을 틀어막는 것 같고 정신이 아뜩했다. 그야말로 눈에서 딱정벌레가 왔다 갔다 한다.

'사각, 사각, 사각……'

문종이 잘리는 소리가 그 칼끝에서 계속 살아나왔다. 빛이 좀 누르고 줄진 결이 똑똑한 창호지였다. 칼은 안쪽으로 많이 들어왔다가는 바깥쪽으로 완전히 빠져나갔다가 하기도 했다. 얼핏 봐도 식칼이었다. 일반 여염집 부엌에서 어렵잖게 볼 수 있는 흔한 칼이었다.

그 순간, 효원은 어떤 계시인 양 깨달았다.

'여자닷!'

무엇보다 그 침입자의 솜씨는 몹시 서툴렀다. 너무나 허술해 보였다. 전문 도둑이나 전과가 많은 강도는 아니었다. 그렇다면 적은 도둑이나 강도가 아닌, 효원 그녀와 같은 여자다. 여자, 여자라면?

그러자 효원 머릿속에서 부싯돌 켜듯 번쩍! 불을 밝히는 게 있었다. 지금 방문 밖에 와 있는 사람은…….

그 추측은 거의 현실로 자리를 잡았다. 어쨌든 간에 효원은 그 짓을 조금 더 두고 보기로 마음먹었다. 저쪽에서 선수를 칠 기회만 넘겨주지 않으면 된다. 기선제압 말이다. 한껏 숨을 죽이자. 범인은 지금 방안에 있는 사람이 아무것도 모른 채 깊이 잠이 들어 있는 것으로 착각할 것이다.

'들어오기만 해봐라.'

방문을 열고 안으로 들어서는 순간에 은장도를 그의 목젖에 갖다 댈 심산이었다. 그러면 상대방은 꼼짝없이 역습당하고 말 것이다. 교방에 있을 때 다른 관기들보다 더 열심히 배워둔 검무가 나를 두 번이나 지켜줄 줄은 몰랐다.

'원채 아자씨 택견 솜씨가 구신겉다 캤제. 얼이 되련님도 퍼뜩 그리 됐으모 좋것다. 난주 내도 갈카 달라고 해야것다.'

그 숨 막히는 경황 중에도 그런 생각을 했다. 더군다나 짐작한 대로 여자라면 한층 더 자신감이 있다. 그녀는 건장한 남자도 굴복시킨 칼솜씨를 가지고 있지 않은가. 게다가 자신이 예상하는 그 여자가 맞는다면.

드디어 문종이가 둥글게 잘려나갔다. 그 종이 쪼가리는 소리 없이 방바닥 위로 떨어져 내렸다. 그것은 한 마리 흰나비의 조용한 날갯짓을 떠올리게 하였다. 봄날의 꽃밭에서 볼 수 있는 평화로운 광경이었다. 하지만 그런 가운데 거미줄에 걸려 있는 나비를 향해 서서히 다가오는 거미.

드디어 어떤 주먹 하나가 칼이 미리 뚫어 놓은 구멍을 통해 안으로 쑤욱 들어왔다. 어둠 속에서 봐도 그 구멍을 이용하여 쉽게 들랑날랑할 수 있는 작은 손이었다. 그렇다면 그 손의 임자에 대해서도 어느 정도 그림이 그려지는 것이다.

어느새 은장도를 꺼내 오른손에 쥐고서 단단히 꼬느고 있는 효원의 눈이 그 손을 매섭게 노려보았다. 당장 은장도로 푹 찔러버릴 태세였다. 문종이 자른다고 애는 썼지만 수고한 보람이 없을 줄 알아라.

'내 칼 맛이 우떻는고 비이줄 끼다.'

급기야 그 손이 방문 고리를 꼭 잡았다. 그런 다음 걸쇠를 풀어보려고 바지런히 놀리고 있었다. 효원은 퍼뜩 깨달았다. 그 손 임자는 그 방방문 고리 구조에 대해 잘 알고 있는 사람이었다. 그전에 그 방에 왔을 때 눈여겨봐 두었을지도 모른다. 그렇다면 범인이 누구인지 이제는 더 생각해볼 것도 없이 완전히 밝혀졌다.

이윽고 그 작은 손놀림에 의해 이중으로 걸어 놓은 방문 고리는 제거되었다. 이제 모든 건 철저히 무방비 상태가 되었다. 방문이 열리는 것은 시간문제였다. 하지만 효원은 그다지 당황하지도 두려워하지도 않았다. 오히려 여유마저 엿보였다. 반드시 거쳐야 할 통과의례를 맞은 사람 같았다.

범인이 천천히 방문을 열기 시작했다. 제 딴에는 아주 조심스러웠다.

마침내 한 사람이 들어설 수 있을 정도의 공간을 만들며 방문이 살짝 열리고 그 틈새로 빛살이 방으로 쏟아져 들어왔다. 물살이 밀려드는 형용이었다. 크게 밝지는 않지만, 어느 정도 사물은 구별할 수 있는 어스름한 달빛이었다. 어떻게 보면 수백 마리 고양이 눈에서 뿜어져 나오는 것 같은 빛이었다.

방 안이 방 밖보다도 훨씬 어두웠기 때문에 어둠에 더 익숙해져 있는 눈은 이쪽이었다. 침입자는 갑자기 시야를 가로막는 어둠으로 말미암아 잠시 당황하고 멈칫거리는 모습을 보였다. 범인은 방문 가까이 바싹 붙어 서 있는 효원의 존재를 미처 눈치채지 못하고 있었다. 그 대신 거기 방바닥에 깔려 있는 이부자리만 계속 내려다보았다. 그 이불 속에 사람이 들어가 있을 것이라고 철석같이 믿고 있을 것이다.

드디어 범인은 한 손에 식칼을 든 채 소리 죽여 이부자리를 향해 한 걸음 더 나아갔다. 그러다가 또 한 걸음, 한 걸음……. 범인이 내딛는 발걸음은 보폭이 너무나 좁은 나머지 거의 제자리걸음 수준이었지만 목표 지점에의 당도는 바로 코앞에 있었다.

그때쯤 범인은 효원에게 등을 보이고 있었다. 상대에게 등을 보였다는 것은 이미 승부가 났다는 얘기였다. 만약 효원이 그럴 마음만 있었다면 침입자는 등에 칼을 맞고 그대로 픽 쓰러지고 말았을 것이다. 지난날 얼이에게 몽둥이로 얻어맞고 피를 내쏟으며 절명한 최종완과 다르지 않을 것이다.

그런데 범인 역시 아랫목에 누워 있을 사람을 칼로 찌를 생각은 없어 보였다. 아마 잠을 깨운 후에 흉기로 위협할 계산이 아니었나 싶었다. 살해할 계획을 가지고 왔다면 곧장 이부자리를 겨냥해 칼을 꽂았을 것이다. 죽이는 것이 중요한 게 아니라 정보를 캐내는 게 그의 목적이라는 걸 알 수 있었다.

그러나 그런 순간은 그리 오래가지는 못했다. 오른손에 은장도를 단단히 꼬나 쥔 효원이 침입자에게 속삭임에 가까운 말을 넌졌다.

"내를 찾는 기요?"

일순, 그 왜소한 그림자는 그야말로 썩은 짚 동 무너지듯 거기 방바닥에 철버덕 주저앉고 말았다. 너무나 놀란 탓에 비명조차 제대로 지르지 못했다. 그리고 공교롭게도 침입자가 주저앉은 자리는 최종완의 시신이 놓여 있던 바로 그 위치였다.

"와 대답이 없소?"

그런 말과 함께 효원은 범인을 향해 천천히 한 발짝 다가갔다. 그것은 검무를 추기 위한 예비 동작을 방불케 했다. 그러자 온몸을 덜덜 떨어대며 공포에 사로잡힌 눈으로 효원을 올려다보는 사람, 그는 최종완의 아내였다.

"니, 니년, 니년이제?"

최종완 아내 입에서 맨 먼저 튀어나온 소리였다. 그것은 말이라기보다도 단말마에 더 가까운 비명이었다. 어쩌면 원한에 찬 호통이었고 피맺힌 절규였다.

그녀가 엉겁결에 손에서 놓아버린 식칼은 그녀와 효원 두 사람 중간쯤에 떨어져 있었다. 하지만 그녀는 그 칼을 다시 주워들 엄두도 내지 못하고 효원의 손에 들린 은장도에만 눈이 가 있었다.

"……."

효원은 어떤 대꾸도 하지 않았다. 아니었다. 할 수가 없었다.

'니년이제?'

그녀의 그 외침은 세상 어떤 비수나 총알보다 날카롭게 효원의 심장을 파고들었다. 졸지에 지아비를 잃은 여인네의 막막한 심정, 그 지독한 증오심이 오죽할까.

그때 효원의 진솔한 심정은 즉시 은장도를 내던지고 그녀 앞에 털썩 무릎을 꿇고 싶은 쪽이었다. 내가 그랬다고, 당신이 바로 알아맞혔다고,

다 고백하고 싶었다. 혀를 깨물어 피를 내보이면서 이렇게 자살하려는 의지가 있다는 것을 보여주고 싶었다.

그러면 그녀는 식칼을 다시 주워들어 내 심장에 콱 꽂을 것이다. 내 은장도를 빼앗아 내 살점을 싹 도려낼 것이다. 머리를 탁 잘라 장대에 꽂고 온 고을을 쏘다닐 것이다. 우리 남편을 죽인 여자를 내가 죽였으니 어서 와서 구경하라고 외칠 것이다.

"말해라!"

효원이 우두망찰하고 서 있을 때 그녀가 다시 발작을 일으키는 기세로 소리쳤다. 독이 오를 대로 오른 그녀는 비록 순간적으로는 매우 놀랐지만 더 이상 세상에 무서울 것이 없을지도 모른다.

"내 남핀, 내 남핀을 우쨌노?"

"으."

효원은 혀뿐만 아니라 생각까지도 굳어버린 느낌이었다. 지금 내 얼굴은 오광대 딜을 쓴 것처럼 아무런 변화도 나타나 있지 않을 거라는 기분도 들었다.

"시방 오데 있노 말이닷!"

악이 받칠 대로 치받친 그녀는 어느 틈엔가 어떤 두려움도 망설임도 없어 보였다. 곧장 엉금엉금 기어와서 효원의 다리를 거칠게 잡아당기며 발악할 여자로 비쳤다. 그러고는 효원을 방바닥에 쓰러뜨리고 목을 조를 것이다.

"와 암 말도 몬 하노? 몬 하노, 엉?"

그런데 그녀는 효원에게 달려드는 대신 주먹으로 방바닥이라도 꽝꽝 내리칠 것같이 했다. 또한, 머리를 쿵쿵 찧어맬 것처럼 했다. 그녀 남편이 피 흘리는 시체로 누워 있던 바로 그 자리에 대고서였다.

"내, 내는……."

효원이 더없이 떨리는 목소리로 간신히 입을 열었다.

"내는 모, 모리요."

기습처럼 바깥에서 쏴 밀려든 밤공기가 서늘했다. 그보다 더 차가운 목소리로 최종완의 아내가 다그쳤다. 흡사 수천수만 개의 비수나 총알을 날려 보내듯 했다.

"머라꼬?"

효원의 귀에는 최종완의 음성도 섞여 있는 목소리였다.

"몰라?"

이번에는 대나무 꼬챙이로 째는 소리를 했다.

"모린다꼬? 대매에 때리쥑일 년!"

효원은 자신도 모르게 말꼬리가 쳐졌다.

"그, 그거를 와 내한테 와서 무, 묻는 기요?"

그녀가 자칫 이웃집에까지 들릴 정도로 악을 썼다. 하긴 남에게 알려져도 손해 볼 것이 없는 쪽이었다. 아니, 다른 모두에게도 이야기해서 나하고 함께 이년을 족쳐 달라고 할 여자로 봐도 무방했다.

"집하고 요밖에 왔다 갔다 안 하는 사람인 기라!"

"아."

효원은 남자보다 여자가 더 무서울 수도 있다는 것을 그때 처음으로 깨달았다. 덜미에 사잣밥을 짊어진 위험천만한 여자가 거기 있었다.

"그란데 집에서 안 없어졌으이 요서 없어진 기라, 요서!"

시커멓게 보이는 그 여자의 입속이 최종완의 사체를 암매장해 놓았던 그 집 폐정 같아 보였다.

"요 집에 누가 있노? 니년 혼자서 노상 살고 있는 데 아이가?"

그러던 그녀는 달팽이 뚜껑 덮듯 꼭 입을 다문 채 좀처럼 말을 하지 않으려 하는 효원을 향해 저주와 비난을 퍼부었다.

"둘이 바람났던 기라, 바람!"

그 말을 들은 효원은 자신도 모르게 비명 지르듯 하였다.

"바, 바람?"

그녀는 자기 눈으로 그 불륜 현장을 직접 목격이라도 한 사람 같았다.

"하모!"

"그, 그런?"

효원은 그만 어이가 없었다. 그녀는 오해하고 있는 것이다. 그녀는 덴 소 날치듯 했다.

"내, 내 서방을 오데 감차났는고, 퍼, 퍼뜩 말 몬 하것나, 엉?"

방문이 살아 있는 생명체 모양으로 저 혼자서 무슨 소리를 내고 있었다. 어쩌면 그 소란을 듣고 이웃에 살고 있는 누군가가 달려와서 방문을 흔들어대고 있는지도 모르겠다는 생각에 효원은 금방 돌아버릴 것 같았다.

"무, 무신 소리?"

효원은 자칫 손에 들린 은장도를 떨어뜨릴 뻔했다. 아찔한 현기증이 덤벼들면서 당장 픽 쓰러지기 직전이었다. 몸이 물 위에 떠도는 부초나 허공에 붕 떠 있는 풍선이 돼버리는 느낌이었다.

'내 도로…….'

효원은 손에 꽉 쥐고 있는 은장도로 자신의 목이나 심장을 콱 찔러 그대로 죽어버리고 싶었다.

"각시!"

그런데 최종완의 아내가 별안간 애원조로 나오기 시작한 것은, 효원이 자살 충동에 빠진 바로 그때부터였다.

"내, 내 이리 부탁하요, 각시."

그녀는 무릎을 꿇고 효원의 다리에 매달리려는 보습까시 보였나.

"우리 남편만, 우리 남편만 내한테 도로 돌리주모……."

그녀는 두 손바닥을 소리 나게 싹싹 비벼대기까지 하였다.

"시방꺼정 두 사람 사이에 있었던 그 일은 다 없었던 거로 하것소. 하나도 안 있은 거로 하것소. 그러이, 그러이……."

"아."

효원은 귀를 틀어막고 싶었다. 은장도로 제 귀를 탁 잘라버리고 싶었다. 그렇게 할 수만 있다면, 그녀 말처럼 최종완을 다시 그녀에게로 돌려보낼 수만 있다면.

효원이 이 집에서 나가야겠다는 마음을 먹은 것은 바로 그때였다. 오광대패가 되는 것을 포기하겠다는 뜻은 아니었다. 도리어 오광대패가 되기 위해서는 다른 곳으로 가야 했다. 효원은 밑도 끝도 없이 이런 허황된 생각까지 품었다. 상촌나루터 흰 바위 위에 움막을 짓고 거기서 얼이 도령과 단둘이 살 수만 있다면.

"각시, 내, 내가……."

최종완 아내가 애끊는 소리로 끊임없이 무어라 말해오고 있었지만, 효원 귀에는 그 어떤 얘기도 들어오지 않았다. 아니었다. 사실은 억지로 듣지 않으려 하고 있었다. 계속 이러고 있다가는 심장이 터질 것이다. 돌아버릴 것이다. 일방적으로 말하고 일방적으로 듣는 대화가 지속되었다.

"가, 각시! 내, 내가 말이오."

"……."

"에나 안 그랄라요, 엉?"

"……."

도둑을 맞으면 어미 품도 들춰 본다는데, 그녀로서는 효원을 가장 의심되는 범인으로 보는 게 너무나 당연했다.

"으흐흐, 으흐흐흐."

그녀의 기괴한 소리를 들으며 효원은 지금 내가 오광대 놀음판을 벌이고 있다는 생각이 들었다. 그리고 오늘은 최종완 대신 그의 아내가 중앙황제장군 역할을 맡고 있었다.

"지, 지발하고 아, 안 있소. 흑흑, 그 사람만 내한테 보내주모, 보내주모."

최종완을 그녀에게 보내줄 수 있다면, 효원 자신을 저승사자에게 내주어도 좋았다.

"자꾸 이런 식으로 나오모?"

최종완 아내는 흐느끼다가 화를 내다가 소리를 지르다가 애원하는 등, 아무튼 사람이 할 수 있는 온갖 소리와 짓을 끝없이 되풀이했다. 그런 그녀는 제정신과는 거리가 멀어 보였다.

구멍 난 방문 밖으로 내다보이는 밤의 세계는, 검은 머리칼을 산발한 광녀들이 집단으로 발작을 일으키고 있는 놀음판에 지나지 않았다.

'아아아.'

효원은 그녀가 식칼로 나를 콱 찔렀으면 했다. 그리하여 핏물이 뚝뚝 떨어지는 그 칼을 하늘로 치켜들며 복수를 했다고 기뻐하는 모습을 보았으면 했다. 아니다. 그녀가 그러기 전에 내 스스로 은장도로 목을 찌르고 심장을 찔러 자결하고 싶었다. 최종완의 피가 묻어 있던 그 자리를 내 피로 다시 묻히고자 했다. 그의 시신이 놓여 있던 그 자리에 내 시신이 놓이게 할 것이다.

그런데 이것도 저것도 아니었다. 그때 그 현장에는 새로운 사태가 벌어졌다. 최종완 아내는 물론 효원 자신도 예상치 못한 너무나도 엉뚱한 장면이 펼쳐지기 시작했다.

검무. 칼춤이었다.

효원은 검무를 추기 시작했다. 지난날 최종완 앞에서 그랬던 것처럼 지금은 그의 아내 앞에서였다.

한과 설움과 고통의, 신이 들린 듯한 춤사위였다.

최종완 아내가 더없이 놀란 나머지 앉은 채로 뒷걸음질 쳤다. 그렇지만 그녀 등은 이내 저쪽 벽면에 닿아버렸다. 더 이상 뒤로 물러날 곳이 없었다.

'휙! 휘~익!'

효원의 검무는 끝도 없이 계속되었다. 은장도가 칼바람에 닳아 없어질 때까지, 아니 효원 자신의 형체가 스러질 때까지 멈춰지지 않을 것 같은 칼춤이었다.

최종완 아내는 이제 관객이었다. 단 한 사람의 춤꾼과 단 한 사람의 관객이었다.

대체 이게 꿈인가 생시인가? 그녀 두 눈 가득히 공포와 경악의 빛이 서렸다. 혼은 빠져 달아나고 몸뚱이만 남아 있는 여자가 되어 있었다.

그 좁은 방안에서 정신없이 칼을 휘두르고 있는 효원이 그녀 눈에는 영락없이 세상에서 최고로 섬쩍지근한 광녀로 비쳤을 것이다. 칼을 든 미친 여자다. 입에 칼을 물고 널뛰기를 하는 미친년이다.

'삭! 사~삭!'

얼마나 그렇게 방안 가득 칼바람을 일으키며 검무를 췄는지 알 수 없었다. 드디어 기진맥진해진 효원은 아까 최종완 아내가 그랬던 것처럼 철버덕 방바닥에 주저앉아 쉴 새 없이 가쁜 숨을 몰아쉬었다. 태산준령을 넘어온 사람, 망망대해를 건너온 사람이었다. 그렇지만 은장도만은 손에 꼭 쥐고 있었다. 목숨 줄은 놓아도 그것만은 절대 놓을 수 없다는 것 같았다.

"으, 으으."

"헉! 헉!"

두 여자가 내는 소리가 묘한 화음을 이루고 있었다. 그것은 일찍이 이 세상에 없었던 화음이었다.

"푸, 푸우."

"흐, 흐흐."

세상 어디에도 없던 새로운 소리들이 생겨나고 있었다.

"으억, 으억."

"크, 크윽."

급기야 최종완 아내가 너무나 이상야릇한 소리를 내면서 두 팔과 두 다리로 짐승처럼 방문 쪽을 향해 엉금엉금 기어가기 시작했다. 그러다가 방바닥에 떨어져 있던 자기 식칼이 무릎에 닿자 기절할 것처럼 화들짝 놀라기까지 하였다.

허리를 꺾고 앉았던 효원이 갑자기 뒤로 벌렁 드러누워 버렸다. 목내이 같았다. 이번에도 은장도는 손에 쥔 상태였다. 칼을 든 목내이다.

그런데 다음 순간이었다. 그러기를 기다리고 있었다는 듯 최종완 아내가 벌떡 몸을 일으켰다. 그러고는 단걸음에 방문 밖으로 달려나갔다. 그런 그녀가 함부로 내지르는 알 수 없는 괴성이 검은 장막을 친 듯한 어둠 저편 너머로 가뭇없이 사라져 가고 있었다.

그 서슬에 칼로 훼손당한 방문만 저 혼자서 열렸다 닫혔다 하였다. 흡사 비명조차 한 번 제대로 질러보지 못한 채 절명한 최종완의 혼령이 방을 나갔다가 들어왔다가 하는 것처럼 보였다.

장터의 대결

원채가 아버지 달보 영감의 생신 선물을 마련하기 위해 읍내장터에 들른다는 말을 듣고 얼이와 준서도 따라 나섰다.

연배는 아니지만 셋이서 함께 다니면 도저히 얻을 수 없는 물건이라는 거북의 털이나 중의 빗이라도 손에 넣을 것 같은 그들이었다.

특히 얼이에게는 내놓고 남들에게 말은 하지 않아도 다른 따뜻한 속마음이 살아 있었다. 생명의 은인인 달보 영감님께 그 자신도 무엇인가를 꼭 사드리고 싶었던 것이다. 그러자 얼이는 자기를 남강에 빠뜨려 죽이려 했던 민치목과 맹쭐 부자를 겨냥한 강한 적개심과 복수심에 또 이빨이 뿌득뿌득 갈렸다. 맹쭐 새끼인 노식이란 그놈도 결코 그대로 두지 않을 작정이었다.

준서가 동행하게 된 것은, 얼이가 같이 가자고 자꾸 등짝을 떠밀었기 때문이었다. 준서는 자신이 빡보라는 열등의식으로부터 조금이라도 벗어나게 하기 위한 진짜 형다운 배려라는 것을 익히 잘 알고 있었기에, 썩 내킨 걸음은 아니었지만 거절할 수가 없었다.

여하튼 쉽지는 않은, 아니 너무나 어렵고 힘든, 얼굴에 대한 자격지심에서 지금보다 좀 더 자유로워질 필요가 있었다. 기실 그러지 않고서는 어떤 일도 결코 이룰 수가 없을 것이다. 개를 따라가면 측간으로 간다고, 준서가 제 신세를 비관해서 되지 못한 자들과 상종하여 다니다가 좋지 못한 곳으로 풀리지나 않을까 염려해왔던 얼이었다.

그런데 바로 그 나들이에서 아무나 흔하게 볼 수 없는 그런 장면을 보게 될 줄은 몰랐다. 그날의 동행은 준서와 얼이에게 또 다른 귀한 무엇을 선사하였던 것이다. 생일 선물로는 물론이고 다른 어떤 기념품으로도 받을 수 없는 거였다. 날거나 뛰거나 하는 습성만 가진 참새가 걷는 것을 본 것처럼 희귀했다.

과연 서부경남 최고 장시場市답게 읍내장터는 이날도 언제나처럼 숱한 인파와 물품들로 발 디딜 틈도 없이 크게 붐비고 있었다. 그들이 살고 있는 상촌나루터도 여간 은성한 곳이 아니었지만, 그곳은 멀고 가까운 여러 지역에서 한꺼번에 우우 몰려든 장사치들과 손님들로 그야말로 북새통을 이루었다. 나루터집 제1호 분짐을 그런 곳에 낸 비회의 높은 장사 식견을 다시 한번 곱새겨보도록 하는 장터였다.

원채는 무엇을 선물하려고 마음먹었는지 모르겠지만, 얼이는 벌써 멋진 장죽과 재떨이를 염두에 두고 있었다. 달보 영감은 몸이 허약해지자 술은 끊었지만, 담배는 여전히 피운다는 것을 들어 알고 있었기 때문이었다. 아니, 유일한 낙이 담배라고 하였다. 바로 그 하나밖에 없는 즐거움을 선사하고 싶은 얼이였다.

한데 그들이 말뚝을 땅에 몇 개 박아놓고 그 위에 천막을 둘러씌운 난전亂廛 근처에 이르렀을 때였다. 여태껏 듣지 못했던 웬 이상한 말소리가 온 시장바닥을 크게 울렸다. 그게 무슨 소리인지 그들이 제대로 알아들은 것은, 똑같은 그 소리가 또 한 차례 더 난 다음이었다.

"빠가야로!"

놀랍게도 그건 조선말이 아니었다. 일본말, 그것도 거칠기 짝이 없는 욕지거리였다. 단지 그들 세 사람뿐만 아니라 그때 그곳에 있는 모든 시장 사람들 눈길이 일제히 소리 나는 지점을 향해 활시위처럼 당겨졌다.

"어? 어? 저, 저런?"

원채 입에서 터져 나온 외마디에 가까운 소리였다.

"……."

얼이와 준서도 심장이 그대로 얼어붙는 느낌이었다. 그런 광경은 태어나서 본 적이 없었으며, 죽기 전까지 보아서도 안 될 성질의 것이었다. 그것은 다른 모든 조선인도 마찬가지일 것이다.

큰 키의 깡마른 사내 하나가 왜소한 몸집의 장사치에게 무슨 짓을 하고 있었다. 칼, 그것도 길이가 무척이나 긴 날카로운 칼이었다. 깡마른 사내는 보기만 해도 섬뜩한 그 장검으로 즉각 상대방 가슴을 찌를 태세를 취하고 있었다. 나이 사십을 넘겨 보이는 장사치는 대항을 하기는 고사하고 새파랗게 질린 얼굴로 덜덜 떨면서 금방이라도 숨이 넘어갈 사람 같아 보였다.

"일본도!"

원채 입에서 또다시 비명처럼 튀어나온 소리였다. 그건 마치 왈칵 핏물을 토하는 듯한 느낌마저 자아내었다.

"아!"

그제야 얼이도 그 칼이 어떤 칼인가를 깨달았다. 바로 일본인들이 허리춤에 차고 다니는 칼이었다. 지난날 상평 남강에서 일본군과 싸울 때 그들이 차고 있는 것을 보았다. 그때 그자들이 그것을 '닛뽄도'라고 부르는 소리도 들었다. 그 아슬아슬한 경황 중에도 얼이 머릿속에 어디선가 읽은 적이 있는 이런 글이 떠올랐다.

─중국인은 창, 일본인은 칼 그리고 조선인은 활이다.

말하자면, 중국인이 잘 쓰는 무기는 창이고, 일본인은 칼을 잘 사용하며, 조선인의 주된 병기는 활이라는 얘기였다.

그렇지만 지금 여기는 전쟁터도 아니고, 더군다나 군인들이 아닌 민간인들만 모여 있는 시장이었다. 그런데 이런 장소에서 저런 칼을 마구 휘두르고 있는 것이다. 그것도 군복을 입지 않은 민간인을 상대로 해서 말이다. 가난이 싸움이라, 가난하면 작은 이해 상관을 가지고도 자연히 서로 다투게 되고 불화하게 되지만, 지금 그것은 그런 성질과는 완전히 달라 보였다.

한편, 준서는 그 칼에 대해서는 전혀 모르고 있었다. 당연히 칼을 손에 들고 있는 자에 대해서도 마찬가지였다. 그러다가 얼이가 원채에게 황급히 이런 말을 속삭이는 것을 옆에서 듣고 그자 신분에 관해 소스라치게 깨쳤다.

"아자씨! 인자 생각납니더. 우리 집에 밥 사묵으로 왔던 왜눔입니더!"

그 말을 들은 원채 또한 여간 놀라는 표정이 아니었다. 바로 옆에 땅불이 떨어지는 것을 본 사람이 내지르는 목소리로 확인했다.

"나루터집에 밥 사묵으로 왔던 왜눔?"

얼이는 번뜩이는 시선은 칼을 든 그 일본인 얼굴을 향한 채 말했다.

"예, 확실합니더."

원채가 더없이 가증스럽다는 투로 말했다.

"하매 저눔들이 안 돌아댕기는 데가……."

그러나 두 사람의 그 비밀스러운 대화는 더 이어질 수 없었다. 뒤로 벌렁 나자빠져 있는 조선 장사꾼의 목젖을 일본도 끝이 노리고 있었다. 그 칼이 모두의 눈에는 마치 쇠붙이로 된 뱀 혓바닥처럼 보였다. 그곳에서는 푸른 녹 같은 독기가 확 뿜어져 나오는 듯했다.

"간디이가 배 밖으로 빠지나왔다 아이가?"

얼이가 커다란 두 주먹을 불끈 쥐면서 혼잣말로 내뱉었다. 참으로 가증스럽고도 간덩이 부은 놈이 아닐 수 없었다. 제아무리 칼을 지녔다곤 해도 이렇게 많은 조선인들 눈이 똑똑히 지켜보는 가운데 감히 저럴 수가 있을까?

그때다. 문득, 원채가 뿌드득 이빨 갈리는 소리로 말했다.

"놈은 고수야, 검도의 고수."

본디 영웅은 영웅을 알아본다고 했다. 무예가 출중한 원채는 대번에 꿰뚫어 보았던 것이다. 그 일본인은 검도 실력이 보통 수준이 아니라는 사실이었다. 그래서인지 누구보다도 대범한 원채 얼굴에도 굉장한 긴장과 초조의 빛이 서려 있었다.

그런데 원채 그 말이 막 떨어진 직후였다. 준서의 이런 놀란 외침이 그곳 넓은 장터 허공을 찢어발겼다.

"성!"

순간, 원채 입에서도 더없이 다급한 고함이 튀어나왔다.

"얼이 총각!"

정녕 경악할 노릇이었다. 멀찌감치 떨어져 서서 무어라고 웅성거리기만 할 뿐, 누구도 감히 나서 볼 엄두를 내지 못하고 있는 군중 속에서 불쑥 앞으로 나선 얼이가, 그 일본인을 향해 무어라 외치며 다가서고 있었다.

"새이야!"

준서는 황급히 팔을 뻗어 얼이 몸을 잡으려고 했다. 하지만 원채가 좀 더 빨랐다. 매 발톱을 상기시키는 날쌘 그의 손은 어느새 얼이 한쪽 팔을 붙들고 있었다. 전광석화 같은 그 동작을 제대로 본 사람은 거의 없을 것이다.

"시방 무신 짓을 할라꼬?"

나무라며 일깨워주는 어조였다.

"이거 놓으시소, 아자씨."

울분을 이기지 못한 얼이가 원채 손을 뿌리치며 큰 소리로 말했다. 그 고함에 놀란 시장 사람들 눈이 이번에는 일제히 이쪽을 바라보았다. 얼이는 화가 치민 맹수가 마구 으르렁거리는 모습을 보였다.

"저런 눔을 두고 그냥 있을 수 없심니더!"

더할 수 없이 흥분한 얼이 얼굴을 잠자코 바라보고 있던 원채는 이내 큰 결단을 내리는 목소리로 말했다.

"내가 상대할 낀께 자네는 뒤로 물러서라꼬, 얼릉!"

그의 음성은 지극히 낮았음에도 굉장히 단호했다. 그 바람에 얼이는 자신도 모르게 멈칫, 그 자리에서 걸음을 멈추었다.

다른 사람들이 무얼 어떻게 해볼 겨를도 없이 원채는 그 일본 검객과 조선 상인의 중간에 섰다. 그야말로 눈 깜짝할 사이에 벌어진 일이었다.

"무신 일입니꺼?"

원채는 잔뜩 칼을 겨누고 있는 일본인 쪽은 바라보지도 않고 조선 장사꾼에게만 천천히 물었다. 그러자 장사꾼은 땅바닥에 엉덩방아를 찧은 자세 그대로 시퍼렇게 질린 입술을 마구 떨며 더듬더듬 가까스로 대답했다.

"왜, 왜눔한테는 무, 물건 아, 안 판다 캐, 캤더이……."

그 말이 끝나기도 전이었다. 일본인이 당장 칼로 장사꾼 목을 칠 동작을 취하면서 소리 질렀다.

"왜눔? 다마레(닥쳐)!"

그러자 언제인지도 모르게 싸늘한 칼끝이 목에 닿은 장사꾼은 극도의 공포심에 사로잡혀 눈알이 허옇게 뒤집혀 보였다.

"흐~억!"

장사꾼 입에서는 사람이 내는 소리라고는 할 수 없는 외마디가 나왔다.

"조센진!"

칼자루를 거머쥔 일본인 손에 힘이 들어갔다. 그 거칢이 가래 터 종놈 같았다.

"멈춰랏!"

원채 입에서 택견 할 때 넣는 기합과 유사한 짧고 강한 소리가 터져 나왔다. 그리고 그 소리의 여운이 채 가시기도 전이었다.

"조센진!"

한 번 더 그런 소리를 크게 내지름과 동시에 일본 검객이 조선 상인을 향했던 칼을 싹 거둬들이더니 곧바로 원채 몸을 겨누었다.

"……."

온 세상이 그만 입을 다무는 형세였다. 말 그대로 번개같이 재빠른 동작이었다. 조금 전 원채가 그랬던 것과 마찬가지로 누구도 그 행동을 제대로 보지 못했을 정도였다. 저 섬나라 오랑캐 몸속에는 날래기로는 따를 동물이 별로 없는 저 원숭이의 유전 인자가 들어 있기라도 한 것인가?

"악!"

"아자씨!"

얼이와 준서는 눈앞이 아찔했다. 머리끝이 쭈뼛 곤두서고 등짝에는 식은땀이 쫙 배였다. 놈은 원채 아저씨 말 그대로 검도의 고수임에 틀림없었다. 그런 자가 화가 나서 무섭게 칼을 휘두른다면 과연 무사할 사람이 몇이나 되겠는가?

그럼에도 불구하고 원채는 그렇게 담대한 모습을 유지할 수 없었다. 그는 상대방 칼은 안중에도 없는 듯 낯빛 하나 바뀌지 않은 침착한 목소리로 나직이 말했다. 그건 개천의 여울물이 졸졸 흘러가는 소리를 닮았다.

"칼은 원래 백정들이 소 짐승 잡을 때나 쓰는 것이제, 그리 사람한테 벌로 놀리는 거는 아이거마는."

준서나 얼이로서는 그 일본인이 원채 아저씨 말을 어디까지 알아들었는지 알 수가 없었다. 그렇지만 그자는 엄청난 분노에 다다른 모습임에는 확실했다. 그는 얼굴이 온통 벌겋게 달아올라 자기 옆에 서 있는 일행인 성싶은 자를 돌아보며 무어라 일본말로 크게 지껄였다.

그러자 같은 일본인으로 보이는 뚱뚱한 자도 가느다랗게 째진 눈으로는 원채를 집어삼킬 것처럼 노려보며 입으로는 무슨 말인가를 했다. 지금 그곳에 모인 조선인들은 알아들을 수 없는 소리지만 오싹함을 느끼게 하기에는 충분했다. 이런 경우가 아니더라도 낯설어 익숙하지 못한 대상들은 언제나 불안과 두려움을 주기 마련이었다.

"조센진!"

칼을 높이 치켜든 자가 다시 한번 내십게 일갈을 터뜨렸다. 군살 하나 없어 보이는 그의 신체에서는 당장이라도 칼을 휘두르려고 하는 위험천만한 기운이 악귀의 입김과도 같이 뿜어져 나오고 있었다.

하지만 그에 비하면 원채는 그저 무방비 상태로 서서 아무 말도 하지 않고 그자를 바라보기만 하는 모습이었다. 어쩌면 너무나 겁을 집어먹은 탓에 그만 혼이 달아나버린 게 아닌가도 싶었다. 그리하여 괜히 나선 것을 무척 후회하고 있을지도 모른다.

그러나 단지 사람들 눈에 그런 식으로 비쳤을 뿐이었다. 조선 전통무예인 택견에 대해 모르고 있는 그들로서는 지극히 당연한 노릇이었다. 그렇지만 얼이와 준서는 알았다. 지금 그는 빈틈없는 방어태세를 취하고 있었다. 바늘구멍만 한 어떤 틈새도 허용하지 않고 있었다.

그랬다. '굼실굼실, 능청능청, 우쭐우쭐' 꼭 춤을 추듯이 부드러운 몸

동작을 보여주는 택견은, 겉보기에는 굉장히 느슨하고 허점투성이로 보이는 맨손 무예다. 힘도 전혀 들어 있지 않은 것으로 비친다. 하지만 그것은 단 일격에 상대방에게 치명타를 줄 수도 있는 무서운 기술을 갖추고 있다.

그런데 그때 원채가 취하고 있는 택견 자세를 본 얼이와 준서는, 한편으로 아주 걱정이 되면서도 다른 한편으로는 그가 범상한 인물이 아니라는 사실을 다시금 깨쳤다. 그것은 원채가 지금 같은 급박하고 아슬아슬한 상황에 맞을 '결련택견'이 아니라 '서기택견'으로 맞서고 있었기 때문이었다.

원래 택견은 크게 서기택견과 결련택견으로 나누어진다.

주먹질이나 급소 공격 등 위험한 기술을 배제하고, 활수와 방어 위주로 상대방과 부담 없이 자유롭게 서로 겨루는 맞서기가 서기택견이다.

반면에, 결련택견은 다르다. 그것은 공격 위주이자 상대에게 일격에 치명타를 줄 수 있는 살수 위주의 이른바 '쌈 택견'인 것이다.

만약 얼이나 준서 자신들이라면 깊이 생각해볼 필요도 없이 결련택견으로 맞서고 있을 것이다. 상대는 칼을 든, 그것도 검도의 고수인 것이다.

얼이와 준서도 일본인들이 칼을 잘 쓴다는 소리는 벌써부터 듣고 있었다. 저 계사년 당시에 거기 고을 성이 무너지고 7만의 군·관·민이 죽어갈 때, 비가 내려 활시위가 느슨해지는 바람에 조선군은 천하무적인 활을 제대로 사용하지 못했고, 왜군은 그들의 장기인 칼을 써서, 결국 조선인 피해가 클 수밖에 없었다는 원통한 이야기도 스승 권학에게서 들었다.

아무튼 원채와 일본인 사이에는 숨 막히게 하는 긴장감과 위기감이 팽배했다. 그 넓은 시장바닥에 모인 그 많은 사람 속에서도 작은 숨소리

하나 들리지 않았다. 텅 빈 세상, 움직이는 물체는 어디에서도 찾아볼 수 없었다.

그때 그곳에서 살아 있는 것은 오로지 두 가지밖에 없어 보였다. 햇볕을 정면으로 받고 있는 일본인의 날카롭고도 시퍼런 일본도에서 흘러나오는 검광, 그리고 택견으로 단련된 원채의 온몸으로부터 뿜어져 나오는 강렬한 빛살.

'우, 우짜노?'

'워, 원채 아자씨 목심이 이험타!'

준서와 얼이는 어서 그 싸움을 뜯어말려야 한다고, 그러지 않으면 원채 아저씨 목숨이 위태롭다고, 마음은 아우성을 내지르고 있었다. 한데도 어쩐 셈인지 도무지 입을 뗄 수가 없었다. 그야말로 속수무책, 말은 커녕 손끝 하나도 까딱할 재간이 없었다. 눈에 보이지 않는 밧줄에 의해 꽁꽁 묶여버린 모양새였다. 그냥 목만 바싹바싹 타들어 가고 심장은 터지기 직전이었다.

그들만 그런 게 아니었다. 거기 모여 있는 모든 조선인이 그랬다. 왜놈은 보기만 해도 소름이 쫙쫙 끼쳐드는 무시무시한 칼을 소지하고 있다. 한데도 조선인은 그냥 맨손이다. 왜놈은 얼핏 봐도 야생고양이처럼 무척 감사납고 날쌔 보였다. 그에 비해 조선인은 너무나 협수룩하기 이를 데 없었다. 비록 상대를 쏘아보는 그의 두 눈에서 뻗치는 빛은 더없이 형형하지만, 조선 땅 어디에서나 흔히 볼 수 있는 수수한 농군 차림새였다.

일본 칼잡이와 조선 농사꾼의 대결.

"조센진! 죽인다아!"

마침내 일본인 칼잡이가 먼저 소리쳤다. 그자의 조선말 실력은 얕아 보였다. 발음이 퍽 어눌했던 것이다. 어쩌면 천성적으로 혀가 짧은 자인지는 모르겠다.

그러나 그 뜻만은 고스란히 전달되기에 아무 모자람이 없었다. 말보다도 행동을 통해서 누구라도 그것을 알아차릴 수 있었다. 사실 그 자리는 말보다도 행동이 더 앞서는 곳이기도 했다. 침묵하고 있는 거기 사물들도 하나같이 움직일 태세였다. 저만큼 옹기전의 질그릇과 오지그릇이 일본도의 검광이 무색하리만치 강렬한 빛살을 퉁겨내고 있었다.

'아, 그놈!'

그 긴박하고 살벌한 순간에 얼이 뇌리에 떠오른 게, 지금 원채 아저씨와 맞서고 있는 자와 함께 나루터집에 왔던 왜놈이었다. 서로 비슷한 생김새로 보아서는 형제임이 분명했다. 그렇지만 다른 게, 거기 앞에 보이는 왜놈과는 달리 그자가 구사하는 조선말 실력은 만만찮았다. 그뿐만 아니라 저놈보다도 훨씬 더 버겁게 느껴지는 무엇인가를 풍겼다. 무형無形의 기氣 같은 것이었다.

그때다. 일본인 칼잡이의 일행인 다른 일본인이 큰 소리로 말했다.

"무라니시!"

무라니시. 맞았다. 그자는 바로 배봉과 국제 교역을 하던 사토의 사위인 무라마치 동생 무라니시였던 것이다.

우리가 그와 맞붙게 되다니. 어찌 이런 일이? 얼이는 너무나 어설프고도 얄궂은, 잔혹한 신의 장난질에 휘말린 기분에서 헤어날 수 없었다.

어쨌거나 무라니시는 칼끝은 원채를 겨눈 채 강인해 보이는 고개만 약간 돌려 일행을 보고 무어라 했는데, 다른 말은 모르겠고 이름자는 알아들을 수 있었다.

"히키타!"

히키타. 그렇다면 그자는 바로 대구에서 잡화상을 경영하던 자로서, 무라마치가 그네들 사업에 끌어들인 그 일본 상인이었다. 그 고을 중앙통 대안면에 신장개업한 삼정중 오복점의 동업자였다. 무라마치가 동업직물 임배봉으로 하려 했다가 생각을 바꿔 선택한 자였다. 하기야 검정 개, 돼지 편이라고 겉모양이 비슷한 것끼리 서로 편이 되기 일쑤인 것이다.

무라니시와 히키타는 서로 자기들 말로 무어라고 계속해서 이야기를 주고받았다. 아마도 히키타는 여기 이곳에 조선인들이 너무 많이 있으니 그만 돌아가자고 타이르는 듯했고, 무라니시는 이까짓 것들 조금도 겁낼 필요 없으니 혼쭐 좀 내주고 나서 가자고 우기는 것 같았다.

한편, 그런 자들을 묵묵히 노려보고 있는 원채 입가에는 가소롭다는 빛이 떠올라 있었다. 겨울이 다 되어야 푸른 줄 알게 되는 솔 같은 존재가 바로 그라는 것을 잘 입증해주는 순간이었다.

"쌔이 일어나이소."

일본인들이 그러는 틈을 타서 얼이가 부리나케 땅바닥에 퍼질러 앉아 있는 조선 상인을 일으켜 세웠다. 그런 면에서는 준서보다 앞선 얼이였다.

"고, 고맙소."

그 상인은 일단 위기를 모면했다고 조금은 안도하는 기색이었지만, 자기를 구하기 위해 나섰다가 일본 칼잡이와 서로 살기를 내뿜으며 겨루고 있는 원채를 바라보는 눈은 여전히 걱정하는 빛으로 가득했다. 곤장을 매고 매 맞으러 간 사람이 원채라고 할 수 있었다. 가만히 있었으면 아무 일도 없었을 그가 아닌가 말이다. 얼이가 먼저 나서지 않았다면 그냥 지나쳤을까? 그건 아닐 것이다.

여하튼 그의 상대는 걸핏하면 할복자살한다고 알려져 있는 악독한 쪽발이였다. 세상에, 아무리 자기 나라 풍습이 그렇다 치더라도 자기 손으로 제 배를 가르다니, 상상만으로노 너무나 끔찍한 그런 무지믹지한 쪽

속들이 어디 인간들인가 말이다.

그건 다른 조선인들도 마찬가지였다. 더할 수 없이 원채 신변을 염려하는 표정들이었다. 그렇지만 여자들은 물론이고 남자들도 누구 한 사람 선뜻 앞쪽으로 같이 나서서 일본인 칼잡이를 상대하려는 기색은 없었다. 오히려 다른 사람 뒤에 꼭꼭 숨으려는지 비칠비칠 뒷걸음질을 치는 이도 적지 않았다. 특히 이빨이 안으로 오그라지게 난 옥니박이 남자가 더 그랬다.

그런 동포들을 곁눈질로 보면서 원채는 가슴이 한정 없이 답답하고 쓰려왔다. 언제부터 이 나라가 이런 지경에 이르고 말았는가? 스펀지에 물이 스며들듯이 알게 모르게 잠입해 온 왜놈들 기세가 이 정도일 줄은 알지 못했다. 가증스럽기도 하고 슬프기도 했다. 지금 와서 누구의 책임인지 따지는 것도 모두 소용없는 짓일 것이다. 그보다도 이런 현실을 헤쳐나갈 의지와 힘이 더 필요하고 소중할 것이다.

그러자 그의 두 주먹은 한층 더 굳건히 쥐어졌다. 우두둑, 뼈마디 부딪는 소리가 났다. 비록 나라와 나라 사이의 국력에서는 밀리고 있는지 몰라도, 개인 대 개인으로서는 절대 질 수 없다고 다짐했다. 이건 왜놈들이 세계에서 가장 강하다고 자랑하는 검도와 조선 전통무예인 택견과의 피할 수 없는 한바탕 대련장인 것이다. 그저 무술 시범을 보이는 것이 아니라 하나뿐인 목숨을 담보로 한 대결이었다.

그리고 무엇보다 원채는 확연히 깨닫고 있었다. 무라니시라는 저 칼잡이는 그의 일행이 말린다고 해도 결코 그대로 순순히 돌아설 자가 아니었다. 악독한 기운이 실린 눈빛과, 음흉한 웃음이 잔뜩 서린 입술, 대단히 신경질적으로 생겨 먹은 쪽 빠진 하관이, 그것을 잘 말해주고 있었다.

그뿐이 아니었다. 그는 분명히 검도의 고수였다. 어쩌면 저놈은 꼭 피비린내를 맡고 싶은지도 모른다. 늑대는 더 이를 것도 없고, 집에서 키우는 개도 피 냄새가 나면 갑자기 미쳐 날뛴다는 사실을 원채는 알고 있었다. 그처럼 모든 동물의 몸속에는 야성이 숨어 있는 것이다. 어떤 면에서 인간도 예외일 수는 없었다. 아니, 오히려 더 잔혹하고 냉정하기만 한 게 두 발로 걸어 다니는 짐승인 것이다.

원채의 온몸에 활시위만큼이나 팽팽한 기운이 실리기 시작했다. 자칫하면 팔이나 다리 하나가 달아날 위험 소지가 다분히 있다. 예리한 칼날에 어깨가 결딴나거나 눈을 찔려 실명할 수도 있고, 더 나쁜 쪽으로 보면 목숨까지도 잃을 수 있다. 그것은 아니 된다. 상대가 일본인이기에 더더욱 그러하다. 개죽음도 때에 따라서 그 격이 다르다는 것을 알아야만 하는 것이다.

원채는 가빠오는 숨을 고르기 위해서 '손심내기'를 했다. 손심내기. 그것은 택견에서 사용하고 있는 호흡법의 일종으로서, 생활과 활동의 힘인 기氣의 흐름을 조절하는 내공內功에 해당하는 동작이다.

택견에는 치기 기술과 걸이 기술을 사용하여 외적인 힘을 기르는 외공과, 손심내기와 같이 우주 속의 신선한 자연의 기운과 체내의 기운을 단전에 축적했다가 끌어올려 손장심으로 분출시키는 내공이 있다. 그래서 이 동작을 오래도록 수련하면 폐활량이 좋아지며 장력이 강해져 미는 힘과 치는 힘이 강해진다.

시장 사람들은 원채가 해 보이는 그 동작이 이상하고 신기한지 자기들끼리 무어라 말을 주고받아가며 뚫어지게 바라보고 있었다. 그것은 충분히 그럴 만했다. 택견을 모르는 사람들 눈에는 대체 무슨 짓을 하고 있는지 이해가 되지 않을 것이다.

그러나 원채에게 상당한 수준의 택견을 익혀온 얼이와 준서는 달랐다. 두 사람은 숨을 멈추고 조마조마한 마음으로 사부를 지켜보았다. 그들도 택견의 실전實戰을 보는 것은 이번이 처음이었다. 그렇기 때문에 택견의 위력이 과연 어느 정도인가는 아직은 잘 알지 못했다.

그런 제자들에게 단단히 한 수 가르쳐주기라도 하려는지, 원채는 상촌나루터 모래밭에서 가르침을 주던 그 어느 때보다도 신중하고 엄숙한 동작을 취해 보이고 있는 것이다. 그 모습이 하도 진지하여 얼핏 고매한 수도승을 연상케 했다. 그의 주변에 있는 공기조차도 흐름을 정지하는 느낌이었다.

그는 원품에서 왼발과 오른발 순으로 발끝을 안으로 향하게 하여 선 다음에 숨을 깊이 들이쉬었다. 그와 동시에 왼손을 가지런히 모아서 손끝이 아래를 향하게 하여 서서히 겨드랑이를 타고 올라와 팔꿈치가 어깨와 나란히 되도록 유지했다.

그때쯤 칼과 눈은 원채를 정면으로 겨누고 쏘아보는 자세로, 잠시 일본말로 무슨 얘기를 주고받던 무라니시와 히키타도 멍하니 원채를 지켜보기 시작했다. 서로를 보면서 고개를 갸우뚱거리기도 했다.

'도대체 지금 너 무슨 짓을 하고 있는 게야?'

'겁이 나면 사과하라고. 그러면 목숨만은 살려줄 수가 있어.'

둘 다 그런 눈빛들이었다. 하지만 무쇠라도 단숨에 베어버릴 것만 같은 섬쩍지근한 칼끝은 여전히 원채에게서 조금도 비켜나지 않은 채로였다. 그때 원채를 에워싸고 있는 공기가 흐름을 딱 멈추었다면, 무라니시를 둘러싸고 있는 공기는 아예 꽁꽁 얼어붙어 버렸다고 할만했다.

그러거나 말거나 원채의 동작은 마치 물 흐르듯 아주 자연스럽게 이어지고 있었다. 그는 곧 숨을 멈추고 동시에 손목을 제치며, 손가락을 벌려 손장심에 기를 모으듯 하여, 큰 바위를 밀어내는 것처럼 서서히 앞을 향해 쭉 뻗었다.

그러자 급기야 무라니시가 더 이상 참고 지켜볼 인내심을 잃었는지 넓은 장터가 떠나가라 큰 소리로 기합을 내질렀다.

"얍!"

칼을 잡은 손아귀에 한층 더 힘이 들어가는 것을 누구나 알 수 있었다. 그것을 눈치챈 원채도 잽싸게 다른 동작으로 바꾸었다. 바로 그 짧은 찰나, 장검이 휘익 허공을 갈랐다. 번쩍, 섬광이 일었다.

"헉!"

"으윽!"

인파 속에서 놀란 외마디들이 터져 나왔다. 일본도의 휘두름에 공기마저도 탁 절단 나는 분위기였다. 하물며 사람의 몸뚱어리 정도야.

'아자씨!'

얼이와 준서 역시 그만 자신들도 모르게 질끈 눈을 감았다가 퍼뜩 떴다. 그 사이에 두 개의 다른 세상이 교차하는 듯했다.

"아."

"후우."

안도의 한숨 소리가 여기저기서 흘러나왔다. 다행히 아직은 아무 일도 일어나지 않고 있었다. 다시 뜬 사람들 눈에 햇빛만 눈부셨다. 무라니시는 실제 공격은 하지 않고 단지 위협을 한 번 가해보았다. 상대방 기를 죽여 기선을 제압하기 위해서였다.

누가 더 강자인가를 가려내기 위한 무술대회가 아니라 하나뿐인 생명을 걸고 하는 대결에서 그런 여유를 보이는 그자는, 실로 무서운 인물임에 의심의 여지가 없었다. 그의 나라 일본 땅에 있을 때 그가 살아왔을 궤적이 궁금할 정도로 섬뜩했다.

그러나 원채는 눈 하나 깜짝하지 않았다. 나무나 돌을 깎아 만든 인물상을 방불케 했다. 어떻게 보면 그의 몸뚱이 전체가 하나의 무기인 성싶었다. 창과 방패를 함께 갖추어 공격과 방어를 동시에 할 수 있는 희귀한 무기였다.

하지만 어디까지나 무기와 맨몸 간의 대결이었다. 지금 그 자세대로 굳어진다면 승부는 그대로 판가름 나고 말 것이다. 그다음에 원채가 행하고 있는 택견 동작은 '활개 두 손 옆으로 흔들기'였다.

"얍! 이얍!"

무라니시가 연이어 날카로운 기합을 넣었다. 드디어 그자의 본격적인 공격이 시작되려 하고 있었다. 그는 긴 칼을 똑바로 겨눈 채 원채를 향해 한 발짝 앞으로 내디뎠다. 그 하나의 동작만으로도 엄청난 위협이 전해졌다. 지상의 모든 것들이 비명을 지를 듯했다. 하늘의 해도 흠칫, 몸을 떨고 있는 것으로 보였다.

한데, 바로 그 순간이었다. 무라니시가 막 발을 앞으로 내딛는 것과 때를 같이하여 원채 발도 함께 들렸다. 그것은 어쩌면 두 사람 발이 아니라 한 사람 발 같았다. 어떻게 보면 무라니시 발은 실체이고, 원채 발은 그것의 그림자가 아닌가 싶었다. 그런 가운데 놀라운 일이 순식간에 벌어졌다. 그렇게 한 다음에 원채는 발끝을 밖으로 향하게 하여 발바닥으로 무라니시의 무릎 부위를 가볍게 찼던 것이다. 그것이 바로 저 '무릎걸이'라는 발질이었다.

"어?"

군중 속에서 얼핏 그런 소리가 나왔다. 그렇지만 대다수 사람은 너무나도 미세한 그 상황 파악에 어두웠다. 그리고 그게 당연했다.

여전히 침묵이 지배하는 중이었다. 그때 꼭 곽란에 죽은 말 상판대기 같이 빛이 시푸루둥 하고도 검붉으며 얼룩덜룩한 얼굴의 곰배팔이 하나가, 옆구리에 끼고 있던 담배 목판을 땅바닥에 떨어뜨렸다. 그 '콰당' 하는 소리는 온 시장 안을 울리고도 여운이 쉬 가시지 않았다. 그 정도로 지금 그곳에 있는 모두는 숨을 죽이고 있었다.

그렇지만 그 단순한 발질이 낸 효과는 대단히 컸다. 상대방이 공격하려는 것을 한순간에 막은 것이다.

무라니시는 바보 같은 얼굴을 했다. 상대는 그저 아무렇게나 가볍게 한 번 '탁' 찬 것일 뿐인데, 그는 다음 행동으로 연결하지 못했던 것이다.

'아, 우찌 저랄 수가!'

'택견이 저런?'

그 기막힌 무예를 똑똑히 목격한 얼이와 준서는 눈을 의심하지 않을 수 없었다. 바로 그들 목전에서 벌어진 장면이었지만 착시현상 같았다. 택견이 저 정도일 줄은 몰랐다. 그것은 인간이 연마해낸 무예라기보다도 신기神技에 더 가까웠다.

그러나 결코 안도하거나 방심할 일은 아니었다. 사정없이 두 귀를 찢어발기고도 남을 큰 기합 소리가 들리면서 무라니시의 두 번째 공격이 개시되고 있었다. 그때쯤에는 무라니시도 상대방이 예사 인물이 아니라는 사실을 간파했는지 더욱더 전력을 기울여 대결에 임하고 있었다.

'휘익, 싹!'

무라니시가 잔뜩 노리고 크게 휘두른 칼날이 원채 옷깃을 아슬아슬하게 스쳐 지나갔다. 위기일발, 일촉즉발이었다. 그러자 또다시 여기저기서 비명이 터져 나왔다.

"아!"

"우, 우짜노?"

그 누구보다도 얼이와 준서는 제정신이 아니었다. 급기야 얼이가 원채 등 뒤에서 또다시 무라니시에게 덤벼들려고 했다. 얼이가 그러지 않았다면 준서가 그랬을지도 모른다.

한쪽만 닳은 범종

바로 그때였다. 원채의 화급한 목소리가 온 시장바닥을 뒤흔들었다.

"물러낫!"

대체 택견으로 단련된 원채 오감五感은 얼마나 발달한 것일까? 오로지 일본 칼잡이를 노려보며 생사를 다투고 있는 그 와중에 자기 몸 뒤에서 얼이가 끼어들려는 것을 어떻게 알아차릴 수가 있었는지.

"이헙타!"

원채 경고에 얼이가 흠칫, 그 자리에 멈춰 섰다. 준서가 얼른 뒤쪽에서 얼이 상체를 끌어안았다. 그 바람에 하마터면 둘이서 한꺼번에 엉덩방아를 찧을 뻔했다.

지금은 준서 완력도 보통이 아니었다. 나이가 들어갈수록 준서는 젊은 시절 문무를 겸비한 '김 장군'으로 명성을 크게 떨쳤던 외할아버지 호한의 골격을 닮아가고 있었다.

"자, 더 공객해 봐라꼬. 퍼뜩!"

원채가 어서 들어오라는 손짓을 해가며 무라니시에게 말했다. 전혀 두려워한다거나 서두르지 않는 목소리였다. 무라니시는 조선말을 그렇게 잘하지는 못해도 어느 정도까지 알아듣기는 하는 모양이었다. 얼굴이 한층 벌겋게 달아올랐다.

"코노야로(이 새꺄)!"

그러면서 무라니시는 일본말로 무어라 잇따라 욕지거리를 내뱉으며 지금까지보다 한층 끈덕지고 맹렬하게 공격하기 시작했다. 그자의 온몸에서 뻗쳐 나오고 있는 살기는 하늘을 찌르고 땅을 덮을 만했다. 그 모습이 독종 중의 독종이었다.

드디어 원채 자세도 어느새 '쌈 택견'인 저 '결련택견'으로 바뀌어 있었다.

무라니시는 혼신의 힘을 다한 여러 차례의 집중공격에도 불구하고 상대 옷자락이나 머리카락 하나 자르지 못하자 화가 치밀 대로 치밀었다. 아마도 그는 지금까지 한 번도 그런 적이 없었을 것이다.

"얍! 얍!"

그는 이제 흡사 미친 사람처럼 표적물을 제대로 겨냥도 하지 않고 이리저리 칼을 함부로 내둘렀다. 그런 그는 더 위험해 보였다. 그런 가운데 '쉭쉭' 하는 소름 끼치는 매운 칼바람 소리가 허공을 찢었다.

원채는 두 손을 옆으로 흔들며 품을 밟았다. 그러다가 무라니시의 칼이 허공을 가르면서 허점을 내보이는 바로 그 순간이었다. 원채는 곧바로 오른발을 빗겨 내디디면서 왼발로 무라니시의 턱을 아래서 위로 올려 찼다.

"억!"

턱을 정통으로 걷어차인 무라니시가 한순간 비틀, 하면서 몸의 균형을 잃었다. 또 그는 자칫 손에서 칼을 놓쳐버릴 뻔했다. 그 틈을 놓치지 않고 원채는 오른발을 들어, 앞으로 내디딘 상대방의 왼쪽 다리오금을 차는 것과 동시에, 손은 상대방 목을 걸어 낚아채어 넘어뜨렸다.

"와아!"

"우우!"

이번에는 놀라는 외마디가 아니라 환호성이 터졌다. 온 시장바닥이 정말 난리가 벌어진 형국이었다. 열화와 같이 뜨거운 박수 소리도 나왔다.

'아, 역시 원채 아자씨 실력은!'

'맨손 갖고 칼을 든 적한테 우찌 저리?'

얼이와 준서는 열린 입을 다물지 못했다. 이제껏 말로만 들어왔던 고수의 진면목을 직접 보았다. 방금 원채가 구사했던 그 택견 기술이야말로 이른바 '걷어차며 오금치기'라는 것이었다.

"오마에 시니타이노카(너 죽고 싶은 모양이구나)?"

그런 소리가 무라니시 입에서 흘러나왔다. 그자도 결코, 만만치 않았다. 그는 곧바로 바람같이 몸을 일으키더니 다시 대결 자세를 취했다. 어지간한 사람이라면 그대로 정신을 잃어버리거나 길게 뻗은 채 다시는 일어나지 못할 터였지만, 오랜 기간에 걸쳐 검도와 가라테로 연마된 그의 몸은 역시 대단했다.

무엇보다 무라니시는 쓰러지면서도 마지막까지 손에서 칼만은 놓치지 않고 있었다. 심지어 그는 입가에 여유로운 웃음까지 띠어 보였다. 큰 충격을 받지 않았다는 것을 상대에게 보이기 위한 위장술이었다.

아무튼, 허위든 가식이든 간에 그렇게 당하고도 그 정도의 모습을 보여줄 수 있다는 것은, 그자가 예사로운 무예인이 아니라는 사실을 또다시 잘 입증해주는 것이었다. 이쪽에서 결정적인 공격을 가하고도 도리어 질려버릴 판국이었다.

그 광경을 똑똑히 지켜본 시장 사람들도 비록 왜놈이지만 그 기상과 억센 신체에는 감탄했는지 막 웅성거렸다.

'저놈이 그래도?'

그러자 원채도 좀 더 그자를 강하게 제압할 수 있는 동작을 해 보일 필요가 있다는 것을 깨달았다. 확실히 보여주어야 했다.

그는 '물구나무 쌍발차기' 기술로 들어갔다.

'니눔이 올매나 버티는고 함 보자.'

그는 양쪽 손으로 땅을 짚고 몸을 거꾸로 세웠다. 그 동작을 취하자 당장 세상이 온통 거꾸로 보였다. 무라니시 하반신이 바로 그의 눈앞에 있었다. 그것은 회전력을 이용하여 양발로 상대 얼굴을 공격하는 특수한 발차기 기술이었다. 어떤 뛰어난 무술의 창시자가 그런 기술을 만들었는지 누구든 목숨을 주고라도 알고 싶을 정도였다.

'아!'

얼이와 준서는 침이 바싹바싹 말라왔다. 그 기술에 대해서 잘 알고 있기에 그럴 수밖에 없었다. 그것은 상대방 허점을 노려 기습 공격에 사용하기에는 좋지만, 아무래도 몸의 자세가 불안하고 더욱이 시선조차 아래에 있기 때문에, 상대 얼굴을 정확하게 때리기가 어긴 이렇지 않은 기술이었다.

그뿐만이 아니었다. 특히 기술이 들어가기 전에 확실한 거리 계산을 하고 매우 신속하게 균형을 잡을 수 있는 공간을 확보해야 하므로, 초보자들에게는 굉장히 난해하고 힘든 고난도 기술이었다. 섣불리 시도하다간 제 스스로 무너지기 십상이었다. 결국, 세상에서 그냥 주어지는 것은 아무것도 없다는 논리가 여기서도 적용되는 순간이었다.

어쨌거나 원채의 그 현란한 몸동작에는 무라니시도 그만 질리는 눈치였다. 그것은 사람이 할 수 있는 몸놀림이 아니었다. 무라니시는 '어, 어' 하며 뒷걸음질을 쳤다. 그 순간에는 보기에도 섬뜩한 그 일본도마저도 어린아이가 가지고 노는 무슨 작은 막대기로 보였다. 설령 총을 가졌다고 해도 마찬가지일 것이다.

'자, 요분에는…….'

원채가 마지막 쐐기를 박은 기술은 '뱅뱅이질'이었다. 그는 한 마리 새처럼 가볍게 품을 밟다가 무릎을 구부려 손바닥으로 땅을 짚고 앉았다. 한쪽 발은 축이 되고 한쪽 발은 다리를 쭉 펴서 뒤로 360도 회전하면서 뒤꿈치 부분으로 상대 다리를 걸어채서 넘기는 기술을 선보인 것이다.

'헉!'

무라니시는 원채의 쭉 편 다리에 걸려 넘어질까 봐 한참 뒤로 물러나기 시작했다. 이제 그는 완전히 무방비 상태가 되어 그저 이쪽 공격을 피하기에만 급급해 보였다. 그러다가 마침내 그는 제풀에 뒤쪽으로 벌렁 넘어지고 말았다.

'쨍그랑!'

쨍그라운 금속성이 지축을 울렸다. 드디어 무기가 그의 손에서 벗어난 것이다.

"이깃다아!"

누군가가 소리쳤다. 승부는 끝났다.

"히야!"

'짝짝!'

가슴 졸이던 조선 백성들 사이에 엄청난 환호가 터지고 박수갈채가 쏟아져 나왔다. 온 장바닥이 들썩들썩했다. 촌 아낙의 광주리 안에 들어 있는 시든 푸성귀나, 어물전 수족관 속의 죽은 물고기도 몸을 움직이고 소리를 지르는 것 같았다.

"무, 무라니시!"

히키타가 달려들어 무라니시를 간신히 일으켜 세웠다. 무라니시는 허겁지겁 칼부터 찾아 집어 들었다. 그렇지만 이미 칼끝은 꺾인 갈대 머리처럼 땅바닥을 향하고 있을 뿐이었다.

"아자씨!"

얼이와 준서는 동시에 원채에게 달려갔다. 그러고는 그의 몸을 살피며 또 함께 물었다.

"오데 다치신 데는 없지예?"

바로 그 순간이었다. 무라니시의 작은 두 눈이 번쩍! 빛을 발했다. 세상에서 볼 수 없는 것을 본 사람 같았다. 그뿐만이 아니었다. 얼이를 노려보는 그의 입에서는 알 수 없는 소리가 새 나왔다.

어떤 육감적인 느낌을 받은 얼이도 반사적으로 그자에게로 고개를 돌렸다. 그는 몹시 큰 충격을 받은 모습이었다. 그런데 실로 경악할 노릇이 아닐 수 없었다. 그자 입에서는 분명히 '콩나물국밥!', '상촌나루터!'라는 말이 나왔던 것이다. 그건 절대로 잘못 들은 게 아니었다.

"……."

일순, 얼이는 아주 어릴 적 개구쟁이 동무들과 알몸으로 꽁꽁 얼어붙은 겨울 강으로 뛰어들었을 때처럼 전신에 오싹 소름기가 돋아났다. 놈은 언젠가 자기 형 무라마치와 함께 나루터집에 왔을 때 얼이 자신을 본 일을 아직도 용케 기억하고 있었다.

"헤."

무라니시는 그 와중에도 퍽 잘됐다는 표정이 되더니 매우 야릇한 웃음소리를 내었다. 그러곤 얼이 얼굴을 한참이나 째려보더니 회심의 미소를 지으며 돌아섰다. 그 기이하기 이를 데 없는 웃음에 얼이는 다시 한번 가슴이 철렁 내려앉았다. 섬쩍지근한 웃음이었다.

"휙, 휘~익."

잠시 후 무라니시는 히키타와 나란히 휘파람까지 불면서 느릿느릿 그 자리를 벗어나기 시작했다. 패자가 아니라 오히려 승자인 양 헹세하는 그였다. 작은 것을 내주고 큰 것을 얻은 만족감이 전해졌다.

"큰일이거마는, 얼이 총각."

산전수전 다 겪은 원채도 정황을 깨달은 모양이었다. 그는 일본인들이 사라지는 방향을 잠깐 보고 나서 몹시 우려되는 목소리로 말했다.

"저 왜눔이 얼이 자네가 사는 곳을 알아삔 모냥인 기라."

"……."

그 말을 들은 얼이 얼굴이 돌덩이만큼이나 딱딱해졌다. 준서 역시 가슴이 서늘했다. 눈썹에서 떨어진 액이라더니, 그러잖아도 힘든 형국인데 뜻밖의 걱정거리가 또 하나 생겨버렸다. 준서는 그자들을 뒤쫓아 가서 후환이 없도록 철저히 손을 쓰고 싶은 충동을 억누르며 생각했다.

'해필 그눔이 얼이 새이 얼골을 알아갖고…….'

원채가 그때까지도 흩어질 줄 모르고 있는 시장 사람들을 가만 둘러보며 어둡고 무거운 어조로 말했다.

"앞으로 상구 조심해야것다. 운제 그눔이 나루터집으로 찾아올랑가 모리것네. 다린 왜눔 칼잽이들을 우 몰고 말이제."

"성아."

준서는 자신도 모르게 근심 어린 목소리로 얼이를 부르며 그의 몸을 뒤에서 감싸 안았다. 떨리는 자기 두 팔에 전해지는 얼이 몸이 따뜻한지 차가운지 도무지 그 느낌을 모르겠는 준서였다.

"짜아식. 이거 놔라."

그런 준서를 돌아보며 얼이가 말했다. 하지만 장난처럼 얘기하는 그의 얼굴에서 웃음은 찾아볼 수 없었다.

"그래, 자네들 두 사람……."

그들을 보며 원채가 무슨 말인가를 하려다가 그만두는 눈치였다. 하지만 얼이는 모를지 몰라도 준서는 알 수 있었다. 원채가 하려다가 그만

322

둔 이야기가 무엇인가를…….

그때나 지금이나 강을 등진 채 논바닥이 드러난 들판에 외로이 앉아 있는 사찰이다.

그 절을 보는 순간 진무 스님은 언젠가 그곳에 함께 왔던 명각대사 얼굴이 떠올랐다. 우람한 체구와 짙은 눈썹이 염주를 손에 든 중이라기보다는 칼을 든 장수의 모습에 더 가까워 보였다. 명산대찰보다 남의 눈에 띄지 않는 조그만 암자가 더 좋다던 불제자였다.

'그날은 저 절 안에까지는 들어가 보지 못했지. 지금은 또 홀로 어느 이름 없는 암자를 찾아 헤매고 있을까.'

그 생각 끝에 진무 스님은 이날 그곳에서 만나기로 선약이 되어 있는 스님이 기거하고 있다는 암자를 머릿속에 그려보았다. 가보지는 않았지만 지금 눈앞에 바라보이는 저 절에 딸려 있는 암자라고 하니 왠지 기분부터 달라지고 있었다. 가가이 들판 위로 훨훨 날아다니는 새들의 날갯짓도 자꾸 눈길을 끌었다.

"아, 큰스님! 벌써 와 계셨군요?"

문득 등 뒤에서 들려오는 소리에 천천히 돌아보는 진무 스님 눈동자 속으로 아직은 한참 젊은 중의 모습이 들어왔다.

"제가 먼저 와서 기다리는 게 도린데 죄송합니다."

"아니요. 나도 조금 전에 막 도착했다오."

그런 말로 인사를 대신한 그들은 다시 한번 서로의 얼굴을 마주 보며 환하게 웃었다. 그 젊은 중은 진무 스님의 머리를 깎아준 묵암선사가 거처했던 절에서 수행을 시작했다는 사실 하나만으로도, 진무 스님을 한 스승 밑에서 불법을 받은 사형으로 생각하는 눈치였다. 묵암선사가 입적한 후의 일이었다.

"이제 들어가 보시지요."

"그렇게 합시다."

그들은 사찰 안으로 발을 옮겨놓기 시작했다. 지금 이 땅에 들어와 온갖 만행과 횡포를 부리고 있는 일본과 연관이 많은 절이라는 선입견 탓인지 두 사람 모두 표정들이 비상해 보였다.

"아, 저기!"

말없이 몇 발짝 걷다 보니 돌로 쌓은 탑이 그들을 맞이했다.

"예, 삼층석탑들입니다, 큰스님."

그 절에 딸린 암자에서 기거하다 보니 자연히 그 절에 자주 들르게 된다는 그 젊은 중은 이날 안내자 역할을 톡톡히 해줄 것으로 기대되었다.

"정답게도 서 있구면."

진무 스님은 그곳 절 마당에서 서로 마주 대하고 있는 모습으로 서 있는 두 기基의 석탑을 유심히 쳐다보며 혼잣말처럼 했다.

"내가 얕은 안목이지만, 저 돌탑들은 아마 신라시대 탑 형식을 따른 것으로 보이는데, 그게 아닌가?"

그 말을 들은 젊은 중 '보택'이 퍽 존경스럽다는 얼굴로 말했다.

"역시 대단하십니다, 큰스님. 만든 시기는 고려 초기로 추정하고 있지만, 형식은 신라의 그것을 본떴다고 합니다."

그때 보살 몇이 옆을 지나가면서 그들을 향해 공손히 합장을 했고, 보택 스님은 안면이 있는지 반갑게 보살들에게 합장을 한 후에 진무 스님을 소개해주기도 했다. 잠시 후 보살들이 걸어가고 있는 쪽을 바라보고 있던 보택 스님이 말했다.

"그럼 보광전으로 뫼시도록 하겠습니다, 이쪽으로."

"보광전."

보택 스님 말을 되뇌는 진무 스님 얼굴이 벌써부터 상기돼 보였다.

사실인즉, 바로 그 보광전, 좀 더 상세히 말하자면 그 보광전에 있는 범종을 보려고 그곳까지 온 것이다.

'여기 있는 종도 저 연지사 종 못지않게 소중할 터, 이 나라 훌륭한 문화재로서 어떻게든 잘 보존해야 마땅할 것이야.'

진무 스님이 그런 생각을 하고 있는데, 보택 스님은 약간 앞서 걸어가면서도 연방 뒤를 돌아보며 말했다.

"큰스님, 발밑을 조심하십시오."

진무 스님은 허허 웃었다.

"어디 조심해야 할 게 발밑뿐이겠소? 마음 밑은 더더욱 그래야지요."

조각품처럼 이목구비가 또렷하고 투명해 보일 정도로 흰 살결을 가진 보택 스님도 씩 웃었다.

"대웅전 부처님께서도 그 말씀을 들으면 고개를 끄덕이시지 않을까요."

진무 스님은 농담인 듯 진심인 듯 말했다.

"마음에 밑이 있다면 필시 위도 있을 법이거늘, 그게 하도 조화를 심히 부려 문제요."

보택 스님 하는 말이 진무 스님 마음을 적셨다.

"저는 마음 이놈이 가는 곳을 알 수만 있다면, 나찰에게 한 몸 공양할 각오도 되어 있습니다."

잠시 후에 당도한 보광전에 있는 그 범종은 한눈에도 여간 범상치 않아 보였다. 무엇보다 특이한 것은 그 범종에는 저 일본국 지도가 그려져 있다는 사실이었다. 어느 누가 저런 발상을 했는지 보택 스님 말마따나 부처님도 눈을 크게 뜨실 듯했다.

'종신鐘身에 일본 지도가 그려진 종이 과연 몇이나 될까? 나는 아직 여기 말고는 그런 종이 있다는 말을 들어본 적이 없으니.'

그런데 그 범종의 종신을 자세히 들여다보며 보택 스님이 들려주는 이야기를 듣고 있던 진무 스님은 그만 가슴이 무너져 내리는 느낌에 빠지고 말았다.

"잘 보시면, 한쪽은 괜찮은데 다른 한쪽이 아주 닳아 있다는 것을 아시게 될 겁니다. 다 닳아 없어진 곳은 일본 동경東京 쪽이 새겨진 부위이고, 아직까지 남아 있는 부위는 일본 구주九州 쪽으로……."

"그러니까 이 종이 지금 이렇게 된 것은, 우리나라를 노리고 있는 일본의 못된 야욕을 어떻게든 막아보려는 뜻에서였다는 거지요?"

"예, 큰스님. 아침저녁으로 끊임없이 동경 쪽을 두드려 저들의 침략에서 벗어나 보고자 하는 간절한 소망이 담겨 있는 아프고 슬픈 흔적입니다."

"허, 대체 얼마나 두드려댔기에 쇠로 만든 종이 이런 지경에까지 이르렀을꼬!"

"그러게 말씀입니다."

진무 스님은 몸을 돌려 보광전에서 얼른 빠져나왔다. 조금만 더 그곳에 있다간 숨이 막혀버릴 지경이었다.

'그 범종이 내지르는 소리를 들으면 내 두 귀가 먹어버리고 말 것만 같구나.'

보광전 밖에 나와 서서 여러 번 숨을 몰아쉬고 있는 진무 스님을 무연히 바라보고 있는 보택 스님 얼굴 가득 서럽고 안타까운 물살이 일렁거리고 있었다. 그가 처음 그 범종 앞에 섰을 때도 지금 진무 스님이 보이는 것과 똑같은 반응을 보였었다는 아픈 기억이 되살아났던 것이다.

"큰스님, 제가 머물고 있는 곳으로 모시겠습니다."

보택 스님은 진무 스님을 그의 암자로 모시고 가서 따뜻한 녹차라도 한잔 대접해 드리고 싶었다. 진무 스님이 잠깐 생각해보는 빛이더니 고개를 끄덕였다.

"이 절에 딸려 있는 암자라고 하니 한번 가보고 싶구려."

"이 절에 무슨 문제가 생겨 승려들이 있을 만한 곳이 마땅찮을 때 이용하기도 합니다."

그 절에서 나와 암자 쪽을 향해 나란히 걸어가면서 보택 스님이 또 말했다.

"그 암자에도 귀하게 보존해야 할 것들이 꽤 있답니다."

진무 스님은 보광전 범종의 닳아 없어진 부위를 새로이 떠올렸다.

"아, 그래요? 이거 기대가 되구먼. 하하."

보택 스님이 고개를 뒤로 젖혀 작은 구름 서너 장이 무명 빨래처럼 널려 있는 하늘을 올려다보며 말했다.

"발밑도 그렇지만 머리 위도 조심해야겠지요, 큰스님?"

진무 스님은 저만큼 논바닥에 내려앉아 무언가를 정신없이 쪼아대고 있는 새떼들을 바라보고 있다가 한숨을 내쉬었다.

"문제는, 그 범종에 새겨져 있는 나라인데, 전부 닳아 없어질 때까지는 그 못돼먹은 버르장머리를 고치지 않을 족속인지라, 그게 마음에 걸린다오."

보택 스님 목소리가 종소리를 닮았다.

"이제부터는 구주 쪽도 두들겨서……."

"일본인들이 그런 사실을 알기 전에……."

진무 스님이 느끼기에 그 암자는 본 사찰로부터 멀다면 멀고 가깝다면 가깝게 여겨지는 지점에 위치하고 있었다.

'내가 이 먼 곳까지 왔다는 것을 알면 뭐라 할까.'

진무 스님은 문득 상촌나루터에서 콩나물국밥집을 운영하고 있는 비화 생각이 났다. 그 먼 곳까지 그런 봄으로 어떻게 가셨느냐고, 몸이 에

전 같지 않아 비어사에 칩거하신다는 소문도 들었는데 혹시 어디 탈이라도 나면 어찌시려고, 하는 등 몹시 걱정을 늘어놓을 게 뻔했다.

'하긴 운신하는 데 아무런 어려움이 없더라도 외세가 발호하는 이런 세상이 보기 싫어 산문山門 바깥으로 나오고 싶지 않은 게 작금의 내 심정이거늘.'

들판 저편 산등성이 위에 지친 모습으로 내려앉아 있는 구름 조각을 바라보았다.

'그렇다고 나 하나만 편하자고 두 눈 딱 감고 두 귀 틀어막은 채 살아갈 수도 없는 노릇이 아닌가. 어차피 한 줌 재가 되어 연기처럼 사라질 이 육신, 움직일 수 있을 때까지는 움직여야지. 나라 안팎으로 핍박받는 이 나라 백성들을 위하는 길을 찾아 나서야지. 언제 기회가 되면 나루터 집 식솔들도 여기 데려와 이 소중한 것들을 보게 하고 싶구면.'

"제가 큰스님께 가장 보여드리고 싶은 게 또 저기 있습니다."

얼마나 갔을까? 야산 중턱에 자리한 암자에 닿자마자 보택 스님이 꺼낸 말이었다. 녹차 생각은 잊은 지 오래된 그들이기도 했다. 하지만 스쳐 가는 바람결에는 녹차 못지않게 퍽 은은한 기운이 느껴졌다.

"저 석등石燈입니다."

그러면서 보택 스님이 하얀 손가락을 들어 가리켜 보이는 암자 마당에는 돌로 네모지게 만든 석물石物 한 개가 있었다. 그것을 본 진무 스님 입에서 적잖게 감탄하는 소리가 흘러나왔다.

"허, 대단한 돌등이로다!"

석등롱石燈籠, 혹은 장명등長明燈이라고도 하는 그 석등은, 아마도 화강암을 재료로 하여 만든 모양인데, 그 높이가 어림잡아도 보통사람 키 세 배는 족히 돼 보였다. 일반 민가에서 대문 밖이나 처마 끝에 달아 두고 밤이면 켜는 유리 등도 장명등이라고 하지만, 네모진 그런 석등은 원래 일품재상이 아니면 쓰지 못한다고 알고 있다.

"그리고 불을 켜기 위해 올라가는 계단까지……."

점화할 때 올라가는 돌계단도 사람 허리에 닿을 만한 높이였다. 진무 스님은 그 계단을 밟고 올라가 불을 켜고 싶은 충동을 느꼈다. 그러면 한 치 앞도 보이지 않는 암울한 조선 전역에 환한 빛이 밝혀질 것 같았다.

"큰스님, 저것도 좀 보시지요."

보택 스님이 또 보여준 것은 역시 화강석으로 만든 부도浮屠였다. 여인의 키 갑절은 될 성싶은 그 부도 속에 들어 있을 스님이 궁금했다.

이름난 중이 죽은 뒤에 그 유골을 안치하여 세운 둥근 돌탑, 부도. 부처나 중을 일컬어 부도라고도 하지만, 그것보다는 저런 둥근 돌탑을 두고 그렇게 부르는 게 더 귀에 익어 있을 사람들이었다.

그곳에는 어떤 탑에 관한 기록을 새긴 탑비塔碑도 있었는데, 아쉽게도 세월의 풍파에 닳아서 없어진 정도가 너무 심한 탓에 판독이 힘든 상태였나. 그렇지만 그깃과는 빈대로 진무 스님의 정신은 오히려 한결 맑고 투명해지고 있었다. 마치 석등에 불을 켠 것 같았다.

외국인에게 땅을 팔다

녹음이 한창인 계절이다.

하지만 나무들은 왠지 모르게 생기가 없어 보였다. 숲속에서 들려오는 새소리도 목이 쉰 듯하다. 흙냄새가 향기롭지 못하고 머리를 아프게 하는 것 같다.

거기 만든 지 얼마 지나지 않은 철도도 흡사 녹아내린 엿가락처럼 축 늘어져 누워 있다. 침목枕木의 색깔이 너무나도 우중충하게 비친다. 마음에 드는 것은 눈에 약을 하려 해도 바이없었다.

맞는 말이다. 적어도 지금 그곳에 모여 있는 조선인들 눈에는 모두가 그렇게 들어왔다. 그렇지만 일본인들이 보기에는 전혀 그렇지 않을 것이다. 되레 그들은 그 철도야말로 이 세상에서 가장 힘이 세고 빠른 거인의 발이라고 생각할 것이다.

그 수많은 한양 사람들 속에 섞여 있는 조언직도, 일본군 철도 대대가 기념사진을 찍기 위해 신나게 자세들을 취하고 있는 광경을 무연히 바라보고 있었다. 이제 막 경의선 시운전을 끝낸 일본군 철도 대대였다.

그때 어수선한 것 같으면서도 착 가라앉은 조선 군중들 속에서 이런 소리가 들렸다. 그건 남의 땅에 와 있는 이방인이 내지인의 눈치를 보아 가며 비밀스럽게 하는 말 같았다.

"그게 아마 5년 전인가, 그 당시 경인선 개통식 때 일이 떠오르는군."

땅이 꺼져라 깊은 한숨을 내쉰 후 다시 말했다.

"이 땅에서 개통된 철도였지만……."

누군가가 가래 끓는 소리를 내었다. 어쩌면 폐가 좋지 못한 사람이 남들에게 그 사실을 숨기기 위해 억지로 기침을 참고 있는 건지도 모른다.

"그 기차에는 일장기와 성조기만 떡하니 걸려 있더랬지. 우리나라 태극기는 어디에도 없더군."

"……."

언직이 가슴이 뜨끔해져서 얼른 소리 나는 쪽을 바라보았더니, 갓을 깊숙이 눌러쓴 선비 차림새의 사내였다. 다리 아래에서 고을 원님을 꾸짖듯, 솔직히 왜놈들을 맞대고는 무슨 말을 하지 못해도 잘 들리지 않는 곳에서는 나무라고 욕실을 하는 게, 그 당시 약한 조선 백성들이 슬픈 자화상이었다.

그런데 언직의 심장을 더한층 덜컥 내려앉게 한 것은, 그 사내 일행인 구레나룻을 길게 기른 사내 때문이었다.

'아, 저 사람이 우짤라꼬?'

놀랍게도 그 사내는 그 무렵 조선 백성들 사이에 은근히 떠돌고 있는, 소위 저 '아리랑 타령'을 낮은 소리로 읊조리기 시작했던 것이다.

아리랑 고개에다가 정거장 짓고
전기차 오기를 기다린다.
문전의 옥토는 어찌 되고
쪽박의 신세가 웬 말인가.
밭은 헐려서 신작로 되고

집은 헐려서 정거장 되네.

…….

일제가 철도를 건설하기 위해 철도 주변에 있는 토지와 자재 등을 마구잡이로 수탈하는 바람에, 결국 엄청난 피해를 입어야 하는 조선 백성들의 한과 원망을 소롯이 담아놓은 노래였다.

흰한 대낮에, 그것도 일본군 철도 대대가 있는 자리에서 그 노래를 부를 줄이야. 영리한 아이처럼 반짝반짝 영채가 도는 그의 눈은 닦은 방울 같았다. 그 정도로 나이를 챙겨 먹은 사람이 그런 눈을 가졌다는 그 사실부터가 무척 신기했다. 눈에 헛거미가 잡히는 사람들만 득시글거리는 세상에서 말이다.

그뿐인가? 오늘 시운전을 한 경의선만 하더라도, 일제가 러일전쟁을 치르면서 군수 물자와 병력을 나르려고 1년 만에 완성한 철도였다. 그러니 조선 백성들의 높은 원성과 깊은 탄식은 뭐라 더 거론할 필요가 없었다. 달걀도 굴러가다 서는 모가 있고, 메밀도 굴러가다 서는 모가 있다는데, 하물며 남의 나라를 통째로 삼키려는 일본에게 어느 누가 성인군자처럼 참아가며 분노를 터뜨리지 않고 복수심을 품지 않을 수 있겠는가? 그것은 늘 원수를 사랑하라는 말을 입에 달고 사는 야소교인들도 어쩔 도리가 없을 것이다.

일제가 대한제국 침략을 방해하는 마지막 장애를 제거하기 위하여 뤼순(여순)에 정박한 러시아 함대를 기습함으로써 시작된 러일전쟁이었다.

승리의 월계관은 준비된 자에게 돌아가는 법이런가. 미리부터 철두철미한 전쟁 준비를 하였던 일본은 계속해서 자기들에게 유리한 정세를 몰아갔고, 이듬해 5월에는 러시아가 전세를 뒤집기 위해 파견한 발틱함대마저 불길에 휩싸이게 된다. 그리고 그 불길이 더 번져 나가게 될 곳은······.

"세상이 정신을 차리지 못하고 이런 식으로 나가다간, 우리 조선 땅 전체가 일본 놈들에 의해 바둑판처럼 갈라지게 될지도 모르겠네."

갓을 쓴 사내 말을 구레나룻 사내가 받았다.

"문제는, 저런 철도들이 많이 개설될수록, 우리 조선 물자가 더 많이, 더 빨리, 간악하기 짝이 없는 왜놈들 수중으로 들어갈 수밖에 없다는 사실이 아니겠나?"

그 사이에도 일본군 철도 대대의 기념사진 촬영은 끊이지 않고 있었다. 가뜩 미운 것들이 더 미운 짓만 하는 게, 달밤에 삿갓 쓰고 나온 못난 색시보다 더 꼴 보기 싫었다.

'저놈의 사진이라쿠는 거 땜새, 시방 이 장면들이 오래오래 남아 전해지것제. 빌어묵을! 사진, 저거를 맨 첨 맨든 눔이 누고? 밥 싸들고 따라댕김시로 욕 퍼붓고 원망하고 싶은 멤이다, 내가.'

두 사내 대화를 가슴 졸여가며 듣고 있는 언지는, 마음 위를 바윗덩이보다도 수백 수천 배는 더 크고 무거운 기차가 지나가는 느낌이었다. 심지어 철도에 뛰어들어 열차에 깔려 죽는 조선인 자살자 모습도 눈앞에 어른거리고 있었다. 그 망자의 원혼은 저승에 가지 못한 채 이승을 떠돌며 비겁하고 구차스럽게 살아가는 동족들을 지탄할 것이다.

그러나 의식 있는 언직도, 시대를 자조하고 한탄하는 그 두 선비도, 어찌 내다볼 수 있었을까? 그 이듬해 정월 초에 이 땅의 애국지사들이 악랄한 저 일본인들에 의해 공개 처형되는 통탄의 역사가 펼쳐지리라는 것을.

그것은 그날로부터 대략 반년 정도 지난 후의 일이다. 경부선이 개통되었는데, 개통된 이틀 후에, 일제는 철도를 파괴하려는 계획을 세웠다는 죄목을 뒤집어씌우고 조선인들을 총살시켰던 것이다. 철노가 없었나면 일어나지 않아도 되었을 참극이었다.

그 당시 의분이 넘치는 뜻있는 조선인 중에는, 철도 공사장을 습격하거나 기차 운행을 방해하는 등, 거센 저항이 적지 않았다. 그러자 이를 막으려고 일제는 온갖 만행을 저질렀다. 말 그대로 굴러온 돌이 박힌 돌 빼는 격이었다. 그리하여 한 닭장에 여러 닭이 있고 그곳에 어떤 낯선 닭이 들어오면 본래 있던 모든 닭이 달려들어 그 닭을 공격하듯이, 닭도 텃세를 하고 개도 텃세를 하는 게 꼭 잘못된 일만은 아니라는 걸 보여주는 사건들이었다.

언직이 한양 사람들과 더불어 경의선 개통을 지켜보면서 비탄과 증오에 잠기기도 했지만, 러일전쟁 중에 애먼 대한제국이 겪어야 하는 또 다른 수모가 있었다. 그리하여 그에 대한 조선인들의 울분과 저주는 그 끝을 몰랐다.

그것은 남방 고을에 사는 백성들도 매한가지였다. 스승들을 통해 그런 사실을 알게 된 낙육고등학교 젊은 유생들도 주먹을 거머쥐며 치를 떨었다.

"울릉도와 더불어 독도는 삼국시대 이래로 명백한 우리의 영토였느니."

권학 음성은 자갈밭을 질주하는 수레바퀴만큼이나 흔들려 나왔다.

"스승님!"

"왜?"

얼이가 제자들 앞에서 이성을 잃지 않으려고 애쓰는 권학에게 말했다.

"그전에 스승님께 들은 이약이 기억납니더."

권학은 핏기 없는 얼굴로 물었다.

"무신 이약 말인고?"

얼이 안색 또한 창백하긴 똑같았다. 아니, 지금 거기 있는 제자들이

334

전부 그랬다. 머리가 굵어질수록 받아들이게 되는 것도 많아서 더 고통과 갈등에 시달리게 되는 걸까. 그래서 어른들은 항상 아이 때가 좋다는 말을 입에 달고 있는지도 모른다. 그렇지만 아이 때는 그걸 알지 못하니 그게 더 가슴 아린 비극이라고 했다.

"우리 정부에서 울릉도하고 독도, 그 두 섬이 중요하다쿠는 판단 하에, 울릉도를 군으로 승객(승격)시키갖고 독도도 관할하거로 했다쿠는 거 말입니더."

얼이 그 말 뒤를 이어 문대가 입을 열었다.

"그 말은 곧 독도가 우리나라 영토라쿠는 거를, 우떤 머보담도 확실하거로 이약해주는 거 아입니꺼?"

권학이 끓어오르는 분을 삭이는 목소리로 말했다.

"그렇지."

문대 목청이 뒤벼리나 새벼리 절벽처럼 가파르게 높아졌다.

"그란데 우씨 그런 짓을 했다쿠는 깁니꺼?"

"음."

권학 입에서는 신음 같은 소리만 새 나왔다. 문대는 보기 겁날 만큼 벌겋게 피가 달아오른 얼굴로 변했다.

"그거는 암만 생각을 해봐도 아입니더."

그곳 분위기는 갈수록 아슬아슬해지고 있었다.

"얼이야, 문대야, 그리고 또 너희들 모두……."

권학은 일제히 자기 얼굴을 향하는 젊은 제자들 눈빛을 보자 한층 가슴이 무너져 내렸다. 비록 이 나라 강토를 완전 걸신들린 듯 집어삼키고 있는 실정이었지만, 일본이 독도까지 그네들 영토에 편입시킬 줄은 차마 몰랐다.

"내가 한양에 사는 벗의 집에 가서 본 지도가 하나 있다."

제자들에게 똑똑히 주입시킬 필요가 있거나 심각한 이야기를 할 때면 언제나 그러하듯, 권학의 말 속에서 이 지역 방언을 찾아내기란 어려웠다. 제자들로서는 귀에 익은 그곳 말씨를 쓰는 스승이 더 친근하고 좋았다.

그런데 잠시 후에 이어지는 스승의 한양 말씨는 제자들 귀를 크게 잡아끌기에 모자람이 없었다.

"일본에서는 제법 유명하다고 알려져 있는 하야시라는 지도 학자가 지은 '삼국 통람 도설'이란 지도였지. 1785년인가 만든 지도라고 기억이 된다."

1785년. 일본 지도 학자 하야시. 삼국 통람 도설.

학생들이 앉아 있는 자리 여기저기서 꿀꺽 마른침 삼키는 소리가 났다. 어쩐지 가슴팍을 바윗덩이보다도 더 심하게 짓누르는 어떤 불가해한 힘이 느껴지는 순간이었다.

"내가 푸른색과 녹색, 노란색 등으로 그려놓은 그 지도를 보니까 말이다."

지구 표면의 일부 또는 전부를 일정한 축척縮尺에 의해 평면상에 나타낸 그림, 지도.

얼이와 준서 눈에 스승이 원아 이모 남편인 안석록 화공으로 보였다. 지금도 변함없이 그 고을 풍경만을 고집하고 있는 괴짜 환쟁이였다. 그렇지만 날이 갈수록 화공으로서의 명성이 높아지고 있었다. 저 도화서圖畵署 화공들조차 그의 앞에서는 슬슬 피할 거라는 소리까지 나오고 있었다.

"그곳에……."

권학은 길고 메마른 손가락을 들어 그림 붓으로 그려 보이는 시늉을 하였다.

336

"독도를 분명히 조선 영토로 표시해 놓았더구나."

철국이 투덜거리는 어투로 말했다.

"저거들 손으로 그런 식으로 해놓고, 인자 와서 저거들 끼라고 해예?"

그러자 저마다 한두 마디씩 했다.

"그런께 날강도라 쿠제."

"저거가 안 그리고, 지리산 중눔이 와서 그릿는가베?"

"울릉도도 우찌될랑고 모리겄다 아이가."

그런 다소 무질서한 가운데 입을 꾹 다물고 있던 준서 음성이 들렸다.

"그 지도 말고도, 일본서 맨든 또 다린 지도 중에서, 독도를 우리나라 땅으로 표시해 논 지도는 없심니꺼?"

"일본 다른 지도?"

권학이 무릎을 탁, 쳤다. 살이 별로 없는 무릎이라 그런지 얼핏 마른 대나무를 두드릴 때 나는 소리가 났다.

"아주 잘 붙었다."

권학은 준서보다 얼이 얼굴이 더 자랑스러운 빛을 띠는 것을 흐뭇한 눈으로 보면서 말했다.

"그래서 내가 왜놈들이 같잖다는 것이야."

준서 눈이 빛났다. 어머니 비화 축소판이었다.

"내가 조금 전에 말한 삼국 통람 도설 외에도, 그렇게 돼 있는 지도가 일본에 꽤 있다는 게야."

권학의 그 말이 떨어지기 바빴다.

"와아! 그렇심니꺼?"

유생들이 일제히 환호를 질렀다. 그렇게 훌륭한 증거가 있다니, 이제 더 빠져나갈 길은 없다, 쪽발이들아. 모두 그렇게 일갈하는 표정들이 되었다.

"그 지도는 우찌 생깃던고예?"

누군가가 묻자 권학의 말에서 기운이 빠졌다.

"아쉽게도 내 눈으로 그것을 직접 보지는 못했고, 내게 그런 사실을 말해준 한양 벗도 마찬가지라고 했다."

얼이와 문대가 똑같이 말했다.

"그래도 있는 거는 안 맞심니꺼?"

그러자 유생들은 한층 울분을 참아내지 못하는 모습을 보였다.

화적 보따리 털어먹을 놈들이 아니냐, 우리 모두 지금 즉시 독도로 우우 달려가서 만일 거기 왜놈들이 있으면 모조리 바닷속으로 처넣어버리자, 우리 땅 독도를 되찾자, 거기에다가 우리 태극기를 딱 꽂아 두자.

지금 당장에는 실현 불가능한 이런저런 이야기들이 끝도 한도 없이 이어졌다.

"지가 보기에는 이렇심니더."

그런 속에서였다. 또 준서 특유의 저음이 있었다. 고성을 지르는 것보다도 전달 효과가 더 큰 그의 목소리였다.

"훗날이 더 문제가 될 꺼 겉심니더."

권학은 햇빛이 부신 사람처럼 눈을 가늘게 떠 보였다.

"훗날이?"

"예, 훗날예."

준서가 자리를 고쳐 앉았다. 그런 준서에게서는 어쩐지 지난 시절 관직에 몸담고 있었던 그의 외할아버지 김호한의 분위기가 약간 풍기고 있었다. 외탁外託을 하면 더 잘산다는 말도 있다.

"그거는 또 뭔 소린고?"

권학이 야위고 창백한 빛이 도는 손으로, 누가 봐도 보기 좋은 수염을 쓰다듬으며 물었다. 그에 대한 준서 답변이었다.

"이 땅에서 왜눔들을 모돌띠리 몰아내삔다 쿠더라도, 난주 가갖고는 서로 독도를 우리 땅이라꼬 우길 낀게 말입니더."

다른 유생들은 저마다 그 말뜻을 짚어보는 낯빛이었다.

"그래, 참으로 잘 보았느니라."

이번에도 권학은 크게 감탄하는 목소리였지만 그보다도 걱정이 앞서는 기색이었다.

"그러잖아도 저들은 우리 독도를 다케시마(죽도竹島)라고 부르면서, 마치 예전부터 그들 영토였던 것처럼 행세하고 있다는 게야."

유생들 입에서 하나같이 저주 퍼붓는 듯한 소리가 나왔다.

"다케시마!"

그러나 권학이 비록 천 리 밖을 보는 혜안을 지녔다고 하더라도, 남쪽으로 치우쳐 있는 한 고을에 살면서 복잡다단한 세상 돌아가는 전모를 다 꿰뚫어 볼 수는 없을 것이다. 구멍에 든 뱀이 몇 자인지 모른다는 말도 있다. 더군다나 일본을 비롯한 열강들이 서로 자기네들 야욕을 채우기 위해 극비리에 꾸미고 있는 음모에 대해서는 더더욱 그럴 수밖에 없었다.

아시아의 작은 나라로서 유럽의 강대국인 러시아를 누른 일본이었다. 그 일본이 미국과 맺은 이른바 '가쓰라·태프트 비밀 협약'은 참으로 어이없고 가증스럽기 짝이 없었다. 인류 역사상 그런 파렴치하고 몰지각한 협약도 드물 것이다.

─미국의 필리핀 지배를 인정하고, 한국은 일본이 지배한다.

곧이어 교활한 일본은 영국과도 제2차 영·일 동맹을 맺고 대한제국에 대한 일본의 독점적 지배권을 인정받게 된다. 서로 동류同類가 되어 잘도 해 먹는 것들이었다.

러시아 또한 미국 중재로 일본과 저 '포즈머스 강화 소약'을 체설, 일본이 한국에서 정치 · 군사 · 경제 등에 관한 특수 이익을 가짐을 인정하게 되니, 한국의 의지와는 전혀 상관없이 한국은 제국주의적 흥정의 재물로 전락하고 만 것이다.

대한제국은 바야흐로 엄청난 소용돌이에 거의 속수무책으로 휘말리고 있었다. 그 얽어 매임을 당하여 벗어날 수 없는 것이 말 그대로 금사망金絲網을 쓴 꼴이 되고 말았다. 그리하여 언직이 한양에서 겪었던 일이라든지, 준서와 얼이 등이 학교에서 듣고 배운 소리 외에도, 비화가 운영하고 있는 상촌나루터 나루터집에도 나날이 새롭고 경악스러운 소식들이 철새처럼 날아들고 있었다.

비화는 좀처럼 현실을 현실로 받아들일 수가 없었다. 그 노인이 나루터집을 찾아온 것이다. 그가 아직까지 살아 있으리라고는 생각지 못했다. 어릴 적에 동무들과 함께 동네 작은 도랑을 팔딱 뛰어 건너는 놀이를 한 것같이 갑자기 세월의 물을 훌쩍 건너뛴 기분이었다.

지난날 남편 재영이 허나연과 눈이 맞아 집을 나가고 비화 혼자 방황할 때, 어느 마을 입구에 서 있는 장승 밑에 앉아 있던 노인이었다. 아들이 동학도라고 했다.

게다가 그는 혼자가 아니었다. 바로 그 아들과 함께 온 것이다. 그리고 놀랍게도 노인 역시 비화를 잘 알아보았다. 오래전에 자기가 만났던 젊은 처자가 그 유명한 나루터집 안주인이란 사실 앞에서, 그는 이빨도 몇 개 남지 않은 입을 다물지 못했다.

"허, 이, 이기 누고?"

노인은 사물이 흐려 보이는지 연방 눈을 끔벅거렸다. 눈뿐만 아니라 자기 정신도 의심하는 사람 모양으로 비쳤다.

"내가 잘몬 본 거는 아이것제?"

"맞아예."

비화 역시 너무 고통스러웠던 그날들이 되살아나는 바람에 침통한 기분은 떨쳐버릴 수가 없으면서도 한편으로는 반갑기도 했다. 이것도 인연이라고 생각하니 세상사 모든 것들이 의미가 없는 것은 하나도 없구나 싶기도 했다.

"영감님을 또 이리 만내 뵐 줄은 에나 몰랐어예."

그런 후에 비화는 노인과 함께 온 사람을 한 번 보고 나서 안부 인사를 건넸다.

"그동안 우찌 지내셨어예?"

비록 한 번밖에 만나지 않은 노인이지만 왠지 자주 만나왔던 사람으로 다가왔다. 그녀가 가장 어렵고 힘든 시기에 만난 사람이기에 그런지도 몰랐다.

"이래서 사람은 우짜든지 오래 살고 볼 일이라 캤는갑다."

노인은 앙상한 손으로 비화 손이라도 잡을 것같이 하였다.

"그날 봤을 직에는 오덴고 수심에 꽉 찬 얼굴 겉더이, 오늘 본께 아조 신수가 좋아 비인다 아인가베."

그는 아들을 소개했다.

"이름이 재묵인 기라요, 이재묵."

비화는 가벼운 목례를 하였다.

"반갑심더."

"예, 지도 그렇심더."

재묵은 허리를 깊게 굽히며 나이에 걸맞지 않게 낯부터 붉혔다. 하지만 비화가 정성스레 말아온 콩나물국밥을 다 먹고 나서 그 자신에 대해 이야기를 하면서부터 그는 완전히 다른 사람으로 바뀌었다.

"내가 믿는 이거는 말입니더."

"아, 예."

그는 예전에 천주학을 신봉하던 전창무만큼이나 철저한 동학교도라는 인상을 주었다. 비화 머릿속에 무두묘에 묻혀 있는 창무와 더불어 지금은 충청도 땅 어딘가에 살고 있다는 혁노 어머니 우 씨 얼굴도 떠올랐다. 여전히 오로지 포교에 열중하고 있을 것이다.

믿는다는 것, 그것은 도대체 무엇일까? 그렇게 센 힘이 다시 있을지. 목숨도 포기할 수 있는 그 신앙심이 존경스러우면서도 두려웠다. 극단적인 선택이라고는 할 수 없지만, 아무튼 한 곳에 심신을 던진다는 것은 예삿일이 아닌 것이다.

"손뱅히라꼬 들어보싯심니꺼?"

어쨌든 재묵은 제3대 교주라며 손병희라는 인물 이야기에 열을 올렸다. 하지만 까치 뱃바닥같이 풍을 치고 흰소리 잘하는 사람과는 거리가 멀어 보였다.

"그분은 동학을 천도교라꼬 개칭했심니더."

"천도교."

비화가 마음에 새기는데 그는 옹호하려는지 이런 소리도 했다.

"그렇다꼬 동학을 등졌다쿠는 소리는 아이고, 오데꺼지나 동학의 정통성을 그대로 이어나갈라꼬 하는 교주님이신 깁니더."

비화는 의미 있는 일이란 생각이 들어 느꺼운 목소리가 되었다.

"동학의 정통성을 말이지예."

재묵은 체구는 다소 왜소한 편이지만 기개는 넘쳐 보였다. 믿는 자의 표본 같았다.

"우리 동학은 농민층을 중심으로 반봉건·반침략 운동에 앞장서 왔심니더. 이거만은 누가 머라캐싸도 자부합니더."

평상시 새로운 것을 배우고 알고 싶어 하는 성격인지라 이번에도 비화는 자신도 모르게 입속으로 되뇌었다.

"반봉건 · 반침략 운동."

"그뿐이 아입니더."

그다지 많이 배운 사람 같지는 않은데 아는 건 꽤 많아 보였다. 무엇보다 비화로 하여금 호감을 가지게 만든 것은, 그 능력이 있고 없음을 떠나서 나라를 위한 그의 충정이 예사롭지 않다는 자각에서였다. 그는 하고 싶은 이야기가 한정 없어 보였다.

"해나 이용구라꼬 들어보싯심니꺼?"

그는 우선 누구누구라고 들먹이며 그 사람에 대해 들어보았느냐고 묻는 말버릇이 있었다. 이런 놀라운 소리도 했다.

"그눔이 일제 앞잽인 기라요, 일제 앞잽이."

그자가 앞에 있으면 드잡이라도 하고 싶은 빛이었다.

"그래 일진회一進會라쿠는 친일 단체에 가담해갖고 안 있심니꺼, 참 몬돼묵거로 우리 동학을 흡수할라 캔 깁니더."

비화는 당장 배봉 얼굴이 떠오르면서 음성이 붉어짐을 어쩌지 못했다.

"우짜모 그런?"

재묵은 일진회라는 것에 관해 이야기했다.

"흠. 흠."

노인은 그런 아들이 대견스러운지 시종 옆에서 얕은 기침 소리를 내며 고개를 끄덕이고 있었다. 부자간 의합이 도타운 그들이었다. 그리고 이런 이들이 가게에 들르면 그날은 남강 물새들 소리도 정이 듬뿍 실려 있는 느낌이어서 듣기에 좋았다.

비화의 그런 심경이 전해졌는지 이웃한 밤골집 마당 쪽에선가 우리도 봐 달라는 듯 참새 무리가 지저귀는 소리가 꽤나 수선스러웠다. 그러자 그곳이 강마을이 아니라 산마을로 바뀌는 기분이었다.

"만약에 우리 손뱅히 교수님이 안 계싯으모 말입니더."

재묵은 그 상상만 해도 몸서리가 쳐지는 모양이었다.

"우리 동학이 우찌됐을랑가 아모도 모립니더."

"아, 그리키나 대단한 분인갑네예?"

그의 이야기를 듣고 있는 사이에 비화도 점점 더 손병희라는 인물이 궁금해졌다. 어느 선까지 믿어야 할지는 모르겠으나, 재묵 말에 따를 것 같으면, 손병희 교주는 지금까지보다 훨씬 적극적인 포교 활동을 벌여 교세를 확장해나갈 계획을 가지고 있다고 했다.

그런데 비화 귀를 가장 번쩍 뜨이게 한 것은, 재묵이 잠시 숨을 돌린 후에 끄집어낸 이런 이야기들이었다.

"그분은 또 책을 맹글어내는 출판사를 세우고예."

"출판사를!"

출판사, 서적이나 도화圖畵 등을 인쇄하여 발매, 반포하는 회사라고 알고 있다. 비화가 관심을 보이자 재묵은 한층 신바람이 붙었다.

"핵조를 인수해갖고, 교육하고 문화 사업에도 심을 쓰실 끼라고 하시데예."

"아, 핵조꺼정?"

비화는 평소 자신의 꿈이자 열망이기도 한 학교 이야기가 흘러나오자 이제까지보다 더욱 눈을 반짝였다. 여성도 교육을 받아야 한다고 역설하던 비어사 진무 스님 얼굴이 나타나 보였다.

그러자 또 어쩔 수 없이 금방 떠오르는 게 염 부인의 슬프고 원통한 죽음이었다. 배봉의 징그러운 웃음소리도 들렸다. 그리고 기습처럼 염 부인의 손녀 다미와 준서 모습이 한데 어우러져 눈을 마구 어지럽혔다. 정신마저 혼미해지기 시작했다.

그때 재묵이 갑자기 주위를 살피는 눈빛이 되면서 잔뜩 음성을 낮췄다.

"이런 사실꺼정 아는 사람은 올매 안 되는데 말입니더."

재묵은 다시 한번 방문 쪽에 시선을 주고 나서 조심조심 말을 이었다.

"그분은 민족 신문을 펴내갖고예, 우리 조선 민중들의 민족으식을 높일라쿠는 그런 꿈도 갖고 계심니더."

비화는 생경하게만 들리는 중에도 확인하는 어조로 반문했다.

"민족 신문예?"

그러자 그때까지 고개를 끄덕거리며 묵묵히 아들 이야기만 듣고 있던 노인도 약간 놀란 얼굴로 물었다.

"그거는 또 무신 소리고?"

검버섯이 돋은 손등으로 입술을 쓱 훔치고 나서 따지는 투로 나왔다.

"니가 앞에 핸 이약들은 모도 들어서 내도 알고 있는데, 방금 그 소리는 내한테 안 했다 아이가?"

"그, 그거는예, 아부지."

재묵이 난감한 표정으로 뒤통수를 긁적였다. 그 모습이 이제 고작 대여섯 살 믁은 순진한 아이를 떠올리게 히여 비화는 입가에 배시시 웃음을 깨물었다.

'착한 사람들이거마.'

깊고 얕은 물은 건너보아야 한다지만, 잠시 겪어봐도 부자가 다 같이 순박한 사람들이란 믿음이 왔다.

재묵이 변명하듯 말했다.

"내도 내가 이상합니더, 아부지."

"머라?"

노인은 비화 얼굴을 한번 보고 나서 또 아들에게 물었다.

"그거는 또 뭔 이바구고?"

재묵은 아까처럼 또 낯이 붉어졌다.

"여 앞에 계시는 마님한테는 하나도 안 기시고 모도 이약하고 싶은 기예.”

노인이 주름진 고개를 주억거렸다.

“그거는 맞다. 니만 그런 기 아이고 내도 그랬다.”

노인의 눈이 꿈꾸듯 몽롱해졌다. 그에게도 청춘의 젊은 꿈에 한창 불타던 시절이 있었을 거라는 자각에 비화 가슴이 젖었다.

“내가 예전에 우리 마을 동구에서 저 젊은 마님을 맨 첨 만났을 그때도 말이다.”

그날의 장승처럼 갈수록 노인에게서는 조선인의 정감이 전해지고 있었다.

“시방 니매이로 이약하고 싶어갖고 한참이나 안 보내고 그냥 잡고 안 있었더나.”

비화가 쑥스러운 얼굴로 물었다.

“두 분이 자꾸 그리 말씀하신께 부끄럽네예. 그보담도 부자분께서 오데 가신다꼬 이리 정답거로 나란히 나오셨심니꺼?”

노인보다 아들이 먼저 대답했다.

“우리가 포교 활동할라꼬 나온 거 아입니꺼?”

“포교 활동예?”

비화 음성이 떨려 나왔고, 재묵은 마음을 다지는 목소리였다.

“예, 우짜든지 열심히 해야 안 합니꺼.”

비화 뇌리에 또 한 번 바로 자리 잡는 게 전창무와 우 씨 부부 모습이었다. 아, 또 있다. 그들 아들 혁노다.

“보통 때는 지 혼자 댕기는데예.”

재묵은 안쓰럽다는 눈빛으로 아버지를 보면서 말했다.

“오늘은 아부지가 집에 혼자 계신께 심심하시다꼬 해싸서 뫼시고 나온 깁니더.”

마음씨가 고우면 옷 앞섶이 아문다는 말이 비화 머릿속에 떠올랐다. 매를 꿩으로, 혹은 소리개로 잘못 보는 것처럼, 사람이 사람을 판단한다는 것은 얼마나 위험하고 또 어려운 일인가?

"예에, 그랬심니꺼?"

비화는 재묵에게 한층 호감이 갔다. 신앙심도 깊고 또한 남다른 효자였다. 부모에게 잘하는 사람치고 나쁜 사람은 없다. 어떤 인간에 대한 평가 척도는 그게 최우선이다.

그러나 비화는 이내 가슴 한쪽 귀퉁이가 찡했다. 지난날 위험을 무릅쓰고 천주학 전도 활동을 하다가 끝내 포교들에게 붙잡혀 형장의 이슬로 사라진 전창무가 묻힌 무두묘가 또 생각났던 것이다. 지금도 머리는 없고 몸통만 누워 있을 무덤이었다. 상석도 비석도 없는 초라한 묘지였다.

'참, 그라고 본께 요새 들어서갖고는 혁노가 잘 안 비이네? 천주학 활동한다꼬 아모리 바빠도 그렇제.'

밝은 샘에서 맑은 물이 니는 이치의 마찬가지로 전창무 가문의 근본이 좋으니 그 후손도 훌륭하구나 싶었다. 그때 다시 들려오는 재묵 말이 비화 정신을 천주학에서 동학, 아니 천도교 쪽으로 돌려놓았다.

"그 민족 신문 이름도 하매 정해 놓으싯다 쿠덥니더."

비화는 학교 못지않게 큰 호기심이 일었다.

"이름을 머라 정했는고예?"

민족, 민족 신문. 서로 마음이 맞으면 삶은 도토리 한 알을 가지고도 시장을 멈출 수 있는 법이라며, 우리가 화합만 되면 지금의 역경을 잘 극복할 수 있다고 하던 아버지 모습이 되살아났다. 그 신문처럼 이 나라 이 민족도 마음만 맞으면, 하는 생각을 해보는 비화더러 재묵이 또렷한 목소리로 알려주었다.

"만세보萬歲報라꼬예."

비화는 입속으로 그 말을 여러 번이나 되풀이해 보았다.

"만세보, 만세보, 만세보……."

이번에는 얼이가 생각났다. 얼이가 준서와 작은 소리로 주고받는 이야기는 비화 마음을 더없이 불안하고 허둥거리게 했다. 낙육고등학교 학생들이 조선으로 잠식해오는 일제를 이대로 두고 볼 수만은 없다는 말들을 하고 있다는 소리를 들을 땐 더욱 그러했다.

어째서 이렇게 마음이 편하지 못하고 초조한가? 준서는 아니지만 얼이는 한때 일본군을 상대로 하여 의병 활동을 했던 이력이 있다. 이번에도 이 땅에서 왜놈들을 몰아낼 거라고 나서지 말란 법은 없었다. 그렇다면 준서도 안심할 수가 없는 노릇이다.

'아, 하매 우리 준서가!'

그랬다. 얼이뿐만 아니라 준서 또한 이제는 부모 품 안에만 들어 있는 아이가 아니었다. 더군다나 또래들에 비해 지나칠 정도로 조숙한 준서였다. 만약 무슨 일을 저지르게 되면 세상이 경악할 큰일을 할지도 모른다는 생각을 벌써부터 해오고 있었다. 재영도 그런 느낌을 받은 모양인지 한 번은 이런 말을 내비쳤다.

"당신하고 내하고 우짜든지 우리 준서를 잘 지키봐야 되겠다는 생각이 드요. 암만 우리 자슥이라도 우짠지 좀 그렇소."

비화는 수긍하면서도 안정되지 못하는 마음을 씻어버리기 위해 이렇게 말했다.

"근분 속이 깊은 아아라서 그렇제, 머 벨일은 있것어예?"

그래도 미덥잖아 하는 빛을 보이는 남편에게 이런 소리도 덧붙였다.

"얼이하고 혁노가 곁에서 성 노릇들을 참 잘해주고 있다 아입니꺼. 그러이 우리가 그리 걱정 안 해싸도 괘안을 깁니더."

그러나 재영은 이제 살이 약간 붙기 시작하는 목을 가로저었다.

"그 땜새 내 멤이 더 안 핀하다쿠는 기요."

비화는 햇볕 가려진 벼랑 아래 선 것처럼 그늘이 지는 남편 얼굴을 보며 물었다.

"그기 무신?"

재영이 해서는 안 될 소리를 했다.

"얼이하고 혁노가 곁에 있어갖고 더……."

비화는 끝까지 듣고 있을 수가 없었다.

"여보?"

그녀가 받아들이기에, 재영은 그의 곁에 허나연이 있어 자신이 크나큰 불행에 빠졌다는 사실과, 준서 곁에 얼이와 혁노가 있어 뭔가 좋지 못한 결과를 가져올 수도 있다는 사실, 그 두 가지를 동일한 선상에 놓고 바라보는 게 틀림없었다.

"솔직히 얼이하고 혁노가 우떤 아아들이오?"

인간의 마음보다 간사한 건 없다고 했다. 점점 위험한 경계선으로 들어서는 남편 앞에서 비화는 망연자실한 얼굴로 되뇌었다.

"우떤 아아들."

재영은 피차 감정이 상할세라 옆으로 피해가려는 눈치를 보였다.

"내가 머라꼬 더 말 안 해도 당신은 알 기라 보요."

남강에서 간헐적으로 들려오는 친숙한 물새 소리가 물에 빠진 사람만큼이나 그들 마음을 허우적거리게 만들었다.

"그런께네?"

그러는 비화가 더 입을 열지 못하게 막으려는 의도인지 재영이 착 가라앉은 어조로 말했다.

"이런 이약을 해야 되는 내도……."

"……."

비화는 할 말을 잃었다. 탁 털어놓고 이야기하자면 그런 면도 없지는 않았다. 아니, 없지는 않은 그런 정도가 아니라 분명하게 있었다. 농민군 하다가 목이 달아난 천필구, 천주학 하다가 순교한 전창무, 그들의 피가 얼이와 혁노의 몸에 고스란히 진해져 흐르고 있다. 자식이 제 부모를 닮지 않고 또 누구를 닮겠는가?

그리고 그런 사실들 못지않게 위험한 것. 그것은 준서가 빡보라는 사실이었다. 자칫 자기 몸을 비관한 나머지 세상을 향해 무슨 짓을 자행할지 모른다. 특히 마파람에 곡식이 혀를 빼물고 자라듯, 놀랄 정도로 빨리 성숙해가는 준서였다. 비화는 가슴 한복판을 찬바람이 씽 지나가는 느낌이었다.

'저이 말이 옳을랑가도 모린다.'

거기에다 또 하나 있다. 백 번을 입에 올려도 지나치지 않을 다미였다. 한창 이성에 민감할 나이의 준서가 제 신체적 결함으로 인한 열등감 때문에 가까이 다가가지 못하는 여자아이였다. 말 안 하면 귀신도 모르고, 벙어리 속은 그 어미도 모르지만, 이건 그게 아니었다.

어디 그뿐일까? 준서와 얼이는 비화 자신이나 재영보다도 아는 것이 더 많았다. 그들이 그날 학교에서 새로 배운 내용이라며, 중국이 과거제를 폐지했다느니, 쑨원이 중국 혁명 동맹회를 결성했다느니, 구라파歐羅巴 영국 왕실에서 황태자비가 무엇을 어쨌다느니, 하는 따위 얘기들은 솔직히 비화에게 격세지감을 품게 하거나 주눅 들게 만들기도 했다.

그랬다. 그들이 자랑스럽다는 생각에 마음이 퍽 흡족하지 않은 것은 아니지만, 어느새 어른들 손에서 벗어나 있다는 우려심도 함께 솟는 것이었다. 그것은 단순히 서운함이나 자격지심의 발로가 아니었다. 그 밑바닥에 짙게 깔려 있는 것은 내 자식, 그리고 내 자식만큼이나 소중한 얼이, 그 둘을 향한 따스한 애정과 관심의 물살이었다.

"국밥 잘 얻어묵심니더."

"살피들 가시이소."

그런데 재묵 부자가 앞으로도 종종 들르겠다는 인사말을 남기고 돌아간 직후였다. 무슨 보이지 않는 기운이 그들을 이끌었을까? 준서와 얼이, 혁노가 한꺼번에 들이닥친 것이다. 예전과는 다르게 요즘 들어서는 셋이 그렇게 같이 모이는 경우가 드물었다. 이제 장성한 그들인 만큼 나름대로 각자 해야 할 일이 있기 때문일 것이다.

어쨌든 그러잖아도 조금 전까지 그들 생각을 떠올리며 자꾸만 마음이 조마조마하고 있던 터인지라 비화는 무작정 가슴이 뛰기부터 하였다. 특히 혁노의 방문은 언제나 그래왔다. 무언가 변화를 가져오거나 하다못해 변화의 조짐이라도 보였다.

과연 혁노가 나루터집을 찾아온 것은 이번에도 사유가 있었다. 그것도 대단히 놀랄 그런 소식을 갖고서였다. 그는 상기된 얼굴로 알려주었다.

"드디어 문산찰방 관아에 성당이 세워졌다 이입니끼?"

학교 공부를 끝마치고 집으로 오는 길에 혁노를 만난 준서와 얼이는 그 이야기를 이미 전해 들은 모양이었다. 하지만 그럼에도 여전히 흥분의 빛이 완전히 가신 것은 아니었다. 그 사실 자체도 그렇거니와, 그만큼 감성이 풍부하고 기운이 넘쳐날 시기이긴 했다.

"아, 소촌찰방, 아니 문산찰방에 성당이 말이가?"

"우짜모!"

한껏 달아오른 분위기를 느끼고 주방에서 나온 우정 댁과 원아도 그 사실을 알고는 무척 경악하는 표정들이 되었다. 천주학의 교회당, 성당이 생기다니.

저 소촌역이 '문산'이란 새로운 이름으로 바뀐 게 언제였던가. 그 이후 소촌찰방도 문산찰방으로 불리게 되었지만, 아직까지는 소촌역을 기

억하는 이들이 많았다. 그 좋고 나쁨을 떠나서 과거를 쉬 벗어던지지 못
하는 민족성 때문인지도 모르겠다. 아무튼 매우 획기적인 일이었다.

불란스인 신부 권 마리오 줄리엥. 그는 대한제국 정부로부터 매입한
저 찰방관서와 아전관서 10여 동과, 찰방부지 2천 4백여 평을 문산성
당 건물로 사용하기 시작한 것이다. 그것은 당시로서는 굉장한 대사건
이 아닐 수 없었다. 조정에서 외국인에게 나라 땅을 팔아넘기다니. 그러
면 그 구역만큼은 타국의 소유가 돼버리는 게 아닌가 말이다. 그 연유야
어떻든 천주학 신자가 아닌 대다수 백성들은 무척이나 서운해하고 한참
입맛이 썼다.

그런데 이번 그 일이 비화에게 한층 더 크나큰 의미로 다가오는 데는
또 다른 까닭이 있었다. 바로 임배봉 때문이었다. 언젠가 재영과 함께
땅을 보러 갔다가 소촌찰방 관아 앞에서 뜻하지 않게 배봉과 맞닥뜨렸
었다.

그 당시 배봉이 가마꾼들도 있는 자리에서 무어라고 얘기했던가? 그
가 그 찰방 건물을 사서 동업직물 전시관으로 사용할 것이라고 큰소리
빵빵 쳤다. 그것은 단순한 허풍이나 기만이 아닌 듯싶었다. 그 뒤 배봉
이 그 계획을 스스로 접었는지 아니면 다른 이유가 있어 그렇게 하지 못
했는지 그것은 모르겠지만, 어쨌거나 그렇게 되지 않고 성당 건물로 바
뀌게 된 것은 다행이었다. 하느님의 집이 자칫 사탄의 소굴로 전락할 뻔
했다.

"권 마리……."

우정 댁이 그 이름을 외우지 못해 더듬거렸다.

"권 마리오 줄리엥예."

혁노가 한 번 더 일러주었다.

"권 마리오 줄, 줄……. 하이고, 내사 통 모리것다. 준다쿠는 소린고

받는다쿠는 소린고."

"예에? 머를 주고 머를 받아예?"

듣고 있던 식구들은 터지려는 웃음을 억지로 참았다.

"뭘 이름을 그리키나 에렵거로 지잇노?"

"준다쿠는 소린고 받는다쿠는 소린고 통 모리것는 사람들 식겁 멕일 라꼬예. 하하."

"그냥 얼이, 그리 간단하거로 지으모 되제. 종산, 그거도 상구 괘안 코."

아들 이름 자랑을 늘어놓은 다음에야 우정 댁은 한걸음 양보하는 체 했다.

"우쨌든 그 불란스 신부가 에나 대단한 사람인갑다. 그리 수월찮은 일을 하다이. 불란스, 불, 해나 불이 잘 나는 나라라서 그런 이름이 붙 은 거는 아이제?"

원아가 무언가를 헤아려보는 시러 깊은 얼굴로 말했다.

"엄청시리 큰돈을 주고 샀을 낀데."

하지만 혁노는 그런 것보다도 다른 것에 더 감격을 받고 흥분을 금치 못하는 빛이었다. 전도하는 사람 모습이 완연해 보였다.

"문산에 우리 천주교 본당이 지어졌은께, 인자부텀 문산성당이 우리 서부갱남에 복음을 전하는 거점이 안 되것심니꺼?"

얼이가 친동생에게 하는 것처럼 격려해주었다.

"하모, 하모. 앞으로 혁노 니가 살판났다 고마."

우정 댁과 원아도 느꺼운 목소리로 한마디씩 거들었다.

"시방꺼정 그러키 고생한 보람이 있다 아인가베."

"우리가 앞으로 혁노한테 더 잘 비이야것다. 그래야 내중에 가서 하 느님도 우리한테 잘해주실 끼 아이가!"

그런데 그 기쁘고 들뜨는 분위기를 약간 가라앉게 만든 것은, 계산대 앞에 서서 잠자코 다른 사람들 이야기를 듣고 있던 재영의 말 때문이었다.

"그라모 상구 기쁜 일이기는 하지만도, 시방 우리나라 행핀이 에나에렵기는 에려븐갑다. 외국인한테 나라 땅을 팔다이."

그것은 비화도 생각한 것이었다. 재는 넘을수록 높고, 내는 건널수록 깊다. 그러잖아도 괴롭고 어려운 이 나라 처지에 점점 더 힘든 일만 당하게 되는 양상이었다.

"아, 그거는 그렇네예!"

"그라모 잘된 일만도 아이네?"

재영의 그 말에 모두는 그제야 그걸 깨달았다는 듯 고개를 끄덕거렸다. 일본뿐만 아니라 불란스까지 나서서 조선 땅을 차지하다니. 정말 이러다가는 그야말로 집도 절도 없는 신세로 전락한 채 유랑민이 되어 부초처럼 떠돌아다녀야 하는 건 아닌지 모르겠다.

그때 준서가 이런 소리를 했다.

"우짜모 저 남강하고 비봉산도 고마 다린 나라 사람들한테 돈 받고 팔아넘기야 될 날이 올랑가도 모리것심더."

그 말은 때마침 가게 문간을 통해 우우 밀려드는 손님들이 저마다 떠들어대는 소리 속에 속절없이 파묻히고 있었다.

을사년 늦가을.

찢어지게 가난한 서민들에게 제일 좋은 계절은 봄과 여름일 것이다. 그나마 참아낼 만한 시절은 가을일 것이고, 겨울이야말로 가장 힘든 시기이다.

그리하여 가을이 겨울로 접어드는 때가 다가오면 사람들 몸과 마음은 절로 움츠러들게 마련이다. 특히 가을 무 꽁지가 길거나 껍질이 두꺼우면 겨울이 춥다고 하는데, 그해의 무가 그러했다. 그런데 낙엽이 길가에 나뒹구는 을사년 그해 늦가을은, 춥다는 겨울이 다가오기도 전에 무구無垢한 조선 땅 백성들에게 빙토氷土의 고통과 설움을 안기려 하였으니…….

일본 군대가 이 나라 궁성을 포위했다. 대한제국군 병영은 총칼로 무장한 일본군에 의해 점령되었다. 등겨 먹던 개가 말경에는 쌀을 먹은 것이다. 그리하여 새도 마음대로 날아 들어갈 수 없는 지엄한 대궐 안에서는 있을 수 없는, 결코 있어서는 아니 될 한 사건이 벌어지고 있었다.

어떤 일본인 하나가 고종 황제와 조정 대신들을 무례하게 위협하고 있었다. 쥐구멍이나 개구멍으로 통량갓을 굴려 낼 그 일본인은 이토 히로부미라는 자였다. 저 포츠머스 강화 조약이 체결되자 대한제국을 그들의 보호국으로 만들기 위한 계획을 서두르기 시작한 일본이, 그 보호조약안이 만일 대한제국 정부의 동의를 얻을 가능성이 없을 때는 무력을 써서 조약을 체결한다는 결정을 내린 뒤에 대한제국에 파견한 인물이다. 이토, 즉 이등박문의 으름장은 실로 비정하고 가증스럽기 짝이 없었다.

— 일본이 대한제국의 외교권을 대행하기 위하여 대한제국에 일본인 통감을 둔다.

그것이야말로 바로 저 치욕스럽기 그지없는 소위 을사보호조약(을사늑약)이었다.

"짐은 응할 수가 없으니, 당장 여기서 나가주기 바라오."

고종 황제 용안에는 하얗게 서릿발이 서려 있었다. 길 아니거든 가지 말고 말 아니거든 듣지 말라고 했으니, 사리에 어긋나는 그따위 소리에는 상관도 하지 않겠다는 것이다. 상촌나루터 나룻배도 물이 아니면 지어가지를 않을 터였다.

"참으로 무엄하오. 감히 어전에서 그따위 망언이라니!"

"그대 나라에는 군신 간의 예법도 없소이까?"

"남의 나라 외교권을 왜 일본국이 대행한다는 것인가? 지나가는 소가 웃을 그런 소리는 그만두시오."

"궁성을 포위하고 있는 일본 군대부터 철수시키시오."

"개 귀의 비루를 털어먹을 자들 같으니라고! 그대들은 하늘이 두렵지도 않은가?"

정부 대신들은 하나같이 강력하게 반발하였다. 하지만 여우같은 이등박문은 그곳에 모인 각료들에게 개별적으로 조약의 찬부贊否를 물으며 압박을 가했다.

"하늘나라보다 두려운 나라가 어떤 나라인 줄 모르시오?"

"다른 대신들이 보고 있는 자리라서 반대하신 줄 잘 알고 있소이다. 사실 이 사람이라도 그렇게 했을 수밖에. 허허."

"만약 찬성을 하지 못하시겠다면 목을 내놓아야 할 것이오."

"대 일본 천황 폐하의 뜻을 거스르다가 일어나는 모든 불상사는 누구도 책임지지 못할 터, 알아서들 처신하시고……."

그렇지만 그냥 순순히 물러설 이 나라 대신들이 아니었다. 이른바 대쪽 같고 금석 같은 인물들이었다. 대의를 위해서라면 하나뿐인 목숨마저도 초개처럼 던져버릴 각오가 되어 있었다. 길이 없으니 한 길을 걷고 물이 없으니 한 물을 먹듯, 달리 무슨 도리가 없어 본의는 아니지만 할 수 없이 일을 같이하는 그런 기회주의자들과는 거리가 멀었다.

그중에서도 가장 심하게 반대한 사람은 참정대신 한규설이었다.

무신 한규설. 본관은 청주, 호는 강석江石이다.

급기야 일본 헌병들이 왱왱거리는 벌떼같이 달려들어 한규설을 밖으로 끌어내었다. 훗날 한규설의 충성심과 기개에 크게 감복한 일본 정부는 그에게 남작男爵이라는 지위를 주겠다면서 회유하지만, 그는 끝까지 거절하게 된다. 저들이 여기 앉아라 저기 앉아라 할 수 없는, 자유의 날개를 가진 새가 바로 그였다.

그는 그 후 칩거생활을 하다가 이상재 등과 더불어 조선교육회를 창립하고, 그것을 다시 민립대학기성회民立大學期成會로 발전시키기도 한다. 나라가 위기에 처했을 때 단순히 입으로만 애국애족을 부르짖는 인물이 아니었던 것이다.

그러나 한규설을 비롯한 몇몇 대신들만으로는 역부족인 게 당시 대한제국이 처해 있는 현실이었다. 교활한 일제는 온 세상이 손가락질하고 침을 뱉는 이른바 '을사5적'을 앞장세워 조약이 성립되었음을 일방적으로 공포한 것이다. 내 칼도 남의 칼집에 들면 찾기 어렵다고, 이 나라 백성이 이 나라를 마음대로 할 수 없는 세상이 와버렸다. 비화 같은 남방 고을 밥집 여인은 콩을 담을 시루에 팥을 담게 되었다고나 할까?

뒤돌아보면 그 앞 해에 강요된 저 한일의정서는 을사조약을 맺기 위한 포석이었다. 대한제국은 일본 정부의 정치적 요구를 받아들여야만 하며, 일본군이 군사적으로 필요한 지역을 마음대로 사용할 수 있다는 그 치욕과 비탄 담긴 한일의정서는, 일제의 정치적 간섭과 함께 대한제국의 토지 강탈이라는 결과를 낳은 것이다.

그럴 가능성이야 남강 저편 절벽에 뚫려 있는 굴바위 속에 신천지를 하나 만드는 것보다도 희박하겠지만, 대대로 전해 내려오는 호한 가문의 땅을 자기 소유로 하기 위해 배봉이 작성한 저 가짜 문서를 그들이 보았다면 어떻게 할까?

한편, 허울 좋은 을사조약 문서란 게 또한 어이없었다. 명색 두 나라 사이에 맺은 소악의 문서치고는 너무나도 허술하고 편파직이고 형편없는 위작偽作과 다름 아니었다. 넉살 좋은 강화 년이 따로 없었다.

조선 백성이라면 어느 누구도 차마 입술에 묻히기조차 싫은 일이어서 더 이상 논하고 싶지도 않겠거니와, 다른 것을 다 떠나 우선 대한제국의 외무대신과 주한 일본 공사의 도장만 떡 찍혀 있을 뿐, 양국의 최고 통수권자인 고종 황제와 일왕의 날인마저도 없는 것이다.

그러나 그럼에도 불구하고 그 을사조약이란 게 대한제국에 끼치기 시작한 악폐는 참으로 걷잡을 수 없는 것들이었다. 일단 집 안으로 잠입한 도적이 제멋대로 신발에 묻혀 온 더러운 흙은 좀처럼 깨끗하게 지울 수가 없는 법이었다.

ㅡ죽자, 죽어삐자. 니도 죽고 내도 죽고, 싹 다 죽어삐자.

ㅡ이래 죽으모 고마 원귀가 돼삘 낀데 우짜노?

ㅡ살아 더 험한 꼴 볼라모 살아라.

ㅡ이보담 더 험한 꼴이 오데 있을 끼라꼬.

맞았다. 이등박문이 대한제국 국왕과 대신들을 협박하여 강제로 을사조약을 체결한 한양에서 천 리나 떨어져 있는 그곳 남방 고을에도 엄청난 파문이 일기 시작했다. 이제 잔잔한 곳은 아무 데도 없이 돼버렸다.

거기 중앙리에 자리하고 있는 대사지 위쪽, 지난날 토포영으로 사용하다가 폐쇄된 관청 건물에 개교한 낙육고등학교.

그곳 청년 유생들의 움직임은 하늘도 경악하고 땅도 뒷걸음질을 칠 만하였다. 자칫 긴 동면에 들어가는 짐승처럼 꼼짝도 하지 않고 숨어 지내기 십상인 그런 시대에 그토록 놀라운 활약이었다. 늙은이 잘못하면 노망으로 치고, 젊은이 잘못하면 철없다고들 한다. 그러나 이번만큼은 그 경우가 달랐다.

원래는 낙육재였다가 고종 황제에 의해 대한제국이 선포된 후 민족자주화와 근대교육의 일환으로 관립학교로 개편, 낙육고등학교로 개교한 구한말 청년 유림들 학당. 그 빛나는 배움터에서 내세운 기치旗幟는 진정으로 가치 있고 고무적이었다.

"우짜모!"

"문제는…….."

그 학교에 다니는 학생이 둘이나 되는 나루터집이 휩싸인 충격과 걱정도 엄청났다. 만약 서리를 맞게 된다면 그야말로 된서리가 매섭게 내리칠 것이다. 더욱이 비화는 그 사람도 그 학교와 연관되어 있다는 사실을 뒤늦게 알고는 한층 더 경악을 금치 못했다.

피의 연판장

    강호상. 언젠가 준서를 데리고 곧 개교할 예정인 낙육고등학교를 미리 보러 갔던 길에 우연히 마주쳤던 강순재의 아들. 모든 이들에게서 존경을 받는 천석꾼의 자식.

    안골 백 부잣집을 빼고는, 가진 부자가 못 가진 많은 사람에게 큰 우러름을 받는 것을 비화는 잘 보지 못했다. 동업직물 배봉과 점박이 형제가 그것을 제대로 입증해주었다.

    강호상의 아버지 강순재는 준서를 한 번 보고 영리한 아이 같다며 큰 사람이 될 것 같은 말도 했었다. 준서는 어머니 말을 듣고 아아, 그 사람이었구나! 하고 깨닫는 모습이었다. 그러고는 뭔가 혼자 속으로 굳게 다짐하는 빛을 엿보였다.

    강호상이 낙육고등학교에 크게 관여하고 있다는 그 사실을 처음 알게 한 것은 한 장의 흑백사진이었다. 어떻게 손에 넣었는지는 모르겠지만, 나루터집에 놀러 온 문대가 품속에서 꺼내 방바닥에 놓고서, 준서와 얼이 등과 더불어 들여다보고 있는 것을 지켜본 비화도, 적잖은 호기심을 갖고 그것에 눈길을 보내며 물었다.

360

"그기 머꼬?"

"이거예?"

사진 임자인 문대가 말했다.

"어머이도 함 보실랍니꺼?"

단지 문대뿐만 아니라 준서와 동문수학 하는 유생들은 모두가 자연스럽게 비화를 어머니라고 불렀다. 슬하에 외동아들을 두고 있는 비화는 그게 그렇게 듣기 좋고 마음 든든하였다. 하루아침에 아들 부자가 된 기분이었다.

"그래도 괘안으모 그라까?"

비화 그 말에 문대는 그런 말씀을 하시면 서운하다고 했다.

"하모예, 당연히 같이 보시야지예."

"그라모 자, 함 보자."

비화는 준서와 얼이 사이에 끼어 앉았다.

"우찌 이 귀한 사진을!"

그것은 낙육고등학교 졸업식 광경을 찍은 사진이었다. 비화 두 눈을 가장 강렬하게 사로잡은 것은 사람들 뒤쪽에 걸려 있는 두 개의 태극기였다. 언제 어느 곳에서 보아도 가슴을 찡하게 울리는 대한제국 국기였다. 나라에 좋지 못한 소식들이 전해지는 이즈음에 와서는 더욱 그러했다.

"아, 우짜모!"

태극기가 걸린 졸업예식 사진이었다.

"시상에, 졸업식에 태극기를……."

비화는 전율했다.

"대단하지예?"

얼이에 버금가게 굵직한 문대 말에 비화는 울먹이는 소리로 말했다.

"하, 하모."

문대는 무척 자랑스러운 말투였다.

"다린 사람들한테도 모도 비이주고 싶다 아입니꺼."

"그래야제, 그래야세."

그 사진은 낙육고등학교가 얼마나 민족적인 성향을 가지고 있는가를 충분히 짐작할 수 있게 해주는 명확한 증거였다.

'신기한 거라쿠는 생각은 했지만도…….'

그저 마술 같다고만 여겼던 사진 한 장의 힘이 그토록 클 수도 있다는 것을 비화는 그때 처음으로 알았다. 안 화공이 그리는 그림도 예사로운 게 아니지만, 실물 모양을 그대로 찍어내는 사진기는 참으로 가공할 발명품이 아닐 수 없었다.

"우리 낙육고등핵조가!"

비화는 그것을 보며 연방 감격해 마지않았다. 그것은 일제가 낙육고등학교를 항일의식의 거점이자 민족자주화교육의 중심지로 보고, 꼭 분쇄하기 위해 기회를 노리고 있다는 그 소문을 잘 입증해주는 사진이 아닐 수 없었다. 비화는 그 자리에 혼자 있었다면 그 사진을 집어 들고 입이라도 맞췄을 것이다.

'아, 이런 핵조에 우리 준서하고 얼이가 댕기고 있다이?'

그 사진 속에는 대략 서른 명가량 되는 인물들이 보였다. 거기 맨 앞줄에 있는 사람들은 의자에 앉아 있고, 두 번째와 세 번째 줄에 있는 사람들은 서 있었다. 얼마 전에 안 화공에게서 들었던, 그림의 구도라는 게 잘 짜여 있다는 기분도 들었다.

"선상님도 계시고, 학상도 있다 아이가!"

평소 여간해선 들뜬 모습을 보이지 않는 어머니가 매우 신기하여, 준서는 비화를 자꾸만 바라보곤 하였다. 얼이가 준서와 문대에게 물었다.

"우리도 내중에 졸업할 때 이런 사진 찍것제?"

문대가 복잡한 눈빛으로 벗들 얼굴을 둘러보고는 영감 소리로 짧게 대답했다.

"중간에 퇴학만 안 당하모."

일순, 그들이 앉아 있는 방안에는 무어라고 형언할 수 없는 몹시 야릇한 기운이 감돌기 시작했다.

퇴학한 학생, 퇴학생. 비화는 머리가 아찔해지면서 준서와 얼이가 똑같이 이런 말을 되뇌는 것을 보았다.

"퇴학만 안 당하모."

비화 가슴이 함부로 흔들렸다. 옳은 말이었다. 지금 세상 돌아가는 공기로 볼 때 그것은 결코 헛말이 아닐 수도 있었다. 거기 어느 누구도 무사히 졸업을 할 수 있다고 장담하기 어려운 게 작금의 현실이었다.

'왜눔들 감시가 비미이하것나(어지간하겠는가)?'

비화는 자칫 그런 소리가 튀어나오려는 건 간신히 참았다. 모두 자식과도 같은 그들에게 공연한 근심과 두려움을 안겨줄 필요가 없다는 자각에서였다. 거기에다가 까딱 잘못하면 단지 학교가 문제가 아니라 그보다도 훨씬 더 좋지 못한 일을 겪을 수도 있었다. 하지만 그것에 대해서는 꿈에서라도 상상하기 싫었다.

"우리 씰데없는 소리 고만하고 사진이나 보자꼬!"

문득, 얼이가 화난 얼굴로 말했다. 농민군 얼굴, 항일의병 얼굴이었다.

"하기사! 내가 무담시 안 할 말을 해갖고……."

문대가 사내답게 사과하면서 말꼬리를 흐렸다. 준서는 침묵만 지켰다. 하지만 백 마디 말보다도 더 많은 의미가 느껴졌다.

"얼이 말이 딱 맞다."

비화가 어시러운 사태를 수습하듯 하었나.

"이리 귀한 사진이나 봐야제. 다린 데 가갖고는 절대로 기경도 몬 한 다."

"예."

모두 대답과 동시에 너나없이 그 사진에 고개를 처박았다. 여러 눈들이 큰 소망과 포부를 싣고 반짝였다. 자기들 졸업식 광경을 찍은 사진을 보는 것 같았다. 아니, 어쩌면 그들은 찍지 못할 사진일 수도 있겠기에 더 눈에 담아두고 싶다는 빛이었다.

"선상님들도 학상들도 모도 우찌나 멋이 있는고 모리것다."

조금 전에 비화가 말했던 그대로 의자에 앉은 이들은 선생들 같았고, 그 뒤쪽에 서 있는 사람들은 학생들인 성싶었다. 학생들은 대부분 흰 두루마기에 검은 갓을 쓴 차림새였다. 그리고 앞줄 왼쪽 사람들은 검은 옷, 오른쪽 사람들은 하얀 옷을 입었는데, 그중 여섯 명 정도는 갓을 썼으며, 네 명 정도는 그냥 맨머리였다.

그런데 사진 속 인물들을 한 사람 한 사람씩 꼼꼼하게 들여다보고 있던 비화 눈동자가 어느 한 곳에서 딱 멎었다.

"……."

그 모습이 여간 놀라워하는 사람 같지가 않았다.

"어머이, 와 그랍니꺼?"

비화의 심상치 않은 반응을 본 준서가 놀란 목소리로 물었다. 달 밝은 밤이 흐린 낮만 못하다고, 아무리 자식이 효도한다고 하더라도 좋지 못한 남편이 더 낫다고는 하지만, 꼭 그런 것만도 아닌 게 그들 모자였다.

"누야?"

얼이 또한 뭔가 이상한 낌새를 알아차렸는지 비화 얼굴을 유심히 바라보았다. 문대 역시 그 사진과 비화 얼굴을 번갈아 보면서 고개를 갸웃했다.

"가, 가마이 함 있어 봐라."

비화가 시선은 사진에 둔 채 무언가를 확인하려는 표정으로 말했다. 그러자 모두들 서로 마주 보며 입을 다물었다.

이윽고 비화의 검지가 사진의 맨 앞줄 왼쪽에서 다섯 번째, 그러니까 중앙에 앉아 있는 사람을 짚었다. 곧이어 떨리는 목소리가 그녀 입에서 흘러나왔다.

"여게 이분 안 있나."

"누예?"

모두의 눈이 비화 손가락이 가리켜 보이는 한 사람을 향했다. 얼이와 문대가 동시에 말했다.

"아, 이 사람예?"

그는 검은 두루마기 차림의 남자였다. 두 손을 무릎 위에 얹고서 정면을 바라보고 있다. 그에게서는 요동하지 않는 바위와도 같은 무게가 전해졌다. 누군가의 입에서 이런 말이 나왔다.

"머신가 쪼꼼 다린 거 매이다."

그런데 그의 가장 큰 특징은 그 사진 속 대다수 다른 인물들과는 달리 갓을 쓰고 있지 않다는 사실이었다. 그 사람 외에도 갓을 쓰지 않은 이가 두어 사람 정도 더 섞여 있긴 했지만, 아주 단정하게 빗은 검은 머리칼이 갓을 안 쓴 그 두어 사람의 조금 헝클어진 머리칼과는 차별화되고, 또 어쩐지 그를 현대적인 인물로 보이게 했다.

"그분이 눈데예?"

얼이가 비화에게 물었다. 그러자 준서와 문대도 무척이나 궁금하다는 얼굴로 비화 입이 어서 열리기를 기다리는 눈치였다.

"내가 쪼매 아는 분이라서……."

그러고 나서 비화는 준서에게 고개를 돌리며 이렇게 물었다.

"준서 니는 이분이 눈고 잘 모리것제?"

"예?"

준서는 눈을 크게 뜨고 어머니와 그 인물을 번갈아 보면서 조금 전 얼이가 한 말 그대로 물었다.

"그분이 눈데예?"

잠시 상념에 잠기던 비화가 여전히 떨리는 목소리로 일러주었다.

"바로 우리 고을 천석꾼 집안 사람 아이가."

얼이가 짙은 눈썹을 그러모으며 반문했다.

"천석꾼예?"

비화는 좀 더 자세히 들려주었다.

"하모. 강호상이라꼬……."

문대가 머릿속에 새겨두려는 듯 말했다.

"강호상예?"

"아!"

준서가 그제야 기억이 나는지 약간 음성이 높아졌다.

"알것어예, 어머이. 예전에 만냈던 그분 아드님."

"……."

얼이와 문대가 서로 얼굴을 마주 보았다.

"그렇거마는."

비화는 감회에 젖는 눈빛으로 이랬다.

"이분이 너거들이 맹기고 있는 낙육고등핵조에 관여하신 거는, 그거는, 우찌 보모 아조 당연한 일이제."

일찍이 아버지 호한에게서 낙육고등학교 전신前身인 낙육재에 관하여 그야말로 귀가 따갑게 들어온 비화였다. 그녀가 교육에 눈을 돌리게 된 그 이면에는, 어쩌면 낙육재에 대한 아버지의 높고 깊은 관심과 애정

366

이 지대한 몫을 했는지도 모른다. 비어사 주지 진무 스님으로부터 받은 영향도 컸다.

'에나 사연도 마이 있었다 아이가.'

비화 머릿속으로 질곡桎梏의 낙육재 역사가 쫙 펼쳐지기 시작했다. 경상감사 조현명이 창립했다는 낙육재였다. 유생들의 관립서재로서 처음에는 경상도 관찰사가 머물렀던 대구에 있었다고 한다. 그러다가 경상도가 경상남북도로 분리되고 경상남도 관찰사가 이 고을에 있게 됨으로써 이곳에도 만들어졌다.

그러나 그 과정이 결코 순탄치는 않았다. 비록 도청 소재지이긴 했지만 이 고을에 곧장 세워지지는 못했다. 당시에는 관립서재에 딸린 전답으로 서재의 운영비를 보조하는 저 학전學田과 낙육재가 밀양에 있었기 때문이었다.

그러니 여기 유생들이 관찰부 소재지에다 학당을 창설하라고 요구하고 나선 것은 어떤 측면에서는 극히 당연한 일이었다. 이곳 선비 바재구를 비롯한 지역 유림들은 낙육재를 분리하여 우리 고을에도 하루빨리 설치해 달라는 요구사항을 조정에 거듭 탄원하였다. 그리하여 마침내 밀양에 있던 학전인 전답 4백80석 지기를 이곳으로 분할·이속시켜 낙육재의 탄생을 보게 되었던 것이다.

"너거들이 댕김서 배우는 핵존께……."

비화는 어떤 책무를 일깨워주는 목소리였다.

"너거들도 몰라서는 안 되제."

준서와 얼이는 얼굴을 맞보고 문대가 부탁했다.

"말씀해주이소."

남강에서는 물새 울음소리가 끊어졌다가 이어졌다가 하고 있었다. 언제 들어도 물새들이 내는 소리는 산새들 그것과는 어닌시 노르세 달랐다. 뭐라고 딱 꼬집어 말할 수는 없지만 좀 더 깊고 푸른 기운이 담겨 있다고나 할까, 아무튼 강을 닮은, 강물을 연상케 하는 무엇인가가 있는 것이다.

"잘 들어봐라."

비화는 자신이 알고 있었던 낙육재의 모든 역사에 관해서 세 사람에게 아주 소상히 들려주었다. 너희들도 똑똑히 기억하고 있다가 너희들 후손들에게도 그대로 전해주라고 당부라도 하는 듯했다.

"아, 예, 예."

"그래갖고예?"

"우짜모!"

그리하여 그때까지 자기들 학교에 대해 잘 모르고 지내던 그들은 연방 고개를 끄덕이며 여간 감격스러워하지 않았다. 하나같이 자랑스럽다는 빛이었다.

"내는 인자 가게에 나가봐야것다."

잠시 후 비화가 자리를 털고 일어서며 문대에게 말했다.

"더 놀다가 가라이. 배 고푸모 채맨 채리지 말고 무울 것도 좀 달라쿠고."

얼이가 문대더러 보라고 혀를 쏙 내밀었다가 도로 집어넣었다. 성인식을 치른 지금에 와서도 여전히 개구쟁이 모습은 변함이 없었다.

"요 와서는 채맨 안 채립니더."

다른 곳에 가서는 체면 많이 차리는 사람처럼 그러고 나서 문대도 따라 몸을 일으키면서 말했다.

"지도 고마 가볼랍니더."

방바닥에 놓인 사진을 행여 훼손할세라 조심스럽게 챙겨 들었다.

"너모 한거석 놀았다 아입니꺼."

비화는 빙그레 웃기만 했다.

"와? 더 놀다가 안 가고?"

얼이가 서운하다는 얼굴로 말했다. 준서도 권했다.

"그리하이소, 문대 성님."

문대가 흰 이를 드러내고 싱긋 웃으며 말했다.

"아이다. 그라다가 집에서 쫓기날라꼬?"

"쫓기나기는……."

그러던 얼이는 그만 콧등이 시큰해지고 가슴이 메었다. 오광대 합숙소에 은신하고 있는 효원이 곧바로 생각났던 것이다. 그곳에서 나오게되면 어디에 가 있게 할 것인지 여전히 결정을 내리지 못하고 있었다.

'시상에서 내만치 몬난 눔도 없을 끼다.'

얼이는 당장 대성통곡이라도 하고 싶었다. 세상에서 가장 아끼고 사랑하는 여자 하나도 제대로 건사하지 못하는 사내가 도대체 무슨 사내라 말이가? 그렇다. 농민군도 중요하고 항일의병도 중요하지만, 나의 여인도 소중한 것이다.

한양에서 호의호식할 기회도 내팽개쳐버리고 오직 그 자신 하나만을 믿고 교방에서 도망쳐 나온 효원이었다. 천지신명이 도왔는지 죽은 조상이 도왔는지 알 수는 없어도, 정말 천만다행으로 잡혀가지 않아 그렇지 만약 발각되었다면 어떻게 되었을지 누구도 모른다. 아니다. 모두가 알 것이다, 그 최후를.

"잘 가라. 더 있다가 갔으모 좋을 낀데."

"내 보고 여서 살아라꼬?"

"낼 핵조서 보이시더."

준서와 함께 문대를 집 바깥까지 배웅하고 돌아선 얼이는 아무 말 없이 곧장 자기 방으로 들어가 비렸다.

"성?"

뒤에서 그 모습을 지켜보고 있던 준서가 얼른 불렀지만 돌아오는 대답은 방문 닫히는 소리뿐이었다.

'와 그리?'

굳게 닫혀 버린 방문에 대고 그렇게 물으려던 준서는 입을 다물었다. 어쩌면 저 임술년에 망나니 칼을 맞고 붉은 비명에 가신 그의 아버지가 갑자기 떠올랐는지도 모를 일이었다. 그는 종종 그런 모습을 보여 왔으니까.

'모린다, 준서 니는 아즉 모린다.'

한편, 방으로 도망치듯이 들어간 얼이는 속으로 말했다. 그러고는 베개에 얼굴을 파묻고 소리 죽여 가며 오열하기 시작했다. 뒹굴 자리 보고 씨름에 나가고, 이불 간 보아가며 발 편다는데, 제 역량과 경우를 제대로 따져보지도 아니하고 덜컥 일부터 저지르고만 자신이었다.

'빙신 겉은 내가, 내가.'

그의 젖은 두 눈에 효원의 모습이 소롯이 담겨 있었다. 환한 웃음을 짓고 있는 그녀였다. 얼이에게 이제 울지 말고 나처럼 이렇게 웃어 보라는 듯 웃고 있었다.

'내는 종산이 아이고 쪼꼬만 언덕도 몬 되는 기라.'

그때쯤 그에게 아무 말도 하지 않고 마치 누군가에게 쫓기는 사람처럼 하는 얼이를 보고 약간 의아해하던 준서도, 아무것도 묻지 않고 돌아와 그 역시 제 방에 처박혔다.

'스승님들께서 장 말씀 안 하시더나. 시간은 사람을 안 기다려준다꼬.'

하자니 공부할 것이 참 많았다. 서적을 펼쳤다. 그러자 책장을 넘기면 언제나 그렇듯이 자기 얼굴에서 저주와 한탄의 빡보 자국이 조금씩 사라지는 느낌이 왔다. 그리하여 자유의 몸이 되는 엄청난 희열을 맛보기 시작했다. 날개를 달고 훨훨 높이 날아오르는 기분이 이러할까. 그래, 내게는 오직 책 하나뿐이다, 책.

'아, 또!'

하지만 그 순간은 별로 길게 가지는 못했다. 그는 책 위로 달같이 둥실 떠오르는 얼굴을 보았다. 그런데 그달은 곧 그믐밤을 향하고 있었다.

'아아아.'

다미, 다미였다. 준서 또한 책 속에 얼굴을 푹 파묻고 흐느끼기 시작했다. 책장이 흠뻑 젖도록 울었다.

"흑, 흑흑."

때로는 미친 사람처럼 실실 웃기도 했다. 입에서 새 나온 헛바람이 책갈피로 파고들어 책장이 나부끼도록 웃었다.

"하, 하하……."

그런데 다미는 웃지 않았다. 그렇다고 우는 깃도 아니었다. 그뿐만 아니라 어떤 말도 붙여오지 않는, 그저 너무나도 무표정한 얼굴이었다. 그리고 그것은 바로 '나는 너에게 아무 관심도 없어!' 하는 무언의 전달이었다.

'아.'

준서는 그만 천 길 낭떠러지에서 가없이 추락하였으며 산산이 흩어진 자신의 잔해를 앞에 놓고 한없이 절규하였다. 그의 삶은 마감되어버린 것과 하등 다를 바가 없었다.

'빡보! 빡보! 빡보!'

나루터집 식구들 가운데 누구도 알아차리지 못했다. 준서와 얼이 두 사람이 각자의 방에서 그토록 서럽게 울고 있다는 사실을. 장차 집안의 대들보가 되어야 할 그들이 지금 어떻게 무너져 가고 있는가를.

그리고 더더욱 몰랐다. 얼이와 준서가 함께 다니는 자랑스럽기만 한 낙육고등학교가 앞으로 어떤 일을 하게 되리라는 것은. 물론 당사자들에게는 그게 아니겠지만, 여자를 생각하면서 흘리는 눈물 따윈 한갓 사치나 궁상을 떠는 옹졸한 일에 불과한 것일 수도 있다는 것을.

그것은 그로부터 불과 얼마 지나지 않아서였다.

낙육고등학교 청년 유생들이 모여 온 세상이 경악할 엄청난 일을 꾸미기 시작한 것이다. 당연히 얼이와 준서도 거기 가담했다.

그 사건은 소리소문없이 조용한 호수의 물결처럼 퍼져나가고 있었다. 그래도 세상에 비밀은 없는 법이라고, 어찌어찌 그것을 알게 된 사람들은 혹시라도 남이 들을세라 낮게 수군거렸다.

"비밀결사조직?"

"하모, 비밀결사조직."

비밀은 비밀을 낳기 십상이지만, 결사, 곧 뜻을 이루기 위한 죽음을 기치로 내세운 조직, 그 조직에 대한 지지와 관심은 그 끝을 몰랐다.

"그라모 조직 이름은?"

그 말이 채 끝나기도 전에 기다렸다는 듯 대답이 나왔다.

"동아개진교육회!"

세상에서 가장 소중한 소리를 들은 것처럼 하였다.

"동아개진교육회?"

그랬다. 비밀결사조직 동아개진교육회.

당시 분연히 들고 일어난 그곳 낙육고등학교 청년 유생들이 비밀리에 만든 결사조직 이름은 바로 동아개진교육회였다. 그리고 장차 그것이 몰아올 사태에 대해서는 어느 누구도 입을 뻥긋 못 할 것이었다.

─인자 우찌될랑고?

─내 이약이 그 이약인 기라.

─우리 젊은이들의 뜻이사 그리 가상할 수 없는데…….

─내는 너모 불안하고 두려버서 입이 안 떨어질라쿤다.

─으, 무시라. 해나 왜눔들이 악이용을 하모 큰일이거마.

그런 아슬아슬하고 살벌한 분위기 속에서 낙육고등학교 교실에 모인 유생들 표정은 실로 비장해 보였다. 자신들의 모든 것을 걸고 나선 일이 었다.

"동지 여러분!"

그들 중에서도 가장 흥분한 사람은 단연 얼이와 문대였다.

"우리 연판장을 맨듭시더!"

문대가 말했다.

"좋심니더. 피로써 씁시더, 피로써!"

얼이가 말했다. 교실 출입문과 창문이 덜컹, 소리를 내는 것 같았다. 누군가가 거기 꼭꼭 숨어 있다가 잘못해서 몸에 부딪힌 성싶었다.

"피!"

서당에서 동문수학 하지 않고 낙육고등학교에 들어와서 친하게 된 벗 춘래가 피를 토하는 소리로 말했다. 교실 벽에 피가 튀는 게 비칠 것 같은 분위기였다.

"햏서! 좋심니더, 햏서!"

또 다른 벗 을기가 말했다. 그의 얼굴도 핏물이 묻은 것처럼 붉었다. 교실 천장 위로 혈서가 적힌 두루마리가 쫙 펼쳐져 보이는 듯했다.

"그렇지예. 걜이(결의)를 다지는 데 피글자보담 좋은 기 없지예."

누군가의 말에 또 다른 누군가가 말했다.

"그거는 바로 우리들 멤마다에 찍히 있는 글자가 될 낍니더, 여러분."

그 안 공기는 시간이 갈수록 한층 더 뜨겁게 달아올났다. 세싱 그 이떤 것도 솟구치는 그 열기 앞에서는 몸을 사릴 것 같았다.

그런데 누구도 짐작하지 못했다. 맨 먼저 이빨로 손가락을 깨물어 피를 보인 사람은 준서였다.

'헉! 주, 준서가?'

그들 가운데서 누구보다 대범한 얼이마저도 심장이 얼어붙는 느낌이었다. 그 순간, 얼이 눈에 들어온 준서는 냉혈한 같았다. 그의 몸속에는 따뜻한 피가 아닌 차가운 피가 도는 듯했다. 그의 얼굴은 납빛이었다. 청동으로 만든 인간이 그곳에 있었다.

"역시나 나루터집 아들답거마는!"

평소 범 같다 하여 '범대'라는 별명을 가진 문대도 그것을 보고 여간 놀라고 감격해하는 모습이 아니었다. 그 고을에서 최고로 쳐주는 도목수의 아들답게 통이 크고 한 성깔 하는 그의 그런 반응은 불에 기름을 들이붓는 효과를 불러일으키고 있었다.

"우리들 가온데서 나이도 에린 사람이!"

"하모, 그라이시더. 살점도 도리내야 안 합니꺼?"

"아, 내는, 내도……."

하여튼 그런 판국이니 그때 다른 유생들이 보인 반응은 일일이 더 나열할 필요가 없었다. 일컫자면 준서는 아직 닫혀 있던 '지옥문'을 맨 먼저 나서서 열어젖힌 선두 주자 역할을 자임했던 것이다.

"그, 그거는 또?"

그런데 그뿐만이 아니었다. 언제 준비해서 지니고 있었던 것일까? 준서가 품에서 꺼내 보인 것은 집단서약서로 쓸 수 있는 흰 종이 두루마기였다.

"서약을……."

그런 혼잣말과 함께, 얼마나 세게 깨물었던지 핏물이 멈출 줄 모르는 준서 손가락과 그 흰 종이 두루마기를 응시하고 있던 얼이가 홀연 큰 소리로 외쳤다.

"왜놈들 손아귀에 넘어가는 나라를 구하자아!"

그게 신호탄이었다. 모두가 일제히 그 말을 복창했다.

─왜놈들 손아귀에 넘어가는 나라를 구하자아!

그 기운 넘치는 고함은 한 번에 그치지 않고 여러 차례나 반복되었다. 거기 넓은 교실 안에 더할 나위 없이 높고 크게 메아리쳤다.

왜놈들 손아귀에 넘어가는 나라를 구하자아. 왜놈들 손아귀에 넘어가는…….

"에잇!"

"얍!"

"헛!"

그때쯤 청년 유생들은 서로 앞을 다투어 택견 할 때 내지르는 기합 같은 소리를 내면서 손가락을 깨물었다. 저마다 젊음의 싱싱한 붉은 피를 쏟아내었다. 그것은 지상의 어떤 붉은 꽃보다 붉었다.

"……."

학교 건물도 놀란 눈을 있는 대로 뜨고 그 광경을 다 지켜보고 있는 것 같았다. 또다시 칠판이 흔들리고 마룻바닥이 덜컹거렸다.

"자, 그라모 시방부텀……."

준서를 필두로 하여 얼이와 문대 그리고 모든 유생들이 혈서로써 피의 연판장을 만들기 시작했다. 피의 연판장이었다.

태극기 바탕처럼 새하얀 종이에 번지는 젊음의 싱싱한 붉은 피는, 그 어떤 높은 제단에 바치는 제물의 피보다도 더 신성해 보였다. 그 무슨 고운 꽃보다도 향기로운 냄새가 더 풍기는 것 같았다. 천국의 노을빛도 그보다는 아름답지 못할 성싶었다.

－우리 손으로 나라를 지킨다아!

－내 목심을 조국에 바친다아!

－아모도 우리 앞을 몬 막을 끼다아!

－우리가 곧 내한제국이고, 대한제국이 곧 우리다아!

집단서약서가 완성돼 갈수록 거기 분위기는 더욱 격렬하게 변해갔다. 두 어깨에서 높은 기상이 솟고 두 눈에서 광채가 뿜어져 나오고 두 주먹에서 힘줄이 돋아났다. 어쩌면 피 맛을 본 늑대들을 방불케 했다.

－힘차게 내딛는 우리들의 발길…….

유생이 아니라 군인다웠다. 엄격한 규율이 절로 정해지는 분위기였다.

－동아개진교육회여! 그 이름 앞에…….

－동지 여러분, 우리는…….

－총을 맞아도 내가 먼첨 맞고, 칼을 맞아도 내가 먼첨…….

당장이라도 어깨동무들을 하고 투쟁 시위를 하기 위해 막 길거리로 나설 것으로 보이는 청년 유생들 기세는 하늘을 울리고 땅을 덮을 만했다.

"준서야."

이윽고 천지개벽을 가져올 것 같은 집단서약을 마치고 일단 전원 해산한 후에 단둘만 함께 있게 되었을 때였다.

"내 닐로 다시 봐야것다."

얼이가 처음 보는 사람처럼 준서 얼굴을 들여다보며 한 말이었다.

"다시 보기는?"

그러면서 준서는 씩 웃기만 했다. 그에게서 손가락을 깨물어 피를 보이던 그 섬쩍지근한 모습은 찾을 수가 없었다.

"오늘 이 일로……."

얼이가 감개무량한 얼굴로 다시 말했다.

"원채 아자씨한테 한 분 더 감사드리고 싶다 아이가."

얼이는 닦아낸다고는 해도 완전히 닦아내지 못해 아직 핏물 흔적이 남아 있는 손가락을 입술 사이로 끼웠다.

"달보 영감님도 자꾸 보고 싶고."

별빛이 말긋말긋해지고 있는 하늘 어디에선가 달보 영감이 나룻배를 저으면서 구성지게 부르던 노랫가락이 들려오는 듯했다.

"그분들 언해는 새삼시리 더 이약 안 해도……."

그러면서 이번에는 준서가 얼이 얼굴을 바라보았다.

"그래도 안 있나, 준서 니가 이리 사내답거로 배낄 수 있었던 거는 안 있나."

얼이는 숨이 가쁜지 잠깐 쉬었다가 말했다.

"원채 아자씨한테서 택견을 배운 덕택이 아인가 그리 시푸다."

그 말을 귀담아듣고 있던 준서가 문득 얼이를 불렀다.

"새이야."

어둠의 벽에 가로막혀 더 이상 나아가지 못하는 것처럼 어딘가 크게 억눌린 느낌을 주는 목소리였다.

"와?"

얼이는 별안간 음색이 변하는 준서 그 말에 어쩐지 큰 긴장감에 싸이는데, 아니나 다를까 준서 입에서 이런 말이 나왔다.

"우리가 맨손 갖고 하는 택견으로 왜눔들 검도를 꺾을 수 있으까?"

그날 읍내장터에서 조선 상인을 괴롭히던 일본 칼잡이를 택견으로 제압하던 원채 활약을 떠올리면서도 얼이는 허둥거렸다.

"그, 글씨. 그거는……."

"그라모 가라테는?"

연이어 나오는 준서 물음에는 얼이를 옥죄는 힘이 들어 있었다. 얼이는 어쩐지 쓰려오는 눈을 끔벅거렸다.

"가라테?"

준서는 치기, 받기, 차기의 세 가지 방법을 기본으로 한다는 그 일본 특유의 권법을 잠시 머릿속에 그려보는 모습이었다.

"응, 가라테."

홀연 사위가 한층 숨을 죽이는 것 같았다.

"가라테, 가라테……."

얼이는 선뜻 답하지 못했다. 솔직히 털어놓자면 자신이 없었다. 애꿎은 짐승 모가지나 꽃대를 비틀어대던 지난날의 그였다면 이렇게 주저하고 망설이지는 않을 것이다. 그렇게 본다면 결국 나이가 들어간다는 것은 기백이나 실천력의 증발과 맞닿아 있는 것이라 치부해도 지나친 말은 아니었다.

'이거는 멤만 가지고 될 일이 아인 기라.'

옳았다. 원채 아저씨 정도 되는 출중한 무예 실력을 갖췄다면 또 모르겠지만, 아직까지 택견 수련 단계에 머물러 있는 준서나 얼이 자신의 솜씨로는 아무래도 쉽지 않을 것이다. 객관적인 잣대에 비춰 승패가 빤히 드러나 보였다.

"중요한 거는……."

한참 만에 얼이 입에서 나온 소리가 이랬다.

"증신 아이것나."

"증신?"

그렇게 반문하면서 무엇인가를 골똘히 생각하는 준서 눈이 영락없는 사팔뜨기를 닮았다. 그는 정신을 생각하느라 정신이 없는 사람으로 비쳤다.

"멤 말이다."

얼이가 마음을 다지는 어투로 말했다.

"멤."

준서는 줄곧 상념에 잠기는 모습이었다. 곰보딱지 흔적이 희미하게 보이는 그의 얼굴에 낭패감의 빛이 언뜻 스쳐 갔다. 그러더니만 그는 흡사 시를 읊조리듯 하였다.

"하늘에는 달하고 벨이 있고, 사람에게는 증신하고 멤이 있고……."

그 소리에 하늘의 달과 별이 지상을 내려다보는 것 같았다.

"준서야, 니 시방?"

약간 놀란 기색을 보이는 얼이 음성이 눅눅했다.

"우쨌든 멤을 우찌 묵는가에 따라갖고 안 달라지까이."

준서가 영리해 보이는 눈동자를 굴리며 또 물었다.

"그런께 증신만 딱 확고하거로 서 있으모 왜눔들 총칼도 무서블 끼 하나도 없다, 그런 말이제?"

"……."

얼이는 이번에도 얼른 대꾸가 없었다. 비록 말은 그렇게 했지만 요즘 들어 자신 있는 게 하나도 없는 그였다. 무엇보다도 효원의 일이 그랬다.

"알것다, 성아."

잠시 후 준서가 스스로 답을 말해 보였다.

"왜눔들하고 직접 싸와본 얼이 새인께네 잘 안 알것나. 멤이 중요하다쿠는 거."

얼이가 천천히, 그리고 비장한 어조로 입을 열었다.

"준서 닌께네 내가 한 개도 안 기시고 이약하것다."

"……."

얼이 음색은 밤빛만큼이나 어둡고 무거웠다.

"만약 그때 원체 아자씨가 내 곁에 안 계싯다모, 내사 그리 몬 싸왔다."

등잔 뒤가 밝다고, 그 당시는 잘 몰랐지만 지금 와서 좀 떨어져 바라보니 더 잘 알 수 있다는 듯 또 말했다.

"우짜모, 아이다, 우짜모가 아이고 꼼짝없이 왜눔들 총이니 킬에 맞아깄고 고마 그대로 팍 죽었을 끼라."

어둠의 빛에 약간 가려진 얼이 얼굴 위로 드리운 그림자는 절대로 죽음의 그림자여서는 안 된다고, 준서는 속으로 부정하고 부르짖었다.

"그눔들 무기가 우리보담도 상구 더 뛰어났거등."

얼이는 깊이 고개를 숙인 채 그때 당시의 기억을 떠올리는 기색이더니, 잠시 후에 그것도 아니라고 여겨지는 모양이었다.

"무기가 아이라 방금 니가 이약한 그 가라테에 당했을랑가도 안 모리나."

"……."

준서는 계속 침묵했다. 솔직히 일본군과의 전투와는 비교도 할 수 없게 수월할, 손가락을 깨물어 피를 내는 일도 쉽지 않았었다.

'그리 보모 얼이 새이는 에나 대단타.'

이제 와서 뒤돌아봐도 어떻게 내가 앞장서서 피를 보였는지 모르겠다. 내 몸뚱어리 속에 또 다른 준서가 하나 더 들어 있는 것일까.

'내 몸 안에 외할아부지 피가 흐르고 있어서 그런 기까?'

지금 성 밖에 살고 있는 외할아버지 호한이 생각났다. 많은 사람에게서 문무를 겸비한 장군이었다고 들었다. 그런 훌륭한 외할아버지가 철천지원수 동업직물 임배봉에게 당해 저렇게 지내신다는 어머니 말씀도 떠올랐다.

그러자 연쇄반응인 양 또 되살아나는 얼굴들, 동업과 재업.

어머니는 단호하게 말했었다. 전혀 다른 사람이 된 얼굴과 목소리였다. 준서 너와 동업 형제들은 사생결단을 내야 할 사이라고 했다. 그 시간이 다가오고 있다고 했다.

'울 어머이 몸 안에도 또 다린 어머이가 들어 있다는 이약이까?'

준서는 입술을 꾹 깨물었다. 재업은 별로 두렵지 않은데 동업은 그렇지 않았다. 동업만 생각하면 이상하게 온몸에서 기운이 쫙 빠져나갔다. 머릿속이 텅텅 비는 느낌이 들었다. 준서는 지금도 동업에 대한 고을 사람들 이야기를 듣고 있다.

동업은 대단히 영특할 뿐만 아니라 참으로 웅숭깊은 청년이라 했다. 근동에서 제일가는 대갓집 배봉가의 대를 이어갈 유능한 후계자라고 했다. 동업이 최고경영자가 되면 동업직물은 지금보다도 한층 더 성장할 것이라고 했다. 준서에게 저 섬나라 오랑캐 놈들 못지않게 경계해야 할 두려운 존재가 바로 동업이었다.

"우쨌든 우리가 각오를 단디 해야 한다 아이가."

그때 문득 들려온 얼이 목소리가 준서를 현재로 돌려놓았다. 어서 집으로 들어가지 않고 부랑아들처럼 밤거리를 헤매고 있는 그들을 지켜보는 하늘의 눈이 느껴지는 순간이기도 했다.

"이거는 나라를 구하자쿠는 일이지만도……."

아무도 보이지 않는 주위를 조심스럽게 살펴 가면서 하는 얼이 말은 무거운 맷돌을 돌릴 때 나오는 소리를 떠올리게 하였다.

"단 한 개밖에 없는 우리 목심을 담보로 하는 일이기도 안 하나."

"목심, 담보."

준서 눈에 비쳐든 얼이 몸은 실체와 허상이 자꾸만 엇갈리고 있는 것 같아 보였다.

"후우. 내가 죽는 거는……."

"……."

중늙은이처럼 한숨까지 내쉬는 얼이가 준서 눈에는 너무나 낯설었다.

누가 떡으로 치면 떡으로 치고 돌로 치면 돌로 칠 사람이 그였다.

"내가 몬 사는 거는, 하나도 겁이 안 나지만도, 준서야."

'아!'

준서는 그제야 깨달았다. 얼이는 그의 어머니 우정 댁을 생각하고 있었다. 지아비를 비명에 보내고 오직 하나 있는 아들을 믿고 의지하며 살아가고 있는 과수댁이었다.

"알것다, 새이야."

준서가 희고 가지런한 이를 드러내고 웃어 보였다.

"웃어?"

얼이는 커다란 손으로 후려칠 동작을 취했다.

"짜아식! 요런 판국에 웃음이 나오나?"

준서가 여간해선 하지 않는 농담을 했다.

"그라모 눈물이 나와야 하는 긴가?"

얼이가 손을 제 머리 위쪽에 올리고 둥글게 돌리며 물었다.

"니 아까 전에 피를 짜다라 흘리더이, 사람이 우찌 된 거 아이가?"

준서는 여전히 웃음을 지우지 않은 얼굴로 되물었다.

"그라모 빙빙 춤을 추까?"

"머?"

오른쪽 집게손가락을 들더니 얼이 눈앞에 갖다 대고 '전혁노'라는 세 글자를 써 보이면서 준서가 말했다.

"내가 미치개이 숭내도 잘 낸다쿠는 거 함 비이주고 싶어갖고."

"이 자슥잇!"

얼이도 그만 실소하고 말았다.

"아즉 대갈빼이 쇠똥도 안 마린 기 까불고 안 있나."

그러면서 '흐음' 하고 큰기침을 하였다.

"하매 성년식꺼정 치른 내하고 맞묵을라꼬."

무척 같잖다는 투로 말은 그렇게 던지면서도 얼이는 어쨌든 큰 다행이라고 보았다. 얼핏 나약해 보이는 준서 몸속 그 어디에 그런 뛰어난 기백과 용기가 숨어 있는지, 어디 가서 돈 놓고 물어보고 싶을 정도로 신기하기까지 하였다.

"그란데, 새이야."

그때 느닷없이 준서 표정이 매우 심각해졌다. 조금 전까지 얼굴에 웃음기를 띠어 보였던 사람이라고는 믿을 수 없을 정도로 잔뜩 굳어 있었다.

"와?"

얼이 음성에도 활시위처럼 팽팽한 긴장감이 실렸다. 벌써 몇 번째인지 모르겠다. 그것은 아무래도 그날 밤 벗들과 함께한 동아개진교육회에 대한 여파가 아직 사라지지 않고 있다는 증거였다.

"그기 안 있나."

준서가 상촌나루터 흰 바위 근처의 수초처럼 흔들리는 목소리로 말했다.

"핼서로 연판장도 맨들고, 비밀갤사조직도 갤성했으이……."

목젖이 튀어나오도록 숨을 들이켰다.

"우리 낙육고등핵조 유생들이 으뱅 봉기의 주역으로 활약해야 안 되것나?"

"으뱅?"

얼이는 그러잖아도 부리부리한 눈을 한층 휘둥그레 떴다.

"방금 으뱅이라 글 캤나?"

준서가 확인시켜주었다.

"하모, 으뱅."

어디선가 의병들이 함성을 지르는 듯한 환청이 귀를 물어뜯었다. 그리고 곧 뒤를 이어 의병들을 향해 쏘아대는 일본군의 총성도 들리고 있었다.

"으뱅, 으뱅이라."

얼이는 가만히 눈을 감았다. 지난날 아직은 한참 어렸던 그 나이에 원채 아저씨와 함께 의병 활동을 하던 일이 일련의 풍경이 되어 펼쳐져 보였다. 상평 남강 가에서 목숨을 건 그 위험하고 치열했던 전투 장면은 지금까지도 악몽을 통해 자주 나타나곤 한다.

"그라모 앞으로 우리가 말이제, 구체적으로 머를 우째야 할 낀고 잘 몰라갖고, 새이야."

이제 준서가 계속 말하고 얼이가 계속 침묵을 지킬 차례였다. 그리고 그건 두 사람 사이에서 흔한 일이 아니었다.

"울 어머이가 내한테 장마당 해쌌는 말씀이 머신고 아나?"

"……."

"떡도 떡답거로 몬해 묵고 생떡국으로 망할 수도 있다……."

"……."

얼이 눈에 준서가 스승 권학으로 보였다. 세상을 보고 듣는 눈과 귀가 돼 주시는 고마운 은사님이다.

"그런께네 그기 무신 말씀인고 하모, 무신 일을 싹 다 해보지도 몬하고 실패를 할 수도 있으이……."

거기서 말을 끊었다가 준서는 대답을 재촉하는 모습을 보였다.

"새이 니는 으뱅을 했던 적이 있은께 잘 알 꺼 아이가."

그 소리에 문득 깊은 잠에서 깬 듯, 얼이가 번쩍 눈을 치뜨고 준서 얼굴을 똑바로 바라보았다. 두 사람 눈빛이 허공에서 마주쳤다.

'준서 눈이 비화 누야하고 에나 가리방상하거로 생깃다 아이가. 그래

서 준서가 저리키나 총맹(총명)한 기까?'

  '어머이한테 들으이, 얼이 새이 아부지가 임술년에 농민군 주동자로 큰 활약하다가 고마 관군들한테 잽히갖고, 성밖 공터에서 허개이 칼에 목이 짤릿다 안 캤나.'

  그 망나니 칼 위에 일본 사무라이들이 허리춤에 꿰차고 다니는 저 일본도가 겹쳐 보였다. 그 예리하고 시퍼런 칼날을 맨발로 딛고 서 있는 사람들이 있다.

  '그래갖고 얼이 새이는 지 눈에 비이는 짐승이고 꽃이고 모돌띠리 모가지를 잡아 비트는 무서븐 버릇이 있었다 글 캤디고.'

  한편으로는 가슴 든든하다는 기분이 들기도 하였다.

  '왜눔들도 저 눈빛을 보모, 고마 간담이 철렁 내리앉을 끼다.'

  내색은 하지 않는 준서의 감정이었다.

  "내 생각에는……."

  얼이는 얼핏 몸과 정신이 따로 놀고 있는 상태로 보였다.

  "으응?"

  어둠의 빛은 저 혼자 약간 밝아졌다가 좀 더 어두워졌다가를 되풀이하고 있었다.

  "안 있나."

  평상시 그답지 않게 변죽만 울리는 얼이더러 준서가 채근했다.

  "얼릉 함 말해 봐라, 그 있는 기 없어지삐기 전에."

  얼이가 두툼한 입술을 콱 깨물었다.

  "알것다."

  언제부터인가 얼이 두 눈에서는 살기마저 감돌기 시작했다. 이윽고 나오는 말에도 그런 기운은 실려 있었다.

  "왜눔들이 있는 관서를 습객하는 일부텀 해야 될 꺼 같다."

준서 입술이 파르르 떨렸다.

"왜눔들 관서를 친다, 그 말이제?"

너무나 엄청난 소리가 아닐 수 없었다. 바로 옆에 내리치는 천둥벼락이 그러할까?

"하모."

그에 비해 얼이 답변은 간단했다. 그래서 차라리 무미건조하기까지 하였다. 아무런 감정도 담겨 있지 않다는 착각마저 일었다.

"……."

준서는 무어라 더 입을 열지 못했다. 떫기로 고욤 하나 못 먹으랴. 준서는 얼이에게서 그런 느낌을 받았던 것이다.

일본인 관서를 습격하는, 온 세상이 발칵 뒤집힐 그 엄청난 일을 두고, 그는 다소 힘들다고 해서 그만한 일이야 하지 못하겠느냐는 크나큰 배포를 드러내 보이는 것이다.

"그리 되모, 준서야."

얼이는 상상만 해도 심장이 뛰는 바람에 조금 전 준서와 마찬가지로 숨을 들이켠 다음 말했다.

"시방 우리 고을에 저거들 멋대로 들와 있는 쪽바리 눔들 안 있나, 겁을 한거석 집어묵거로 될 끼다."

준서는 가슴을 졸였다.

"시껍할 끼다, 그 소린 기라."

그 말끝에 얼이는 홀연 호탕한 웃음을 터뜨렸다.

"하하핫!"

그 웃음소리는 세상 거치적거릴 게 없어 보였다.

"미치개이가?"

이번에는 준서 입에서 얼이가 했던 소리가 그대로 나왔다.

"새이 니는 요런 상황에서 웃음이 나오나?"

그러자 얼이도 준서가 했던 말을 고스란히 내비쳤다.

"그라모 우까?"

준서는 갑자기 웃음이나 울음이나 다를 게 없다는 묘한 기분이 들었다.

"하기사!"

짧은 침묵이 흘렀다.

"준서야."

얼이가 또다시 평소의 그답잖게 정색을 했다.

"너모 걱정해쌌지 마라."

스스로에게 들려주는 듯한 목소리였다.

"다 잘될 끼다."

"그기 운제고?"

"머 말고?"

별똥별 하나가 떨어지고 있었다. 그것은 떨어진다고 느끼는 순간 벌써 사라지고 보이지 않았다.

"와 몇 년 전에 안 있나."

"몇 년 전에?"

어둠은 잊힌 과거의 기억을 떠올리게 했다.

"을미년."

"을미년?"

어디에도 밤새 울음소리는 없었다.

"하모, 그해에 하매 으뱅을 일으킨 사람들이, 바로 우리 조선 백성들 아인가베."

"조선 백성들."

잠시 또 침묵이 저 대사지 위를 가로지르고 있눈 대사교처럼 가로놓이는가 싶더니 이내 거둬졌다.

"우리 고을만 해도, 노규웅 으뱅부대가 성을 점령하기도 안 했디가."

"아, 내도 들었다, 새이야. 노규웅 으뱅부대 말이제."

준서는 감격과 존경에 찬 눈길로 얼이를 보았다.

"얼이 성 니도, 그때 상구 눈부신 활약을 했다 쿠데?"

얼이는 훈장에게 칭찬받는 학동이 쑥스러워하는 모양새였다.

"머 내사 아즉 상구 에릴 적이라······."

"각중애 안 그런 척해쌌기는······."

두 사람 입에서 거의 동시에 이런 소리가 나왔다.

"원채 아자씨가 대단했제!"

"원채 아자씨가 에나 훌륭타 아이가?"

어느새 둘은 택견 자세를 취하고 있었다.

"하모. 우리나라에 원채 아자씨 겉은 사람이 더도 덜도 말고 딱 백 맹만 있다쿠모, 하매 왜눔들을 모돌띠리 저것들 나라로 쫓아내삐릿을 끼다."

"원채 아자씨가 읍내장터에서 시껍 믹잇던 그 왜눔 칼잼이, 자다가도 놀래갖고 막 벌떡 일어날 끼거마는."

그러나 대화는 거기서 더 나아가지 못했다. 둘 다 홀연 입을 다물고 말았던 것이다.

'그눔······.'

그날 하필이면 얼이를 알아보아 야릇하고 기묘한 웃음기를 뿌리던 무라니시 얼굴이 그들 눈앞에 악령이 되어 어른거렸던 것이다.

'하매 와도 열 분은 더 왔을 눔이 여직 안 나타난 거는, 다린 급하고 중요한 무신 일이 생깃기 땜일 끼라.'

'우리 나루터집 식구들을 우떻게 보호해야 할랑고?'

'운젠가는 반다시 올 끼고, 그리 되모 살인이 날 수도 있제. 무시라, 살인!'

'그렇다꼬 다린 데로 가서 살 수도 없고.'

한동안 그런저런 상념에 시달리다가 이윽고 두 사람 입에서 또다시 한꺼번에 꼭 선약이라도 있은 듯 이런 말이 나왔다.

"우리도 원채 아자씨매이로 되자!"

— 백성 5부 17권으로 계속

백성 16

초판 1쇄 인쇄일 • 2023년 10월 25일
초판 1쇄 발행일 • 2023년 10월 30일

지은이 • 김동민
펴낸이 • 임성규
펴낸곳 • 문이당

등록 • 1988. 11. 5. 제 1−832호
주소 • 서울시 성북구 동소문로 65−2 삼송빌딩 5층
전화 • 928−8741~3(영) 927−4990~2(편)
팩스 • 925−5406

ⓒ 김동민, 2023

전자우편 munidang88@naver.com

ISBN 978−89−7456−568−8 03810

값은 뒤표지에 표시되어 있습니다.